Luz en la oscuridad

LUZ EN LA OSCURIDAD

Brittainy **Cherry**

TRADUCCIÓN DE
Aitana Vega Casiano

CHIC

Primera edición: mayo de 2022
Título original: *The Wreckage of Us*

© Brittainy C. Cherry, 2020
© de la traducción, Aitana Vega, 2022
© de esta edición, Futurbox Project S. L., 2022
Todos los derechos reservados.
Los derechos morales de la autora han sido reconocidos.
Esta edición ha sido posible gracias a un acuerdo entre Amazon Publishing, www.apub.com, en
colaboración con Sandra Bruna Agencia Literaria.

Diseño de cubierta: Hang Le
Adaptación de cubierta: Taller de los Libros
Corrección: Gemma Benavent

Publicado por Chic Editorial
C/ Aragó, 287, 2º 1ª
08009 Barcelona
chic@chiceditorial.com
www.chiceditorial.com

ISBN: 978-84-17972-52-3
THEMA: FR
Depósito Legal: B 9203-2022
Preimpresión: Taller de los Libros
Impresión y encuadernación: Liberdúplex
Impreso en España – *Printed in Spain*

Para quienes sufren, pero nunca renuncian al amor

Capítulo 1

Hazel

—Creo que estás en el lugar equivocado —dijo Big Paw, 'Gran Garra', cuando me senté frente a él en su despacho—. Tienes que ir al restaurante de la Granja para solicitar un puesto de camarera.

Sentarse delante de alguien como Big Paw te hace sentir diminuta. Evidentemente, su nombre no era Big Paw, pero así lo llamaban todos en el pueblo. Era un señor mayor, de unos ochenta años, y todavía era una fuerza de la naturaleza. Era imposible vivir en Eres sin conocer a Big Paw. También hacía honor a su nombre. Era un hombre grande, tanto en peso como en altura. Debía de medir más de un metro ochenta y pesaría unos ciento diez kilos, como poco. Incluso a su edad, no andaba encorvado, aunque se movía un poco más despacio. Además, siempre vestía igual: una camisa de cuadros con un mono, botas de vaquero y una gorra de camionero. Estaba segura de que en su armario tenía un millón de camisas de cuadros y petos; a no ser que su mujer, Holly, pusiera mucho la lavadora.

Eres, en Nebraska, era un lugar desconocido para la mayoría del mundo. Nos movíamos por caminos de tierra, y no teníamos nada en los bolsillos. Si tenías trabajo en Eres, eras afortunado, aunque no cobrases demasiado. Con suerte, te permitías vivir al día. Si no, a buen seguro que pedías un préstamo a Big Paw, quien no esperaba que se lo devolvieras, aunque de vez en cuando te recordase la deuda. El viejo Kenny, del taller de coches, aún le debía a Big Paw cincuenta mil dólares. La deuda se mantenía desde 1987, y yo dudaba que alguna vez fuera a saldarla. Aun así, en todas las reuniones del pueblo, Big Paw sacaba el tema con una mirada malhumorada en el rostro.

Era como el padrino de Eres. Dirigía el rancho Eres, que era la atracción principal del pueblo. Desde los campos de cultivo hasta el ganado, había creado algo que nadie más había sido capaz de hacer en Eres: construir algo que perdurase.

El rancho Eres llevaba más de sesenta años en funcionamiento, y la mayoría de la gente que trabajaba en el pueblo lo hacía para Big Paw, ya fuera en el rancho o en la Granja.

Desde luego, no había venido a su despacho con la esperanza de conseguir un puesto de camarera, aunque a primera vista pareciera poco adecuada para el rancho.

—Con todo el respeto, señor Big Paw.

—Big Paw —me corrigió—. Nada de señor. Déjate de tonterías. No hagas que me sienta más viejo de lo que soy.

Tragué saliva.

—Vale. Lo siento. Big Paw, con el debido respeto, no me interesa un puesto en el restaurante. Quiero trabajar en el rancho.

Me repasó de arriba abajo con la mirada analizando mi aspecto. Estaba segura de que la mayoría de las chicas de mi edad no querían ensuciarse en pocilgas y en los establos de los caballos, pero yo necesitaba el puesto y no me marcharía hasta conseguirlo.

—No te pareces al resto de mis trabajadores. —Resopló y puso mala cara. Sin embargo, no me lo tomé como algo personal, porque siempre estaba resoplando y poniendo muecas. Si alguna vez me sonreía, me lo tomaría como una amenaza de muerte—. Dudo que tengas lo que hay que tener para trabajar en los graneros —explicó mientras revolvía el papeleo—. Estoy seguro de que Holly te conseguirá un buen puesto en el…

—No quiero trabajar en el restaurante —repetí. Entonces, hice una pausa y tragué con fuerza, al darme cuenta de que había interrumpido a Big Paw. La gente no hacía eso. Al menos, no vivían para contarlo—. Perdone, pero necesito un puesto en el rancho.

—¿Y eso por qué? —Tenía los ojos tan oscuros que te hacía sentir como si estuvieras observando el mayor agujero negro del universo cuando te miraba.

—No es ningún secreto que los peones de un rancho ganan el doble que los empleados de una granja. Necesito el dinero.

Sacó un puro del cajón del escritorio, se lo llevó a los labios y se recostó en la silla. No lo encendió, pero mordisqueó la punta. Casi siempre tenía ese puro en la boca, pero nunca lo había visto encenderlo. Quizá era una vieja costumbre a la que se aferraba. O a lo mejor Holly lo había regañado y le había ordenado que dejara de fumar. Insistía en que Big Paw se cuidara, aunque él no quisiera, y estaba segura de que ese hombre habría hecho cualquier cosa para hacer feliz a su mujer. Holly era probablemente la única alma viva que recibía sus sonrisas.

—Vives en el parque de caravanas, ¿verdad? —preguntó, y se pasó un pulgar por el labio superior.

—Sí, señor. —Enarcó una ceja al oír la palabra «señor». Me aclaré la garganta y volví a intentarlo—. Sí, Big Paw. Así es.

—¿Quién es tu familia?

—Jean Stone es mi madre.

—Jean Stone. —Juntó las cejas y tamborileó los dedos en el escritorio—. Tiene relación con Charlie Riley, ¿no es así?

Se me revolvió un poco el estómago cuando mencionó a Charlie.

—Sí, señ... Big Paw.

Por una fracción de segundo, Big Paw no parecía malhumorado, sino triste. Masticó el puro y negó con la cabeza.

—Ese chico no es trigo limpio. Causa muchos problemas en el pueblo al meter esa mierda que destroza los cuerpos y las cabezas de la gente. No habrá sitio para ti entre mi gente si consumes algún tipo de droga. No tengo tiempo para esos líos.

—Le prometo que no consumo. De hecho, lo detesto con todo mi ser.

Casi tanto como odiaba a Charlie.

Charlie era el marido de mi madre, mi queridísimo padrastro, y llevaba en nuestras vidas desde que tenía uso de razón. Nunca pensé que las serpientes tuvieran forma humana hasta que crecí y descubrí el tipo de persona que era Charlie. Era el agujero negro de Eres, una infección tóxica que se extendía por la zona. Era el mayor traficante de drogas y el principal causante de la adicción a la metanfetamina que se había apoderado del pueblo.

Charlie Riley era problemático y demasiado bueno en su trabajo como para que lo pillaran.

Había muchas razones para aborrecerlo. No obstante, para mí, la principal era que había convertido a mi madre en otra persona.

Siempre decía que lo quería, pero que no le gustaba demasiado. Al menos, no cuando estaba bebido, y, si había algo que a Charlie se le daba bien, era emborracharse. A veces bebía tanto que iba tirando todo a su paso de forma escandalosa y pegaba a mi madre hasta sacarle lágrimas y disculpas por cosas que ni siquiera había hecho.

Una vez le pregunté por qué no lo dejaba. «Todo lo que tenemos es gracias a ese hombre —dijo—. Esta casa, tu comida, tu ropa. ¿No lo ves, Hazel? Sin él, no somos nada».

No lo entendía. No entendía cómo permitía que la hiriese de esa manera por el simple hecho de mantenerla. Quizá tenía razón en lo de que Charlie nos proveía, pero, si no tuviéramos nada, ella tampoco tendría los ojos morados.

Me había pedido que dejara la conversación y que no volviera a sacar el tema, porque quería a Charlie y nunca lo dejaría.

Habían pasado tres años desde entonces. Ya tenía dieciocho y, día tras día, parecía que mi madre se ponía cada vez más veces del lado de Charlie antes que del mío. Sabía que no era lo que pensaba en realidad. Pero Charlie había envenenado su cuerpo y su mente hasta el punto de que ya no sabía distinguir lo que estaba bien o mal. Era una esclava de su control y de su suministro de drogas. Cuando la miraba a los ojos, apenas reconocía la mirada de mi verdadera madre.

Lo habría superado por completo si no fuera porque estaba embarazada de cuatro meses. Me sentía responsable de mi futuro hermano o hermana. Dios sabía que Charlie no se ocupaba de cuidarla.

Necesitaba el trabajo en el rancho Eres para ahorrar dinero para mi hermano o hermana. Necesitaba dinero para comprar vitaminas prenatales para mi madre y asegurarme de que tuviera la nevera llena. Dinero para cerciorarme de que, de alguna manera, el bebé llegara al mundo con un poco más de lo que yo había tenido.

Luego, con el resto del dinero, compraría un billete de ida y me marcharía de Eres sin mirar atrás. De alguna manera, convencería a mi madre para que viniera conmigo y el bebé. Lo último que necesitaba era criar a un niño con Charlie cerca.

Ella llevaba razón; teníamos un techo sobre nuestras cabezas gracias a Charlie. Sin embargo, que alguien te proporcionara cuatro paredes entre las que vivir no implicaba que no fueran una prisión. Me moría de ganas de reunir el dinero suficiente para tener mis propias cuatro paredes, que estarían llenas de amor y no de odio; de felicidad y no de miedo.

Y el nombre de Charlie Riley sería un recuerdo lejano.

Big Paw se frotó la nuca.

—Necesitamos rancheros, no una chiquilla que tema ensuciarse las manos.

—No me da miedo. Me ensuciaré como el resto.

—Tienes que ser capaz de levantar más de veinticinco kilos.

—Levantaré treinta.

Enarcó una ceja y se inclinó hacia delante.

—Preséntate antes de que salga el sol y, si no terminas el trabajo, quédate hasta después del atardecer. Nada de horas extras. Se te pagará por las tareas diarias que completes, no por las horas que pases aquí. Si terminas antes, puedes irte antes. Si terminas tarde, te quedas hasta tarde. Además, no creo en segundas oportunidades, sino en primeras. Si te equivocas, te largas. ¿Entendido, chica?

Si cualquier otra persona me llamara «chica», le daría un puñetazo en la nariz para demostrarle cuánto valía esta chica, pero en boca de Big Paw no era un insulto, sino lo que era a sus ojos, ni más ni menos. También llamaba «chico» a cualquier hombre más joven que él, porque podía. Seguramente, las personas que se identificaban de una forma diferente se sentirían ofendidas por el apelativo que Big Paw usaba. Sin embargo, era demasiado viejo para molestarse.

Perro viejo, trucos nuevos y todo eso.

—Lo entiendo. —Asentí—. Trabajaré más que nadie, lo prometo.

Refunfuñó un poco más y se frotó la barba.

—Vale, pero no vengas a quejarte cuando estropees tus zapatos favoritos en las pocilgas. Preséntate en los establos mañana a las doce en punto para aprender con mi nieto, Ian. Él se encargará de ponerte a punto.

Me senté un poco más recta con un nudo en el estómago.

—¿Ian me enseñará? —Fruncí el ceño—. ¿Seguro que no puede encargarse Marcus, James u otra persona?

—No. Ya se ocupan de otros peones del rancho. —Levantó la ceja otra vez—. No empezarás a dar problemas tan pronto, ¿verdad?

Negué con la cabeza.

—No, señor… Esto… Big Paw. Lo siento. De acuerdo. Mañana al mediodía. Allí estaré.

La idea de aprender de Ian Parker me provocaba arcadas. Se lo conocía como la estrella del *rock* y *playboy* de Eres. Se había graduado tres años antes que yo; durante mi primer año, fui la suertuda que tenía la taquilla justo al lado de la suya. Lo que significaba que lo había visto intercambiar saliva con todas las grupis de pueblo de turno a las que hubiera engatusado.

Me sorprendió que la mononucleosis no se hubiera propagado más a causa de Ian Parker y su promiscuidad. Nada me provocaba más odio hacia su persona que tener que abrirme paso entre él y la rubia de la semana para llegar a mi taquilla. Y ahora me enseñaría a trabajar en el rancho.

Dudaba que supiera quién era yo, ya que en el instituto pasé la mayor parte del tiempo procurando no destacar. Mi ropa era una combinación de negro con negro y una pizca de negro. Combinaba con el pelo carbón, las uñas como la tinta negra y los ojos de color verde intenso. La oscuridad de todo iba a juego con mi personalidad. Era una persona solitaria y la vida me resultaba más fácil así. La mayoría de la gente me llamaba «la gótica solitaria de Eres» y me consideraba indigna de su tiempo. No obstante, un buen puñado de chicas vieron la oportunidad de acosarme durante el instituto, como si hostigarme hubiera sido un caso de caridad. «Mirad a la pobre Hazel Stone sola y pensando en sus asuntos. Hagamos que destaque un poco tirándole la comida durante el almuerzo. Se muere por algo de atención».

Si hubiera desaparecido, habría sido posible que nadie hubiera venido a buscarme. No quiero ser melodramática, pero es la verdad. Una vez, me escapé de casa durante dos semanas y, cuando volví, mi madre me preguntó por qué no había fregado los platos. Ni siquiera se había dado cuenta de que había desaparecido. Y, si mi propia madre no se percataba, dudaba que nadie más en Eres fuera a hacerlo. Sobre todo, alguien como Ian. Estaba demasiado ocupado con las manos pegadas a una mujer o a las cuerdas de su guitarra.

Al día siguiente, me presenté en el rancho dos horas antes de mi reunión con Ian. Pasé el tiempo dando vueltas por los establos antes de que llegara la hora de ponerme a trabajar. No tenía coche, así que había tardado casi treinta minutos en llegar a pie desde la casa de Charlie. El sol me picaba en la piel y hacía que el sudor me resbalara por la frente. Mis axilas eran el paraíso soñado de Shrek, a tenor de la humedad pantanosa que albergaban. Aparté los brazos del cuerpo para evitar que las manchas de sudor se agrandaran, pero al sol estival de Eres no le importaban los meros seres humanos a los que atacaba.

Dos horas después, me dirigí a la oficina del rancho, donde debía reunirme con Ian. Me quedé allí sentada treinta minutos. Luego cuarenta y cinco. Pasó una hora.

No tenía ni idea de lo que debía hacer. Había mirado el reloj unas cinco veces para asegurarme de que no me había desmayado y se me había pasado la cita con Ian.

Tras haber esperado más de una hora, eché a andar por el rancho con la esperanza de cruzarme con Ian o con alguien que me llevara hasta él. Cuanto más tiempo pasaba, más nerviosa me ponía al pensar que, si Big Paw se enteraba de que no estaba aprendiendo a trabajar allí, me echaría antes de tener la oportunidad de conseguir el puesto.

—Perdona, ¿puedes ayudarme? —pregunté a un tipo que cargaba una pila de heno a la espalda. Se volvió hacia mí con una mirada agotada. Debía de estar sujetando unos quince kilos, y me sentí mal por haberlo interrumpido, pero no podía perder el trabajo.

—¿Sí? —Jadeó, agotado. También lo había visto en el instituto. Era James, el mejor amigo de Ian. Era menos promiscuo que su amigo y también sonreía mucho más, incluso con el heno a punto de romperle la columna vertebral. Los dos estaban en una banda llamada The Wreckage y, aunque Ian era el vocalista principal, James era el corazón de la música. La gente deseaba acostarse con Ian y quería ser colega de James. Era así de simpático. Llevaba una camiseta blanca con las mangas arrancadas y una gorra de béisbol del revés. La camiseta, que había visto días mejores, estaba cubierta de suciedad y rasgaduras, pero, aun así, halló la manera de sonreírme.

—Me llamo Hazel y se supone que tengo que reunirme con Ian para que me enseñe cómo va esto. Es mi primer día.

James arqueó una ceja antes de dejar el heno en el suelo. Se pasó el dorso de la mano por la frente y se aclaró la garganta.

—¿Trabajas aquí? —preguntó, más desconcertado de lo que me habría gustado.

—Sí, así es. Es mi primer día —repetí.

Me recorrió el cuerpo con la mirada y sacudió la cabeza, por lo que afloraron todas mis inseguridades. Resultaba curioso cómo una simple mirada podía encender con tanta facilidad la falta de confianza de alguien.

James debió de captar mi malestar, porque me dedicó una de sus sonrisas gratuitas y se apoyó en la pila de heno.

—Vistiendo con todo de negro, te vas a morir. ¿Vaqueros negros y camisa de manga larga? ¿Son botas militares? —Se rio—. ¿Seguro que no tendrías que estar en la granja?

No era una risa insultante. Más bien estaba revestida de confusión, pero, aun así, no me gustó.

—No me preocupa mi vestuario. Solo quiero trabajar.

—Debería preocuparte, el sol en el rancho no da tregua. Una insolación es algo muy serio.

—¿Sabes dónde está Ian? —pregunté con los dientes apretados. No estaba allí para hablar de moda, sino para trabajar.

—Conociéndolo, estará en la oficina que hay junto a los establos de los caballos. No obstante, un pequeño aviso... —comenzó, pero lo interrumpí.

No tenía tiempo para advertencias.

Ya llevaba casi una hora y media de retraso.

—Gracias —dije y eché a correr hacia el pequeño despacho anexo a los establos. ¿Me había dicho Big Paw que quedara con Ian en el despacho de los establos? ¿Lo había malinterpretado al presentarme en la oficina principal? Mierda. Solo tenía una oportunidad y ya la había fastidiado.

En cuanto llegué al despacho, abrí la puerta de golpe, con una disculpa en la punta de la lengua.

—Hola, Ian. Soy Hazel y... ¡Ay, la virgen! —balbuceé cuando me encontré de frente a una chica de rodillas delante de un Ian a medio vestir. Todavía llevaba puesta la camiseta blanca, pero tenía los vaqueros azules y los bóxers alrededor de los tobillos mientras los labios de una mujer le envolvían la...

La madre del cordero, ¿era normal que fuera tan grande? ¿Cómo era posible que la chica no se asfixiara con el cartucho de dinamita que tenía metido en la boca? La manera en que las venas se marcaban en el pene me hizo pensar que esa cosa explotaría en cualquier momento, aunque a ella no parecía preocuparle que sucediera entre sus labios pintados.

Me di la vuelta para mirar a otro lado, aturdida por lo que me había encontrado.

—¡Perdón! ¡Perdón! —grité y agité las manos asustada.

—¡Lárgate, joder! —ladró Ian, con una voz ronca y curtida que destilaba irritación y placer a la vez. ¿Quién habría dicho que se podía estar enfadado y complacido al mismo tiempo? Supuse que cualquier hombre al que interrumpieran en mitad de una mamada.

—¡Perdón! —repetí y salí a toda prisa de la habitación. Cerré la puerta y respiré hondo. Me temblaban las manos y el corazón me rebotaba en las costillas. Era lo último que esperaba en el despacho de los establos a la una del mediodía de un miércoles. Menuda visión me había concedido Ian. Una que deseaba olvidar.

Me quedé allí como una completa idiota durante varios minutos antes de echar un vistazo al reloj.

¿Cómo no habían terminado todavía?

No era ninguna experta en mamadas, pero, por el tamaño, las venas y la determinación de la mujer arrodillada, Ian estaría cerca de terminar.

Sin embargo, no se oía ningún gemido de felicidad, y el tiempo pasaba.

Llamé a la puerta.

—Que te largues, hostia —siseó la voz de Ian.

El mismo chaval encantador que recordaba del instituto.

—Lo haría si pudiera, pero no es el caso. Se supone que tienes que enseñarme.

—Vuelve mañana —ordenó.

—No puedo. Big Paw me dijo que hoy tenía que aprender contigo, sin peros, y me niego a perder esta oportunidad. Necesito el trabajo.

—Guárdate el cuento para alguien a quien le importe —gruñó, lo que me enfureció todavía más.

¿Quién se creía que era?

Solo porque había conseguido un atisbo de éxito como músico en internet y porque todas las mujeres, y algunos hombres, de Eres desearan su atención, no tenía derecho a tratar a la gente como lo hacía. Por favor, era una estrella del *rock* que vivía en medio de la nada, en Nebraska. No era Kurt Cobain ni Jimi Hendrix.

Abrí la puerta del despacho y los encontré en la misma posición. Me puse las manos en la cadera.

—Perdona, pero se supone que tienes que enseñarme, así que tendréis que aplazar esto para más tarde.

Ian me miró y levantó la ceja más alta de la historia. Para que conste, me esforcé mucho por no fijarme en la otra parte elevada que seguía a la vista.

—¿Qué tal si pillas la indirecta y comprendes que está ocupado conmigo? —se burló la chica tras liberarse la boca.

«Buena chica. Haz una pausa para respirar».

—¿Qué te parece si no me hablas? —espeté—. Es mi primer día —repetí, esta vez con los dientes apretados mientras miraba fijamente a Ian—. Tú tienes que enseñarme, así que espero aprender.

Me fulminó con la mirada.

—¿Sabes quién soy?

¿En serio?

¿Acababa de soltar ese tremendo cliché?

«¿Sabes quién soy?».

«De nuevo, no eres Kurt Cobain, chato».

—Sí, lo sé. La persona encargada de enseñarme. Así que si pudiéramos...

—No te enseñaré nada —dijo—. Así que esfúmate.

—Eso, esfúmate —repitió la mujer.

—Vaya, alguien suena desesperada, ¿no? —pregunté, la miré y volví a Ian—. No me iré hasta que me enseñes el trabajo.

—Pues disfruta de la vista —comentó y colocó las manos detrás de la cabeza de la chica para acercársela al miembro.

—De acuerdo. Seguro que a Big Paw le gustará saber en qué estabas ocupado en lugar de enseñándome —amenacé.

La mujer soltó una risita gatuna.

—Como si a Ian le importara lo que piensa Big Paw. —Fue a inclinarse, pero Ian la apartó ligeramente.

—Se me ha cortado el rollo. Seguiremos más tarde —comentó ante su atónita mirada.

—Bromeas, ¿verdad?

Se encogió de hombros.

—No me apetece.

Otra lectura de sus palabras sería: «Mi abuelo me acojona muchísimo y no quiero enfadarlo». Incluso la estrella del *rock* del pueblo tenía sus miedos.

—Puedo hacer que te apetezca —dijo ella, que se disponía a inclinarse, pero Ian la detuvo.

—¿Qué tal si pillas la indirecta y comprendes que está ocupado? —me burlé descaradamente y le devolví sus propias palabras. Solo me permitía ser insolente con aquellas personas que me incordiaban primero. Ojo por ojo, y todo eso.

Se levantó y se alisó el vestido veraniego. Al pasar junto a mí, le dedicó a Ian una sonrisa seductora.

—Llámame más tarde, ¿quieres?

—Por supuesto, Rachel.

Abrió los ojos de par en par.

—Me llamo Laura.

—Eso he dicho. —La despidió con un gesto.

Si representara más el cliché de capullo de pueblo, sería Jess de *Las chicas Gilmore*. Engreído, arrogante y tremendamente atractivo.

No me sentía atraída por él de ninguna forma, debido a su desagradable personalidad, pero fingir que no estaba bueno era una pérdida de tiempo. El hombre rezumaba atractivo como si fuera magia negra. Era como si hubiera vendido su alma al diablo a cambio de ser tan *sexy*. Tenía el pelo negro como la tinta, el cuerpo tatuado y unos brazos que hacían que pareciera que levantaba ganado en sus ratos libres. Y la maldita sonrisa de estrella de *rock*. Todas la conocíamos. Esa que decía: «Podría hacer que me la chuparas aquí y ahora si quisiera». La misma que estaba segura de que le había mostrado a Laura esa misma mañana. Vivíamos en el campo, donde los armarios de la mayoría se limitaban a camisas de cuadros y pantalones tejanos, vestidos de verano y botas de vaquero. Sin embargo, mientras que la mayoría tenía un aspecto más o menos ordinario, Ian parecía un semidiós que se había colado en la galaxia equivocada.

Se subió los calzoncillos y los vaqueros, y yo me di la vuelta para darle un poco más de intimidad que unos momentos antes.

Cuando terminó, se aclaró la garganta. Volví a mirarlo y se pasó el pulgar por la nariz. Tenía los labios fruncidos en un gesto desagradable. Desde luego, no me regalaría su sonrisa de mamada.

—¿Quién coño eres?

Por lo visto, su nueva enemiga mortal.

—Hazel.

—¿Hazel qué?

—Stone. Hazel Stone.

En cuanto dije mi nombre completo, frunció el ceño y esbozó una sonrisa de desprecio.

—¿Tu madre es Jean Stone?

Tragué con fuerza. Cualquiera que conociera a mi madre no era un gran admirador suyo, debido a su conexión con Charlie, el lobo feroz de Eres.

—Sí, lo es.

Abrió y cerró las manos sin parar mientras la información se asentaba en su cabeza.

—¿Lo sabe Big Paw?

—Sí, está enterado. No veo qué tiene que ver con...

—Lo sabía —me interrumpió—, ¿y te dijo que yo tenía que enseñarte?

19

—Eso dijo.

Pasaron unos instantes de silencio mientras Ian apretaba los puños.

—Una hora —gruñó, mucho más irritado que cuando lo había interrumpido en plena mamada. ¿De verdad mi conexión con Charlie tenía este efecto en la gente?

¿A quién quería engañar? Claro que sí.

—¿Una hora para qué? —pregunté, sin querer presionar más, porque era evidente que no estaba de humor.

—Te doy una hora antes de que huyas de aquí llorando como un bebé. No tienes lo que se necesita para trabajar aquí y bajo mi mando.

—No te ofendas, pero no sabes lo que tengo o dejo de tener. Soportaré el trabajo en el rancho. —¿Era eso cierto? No lo sabía. No sabía nada de cómo era trabajar en un rancho. Pero tenía determinación a raudales. No había sitio para el fracaso.

—Ay, encanto —dijo—. No tienes ni idea de dónde te has metido. Bienvenida al infierno.

Pasó a mi lado y un escalofrío me recorrió la espalda. Quería darle un puñetazo en la mandíbula por haberme llamado «encanto». Si había algo que odiara más que los apodos para las mujeres, eran los apodos condescendientes. Nena. Cielo. Muñeca. Encanto. ¿Qué tal una ración de «vete a la mierda»? Me habría gustado llamarle la atención por el apodo estúpido y despectivo, pero no me dio tiempo a responder. Ya había comenzado a hablar de las tareas que haríamos en la siguiente hora antes de que, supuestamente, saliera corriendo como una niñita llorona.

Pocilgas. Establos. Gallineros.

Parloteaba sin parar de los trabajos de mierda que tendría que hacer, lo que combinaba bien con su personalidad de mierda. Sabía que no bromeaba con lo de que era un infierno y, con el veneno que rezumaba por la boca, estaba completamente segura de que Ian Parker era el mismísimo diablo.

Capítulo 2

Ian

Hazel Stone era la hija de Jean Stone, la hijastra de Charlie Riley y una persona que no quería conocer, y tampoco me apetecía enseñarle nada. No deseaba tener en mi vida a nadie que tuviera la más mínima relación con alguien como Charlie Riley. Eso incluía a Hazel.

Cada vez que pasábamos por las pocilgas se cubría las fosas nasales con el cuello de la camisa negra de manga larga. Le había ordenado que paleara uno de los corrales para limpiarlo y estaba pasándolo fatal, tanto como me había esperado. No había tenido el placer de volverse inmune a los sucios aromas de la mierda de cerdo, y la tela que le cubría la nariz era prueba de ello. Debería considerarse afortunada por ello. El viejo Eddie llevaba tantos años trabajando en las pocilgas que no entendía por qué la gente lo miraba raro cuando iba al pueblo apestando a estiércol. El pobre imbécil ya ni siquiera se olía a sí mismo.

De vez en cuando, Hazel emitía ruidos de arcadas como si estuviera a punto de vomitar el almuerzo.

¿En qué narices pensaba Big Paw cuando la contrató para trabajar en el rancho? La vejez afectaba a su capacidad de decisión, porque contratar a aquella chica era un sinsentido.

Parecía que acababa de salir del ataúd de un vampiro cinco minutos antes de entrar en el rancho, con los ojos cubiertos de lápiz de ojos negro. El vestuario oscuro no le confería menos pinta de vampiresa. Si la oscuridad fuera una persona, sería Hazel Stone. Llevaba ropa holgada y demasiado grande, y no

21

sabía sonreír. No la culpaba por eso último. Yo tampoco iba por ahí con una sonrisa de oreja a oreja. Sin embargo, lo que más me molestaba era cómo había interrumpido mi rato con Erica. ¿Rachel? Mierda, como fuera que se llamara la chica que se había metido mi miembro palpitante en la boca. Por su culpa, sufría un tremendo problema de huevos hinchados. No es que tuviera planeado correrme con una mamada. En realidad, eso nunca me ocurría, pero eran los preliminares antes de tumbar a la mujer sobre el escritorio y penetrarla hasta que las vacas volvieran a casa, lo que ocurría alrededor de las seis de la tarde.

En cambio, me tocaba pasearme por el rancho con la puñetera Miércoles Addams y explicarle lo que hacía falta para ser peón en el rancho Eres. Noticia de última hora: ella no lo tenía. Se alejaba tanto de lo que debería ser un peón de rancho que me sentía como un imbécil por desperdiciar la tarde enseñándole el lugar.

—No te lo pondremos fácil simplemente por ser una chica —espeté y eché el heno sucio en la carretilla.

—No soy una chica —ladró mientras levantaba la horquilla a duras penas, pero sin rendirse.

Volví a mirarla y la repasé de arriba abajo.

Llevaba la ropa holgada. Aun así, atisbé un par de bultos que se le marcaban bajo la camisa.

Antes de que pudiera hacer un comentario, me fulminó con la mirada.

—Soy una mujer.

Bufé.

—Apenas. ¿Qué tienes? ¿Dieciocho?

—Sí. Que es exactamente la edad a la que una se convierte en mujer. No soy una chica.

Puse los ojos en blanco con tanta fuerza que estaba seguro de que me quedaría ciego.

—Mujer, chica, pava, lo que sea. Tú termina el trabajo. Tendrás que ir más rápido si quieres trabajar aquí. Estás perdiendo el tiempo con esa pocilga. Te quedan siete más por limpiar.

Jadeó.

—¿Siete? Es…

—¿Es qué? —corté—. ¿Es imposible que hagas siete pocilgas? —Arqueé una ceja y se dio cuenta. Esbocé una sonrisa malévola. Solo habían pasado cuarenta y cinco minutos y la pequeña Hazel ya estaba a punto de ondear la bandera blanca.

Echó los hombros hacia atrás y enderezó la espalda.

—Puedo hacer siete pocilgas. Haré siete pocilgas. Aunque me lleve toda la noche.

A juzgar por la velocidad a la que iba, tardaría toda la noche. Por mí, estupendo. Tenía ensayo esa noche en la casa del granero, así que me quedaría en el rancho hasta tarde de todos modos. Si Hazel no quería abandonar todavía, podía pasarse toda la noche en las pocilgas.

Tardó tres horas en terminar de limpiar dos. Tres puñeteras horas.

Fue mucho más de lo que se debería, pero al menos tenía que reconocer que no se había acobardado. Apenas paró a beber agua, salvo cuando la obligué a hacerlo.

—Estamos a treinta y cinco grados. Tómate un maldito descanso. Si no, tendré que sacarte a rastras por los tobillos y llevarte a urgencias —ordené.

Descansaba a regañadientes, pero luego volvía a la carga y se dejaba la piel.

Hacia las siete, recogí mis cosas del despacho y fui a verla una vez más.

—¿Cuántas te quedan? —pregunté.

—Tres. —Sonaba exasperada—. Solo tres más.

Asentí una vez.

—Me voy a la casa del granero a ensayar con el grupo. Pásate por allí cuando acabes para que revise tu trabajo.

No respondió, aunque sabía que me había oído. Más le valía, porque no me dedicaba a repetir las cosas y, si no inspeccionaba lo que había hecho al final de la noche, se quedaría sin trabajo.

Ni siquiera entendía por qué trabajaba en el rancho. No comprendía por qué se había puesto en esa posición. Podría haber acudido al cabrón de su padrastro para unirse al negocio familiar del tráfico de drogas.

Tras una respuesta silenciosa por su parte, me dirigí hacia la casa del granero para reunirme con los demás. Hacía cinco años que formaba parte del grupo The Wreckage, junto con mis tres mejores amigos. Nos habíamos hecho amigos muchos veranos atrás, cuando teníamos dieciséis años, excepto Eric, que solo tenía trece, y nos veíamos obligados a trabajar en el rancho. A mí me forzaba Big Paw, porque no quería que me metiera en líos durante las vacaciones, y al resto se lo habían mandado sus padres para que ayudaran a sus familias con los ingresos.

Si vivías en Eres y tenías dieciséis años, lo más probable era que tuvieras algún trabajillo con el que ayudar a llevar algo de dinero a casa. La mayoría de las veces, el sueldo de los padres no bastaba para llevar comida a la mesa.

Los chicos y yo pasamos todo el verano paleando estiércol y formamos una banda para matar el tiempo. En un pueblo pequeño, hacías lo que fuera para que el tiempo pasara más rápido. Los días de verano se alargaban y las noches eran aburridas. La música lo cambió todo para nosotros. No pasó mucho tiempo hasta que nuestras obras empezaron a importarnos de verdad. Con los años, conseguimos algo de éxito. No lo suficiente como para dejar nuestros trabajos, pero sí para soñar con una vida lejos de Eres.

Además, todos teníamos talento suficiente como para que el grupo destacara.

En primer lugar, James tenía don de gentes. Si había un alma necesitada de amor, él acudía para dárselo. Tocaba el bajo y poseía una personalidad tan cálida que hasta nuestros enemigos jurados caían rendidos a sus pies. No solo era un as con el bajo, sino que era la cara sonriente de nuestras cuentas en las redes sociales que atraía a los fans.

Marcus era el batería de los dioses y el payaso de la banda. Era el alivio cómico en los momentos tensos, que era lo que siempre ocurría en un grupo de artistas que a veces tenían diferentes opiniones creativas.

Eric era nuestro teclista y el mago de las redes sociales. Juraría que su cerebro funcionaba en código. Fue el artífice de la fidelización de un grupo de seguidores para The Wreckage en todas las plataformas. Aunque era el más joven de todos, el hermano de Marcus era una pieza clave. En gran medida, gracias a él habíamos conseguido la base de fans que teníamos. Más de quinientos mil seguidores en Instagram, sesenta y cinco mil en YouTube, y un número en TikTok que ni siquiera sabría decir. Eric siempre buscaba la manera de ampliar nuestro alcance, lo que suponía muchas retransmisiones en directo de los ensayos y de nuestras vidas en el pueblo y en el rancho.

Por lo visto, a la gente le gustaba ver a las estrellas del *rock* llevar estilo de vida campestre. No entendía el atractivo, pero Eric era un profesional en dar a los fans lo que querían. Si no llevaba una cámara en la mano o instalada en algún lugar cercano, pensaría que tenía una enfermedad terminal. Grababa incluso en las situaciones más improbables.

Luego estaba yo. El vocalista que escribía las canciones. Era el que tenía la personalidad más débil y sabía que, de no ser por el grupo, no habría tenido ni una pizca de éxito. En general, era un poco capullo. No era bueno con la gente y las redes sociales se me daban aún peor. Pero amaba la música. La música desvelaba partes de mí que las personas nunca descubrirían. La música me había salvado de algunos de los peores días de mi vida. No sé qué habría sido de mí sin The Wreckage. Los ensayos diarios eran lo que me mantenía con los pies en la tierra.

Cuando entré en la casa del granero, los chicos ya estaban debatiendo sobre nuestros próximos pasos en el mundo de la música.

—Tenemos que dar un concierto local y transmitirlo en directo por Instagram —clamó Eric, que se pasó las manos por el pelo rojo—. Si no damos a nuestros seguidores una muestra de las nuevas canciones, nos aplastarán todas las nuevas sensaciones de las redes. Si queremos ser los próximos Shawn Mendes que descubran en internet, tenemos que esforzarnos como si lo deseáramos —dijo.

—Por favor, tómate una pastilla y respira, E. No quiero que te dé un ataque al corazón por culpa de Instagram —refunfuñó Marcus mientras sacaba una cerveza del paquete de seis—. ¿Qué os parece si nos relajamos con las redes sociales por un minuto y hacemos algo bueno? —Siempre había sido así: le preocupaba más la música que la fama.

—Relajarnos... —Eric resopló a la vez que se paseaba—. ¿Qué quieres decir con eso de que hay que calmarse con las redes sociales? Las redes son nuestra única oportunidad de despegar, ¿y tú quieres volver a hacer el tonto en un granero? Las reproducciones de nuestros vídeos se han reducido un cinco por ciento en las últimas semanas, ¡y os portáis como si no fuera el apocalipsis!

Sonreí a mi compañero, que era todo un empollón y un apasionado.

Si había una forma de irritar a Eric, era permitir que Marcus le dijera que las redes sociales no eran importantes. Discutían como los hermanos que eran.

—Tal vez porque no es el apocalipsis —dijo Marcus y se encogió de hombros.

Eric se quitó las gafas, ladeó la cadera como mi abuela después de un duro día de limpieza y se pellizcó la nariz.

—Treinta y siete por ciento —dijo.

—Estupendo. Otra vez con las estadísticas —gimió Marcus.

—Sí, otra vez con las estadísticas, porque importan, joder. El treinta y siete por ciento de la población de Estados Unidos está en Instagram. Casi todos nuestros seguidores están en Estados Unidos, ¿y sabes cuál es su rango de edad?

Me uní al grupo y me senté a escuchar en el borde del escenario de madera que Big Paw había construido años atrás. Sabía que Eric estaba a punto de darle un repaso a Marcus.

—Por favor, ilumínanos —añadió James, obviamente interesado.

—El noventa por ciento es menor de treinta y cinco. Eso significa que nos enfrentamos a un mundo de *millennials* y chavales de la generación Z, que tienen la capacidad de concentración de un cachorro que se muerde la cola. Si no captamos su atención y les damos una razón para que les importe nuestra música y nuestra marca, pasarán al siguiente grupo más rápido de lo que una Kardashian se acuesta con un equipo de baloncesto. Tenemos que centrarnos. Tenemos que pensar a lo grande. De lo contrario, perderemos la posición que hemos ganado con los años.

Todo el mundo se calló tras las palabras de Eric, porque estaba claro que sabía de lo que hablaba. Además, yo estaba de acuerdo con él. Últimamente, me sentía obsoleto. Como si la música no llegara donde yo esperaba. Tenía grandes sueños y metas, al igual que los demás, pero sentía que nos habíamos estancado. No había descubierto cómo dar el siguiente gran paso. Sabía que Eric tenía razón en lo que se refería a las redes sociales, sin embargo, si no teníamos la música, ningún empujón nos haría triunfar.

Necesitábamos éxitos, no solo temas mediocres.

—¿Qué hay del nuevo material en el que estabas trabajando, Ian? Quizá podemos tocar algunos temas para el directo —propuso James.

Hice una mueca. Nada de lo que tenía entre manos estaba listo. Me sentía atascado y, cuando una mente creativa se atascaba…

—Todavía está en proceso.

—Pero hasta que esté listo, tenemos que seguir adelante. Tocaremos nuestros mejores temas en las próximas semanas. Invitaremos a toda la gente del pueblo y haremos un directo. Al menos, volveremos a poner en marcha la rueda —ofreció Eric.

—Trato hecho. Entonces, ¿qué tal si preparamos una lista de canciones y ensayamos? —dijo Marcus—. Que quede bonito y con lacito.

Por fin nos pusimos de acuerdo y empezamos a hacer lo que nos gustaba: música.

Pasaron las horas mientras ensayábamos, con solo una pausa para cenar, momento en que Eric compartió con nosotros el dato de que la *pizza* era la comida más publicada en Instagram; el *sushi* y el pollo ocupaban el segundo y el tercer puesto.

La cantidad de información que contenía la cabeza de ese tío estaba destinada a usarse en *Jeopardy!* algún día. Una persona no podía saber tantas cosas y no acabar en un concurso de la tele.

Cuando se abrieron las puertas del granero, me sorprendió ver entrar a Hazel. Tenía una pinta horrible. Llevaba el pelo recogido en el moño más despeinado que jamás había visto, la mirada agotada y la ropa hecha jirones y cubierta de mierda, tal cual. Tenía las botas militares destrozadas y la moral por los suelos, pero seguía allí. Apaleada, pero no derrotada.

—Siento interrumpir, pero ya he terminado con las pocilgas —anunció y asintió una vez—. Por si quieres venir a revisar mi trabajo.

Me metí un trozo de pan de ajo en la boca y me froté las manos cubiertas de grasa contra los vaqueros.

—Te lo has tomado con calma. Iré en un momento.

No dijo nada, solo giró sobre los talones y se marchó.

James enarcó una ceja.

—No la habrás puesto a limpiar las pocilgas sola, ¿verdad? Sabes que Big Paw siempre se lo manda a tres tíos.

—Puedes apostar a que sí. Supuse que, si se rendía desde ya, no tendría que perder el tiempo durante el resto del verano.

—Yo habría tirado la toalla —comentó Marcus—. Parece que tiene más agallas de las que crees.

Después de suficientes dificultades, todo el mundo tenía un límite. Tal vez Hazel había superado el día, pero con el tiempo acabaría con ella.

Les di las buenas noches a los chicos y, cuando eché a andar hacia las pocilgas, James me persiguió.

—Ian, espera.

Me volví hacia él y me crucé de brazos.

—¿Sí?

—Esa chica, Hazel, es la hijastra de Charlie, ¿verdad?

Asentí.

—Sí.

James soltó una nube de aire caliente y negó con la cabeza.

—Oye, no seas un capullo con ella por eso. No es Charlie. No pagues con ella el resentimiento que sientes hacia ese cabrón.

—Cualquiera que sea pariente de ese hombre es enemigo mío.

—Pero Hazel no enganchó a tus padres. Ella no es responsable de lo que les pasó.

Apreté la mandíbula y señalé con la cabeza hacia la casa del granero.

—¿Qué tal si te aseguras de que todo quede cerrado? Yo me ocuparé de Hazel como a mí me parezca.

No discutió, porque sabía que era un cabrón testarudo y no había mucho que hacer conmigo. Como decía, James era el guardián de la paz.

Yo, por el contrario, no lo era tanto.

Me dirigí hacia las pocilgas, donde encontré a Hazel apoyada en una de las rejas, todavía con aspecto de haber cargado con la puñetera luna sobre los hombros esa noche.

Recorrí el lugar y, para mi sorpresa, estaba perfecto. Se había encargado de todas las tareas que le había encomendado y, no sabía cómo, lo había hecho mejor que cualquiera de los tíos que normalmente se encargaban de los establos.

Me sorprendió.

Sin embargo, no pensaba decirle que lo había hecho bien. Seguía convencido de que metería la pata en algún momento.

—Es un trabajo mediocre —dije.

Se quedó boquiabierta.

—¿Mediocre? Me he dejado la piel y ha quedado muy bien.

—¿Cómo lo sabes? Dudo que hayas pasado tiempo en una pocilga.

—Eso no significa que no tenga ojos en la cara. Este lugar tiene el mejor aspecto posible.

Me encogí de hombros.

—Como sea. Vuelve mañana al amanecer para seguir trabajando.

—¿Eso es todo? —espetó—. ¿«Vuelve al amanecer» y ya está? ¿Nada de «enhorabuena» ni de «buen trabajo, Hazel»?

—Lo siento. No sabía que tuviera que repartir cumplidos a los empleados que solo hacen su trabajo. Si necesitas un aplauso por cada tarea que hagas, entonces estás en el lugar equivocado. Apártate para que pueda cerrar este lugar y salir de aquí.

Se subió la correa del bolso al hombro y se dirigió a la puerta.

—Ocho horas.

—¿Perdón?

Me miró por encima del hombro.

—Ocho horas. He durado ocho horas más de lo que creías. —Me dedicó una sonrisa cargada de odio y juraría que estuvo a punto de hacer una reverencia sarcástica antes de alejarse.

¿Por qué tenía la sensación de que esa chica sería como un dolor de muelas?

Capítulo 3

Hazel

Me dolía cada centímetro del cuerpo, y no lo decía en broma. Desde la parte superior de la cabeza hasta los dedos de los pies. Ni siquiera sabía que los dedos de los pies podían doler hasta que me pasé un día trabajando en el rancho. Al final de la semana, estaba segura de que mi cuerpo se revelaría contra cualquier intento de movimiento. Sin embargo, seguí adelante; me iba a dormir cerca de la medianoche y me despertaba antes del amanecer para caminar hasta el rancho.

Ian tampoco me lo ponía fácil. Estaba convencida de que pretendía romperme y, la verdad, no sabía por qué. Imposible que fuera solo por lo de la mamada; en ese caso, sería el hombre más mezquino de la historia.

Seguramente, su rabia y su malhumor provenían de un lugar más profundo. Solo que no tenía ni idea de cómo averiguar cuál era. Aunque, en realidad, no me importaba. Mientras hiciera bien mi trabajo, no tenía de qué preocuparme.

No conseguiría librarse de mí sin una razón aparente.

Cuando volví tras otra agotadora jornada de trabajo, me encontré la casa hecha un auténtico desastre. Desde que había empezado a trabajar, mi madre no se ocupaba de las tareas que normalmente hacía yo. El fregadero estaba repleto de platos y la colada se amontonaba. Había colillas por toda la casa, tiradas como si los humanos que vivían allí nunca hubieran oído hablar de un cenicero, y latas de cerveza vacías esparcidas por todas partes.

Mi madre estaba sentada en el sofá viendo la tele. Se había quedado dormida allí la noche anterior y no pude evitar preguntarme si se habría movido de esa posición desde entonces.

—Ya era hora de que llegaras —dijo—. Charlie ha dicho que tienes que limpiar antes de que vuelva.

Tenía un cigarrillo entre los labios y eso me revolvió el estómago.

—Mamá, pensaba que querías dejar de fumar por el bebé.

—Lo estoy dejando. He reducido el consumo. No me juzgues.

—No te juzgo. Solo me aseguro de que te cuidas lo mejor posible. —Lo cual no hacía, por supuesto. Fumaba un paquete al día. La reducción no sonaba convincente.

—Lo hago. Además, fumaba como una chimenea cuanto estaba embarazada de ti y has salido bastante decente.

—Vaya, gracias, mamá —dije y puse los ojos en blanco.

Me remangué y me dirigí a la cocina para fregar los platos. Era una tontería que estuviera a cargo de la limpieza de la casa incluso cuando nunca la ensuciaba, pero no me interesaba enfadar a Charlie. Las cosas iban mejor si me ocupaba de las tareas domésticas y mantenía la boca cerrada. Cenicienta tenía dos hermanastras y una madrastra malvadas; yo solo tenía un padrastro malvado y una madre desinteresada. Podría ser peor.

Cuando terminé de fregar los platos, puse una lavadora y volví a la cocina. Abrí la nevera y vi que faltaba comida. Si yo no compraba, nadie lo hacía. Estaba segura de que Charlie tomaba comida para llevar cuando se iba, pero mi madre apenas salía de casa. Si no había comida en la nevera, era probable que no comiera en todo el día, lo cual era un problema. Sobre todo cuando se suponía que tenía que comer por dos.

—Mamá, ¿has cenado?

—Charlie dijo que traería comida china.

Miré la hora en el microondas. Ya eran más de las diez. Conociendo a Charlie, aún tardaría horas en volver. A saber cuándo traería esa comida.

—Te preparo un sándwich de queso —ofrecí.

Aceptó y, cuando acabé, entré en el salón y me senté con ella en el sofá. La veía demasiado delgada para estar embarazada. Estaba de casi cinco meses, pero apenas se le notaba. Siempre había tenido un cuerpo pequeño, no obstante, me preocupaba que no se alimentara lo suficiente a lo largo del día. Cuando me dieran mi primera nómina, lo primero que haría sería asegurarme de que la nevera estuviera bien abastecida.

—¿Has terminado de limpiar? —preguntó ella y dio un mordisco al sándwich.

—Sí. Solo tengo que meter la ropa en la secadora y ya está todo.

—Vale. Entonces hablemos antes de que Charlie llegue. —Dejó el plato en la mesita de centro y tomó mis manos entre las suyas—. Charlie y yo creemos que es mejor que sigas tu camino.

El corazón se me atascó en la garganta.

—¿Qué?

—Dice que tienes que llevarte todas tus cosas hoy. No le gusta que siempre juzgues nuestra forma de vida y que no mantengas la casa ordenada. Siempre andas por ahí, Dios sabe dónde...

—Tengo un trabajo, mamá.

—Me suena a excusa. De todos modos, ya no puedes vivir aquí. No hay suficiente espacio con la llegada del bebé y eso. Recoge tus cosas y vete.

—Pero no tengo ningún sitio al que ir, mamá.

¿De verdad me había hecho limpiar toda la casa antes de echarme? ¿Esa era la mujer a la que llamaba mamá?

Sacó otro cigarrillo y lo encendió.

—Ya tienes dieciocho años, Hazel. Es hora de que vueles del nido. No vamos a mantenerte siempre. Así que en marcha.

Quería discutir y decirle que había hecho más por ella en los últimos años que ella por mí. Quería gritar que, si había alguien que fuera una carga, eran Charlie y ella. Quería llorar.

Joder, quería derrumbarme. Mi madre era todo lo que tenía en el mundo y me apartaba de su lado sin un ápice de culpa o remordimiento. Volvió a mirar la tele a la vez que expulsaba el humo entre los labios.

Cuando Charlie entró por la puerta principal, se me revolvió el estómago. Menos mal que le había preparado a mi madre un sándwich de queso a la plancha, porque el hombre no traía la supuesta comida china.

Alternó la mirada entre las dos.

—Creía que te había dicho que la quería fuera de aquí para cuando volviera.

—Se lo he dicho. La niña es tan testaruda como su padre —dijo entre una nube de humo. Casi nunca hablaba de mi padre. Ni siquiera sabía su nombre, pero siempre que lo mencionaba era para insultarlo. Tampoco me molestaba en defenderlo, ya que no significaba nada para mí.

—No tengo dónde ir esta noche —dije y me levanté del sofá.

—La vida es dura. Cuando cumplí los dieciocho, mis padres también me echaron. Se llama ser adulto. Si yo me las arreglé, tú también —espetó Charlie—. Ya estoy harto de que seas una gorrona y no contribuyas a la casa. Tienes una hora para sacar tus cosas de aquí y esfumarte. Tengo que convertir la habitación en el cuarto del bebé.

—Ya es más de medianoche.

—Me la suda —respondió al mismo tiempo que se encendía un cigarrillo—. Largo.

Mi madre no dijo nada. Volvió a mirar la tele como si no acabara de ayudarlo a destrozarme el alma.

Tragué con fuerza y caminé hacia mi habitación. No sabía a dónde ir ni qué hacer. Solo sabía que tenía sesenta minutos para recoger toda mi vida y marcharme.

Era desconcertante descubrir que toda tu vida cabía dentro de dos bolsas de basura. Salí de la casa sin despedidas y contuve como pude las lágrimas que se me acumulaban tras los ojos.

Lo primero que pensé fue en la caravana de Garrett, mi novio intermitente. También era el sobrino de Charlie y su mano derecha en el negocio familiar. El gran sueño de Garrett era sustituir a su tío en algún momento. Lo idolatraba, lo cual para mí era un defecto irreparable. No se me ocurría por qué nadie querría ser como Charlie. No era ni por asomo una persona a la que admirar.

La relación entre Garrett y yo se había estancado debido a su manía de acostarse con otras mujeres. Decía que era culpa mía, porque no me acostaba con él, pero eso era una idiotez. Nunca entenderé a esos infieles que culpan a cualquiera antes que a su propia infidelidad. No obstante, de nuevo, yo era la tonta que volvía a su lado una y otra vez.

Era sorprendente cómo la baja autoestima te hacía caer en los brazos equivocados.

A medida que me acercaba a la casa de Garrett, me recordé un rasgo que había heredado de mi madre: salir con imbéciles.

—No puedes quedarte aquí, a menos que te pongas de rodillas —dijo mientras expulsaba una nube de humo de cigarrillo. Llevaba una camisa a cuadros y unos pantalones cortos vaqueros demasiado grandes para su esbelta figura. Un cinturón viejo y raído se los sujetaba en las caderas.

—No seas asqueroso, Garrett. Charlie me ha echado. Necesito un lugar donde dormir al menos esta noche.

—Como he dicho, ponte de rodillas o búscate otro sitio.

—¿Estás de broma?

—¿Me estoy riendo?

Justo entonces, una chica se le acercó por detrás y la reconocí enseguida. Megan Kilt, la misma que Garrett me había asegurado que solo era una amiga. Por aquel entonces, ya sabía que no debía creerle.

En cuanto Megan me vio, se le formó una sonrisa maliciosa en los labios.

—Pero si es la Barbie gótica —canturreó—. En serio, ¿por qué te pones tanto lápiz de ojos? Es excesivo.

Le saqué el dedo y volví a mirar a Garrett.

—Déjame dormir en el sofá esta noche mientras haces lo que te dé la gana con la Barbie zorrón —supliqué—. Me pondré tapones.

—Lo siento, Hazel. Charlie me ordenó que no te acogiera. Dijo que necesitabas un poco de amor duro.

No había nada de amor en lo que Charlie me había hecho. Solo crueldad.

—Charlie no tiene por qué saberlo.

—Charlie lo sabe todo. Incluso lo que crees que no sabe.

Odiaba que fuera cierto. Era como si Charlie tuviera ojos en la nuca y fuera capaz de ir un paso por delante de todo y de todos.

Garrett lanzó otra bocanada de humo y Megan le rodeó los hombros con las manos, como si quisiera dejar claro que ahora era su juguete. Por mí, estupendo. Siempre había sabido que no era el indicado para mí. Solo era el que siempre estaba ahí.

Excepto cuando más lo necesitaba.

Garrett era el chico malo que las novelas románticas te hacían creer que querías, aunque, a diferencia de en la ficción, no había ningún punto de inflexión que lo hiciera cambiar. Nunca me había dicho las palabras exactas ni me había hablado de una manera tan poética para hacer que me enamorara más de él cada día. No había hecho sacrificios por la relación ni se había entregado a nuestro amor.

Solo era Garrett, el chico que estaba allí cuando ningún otro me miraba. Me habría gustado decir que era lo bastante fuerte como para ignorarlo, pero a veces la soledad te hacía desear cualquier tipo de conexión, incluso con aquellos que te succionaban el alma.

La única diferencia entre Charlie y él era que Garrett nunca me pondría las manos encima. Era un capullo, pero no un maltratador como su tío.

Aun así, eso no lo convertía en alguien digno de admiración.

En ocasiones deseaba que fuera un personaje de ficción.

Me habría encantado verlo crecer como persona.

—Hazel, antes de que te vayas, ¿cómo está tu madre? ¿Cómo lleva el embarazo? —preguntó a la vez que apagaba el cigarrillo—. ¿Charlie la trata bien? ¿Se asegura de que coma y demás?

Negué con la cabeza.

—Sabes que Charlie solo se preocupa por una persona, y no es mi madre. Yo era la que la cuidaba, no él. Y aun así se las arregló para volverla contra mí.

Garrett sacó otro cigarrillo y lo encendió. Fumaba como una chimenea.

—Le echaré un ojo por ti, para asegurarme de que no le falten las vitaminas y eso.

«Qué considerado. Y atípico en él».

—Gracias.

—Ya. Mi madre también querrá asegurarse de que está bien.

La madre de Garrett, Sadie, había sido la mejor amiga de mi madre en lo bueno y en lo malo. No era una mala persona. Solo había estado en los lugares incorrectos.

Como mucha gente.

Garrett encendió y apagó el mechero con la mano libre.

—Deberías esfumarte antes de que Charlie te encuentre aquí y nos lo haga pagar a los dos.

Me marché y caminé entre adolescentes alborotados en las calles y adultos todavía más exaltados dentro del Carl's Bar gracias a la libertad que ofrecía la noche del viernes.

Seguí adelante, aunque me ardían los pies de tanto caminar. No podía ponerme las botas militares, ya que las había estropeado en las pocilgas, así que tenía que llevar unas estúpidas e incómodas chanclas que le había quitado a mi madre sin que se diera cuenta.

Sin pensarlo mucho, acabé en el rancho. Era el único lugar al que se me ocurría ir. La casa del granero estaba iluminada y salía música a todo volumen, suponía que por el grupo de Ian. En general, sonaba muy bien, salvo por las letras cutres.

Que nadie me malinterprete, Ian cantaba muy bien, pero las letras eran malísimas.

Detrás de la casa del granero, tras la zona boscosa, había un pequeño cobertizo abandonado que había encontrado hacía unos días mientras trataba de aliviarme un calambre en la cadera. Fui hacia allí y abrí la puerta.

No había mucho en el interior, pero había una alfombra vieja y destartalada que extendí en el suelo. Me serviría como cama para la noche.

—Es como acampar, Hazel. Una acampada —dije en voz alta.

Había un gran agujero en el techo que dejaba ver el cielo lleno de estrellas. Cada vez que miraba hacia arriba, me sentía en paz. La galaxia me hacía sentir pequeña y, curiosamente, eso me animaba. Pensar en todo lo que existía en el mundo me hacía ver que mi situación actual no era tan grave. Las cosas cambiarían. Tenían que hacerlo en algún momento. La vida no estaba destinada a ser tan deprimente y estaba segura de que, tarde o temprano, encontraría la forma de salir de aquel pueblo alejado de la mano de Dios. Me gustaría que mi madre viniera conmigo, pero estaba claro que había elegido bando y yo ya no estaba en el equipo.

Puse una de las bolsas con ropa sobre la alfombra y la utilicé como almohada. Miré por el agujero hacia el cielo y escuché a The Wreckage. Tal vez odiara al vocalista, pero mentiría si dijera que, en conjunto, no sonaban de maravilla.

Si las letras fueran mejores…

Aquella noche, cerré los ojos arrullada por la voz de Ian Parker y me esforcé para no pensar en nada más.

El día siguiente sería mejor y el sol volvería a salir.

La historia parecía estar de mi lado, porque a la mañana siguiente salió el sol. Me costó mucho sacudirme el sentimiento de traición de mi madre, pero por lo menos tenía un trabajo que me mantendría ocupada. Aunque se suponía que tenía el día libre, me presenté en el rancho. Si trabajaba, no tendría tiempo de pensar en mi situación actual de indigente. Cuando paleabas estiércol, costaba prestar atención a algo que no fuera contener las ganas de vomitar.

Además, mientras estuviera escondida en el cobertizo en ruinas, no tendría que caminar treinta minutos para ir y volver del trabajo cada noche. El lado bueno de las cosas.

—¿Qué haces? —Una voz áspera retumbó mientras cepillaba a Dottie en los establos, la yegua más hermosa que había visto en la vida. Habíamos compartido una manzana no hacía mucho tiempo y desde entonces nos habíamos dedicado a hablar de cosas de chicas, porque mi vida estaba en la fase de hablar con los animales para no sentirme tan sola.

Estupendo.

A decir verdad, los animales eran mucho más amables que las personas, así que contaba mi nueva amistad con Dottie como una victoria.

—Se me ocurrió pasarme a echar una mano —respondí al Ian Don Gruñón, que estaba apoyado en el marco de la puerta.

Me pregunté si sabría lo que era una sonrisa. Estaba segura de que tenía más razones para sonreír que yo y, aun así, encontré suficientes fuerzas para hacerlo.

—No estás en el horario —protestó.

—Lo sé. Estaba por el barrio.

—Pues sal del barrio.

—¿Qué más te da? Los chicos apenas cepillan a Dottie y a los demás como deberían. En todo caso, deberían alegrarse de que los ayude.

Alzó las cejas.

—No te pagan para esto.

—No he fichado. Sé cómo funcionan los trabajos.

—Está claro que no, en ese caso no vendrías en tu día libre.

Dejé de cepillar a Dottie y apoyé las manos en el regazo y lo miré.

—¿Por qué siempre estás enfurruñado conmigo?

—¿Por qué haces tonterías para ponerme de mal humor? —ladró. Su pelo era salvaje e indomable y me observaba con los brazos cruzados sobre el cuerpo tonificado. Si los bíceps pudieran saludar, creo que me harían una peineta.

—Ignórame —ofrecí—. No molesto a nadie y Dottie está disfrutando de mi compañía.

—Es una yegua. No disfruta de la compañía de la gente.

—Es un poco tonto pensar que solo porque sea una yegua, no tiene sentimientos. ¿Cuándo fue la última vez que le preguntaste cómo se sentía?

—Por el amor de… —murmuró antes de pasarse la mano por el pelo—. No puedes estar en la propiedad cuando no estás trabajando. Eso se llama allanamiento de morada. Va contra la ley.

—¿Qué? ¿Vas a llamar al *sheriff* Cole para que venga a arrestarme por cepillar a Dottie?

—No me pongas a prueba, Hazel —dijo con los dientes apretados—. ¿Intentas buscarme las cosquillas o te sale de forma natural?

—Es como respirar.

Refunfuñó un poco más y se pasó el pulgar por debajo del ojo izquierdo.

—Si me entero de que molestas a alguien, estás fuera. Y no me refiero solo a hoy, sino del todo. Despedida. ¿Entendido?

—Alto y claro, entrenador.

—Deja el sarcasmo.

—También es como respirar.

Antes de que pudiera gritarme enfadado, una mujer entró en los establos y lo miró.

—¿Estás listo, Ian? Solo tengo un breve descanso para comer si vamos a… Ya sabes.

Me miró, apartó la vista y se sonrojó.

«Confía en mí, bonita, todos sabemos lo que quieres decir».

Si me hubieran dado un dólar por cada mujer que había visto rondar a Ian en los últimos días, ya no tendría que trabajar en el rancho. Sería tan rica como Kylie Jenner. Podría diseñar una paleta de sombras inspirada en los colores de los ojos de las mujeres que se le cruzaban en el camino y se colaban en su despacho.

Verde esmeralda. Azul noche. Sombras negras.

Ian me miró como si quisiera regañarme un poco más, pero las ganas de llevarse a esa chica a la cama superaron las de mangonearme. Me alegré cuando me dejó sola. Dottie y yo teníamos más cosas de las que ponernos al día.

Capítulo 4

Ian

—Es un grano en el culo —me quejé a Big Paw después de pasar unas semanas enseñando a Hazel.

Día tras día, la chica seguía apareciendo con su vestuario negro y las botas militares, lista para trabajar. No importaba la tarea que le encomendara, la completaba. A veces se quedaba hasta altas horas de la noche para terminar, pero siempre terminaba el trabajo, lo que me dejaba sin motivos para despedirla. Aunque me moría por encontrar una puñetera razón para echarla.

Además, en sus días libres, seguía merodeando por allí. Era como si no tuviera una vida fuera del rancho. Su pasatiempo favorito era hablar con los animales, como si algún día le fueran a responder. Conocía a Dottie lo bastante bien como para saber que no le importaba un bledo lo que Hazel dijera, solo quería las dichosas manzanas.

A todos los demás hombres del rancho les parecía bien que Hazel anduviera por ahí como un perrito perdido. James decía que no estorbaba y que incluso le resultaba útil cuando necesitaba un par de manos extra. Marcus y Eric pensaban lo mismo y juraría que el viejo Eddie le había besado la mejilla cuando se había ofrecido a ayudarlo en el gallinero.

Por lo visto, yo era el único imbécil que no la quería cerca, y sabía muy bien que se debía a mis problemas personales con su padrastro.

Ver a Hazel cada día me lo recordaba y eso me recordaba a mis padres. Me esforzaba por no pensar en ellos, por mantenerlos enterrados en el fondo de mi mente, pero Hazel lo hacía casi imposible.

No la conocía, pero me dejaba un mal sabor de boca. Si tenía relación con una serpiente como Charlie, nada bueno saldría de que trabajara en el rancho. Venía de un mundo tóxico.

—Igual que tú —respondió Big Paw, sentado en el escritorio de su casa. Se rascó la barba crecida, que la abuela había intentado que se afeitara, y bostezó sin taparse la boca—. Ha trabajado más duro que la mitad de los cabezas de chorlito que hay por ahí. Cada vez que me he acercado al rancho, la he visto dejarse la piel. A veces ha pasado apuros, sí, pero siempre trabaja. A diferencia de la mitad de tu equipo, más de una vez los he pillado holgazaneando y de cháchara.

—Sí, pero… —protesté, consciente de que, por mucho que quisiera, no tenía argumentos en los que apoyarme—. ¿Sabías que es la hijastra de Charlie?

—¿Crees que no investigo antes de contratar a alguien? Por supuesto que lo sabía.

—¿Y aun así la trajiste? —pregunté, asombrado—. Sabes que Charlie es la razón por la que mis padres…

—No empieces, chico —bufó con fastidio. Se tocó el puente de la nariz con el dedo—. No tengo tiempo para que saques el tema. Hazel Stone trabaja en el rancho y tú te encargas de supervisar su trabajo. Fin de la historia.

—Pero…

—¡He dicho que fin de la historia!

¿Cómo descartarlo como si nada? Si no hubiera sido por Charlie, mis padres nunca se habrían enganchado a la metanfetamina años atrás.

No habrían huido colocados, en busca del próximo subidón. Habrían seguido siendo los padres que necesitaba.

Por eso, a la mierda Charlie y todos los que tuvieran relación con él. Arruinaba vidas, incluida la mía.

Ojalá yo no hubiera conocido a mis padres antes de que las drogas se colaran en sus vidas. Ojalá no hubiera visto su lado bueno. Sin embargo, los había tenido durante trece años. Tenía muchos recuerdos de cómo era mi madre antes de la metanfetamina. Recordaba que le gustaba ayudar a la abuela en el jardín. Recordaba su risa, su perfume de rosas y su sonrisa. Durante los veranos, mi padre me dejaba ir al desguace y usar la carretilla elevadora que había allí para ayudarlo a mover los coches destrozados.

Lo peor de que tus padres se enganchasen a las drogas era recordar que no siempre habían estado así. Si siempre hubieran sido un desastre, su marcha me habría resultado más llevadera.

—Deberías pensar en echarla. O, al menos, pedirle a otra persona que se ocupe de ella —propuse. Sería más soportable si no tuviera que cuidar de ella.

—No pienso echarla. Se lo debo a alguien cercano a ella.

—¿A quién? ¿A quién le deberías nada?

Frunció el ceño y evitó la pregunta.

—¿Cuánto pagas de alquiler por vivir en el rancho? —preguntó con intención, y supe exactamente qué trampa iba a tenderme.

—Big Paw...

—Es una pregunta fácil, chico. Contesta.

Me desplomé en la silla.

—Nada.

—Hablé con Tyler en el mercado el otro día y me dijo que la casa del rancho valdría fácilmente más de doscientos mil. Me preguntó si estaba en venta. Estoy reflexionando acerca de su oferta.

—Vale, lo entiendo.

—Me parece que no. —Juntó las manos—. Podría ganar dinero con la casa del rancho, pero no lo hago porque eres mi nieto y sabía que no encontrarías un buen sitio donde vivir por tu cuenta sin ayuda. Os presto la casa del granero a tu grupo y a ti para que ensayéis, aunque podría sacar beneficios si se la alquilara a otros. En un pueblo en el que casi todo el mundo lo pasa mal, tú vives como un puñetero rey, ¿y tienes el valor de venir a mi despacho a lloriquear como un crío porque no te gusta una chica que trabaja más que la mayoría? Pues te fastidias. Si quieres que otra persona la supervise, entonces renuncia. Pero perderás todo lo que conlleva tu cómoda vida.

No dije ni una palabra más, porque tenía razón. Estaba portándome como un capullo y montando un berrinche por no salirme con la mía.

—Has tenido una buena oportunidad en la vida, Ian. Viviste algunas cosas malas con la marcha de tus padres, sí, pero, en general, has disfrutado de unas bendiciones por las que la mayoría del pueblo mataría. No dejes que tu gran ego te impida ver que el resto también merece una oportunidad. Hazel no ha hecho nada que demuestre que se parece a Charlie. Solo le han tocado unas cartas de mierda. Deja que las juegue lo mejor que pueda y deja de portarte como un capullo llorica.

Nadie como Big Paw para hacerte ver que tú y tus opiniones de mierda sois inválidos y nulos.

—Pensándolo bien, se me ocurre una idea mejor —dijo y se recostó en la silla—. Dale a Hazel la habitación libre de la casa del rancho.

Me ahogué con la siguiente respiración.

—¿Perdón?

—Tengo la sensación de que necesita un lugar donde quedarse.

—¿Qué te hace pensar eso?

—El hecho de que la he pillado durmiendo en el cobertizo en ruinas las últimas noches. He dormido en la camioneta para asegurarme de que nadie la moleste. Sé que algunos rufianes se cuelan en el rancho cuando se aburren para liarla y no quería que se acercaran a ella. Le ofrecería un sitio donde quedarse, pero tengo la sensación de que le daría demasiada vergüenza admitir sus problemas, por eso quiero que se lo ofrezcas tú.

—Ya, claro. Jamás aceptaría una limosna mía.

—Lo haría si se lo ofrecieras en una bonita caja con un elegante lazo encima.

—¿Cómo se supone que haré eso?

45

—No lo sé, Ian. Sé creativo.

Entrecerré los ojos, consciente de que mi abuelo me había tendido una trampa para que no me negase a ofrecerle a Hazel vivir en la casa del rancho.

—¿Y si no lo hago?

—Bueno… —Masticó el extremo del puro como si fuera goma de mascar—. Tendré que ver cuánto está dispuesto a ofrecer Tyler por la casa.

Me lo imaginaba.

Me rasqué la escasa barba de la barbilla e hice una mueca.

—¿Por qué duerme en el cobertizo?

—No lo sé. No es de mi incumbencia, pero tengo la sensación de que es cosa del imbécil por el que la odias. Hazte amigo suyo.

—¿Amigo? —bramé—. Yo y ella no tenemos nada en común.

—Ella y yo. No hables como si no te hubieran educado. Es la segunda parte del trato. Ofrécele un lugar donde quedarse y haz que se sienta bienvenida. Quiero que tú y ella seáis amigos. No tiene a nadie, así que la apoyarás cuando lo necesite.

Le echaría en cara lo de «tú y ella», pero sabía que no sacaría nada bueno. Lo último que necesitaba era que un octogenario me diera una patada en el culo.

¿Ser amigo de Hazel Stone?

No tenía ni idea de cómo ser amigo de una chica como ella. No teníamos nada en común, aparte de trabajar en el rancho. ¿Cómo conectaría con alguien que era todo lo contrario a mí?

Además, no me apetecía tener una compañera de piso, y mucho menos una amiga. Los únicos amigos que necesitaba eran los chicos del grupo, y a veces hasta eso me resultaba abrumador.

Me pasé las manos por el pelo, consciente de que no había forma de que Big Paw me dejara en paz. Cuando se le metía algo entre ceja y ceja, era imposible que cambiara de opinión, salvo que la abuela dijese algo al respecto.

Puse una mueca.

—Haré lo que pueda.

—Hazlo mejor —ordenó—. Dicen que dentro de un par de días lloverá y no quiero que esa chica muera en mi granja por una neumonía.

Antes de que respondiera, la abuela asomó la cabeza en el despacho. Llevaba unas manoplas de horno en las manos y tenía la misma sonrisa bondadosa de siempre.

—¿Habéis terminado de haceros los remolones? Porque la cena está lista y no tengo ningún problema en comérmela sin vosotros.

—Mujer, ¿no ves que estamos hablando? —siseó Big Paw y levantó una mano para echar a la abuela, lo que hizo que se adentrara más en la habitación.

—Harry Aaron Parker, si vuelves a hablarme así, te meteré esta manopla por el culo con tanta fuerza que te preguntarás por qué la boca te sabe a mierda. Ahora, discúlpate —ordenó. Mi abuela era una mujer pequeña, pero feroz. No aceptaba que nadie la despreciara, sobre todo Big Paw.

Como siempre, mi abuelo agachó la cabeza y guardó el rabo entre las piernas.

—Lo siento.

—Lo siento, ¿qué? —regañó la abuela.

—Lo siento, peluchito.

Intenté contener la risa ante el apodo. La abuela sí que sabía ablandar el corazón del viejo. Los dos eran descarados, intensos y adorables. Si alguna vez tuviera tiempo de enamorarme, querría una historia de amor como la suya.

—Eso pensaba —dijo la abuela mientras se acercaba. Lo golpeó en la nuca con la manopla—. Ahora, ve al comedor antes de que cambie de opinión y lleve la cena a la iglesia para la sesión de estudios bíblicos de esta noche.

Eso hizo que los dos nos levantáramos como un resorte. Lo único que sabía preparar en la cocina eran sándwiches de paté. A veces me ponía elegante e incluso tostaba el pan de hamburguesa, pero hasta ahí llegaban mis habilidades. Eso y los fideos de ramen. Me salían de maravilla. Con sabor a pollo, obviamente.

Aparte de eso, vivía de las sobras de la abuela. Se le daba genial eso de alimentarme.

De camino a la cocina, se quejó de que los suelos de madera crujían.

—Tenemos que llamar a alguien para que los arregle —refunfuñó.

—Calla, mujer. Me ocuparé de ellos cuando pueda —dijo Big Paw.

—Llevas diciendo eso desde 1995. No pondré la mano en el fuego.

—A lo mejor, si la pusieras, no la tendrías tan suelta —contestó él.

Le lanzó una mirada asesina y Big Paw sonrió un poco. Aquel hombre no sonreía por cualquier cosa, pero la abuela lo dominaba.

—Lo siento, peluchito.

—Ya lo sentirás esta noche en el sofá —dijo ella.

No pude evitar reírme ante la dramática conversación de mis abuelos. El amor verdadero era divertido y me encantaba que no se tomaran los insultos demasiado en serio.

Tras atiborrarme en casa de los abuelos, me fui a la mía con suficientes sobras para pasar los próximos días.

Gracias a Dios.

No comería sándwiches esa semana.

Cuando llegué a casa en los terrenos del rancho, se me formó un enorme nudo en las entrañas. El cobertizo en el que por lo visto se había instalado Hazel era un vertedero. Y peligroso. Era una experta en hacer estupideces.

«Deja de ser un capullo. Ni siquiera la conoces».

Era incapaz de olvidar el hecho de que estaba relacionada con Charlie, aunque sabía que Big Paw tenía razón. Así que me tragué el orgullo, me acerqué al cobertizo y llamé a la puerta.

Oí cómo alguien arrastraba los pies durante un minuto antes de que se hiciera el silencio. Enarqué una ceja.

—¿Hola? —dije. Más silencio. Llamé a la puerta—. Abre, Stone. Sé que estás ahí.

Más silencio. Menos movimiento.

Solté un largo suspiro cuando abrí la puerta de un tirón y la encontré acurrucada, con sus ojos verdes bien abiertos, en la esquina más alejada del cobertizo. Me miraba como si fuera a atacarla, razón de más para que no se quedara en el puñetero cobertizo. Tenía suerte de que hubiera sido yo el que la había sorprendido y no un borracho del pueblo.

—¿Qué haces aquí? —preguntó con voz temblorosa.

—¿Que qué hago aquí? —Alumbré con la luz del teléfono en su dirección—. Más bien, ¿qué coño haces tú aquí?

Se levantó y parpadeó varias veces. No tenía ni idea de lo que había estado haciendo, pero tenía el pelo empapado, como si acabara de ducharse. Unas cuantas prendas de ropa colgaban de los estantes, incluidas unas bragas de algodón con dibujos de unicornios. Se apresuró a recogerlas de la balda para esconderlas tras la espalda.

—¿Vives aquí?

—¡No! —respondió a toda prisa.

Arqueé una ceja.

—Vives aquí —afirmé.

Suspiró.

—Es temporal.

—No puedes vivir en un cobertizo.

—¿Por qué no? —preguntó—. Nadie lo usa.

Gemí.

—Esa no es la cuestión. La cosa es que no puedes vivir en un puñetero cobertizo como un animal. Falta la mitad del techo, Hazel.

—Me gusta mirar las estrellas.

—Entran corrientes de aire.

—Me gusta la brisa.

—¿Siempre eres tan cabezota?

—¿Siempre eres tan mandón? —rebatió. Mierda, me costaba imaginarme viviendo con alguien tan molesto como esa chica.

—Solo con las personas que se comportan como críos.

—No me porto como una cría. Actúo como una persona que necesitaba un lugar donde quedarse por un tiempo.

—Bueno, pues no puedes vivir aquí —añadí con naturalidad—. Esto no es una casa. Es un cobertizo en ruinas. Además, se trata de una propiedad privada. No puedes ser una okupa.

Durante una fracción de segundo, el duro exterior de Hazel se resquebrajó y un destello de preocupación se reflejó en su rostro. La dura coraza que se ponía a diario era para protegerse de las heridas y, en esa fracción de segundo, vislumbré cómo se le escapaba la verdad por los ojos.

Mierda. A lo mejor teníamos más en común de lo que pensaba. Mi caparazón estaba hecho del mismo material.

—Te quedarás en mi casa —dije con severidad. Me crucé de brazos y asentí una vez—. Puedes quedarte con la habitación libre.

—¡No viviré contigo ni de broma! —Jadeó, sorprendida de que le ofreciera siquiera una alternativa al cobertizo.

—Claro que lo harás. No te quedarás aquí, Hazel. Es estúpido y no es seguro. Tengo una habitación libre. Úsala.

—No necesito limosnas.

—Dice la chica que vive literalmente en un cobertizo.

—Odio cuando la gente dice «literalmente». Es una palabra estúpida que sueltan cuando no se les ocurre nada mejor.

—Literalmente, literalmente, literalmente —espeté. Señalé las bolsas de basura con sus cosas—. Recoge la ropa interior de unicornios y vámonos.

—Supongo que estás acostumbrado a que las mujeres lo dejen todo para ceder a tus exigencias, pero yo no soy una de esas chicas. He dicho que no y es que no. No aceptaré limosnas tuyas. No quiero ni necesito tu ayuda.

¿Qué le pasaba a esa chica? ¿Le ofrecían un lugar donde quedarse gratis y lo rechazaba por puro orgullo? ¿Cómo iba a obedecer a Big Paw si ella no estaba dispuesta a ceder ni un centímetro? Nunca había conocido a una mujer tan terca.

—¿Sabes qué? A la mierda. Vale. Quédate aquí con tus bichos y roedores. No perderé el tiempo con alguien que elige sufrir. Haz lo que quieras.

Capítulo 5

Hazel

Ian se marchó enfadado y maldiciendo en voz baja mientras cerraba la puerta del cobertizo. Todo el espacio se estremeció y me tragué el nudo que se me había formado en la garganta.

Señor… Sabía cómo incomodarme. Me sentía muy confundida por lo que acababa de pasar. El mismo tío maleducado y gruñón, había sido… ¿Amable? Ofrecerle a alguien un lugar donde quedarse sonaba bien, pero seguramente vendría con condiciones. Había jurado que nunca aceptaría nada de un hombre. De esa manera, nunca le daría la oportunidad de chantajearme con ello. Durante años había visto cómo Charlie nos echaba en cara que mi madre y yo vivíamos en su casa. Nos comíamos su comida. Dormíamos en sus camas. Nada de lo que teníamos nos pertenecía y odiaba cómo lo usaba contra nosotras y nos hacía sentir que no valíamos nada sin él.

A partir de entonces, todo lo que tuviera lo conseguiría por mi cuenta.

Salvo por el cobertizo en el que me escondía. Tendría que pagar a Big Paw de alguna manera por el tiempo que estaba pasando en Betsy.

Sí. Así es. Había llamado al cobertizo Betsy. Si las paredes hablaran, sé que tendrían un montón de historias que contar.

Mierda. Me sentía tan sola que ya no solo me hacía amiga de los caballos, sino también de los objetos.

Tenía que dejar de ser tan solitaria lo antes posible.

No siempre había sido así. Cuando era niña, tenía una mejor amiga llamada Riley, que no era un caballo ni un cobertizo. Era una persona real que vivía y respiraba. Riley era la hija de uno de los clientes de Charlie. A veces venían a casa para hacer negocios y los adultos nos mandaban a las dos al patio trasero para quitarnos de en medio. Algunos días, durante esos momentos, Riley y yo fingíamos que éramos brujas y creábamos pociones que nos transportaban a mundos mágicos. Otras veces, jugábamos a ser un grupo de música, nos inventábamos nuestras propias letras y cantábamos a las ardillas.

Riley había sido muy buena para mí. Era mi mejor amiga y la primera persona que me había hecho sentir que pertenecía a Eres. Cuando su padre se desintoxicó y se mudaron, me escribió durante un tiempo, pero las cartas se volvieron cada vez más cortas, hasta que dejaron de llegar. Supuse que había encontrado un mundo fuera de Eres y no la culpaba por ello. Cuando me marchara, tampoco pensaba mirar atrás.

Una entre un millón.

Eso había sido la amistad de Riley para mí. Nunca había establecido esa conexión con nadie más y me rompía el corazón pensar que una amistad como la suya era una rareza.

Estaba segura de que nunca volvería a establecer una conexión similar con otra persona, aparte de Garrett. Sin embargo, para ser sincera, lo nuestro no era una amistad. Sí, habíamos salido durante un tiempo, pero nunca hablábamos. La mayor parte del tiempo nos besábamos y yo lo veía drogarse y jugar a videojuegos durante horas. Nada digno sobre lo que escribir una historia de amor.

Así que me quedaba hablar con las paredes y esperar que la madera fuera lo bastante gruesa como para guardar todos mis secretos.

Cuando me desperté a la mañana siguiente, salí del cobertizo y encontré una cesta llena de cosas. Botellas de agua, un cepillo y pasta de dientes, una caja de cereales fríos y una jarra de leche con una cuchara y un bol. Al lado, había un colchón de aire de dos plazas con un juego de sábanas y un edredón.

También había una nota.

SI INSISTES EN SER UNA CABEZOTA, ADELANTE.
PERO NO DUERMAS EN EL PUÑETERO SUELO SIN UN COLCHÓN.
IAN
P. D.: DEJA DE HACER EL TONTO Y QUÉDATE EN LA HABITACIÓN LIBRE.

Ni en un millón de años habría imaginado que Ian Parker me salvaría en uno de los momentos más duros de mi vida.

Tenía algo de tiempo libre antes de ir a los establos esa mañana. Me senté con las piernas cruzadas en la cama hinchable y me comí un bol de cereales fríos al mismo tiempo que escribía en mi diario. Escribía todos los días desde los ocho años. Antes anotaba hechizos y otras cosas estúpidas de niña con Riley, pero, con el tiempo, se había convertido en una colección de pensamientos. Poesía y prosa. Mis esperanzas, deseos y sueños estaban todos en un mismo lugar.

Uno de mis mayores sueños era ir a la universidad. Soñaba con una vida completamente opuesta a la mía, y la universidad me parecía el primer paso hacia ese futuro. Haría todo lo posible para que se hiciera realidad.

«No me convertiré en mi madre. No me convertiré en mi madre».

No quería convertirme en la persona en la que se había convertido mi madre. Quería más. Tenía tantas ganas de irme que me dolían los huesos al pensar en quedarme en Eres para siempre. Si lo hacía, existía la posibilidad de acabar igual de triste y deprimida que ella, en una relación con un hombre que no me respetaba ni me quería, y en la que perdería cualquier oportunidad de vivir.

Mientras escribía en el diario, pensaba en Ian. El chico gruñón que me había ofrecido una cama. Me pregunté en qué pensaría o por qué me ayudaba. La verdad es que me sorprendió un poco que no me hubiera echado del cobertizo ni me hubiera despedido en el acto cuando me encontró allí de okupa. Sabía que llevaba buscando un motivo para echarme desde que había llegado, y el allanamiento de morada me parecía una razón estelar para que se deshiciera de mí.

Durante el día, en el trabajo, no me regañó como siempre. No me presionó más que a los demás y no me echó la bronca por hacer un trabajo mediocre. ¿Qué le pasaba? ¿Por qué no me trataba como en las últimas semanas? Ian Parker se desvivía por hacerme la vida imposible, pero, de repente, si no lo conociera, pensaría que trataba de ser amable. No, ni hablar. Eso sería ridículo. No obstante, era mucho más dócil que de costumbre. Eso hizo que me sintiera complacida e incómoda al mismo tiempo. Cuando alguien daba un giro tan radical de repente, era una señal de alarma.

Me esforcé para no pensar demasiado en ese cambio, a pesar de que era muy evidente que había ocurrido algo.

Esa noche, en el colchón hinchable, me dormí después de pasar horas mirando las estrellas, y a la mañana siguiente ya no me dolía la espalda.

Me desperté con el sonido de unos martillazos fuera del cobertizo.

Me apresuré a salir y encontré a Ian en lo alto de una escalera, colocando tablones de madera en el techo para tapar el gigantesco agujero.

—¿Qué haces? —pregunté, confundida porque me estuviera arreglando el tejado, y un poco aturdida porque iba sin camiseta. Su cuerpo estaba esculpido por los dioses y verlo me produjo un escalofrío que me recorrió todo el cuerpo, a pesar de que no lo encontraba para nada atractivo.

«No, para nada».

«Ian Parker era feísimo».

Las mentiras que nos contábamos a nosotras mismas para no pensar en hombres a los que se suponía que odiábamos…

—¿A ti qué te parece? Estoy arreglando el tejado.

—No tienes que hacerlo por mí.

—¿Quién dice que lo hago por ti? Estoy a cargo del rancho y es mi trabajo hacer las reparaciones —respondió y el sudor le goteó por el pecho. Maldición, ¿desde cuándo me ponía ver a un hombre sudar?

Había estado soltera la mayor parte de mi vida, salvo por la relación mundana y carente de pasión con Garrett, y por supuesto ya había superado la etapa en la que una se excitaba con cosas extremadamente incómodas, como los hombres sudorosos. ¿Qué sería lo siguiente? ¿Ian lamería un cucurucho de helado y yo gemiría mientras lo miraba?

«Tranquilitas, hormonas. Pronto veremos una película de Chris Hemsworth y lo sacaremos todo fuera».

Ian siguió haciendo cosas así. Arregló el cobertizo. Movió cosas. Me dejaba comida y suministros en la puerta. No sabía gestionar que me ayudara y, cada vez que le llamaba la atención, se ponía la máscara de Don Gruñón y me dejaba bien claro que no lo hacía por ayudarme. Cada vez que me entraban ganas de darle las gracias, soltaba un comentario malintencionado y grosero, y mi agradecimiento se convertía en un «que te den».

Estar cerca de Ian era raro. Nunca había conocido a un individuo que fuera cálido y frío a la vez en cuestión de segundos. Me confundía y me sobrecargaban sus cambios de humor.

Cuando llegó el día de la paga, supe exactamente a qué destinar una parte de la nómina.

—¿Qué es esto? —preguntó Ian cuando le entregué cien dólares.

—Dinero.

Refunfuñó y puso los ojos en blanco.

—Sé que es dinero, pero ¿por qué me lo das?

—Es por todo lo que me has dejado delante del cobertizo. No acepto limosnas y quería pagártelo. No estoy segura de cuánto te costó el colchón hinchable, así que, si necesitas más, dímelo.

—No te lo di con la esperanza de que me lo pagaras. Imaginaba que no tenías suficiente para comprarte esas cosas, ya que dormías encima de una alfombra cochambrosa.

—Bueno, pues, ahora que he cobrado, te lo pago.

—No quiero tu dinero.

—Yo no quería tu ayuda, y aquí estamos.

Se pellizcó el puente de la nariz.

—¿Por qué eres incapaz de aceptar que la gente te ayude?

—No quiero que me lo echen en cara más adelante.

—¿De verdad estás tan rota?

Tragué con fuerza y el silencio fue mi respuesta.

Entrecerró los ojos y me miró; me miró de verdad. Como si intentara descubrir mis secretos, y yo lo miré de la misma manera, como si fuera a descifrar las palabras que Ian a menudo sentía y nunca mostraba. Tal vez fuera un tipo malhumorado, pero la ira provenía de alguna parte, y no dejaba de preguntarme de dónde exactamente. ¿Cuál sería el origen de las penurias del pasado que alimentaban su malhumor? ¿Quién o qué le había hecho ser así?

¿Y por qué narices las mujeres se sentían atraídas por él?

No imaginaba cómo sería intimar con alguien tan frío como Ian. Era imposible que en esas interacciones hubiera una sola pizca de sentimientos; no parecía el tipo de persona que se entregara a nadie.

Por otra parte, una relación íntima implicaría que se quitara la camiseta, y eso ya no me parecía una idea tan horrible.

—Escucha, lloverá durante los próximos días. No puedes quedarte en ese cobertizo inmundo. Incluso con el techo arreglado, sigue sin ser resistente. Se te estropearán todas las cosas y te pondrás enferma. Quédate con la habitación que hay en mi casa. Iré a otro sitio si te incomoda que esté allí.

—¿Por qué quieres que viva contigo? Está claro que no me soportas.

—También está claro que estás pasándolo mal. Si necesitas un lugar en el que dormir, la puerta está abierta para ti.

—No, gracias.

Soltó un suspiro con pesadez y negó con la cabeza.

—Eres una cabezota. No es seguro venir por aquí de noche, ¿vale? Que vivamos en un pueblo pequeño no significa que no haya más de un cretino suelto. Más de una vez los he pillado deambulando por la propiedad.

—No pasa nada. Sé protegerme.

Resopló como si no me creyera.

—Lo que tú digas, encanto.

Encanto.

Me provocaba arcadas.

Empezó a alejarse y añadió:

—Pero apuesto a que ducharse con la manguera de agua delante de los establos no es la sensación más placentera del mundo.

Me había duchado con la manguera muy temprano y la idea de que Ian me hubiera pillado me revolvía el estómago.

—¿Cómo sabes que me he duchado con la manguera?

—Porque es lo que yo habría hecho.

Me dejó allí, en campo abierto, con un millón de pensamientos indescifrables. En lugar de perder más tiempo tratando de entender la mente de Ian, me puse a trabajar. Gracias a Dios por el trabajo duro del rancho que no me dejaba tiempo para comerme la cabeza.

«Es un perro callejero. Solo un perro callejero».

Me repetía las palabras a mí misma sin dejar de prestar atención a los crujidos fuera del cobertizo.

«Tal vez una gallina se ha escapado del gallinero. O es una vaca que anda por ahí. Quizá Dottie ha venido para una charla de chicas».

«O tal vez es un asesino en serie psicótico que ha venido a despellejarme viva y hacerse un guiso con trozos de mi cuerpo».

Era curioso cómo durante el día todo parecía más seguro. En cambio, cuando el sol se ponía y caían las sombras, aquel lugar se volvía horripilante.

Me subí el edredón hasta el pecho mientras la lluvia asolaba el cobertizo y el agua se filtraba dentro por diversos agujeros que Ian no había logrado tapar. En gran parte, seguía seca gracias a que me había ignorado cuando le dije que no tenía que arreglar el tejado.

«Nota mental: agradecer a Ian su indiferencia».

Oí más movimiento en el exterior y el estómago me saltó a la garganta cuando me llegó el sonido de voces por encima de la lluvia torrencial. Había gente fuera. Gente hablando alrededor del cobertizo, cerca de mí.

—Se rumorea que hay una tía durmiendo aquí —dijo una voz, lo que me empujó a levantarme. Entonces, un puño golpeó las paredes.

Miré alrededor en busca de algo que usar para protegerme. Cualquier cosa para ahuyentar a quienquiera que estuviera al otro lado de la puerta. Agarré una linterna que Ian me había dejado hacía unos días y la sostuve con fuerza en las manos. No estaba segura de si pensaba cegarlos hasta matarlos o golpearlos en la cabeza. Solo sabía que esa linterna de metal era mi única protección en ese momento.

«Nota mental: dar las gracias a Ian por la linterna».

—Busquemos a los demás para echar un vistazo —añadió uno.

Esperé unos segundos y oí cómo se alejaban a toda prisa. Justo cuando creí que se habían marchado, abrí la puerta de golpe, salí corriendo, como Dottie por el campo, directa a casa de Ian. Llamé al timbre varias veces sin dejar de temblar a causa de la lluvia y por los puñeteros nervios mientras, aterrada, miraba una y otra vez por encima del hombro, atemorizada por si me habían seguido.

Aporreé la puerta con el corazón en la garganta. Hice lo posible por devolverlo a su sitio, pero la cabeza me daba vueltas.

Toc, toc, toc.

«¡Abre la puerta de las narices, Ian!».

En el momento en que se abrió, solté un suspiro de alivio y me apresuré a entrar sin esperar una invitación.

—Vale, tú ganas. Me quedo con la habitación de invitados —dije con voz temblorosa mientras me paseaba por el salón. Un salón muy bien amueblado. Muy bien amueblado y muy calentito.

Calor.

Joder, qué bien me sentía.

—¿Querías algo? —preguntó una voz. Me volví a mirar a la persona que me había abierto la puerta, y definitivamente no era Ian. Aunque era una mujer que llevaba su ropa. Al menos, suponía que era su ropa. Si no, llevaba unas prendas cincuenta veces más grandes que su cuerpo. Sin embargo, no debería asumir nada. Al fin y al cabo, yo hacía lo mismo.

—Perdón. Pensaba que… —Arrugué la nariz y me froté la frente—. ¿Está Ian?

—¿Qué pasa aquí? —preguntó una voz profunda y rasgada que me hizo volver la cabeza hacia el pasillo. Allí estaba en toda su gloria. Llevaba una toalla alrededor de la cintura, tenía el pelo empapado y el cuerpo le brillaba con gotas de agua como si acabara de salir de una sesión de fotos bajo una cascada. Mierda, le estaba mirando el bulto bajo la toalla como si su miembro entonara cantos de sirena.

Me pregunté si su mitad inferior alcanzaría las mismas notas altas que su voz.

Un momento.

No.

No me lo preguntaba en absoluto.

Giré sobre los talones para alejarme de él y me cubrí los ojos con las manos.

—Lo siento. No sabía que estabas ocupado. Mierda. Qué asco. Vale, ya me voy —dije e intenté alejarme, pero choqué con una mesa e hice que una lámpara se estrellara contra el suelo. Eché un vistazo entre los dedos y me estremecí—. ¿Ups? Lo siento.

Miré a Ian, que seguía con la toalla puesta y con expresión de disgusto.

—¿Qué haces aquí? —preguntó y se pasó la mano por el pelo empapado.

—Pensaba que... —empecé.

Levantó una mano.

—Tú no. —Miró a la otra mujer—. Tú. ¿Qué haces aquí?

Le clavó la mirada como si estuviera más que molesto. La miró con más odio que el que me dedicaba a mí, lo que era mucho decir.

La mujer se pasó las manos por la ropa y le dedicó una sonrisa socarrona.

—Tal vez quieres retomar lo que nos perdimos la otra noche.

—¿Te refieres a la noche en que descubrí que tenías marido? —murmuró.

—Es complicado. Mi marido y yo ya no nos acostamos.

—No me importa. No es mi problema. En el momento en que un cónyuge entra en la ecuación, yo me largo. No tengo tiempo para dramas. Llévatelos a otra parte. No sé cómo has entrado en mi casa, pero...

—La puerta no estaba cerrada con llave —dijo—. Dicen que, si la puerta está abierta, las mujeres pueden entrar con total libertad.

—Menuda tontería. Así que haz el favor de salir con total libertad. Quítate mi ropa y déjala aquí también.

«Uf, esto es incómodo».

Me quedé paralizada durante la situación más desagradable de la vida de cualquiera. La mujer parecía derrotada mientras se acercaba a su ropa y se cambiaba a toda prisa antes de salir a la lluvia.

No sabía dónde meterme.

Ian se pasó las manos por la cara y soltó un pesado suspiro a la vez que yo contaba las gotas de agua que le rodaban por el pecho tonificado.

«Una, dos, unas cuantas...».

Cada una le bajaba por los abdominales hasta chocar con la toalla y, de nuevo, le miré la entrepierna.

Me sacudí esos pensamientos impropios y me aclaré la garganta.

—¿Las mujeres suelen colarse en tu casa sin invitación?

—Te sorprendería saber que ocurre bastante a menudo. Bueno, ¿qué haces aquí?

Me mordí la uña del pulgar y traté de controlar los nervios que revoloteaban en mi interior.

—Me preguntaba si la habitación seguía disponible.

Enarcó una ceja.

—¿Qué? ¿Te has asustado ahí fuera o algo?

—No —mentí y me crucé de brazos—. Tus habilidades para reparar tejados no son todo lo impresionantes que deberían. —«Por favor, Haze, deja de hacerte la descarada y sarcástica. Te ha ofrecido una rama de olivo. No la tires por la borda o acabarás de nuevo en el cobertizo con los asesinos psicópatas»—. Lo siento. Mi reacción instintiva es el sarcasmo.

—No pasa nada. La mía es ser un capullo.

—Mientras los dos sepamos cómo somos, compartir piso debería ser llevable. Pero tengo algunas reglas de convivencia.

—¿Por qué no me sorprende?

Sonreí un poco y mantuve los brazos cruzados.

—Pagaré alquiler. La mitad de lo que sea que pagues.

—Hecho. ¿Qué más?

—Me gusta cocinar y, si hay sobras, quédatelas. Odio las sobras.

—De acuerdo. ¿Alguna cosa más, encanto?

—Sí. No me llames «encanto».

—Las tías adoran que las llamen «encanto» —replicó.

—A las mujeres no les gusta que las llamen «tías» ni «encanto». Para ser una estrella del *rock*, eres bastante ignorante en cuanto a los deseos de las mujeres.

Dio unos pasos hacia mí y relajó las cejas. Sus profundos ojos de color chocolate me atravesaron y obligaron a mi estómago a dar un vuelco. La barba incipiente de la barbilla estaba perfectamente cuidada y los labios parecían lo bastante suaves como para besarlos. Deslizó los dientes por el labio inferior antes de rozarlo con el pulgar y levantó una ceja.

—¿Y qué desean las mujeres, Hazel Stone?

La forma en que pronunció mi nombre completo me dejó aturdida y confundida. Joder, lo odiaba. Odiaba lo engreído, confiado, malhumorado y sensual que era, todo a la vez.

—Que las llamen cualquier cosa menos «tía» o «encanto».

Me miró de arriba abajo y se llevó las manos a la parte superior de la toalla para asegurarla.

—Tomo nota. ¿Alguna otra regla?

—Sí, y esta es importante.

—Soy todo oídos.

—La puerta se cierra por la noche. Lo último que me apetece es que alguna Amber, Reese o Sue se cuele en casa a buscarte para un revolcón, que se equivoque y se meta en mi cama.

Una sonrisa malvada le asomó a los labios.

—No me parece tan mala idea. Así podría unirme a la fiesta.

Sentí que me sonrojaba y traté de sacudirme los nervios.

—Hablo en serio, Ian. No quiero que entre nadie. Me pone nerviosa.

Se frotó la nuca sin dejar de mirarme, como si intentara diseccionar mi mente. Luego se apartó de mi lado, se dirigió a la puerta y la cerró con llave.

Se me escapó un suspiro.

—Gracias. ¿Me enseñas mi habitación? —pregunté y di un paso hacia el pasillo, pero me puso una mano en el hombro.

—Un segundo. No eres la única que tiene reglas de convivencia. Yo también tengo las mías.

—Ah. ¿Cuáles son?

—No me juzgues por la cantidad de mujeres que entran y salen de esta casa. Todos tenemos nuestras aficiones y resulta que las mías implican un montón de encuentros íntimos con muchas mujeres.

—Ignorar que seas un mujeriego. Hecho. ¿Qué más?

—Soy más música que persona. Cuando estoy inspirado, toco o canto a horas intempestivas. Si no me lo saco de dentro, me ahogo. No quiero quejas por el ruido.

—Tiene sentido. ¿Qué más?

—Esta es la más importante de todas. Me mantendré al margen de tus asuntos y tú de los míos, pero, si Big Paw pregunta, tú y yo somos amigos. Buenos coleguitas.

—¿Por qué quieres que Big Paw piense que somos…? —Me interrumpí y arqueé una ceja—. ¿Te ha pedido que seas mi amigo y que me dejes vivir contigo?

El silencio era muy claro.

—Increíble. —Suspiré. Aunque, ¿lo era? Por supuesto que había una razón por la que Ian quería que me quedara en su casa. Sin ella no tenía ningún sentido que me invitara a vivir con él—. ¿Por qué haría eso Big Paw?

—Descubrió que estabas durmiendo en el cobertizo y no quería que lo hicieras, porque es una idiotez y no es seguro.

Ahí estaba el Ian que conocía y amaba. Don Encantador.

—¿Así que te pidió que me dejaras quedarme contigo?

—Sí.

—¿Y si te negabas?

—Vendería la casa y yo acabaría en un cobertizo de mierda. Mira, sé que no es lo ideal para ninguno de los dos, pero ambos tenemos un techo donde resguardarnos por la noche. Así que aprovechémoslo al máximo y, si Big Paw pregunta, somos amigos, ¿de acuerdo?

—De acuerdo. Puedo soportarlo. ¿Cuánto te debo de alquiler al mes?

—Gratis con noventa y nueve. No pago alquiler, así que la mitad de nada es nada. Voy a prepararme para ir a dormir. Tu habitación está al final del pasillo a la izquierda. Te he dejado ropa para que te cambies por si la necesitas.

—Por favor, no me digas que es la ropa que les prestas a tus conquistas.

—No te preocupes; está recién lavada. Si necesitas algo más, no me llames.

Se dio la vuelta y su culo malhumorado y más sensual de lo que me gustaría se bamboleó hasta la cama.

—Buenas noches, mejor amigo —dije con sorna.

—No te pases, Hazel Stone.

No podía evitarlo. Molestar a Ian Parker se estaba convirtiendo en uno de mis pasatiempos favoritos.

Fui a mi habitación y encontré un baño adjunto. Tenía mi propio baño. Uno que no compartiría con nadie más. Nunca pensé que eso sería posible. Tomé la ropa que había sobre la cama, me fui directa a la ducha y abrí el agua caliente.

El calor me acarició al tiempo que me limpiaba el cuerpo con un jabón de olor muy masculino; sospechaba que el mismo que usaba Ian.

Había olvidado lo bien que sentaba estar dentro de una bañera y que el agua caliente me recorriera el cuerpo. El agua de la manguera de los establos siempre estaba helada. Después de la ducha, me puse la ropa de Ian y encontré un gran parecido con la mujer que se había marchado antes. Me habría quejado si la ropa no fuera tan cómoda y estuviera seca.

Cuando llegó la hora de dormir, agradecí a los cielos tener un colchón de verdad y una almohada donde apoyar la cabeza. Se me llenaron los ojos de lágrimas por la amabilidad de Big Paw. Que me hubiera visto pasarlo mal y hubiera obligado a su nieto a ayudarme era una demostración pura de bondad. No podía ofrecerle nada. No tenía casi nada propio. Y aun así había decidido ayudarme.

Se lo debía todo y más.

Las dos semanas y media que llevaba sin casa habían sido las más duras de mi vida. No imaginaba cómo se sentirían las personas que vivían así.

Aunque todas las piezas de mi desordenado rompecabezas no encajaban, me sentía agradecida, porque sabía que, en algún lugar del mundo, había hombres y mujeres que dormían en rincones peligrosos sin ningún Big Paw que les diera un techo bajo el que dormir.

Aquella noche, me prometí que siempre que tuviera la oportunidad de ayudar a alguien, devolvería sin pestañear lo que me habían dado.

Capítulo 6

Ian

«¿A qué narices huele?».

Me desperté por un olor pestilente que atufaba la casa y, en cuanto me senté en la cama, caí en la cuenta. Mierda de cerdo.

Fui a la habitación de Hazel. Llamé varias veces a la puerta hasta que abrió; recién salida de la ducha, pero todavía somnolienta. Llevaba unos pantalones cortos, una camiseta de tirantes y ni una gota de maquillaje.

Estaba diferente.

Muy diferente a la imagen que tenía de ella. Su cuerpo era mucho más menudo de lo que aparentaba con ropa ancha y su piel, perfecta, con unas pecas que le bailaban sobre la nariz.

Los ojos verdes le brillaban mucho más sin esos kilos de maquillaje en la cara.

Era preciosa.

No podía creérmelo. Hazel Stone quitaba el hipo.

Alzó una ceja y a mí se me levantó otra parte del cuerpo.

—¿Querías algo? —preguntó.

Intenté sacudirme la confusión momentánea y me aclaré la garganta. Olfateé el aire y barrí la habitación con la mirada mientras me rascaba el pelo enmarañado.

—Aquí huele a pocilga.

—Si crees que decirle a una chica que su habitación huele a pocilga sirve para que se sienta bien consigo misma, entonces estás muy perdido.

—Pensaba que eras una mujer, no una chica.

—Chicas, mujeres, tías, queridas… Sea como sea, no nos gusta que nos digan que olemos a pocilga.

Casi sonreí.

—No he dicho que huelas a pocilga. Me refería a tu habitación.

Entré sin invitación y busqué mientras olfateaba, hasta que me fijé en las raídas botas militares que estaban en una esquina.

—¡Hazel! No puedes dejarlas aquí. Apestarán toda la casa. Te volverás inmune a la peste de los cerdos y entonces te aseguro que tu vida será horrible.

Fui a recogerlas, pero saltó delante de mí y levantó las manos para detenerme.

—¡No! ¡Para!

—Oye, si es por los zapatos, seguro que puedes comprarte otro par.

—No quiero otro par. Estos son míos.

Enarqué una ceja y la estudié. Parecía a punto de llorar por unas botas de mierda.

—¿Cuánto te importan?

—Mucho.

—¿Por qué?

—Fueron lo último que me compró mi madre —confesó y, por alguna razón, me resultó extraño que lo compartiera conmigo—. Me encantan esas botas. Sí, son baratas, tienen agujeros en la suela y me aprietan los dedos, pero son mías. Y atesoran un bonito recuerdo.

No me atreví a rebatírselo. Todavía guardaba prendas de mis padres en una caja del armario. Pero, madre mía, olían fatal.

Se aclaró la garganta y se cruzó de brazos.

—En uno de los periodos en que mi madre trató de desintoxicarse y dejó a Charlie, le quitó algo de dinero y nos quedamos en un motel durante dos semanas. Fueron las mejores dos semanas de mi vida. Comíamos de las máquinas expendedoras a diario, veíamos *Pretty Woman* una y otra vez y nos reíamos de todo. Fue el tiempo más largo que tuve a mi madre para mí. Una tarde, me llevó de compras y encontramos esas botas militares en Goodwill. Tuve un flechazo. Me dijo que, si me quedaban bien, me las compraría. Recuerdo que me las puse con la esperanza de llevármelas.

»Me las abroché y dediqué a mi madre una gran sonrisa, y di una vuelta. Me aplastaban los dedos, pero no lo dije. Las deseaba demasiado como para dejarlas allí. Me las compró y desde entonces las llevo todos los días. Fue hace más de tres años y fue lo último que me compró. Estas botas representan la felicidad para mí, y ahora están cubiertas de mierda de cerdo, lo cual me parece una metáfora apropiada para mi vida. La felicidad es una mierda —bromeó.

Le dediqué una media sonrisa. Ni siquiera debió de darse cuenta, porque no apartaba la vista de las botas.

Joder.

Era una razón muy buena para quedarse unas botas llenas de mierda.

No dije nada. Salí de la habitación, recogí algunos objetos y volví con un montón de cosas en las manos.

—¿Qué es esto? —preguntó Hazel.

—Ambientadores eléctricos y de espray. Los necesitarás si guardas las botas aquí. —Los enchufé por toda la habitación y luego rocié el espacio con un intenso olor a lavanda. Me marché de nuevo y volví con dos pares de zapatos.

—Te dejo elegir entre las deportivas blancas y las negras. Sospecho que los dos pares te quedarán grandes, pero es mejor que unos zapatos cubiertos de mierda. —Sonreí y creo que lo notó, porque sus labios también reaccionaron. ¿Quién lo habría dicho? Hazel Stone tenía una sonrisa preciosa.

Agarró las deportivas negras.

Me reí.

—Sospechaba que elegirías las negras.

—Tengo una reputación que mantener —bromeó—. No iré por ahí con unas zapatillas blancas cuando mi alma es negra.

¿Por qué me daba la sensación de que su alma no tenía ni una pizca de negrura? Más bien me pareció que solo estaba maltratada y magullada; otra cosa que teníamos en común.

Me volví para darle un poco de espacio y me detuve cuando me llamó.

—Gracias, mejor amigo —dijo, con una pizca de sarcasmo y otra de gratitud.

Siempre que The Wreckage daba un concierto en la casa del granero, todos los habitantes del pueblo acudían. No había muchas oportunidades para reunirse a comer y beber gratis, pero aquella era una de ellas, gracias a que Big Paw se ocupaba de la comida y de la bebida. Antes de salir a actuar, siempre se me formaba un nudo en el estómago por los nervios, que no desaparecía hasta que ponía un pie en el escenario y me metía en el personaje de Ian Parker, la estrella del *rock*. Había muchos días en los que me sentía como un impostor y me pasaba la vida esperando a que algo saliera mal.

Eric terminó de montar el equipo y, justo antes de que el grupo saliera al escenario, la abuela subió y nos presentó. Nadie en el mundo era más adorable que mi abuela. Tenía una sonrisa capaz de alegrar hasta al hombre más gruñón; Big Paw y yo éramos la prueba viviente.

—Solo quiero decir lo orgullosa que estoy de estos chicos. Durante los últimos años, no han faltado a ningún ensayo, y practican todos los días. Tal vez no entienda la música de hoy; me va más el estilo de Frank Sinatra. Ah, y de Billie Holiday. Y dejadme que os hable de la vez que fui a ver a Elvis en Misisipi y…

—Abuela —la llamé desde un lado del escenario, consciente de que estaba a punto de zambullirse en un largo monólogo que duraría toda la noche si la dejábamos. Sonrió y se alisó el vestido de flores con las manos.

—En fin. Como decía, ¡demos la bienvenida a The Wreckage!

El público enloqueció y todos los miedos que tenía se evaporaron cuando mis compañeros y yo nos lanzamos al escenario. Actuar era el único subidón que siempre buscaba. No me gustaban las drogas. Sabía lo que les habían hecho a mis padres y había decidido que jamás seguiría ese camino. Pero, cuando cantaba delante de una multitud, me parecía el subidón más natural del mundo.

Cuando la gente se dejaba llevar por la música, me entraban ganas de llorar como un maldito crío. Se balanceaban de un lado a otro mientras cantaban mis letras, lo que me dejaba boquiabierto. Recordaba una época en que las únicas personas que acudían a nuestras actuaciones en el granero eran la abuela y Big Paw. En ese momento, todo Eres estaba frente a nosotros cantando, bailando y emborrachándose de felicidad. Además, miles de fans nos seguían a través de un directo por Instagram; era una maldita locura.

El público se emocionaba con cada una de nuestras canciones. Verlos disfrutar con la actuación debería haberme hecho el hombre más feliz del mundo, y en parte lo era, de verdad, pero en el fondo había algo que me impedía sentirme completamente eufórico. Faltaba algo en nuestra actuación; esa chispa. Y la necesitaba si quería que The Wreckage tuviera futuro. Faltaba algo y acabaría dando con la tecla.

—¡Ha sido increíble! —exclamó Marcus, que se golpeó con las baquetas en el muslo después de terminar la última canción de la noche. Eric comprobó una y otra vez todas nuestras cuentas de redes sociales con una gran sonrisa en la cara, lo que demostraba que también estaba satisfecho.

James ya se había mezclado con la gente para dar las gracias a todo el mundo por venir; a pesar de todo, me sentía raro.

Había sido un buen concierto, pero no extraordinario. ¿Por qué no?

—Ay, Ian, has estado genial —dijo una chica que se me acercó agarrada al brazo de su mejor amiga.

—Sí, o sea, eres y estás buenísimo. —La otra chica se rio. Les dediqué una media sonrisa y disfruté un poco del momento, aunque no dejaba de pensar en la actuación.

—Gracias, chicas. Significa mucho que hayáis venido a vernos.

—Me encantaría verte un poco más a solas —dijo la primera.

—O en una sesión de tres —añadió la otra con una risita.

En una noche normal, habría aceptado la oferta, pero estaba más pendiente del concierto que de las mujeres. No sería capaz de pensar en nada más hasta que no descubriera qué había salido mal. Por desgracia, eso significaba que sería una noche sin sexo.

Las chicas hicieron pucheros, pero al final se fueron a por otra copa. La fiesta en el granero continuó durante unas horas más hasta que Big Paw echó a todo el mundo. La gente se emborrachaba, se enrollaba y tomaba malas decisiones intentando sentirse bien.

Una noche de sábado típica en Eres.

Me paseé por el rancho con un cuaderno y un bolígrafo en la mano. Garabateaba letras, las tachaba e intentaba escribir algo mejor, más potente, más real. Me dolía desbloquear las piezas que me faltaban. Mientras iba y venía, una voz me sacó de mis pensamientos.

—Son las palabras.

Levanté la vista y encontré a Hazel sentada en la mecedora que Big Paw había construido para mi madre años atrás. Ahí me sentaba en su regazo y ella me leía cuentos antes de dormir, hacía mucho tiempo.

Había pensado en deshacerme de la mecedora para borrar esos recuerdos, pero aún no había encontrado las fuerzas para dejarlos ir.

—¿Cómo que las palabras? —pregunté y subí los escalones del porche. Me apoyé en la barandilla para mirarla.

Parpadeó y ladeó la cabeza.

—Las palabras son horribles.

—¿Qué?

—Las letras de las canciones. Son una mierda, llenas de clichés y rimas cutres. No me malinterpretes, el estilo y los tempos son brillantes. Y, aunque me duela admitirlo, tienes una voz lo suficientemente sólida y conmovedora como para convertirte en una estrella en un santiamén. Ahora bien, ¿las letras? Son mierda de cerdo.

—Creo que la expresión es «caca de vaca».

—Después de estas semanas en una pocilga, creo que «mierda de cerdo» representa mucho mejor mis sentimientos respecto a tu música. Pero tu voz, uf. Es una gran voz.

Intenté ignorar el insulto y también el cumplido, pero me costaba. Tenía un ego fácil de herir y Hazel asestaba golpes envueltos con elogios. Era como si cubriera a toda prisa cada magulladura que causaba con un bálsamo calmante.

Insulto, cumplido, insulto, cumplido. Lavar, enjuagar, repetir.

—Pues todos los demás han disfrutado de la actuación —respondí, tenso.

—Ya, bueno, «todos los demás» son unos idiotas que se han bebido hasta el agua de los floreros.

—Ah, ¿sí? ¿Y crees que lo harías mejor?

Se rio.

—Sin duda.

—Está bien, Hazel Stone, maestra de las letras, dame algo para empezar.

Señaló a la otra mecedora que estaba a su lado, en la que solía sentarse mi padre.

Me senté.

Apretó los labios.

—Vale. Dime una canción. Una que sepas que es un desastre, aunque finjas lo contrario.

—Ninguna...

—Mentir no servirá de nada, Ian.

Entrecerré los ojos y murmuré una palabrota antes de hojear el cuaderno en busca de una canción para que Hazel aplicase su magia.

—Vale. «Posibilidades».

—Ajá. ¿De qué trata?

—Una nueva relación que está formándose. Quiero hablar de esos sentimientos del principio, ¿sabes? Los miedos y las emociones. Los nervios. Lo desconocido…

—Los primeros capítulos del amor. —Terminó mis pensamientos.

—Sí, justo.

Me quitó el lápiz de detrás de la oreja y el cuaderno de la mano.

—¿Puedo?

—Por favor. Adelante.

Garabateó, tachó, añadió cosas e hizo todo lo que se le ocurría. Su forma alocada de trabajar, inmersa en un mundo de creatividad, me sorprendió. Lo único que sabía de Hazel Stone era su procedencia y la ropa que llevaba. Nada más. Sin embargo, en ese momento estaba volcada en una página y me moría por ver lo que ponía.

Tomó aire y me devolvió el cuaderno.

—Si no te gusta, no pasa nada —dijo.

Recorrí las palabras con la mirada. «Es posible que sea nuestro para siempre. Es posible que lleguemos a las estrellas. Lucharemos por esto. Lo haremos realidad. ¿Será posible, lo será, mostrarte lo que siento?».

—Guau. —Exhalé una bocanada de aire—. Hazel. Esto es… Guau. Es como si te hubieras colado en mi cabeza para leer los pensamientos que no sabía descifrar. Es el estribillo. Ya está.

—¿De verdad te gusta?

—Es perfecto. ¿Me ayudas con el siguiente verso? «Es demasiado tarde para irnos, demasiado pronto para quedarnos. Solo quiero descubrir lo que te hace sonreír. ¿Esto es fantasía o realidad? El latido de mi corazón…». —Hice una pausa—. «Los latidos de mi corazón…».

—«Los latidos de mi corazón y los escalofríos en mi espalda. Hazme saber si serás mía» —dijo, como si fuera lo más fácil del mundo. Lo hizo una y otra vez con el resto de mis letras. Añadió las piezas que faltaban y que había buscado durante años.

¿Qué estaba pasando? ¿Cómo había abierto esa fuente desconocida?

—¿Cómo lo haces? —pregunté—. ¿Cómo lo consigues?

—Fácil. —Se encogió de hombros—. No soy un muro de ladrillos como tú.

—¿Qué significa eso?

—Justo lo que he dicho. Eres un muro de ladrillos. No conectas con tus emociones, por eso tus letras son insípidas y nada auténticas. No tienen corazón, porque no tienes corazón.

Me tomé esas palabras como un ataque personal y me puse tenso.

—Mentira. Claro que siento cosas.

—No, no las sientes.

—Deja de hablar como si me conocieras.

—No lo hago. Estoy bastante segura de que no te conozco. Dudo que haya muchas personas que te conozcan de verdad, porque, como he dicho, eres un muro de ladrillos. No dejas entrar a nadie porque tienes demasiado miedo.

Increíble. No dejaba de decirme que era frío y hermético, pero no tenía ni idea de lo que hablaba. Y pensar que le había regalado mis deportivas negras. Se me encogió el pecho y me levanté de la mecedora mientras le arrebataba el cuaderno.

—No necesito que me digas quién soy ni a qué le tengo miedo —espeté, un poco inquieto por cómo parecía verme de una manera que nadie más había visto.

—Enfádate si quieres, pero sabes que tengo razón.

—No la tienes.

—Claro que sí.

—Ni siquiera sé por qué pierdo el tiempo contigo —refunfuñé y solté un largo suspiro—. Tengo cosas mejores que hacer.

—¿Como escribir letras malas?

—¿A ti qué narices te pasa? —pregunté y sentí que un fuego me ardía en el pecho. Hacía mucho tiempo que nadie me enfurecía tanto, pero Hazel había logrado abrirse paso por mis heridas como si nada.

—Me pasa que tienes el talento suficiente para salir de este pueblo, pero eres demasiado terco para llegar más lejos. Mataría por tener el don que tienes para la música. Tu voz es increíble y estás a punto de dar el salto. Sin embargo, te asusta demasiado como para esforzarte en conseguirlo.

No quería oírla más. Era molesta y criticona, y llevaba razón, joder.

Me di la vuelta y caminé hacia la puerta. Cuando abrí la mosquitera, Hazel me llamó. No me volví para mirarla, pero me detuve a escucharla.

—No conseguirás escribir la verdad si te mientes a ti mismo.

Era cierto y lo sabía, pero me había mentido a mí mismo durante la mayor parte de mi vida. Con el tiempo, las mentiras casi se habían vuelto reales.

Capítulo 7

Hazel

Ian y yo llevábamos unos días evitándonos. Desde que le había dicho lo de sus letras, me rehuía como a la peste. No lo culpaba; no había sido muy delicada. Pero había visto a tantas personas lamerle el culo después de su actuación que pensé que le vendría bien un poco de sinceridad. Por cómo daba vueltas por el rancho, estaba claro que tampoco se sentía del todo seguro con la actuación.

El martes por la noche vino a mi habitación, malhumorado como siempre, y se detuvo en la puerta.

—¿Entonces dices que eres capaz de escribir letras así porque conectas con tus sentimientos?

Asentí.

—Sí, exacto.

—¿Y crees que yo no lo consigo porque me cierro en banda?

—Correcto.

Mientras pensaba, tenía los ojos entrecerrados y una arruga en la nariz. Se rascó la nuca y murmuró algo antes de volver a mirarme.

—Es la mayor tontería que he oído nunca.

—Ya, bueno, también es verdad.

No le gustó la respuesta, así que siguió ignorándome.

No fue hasta el viernes siguiente por la noche que se asomó a mi habitación.

—Oye, ¿estás despierta?

Parecía mucho más tranquilo que antes. Tenía una mirada menos dura y distante.

—Sí, Ian. Soy tan pringada que me iría a la cama a las nueve de la noche de un viernes —respondí con sarcasmo. Aunque lo cierto era que estaba a punto de irme a dormir a las nueve de la noche.

Me hizo un corte de mangas en respuesta a mi tono sarcástico. Se lo devolví. Estaba claro que nos estábamos convirtiendo en mejores amigos.

—¿Qué pasa? —pregunté.

—Nada. Se suponía que ensayaría con el grupo, pero Eric ha pillado la gripe o un resfriado, o tenía que salir del pueblo o yo qué sé.

—Hay que trabajar en tus habilidades de comunicación.

—No te lo niego. En fin, pensaba invitar a una amiga, si te parece bien… —Sonaba tímido, casi avergonzado.

—¿Me preguntas si puedes invitar a alguien? —Me reí—. Esta es tu casa, ¿no? Además, ¿una de las reglas básicas no era que no se me permitía juzgarte por ser un mujeriego?

Se pasó las manos por el pelo y se mordió el labio.

—Sí, lo sé, pero, bueno, ahora también es tu casa y no… Solo quiero que te sientas cómoda.

—Ian. —Me miré la ropa, que era un pijama de una pieza—. Mira qué pintas llevo. No he estado más cómoda en mi vida. Si lo preguntas en serio: sí, me parece bien que traigas a una mujer y te acuestes con ella. Desmelénate, mejor amigo.

Puso una mueca.

—¿Sabes lo rarita que eres?

—Soy muy consciente.

—Hay que trabajar en tus habilidades de comunicación —se burló—. Vale, en fin, que pases buena noche. Si necesitas algo… —Hizo una pausa—. Mejor no necesites nada esta noche, ¿vale?

Me reí y asentí.

—Vale. Procura no ponerle una canción tuya mientras lo hacéis. Es como una ducha de agua fría —bromeé.

Me hizo un corte de mangas con ambas manos.

Por supuesto, le devolví el gesto.

Unas horas más tarde, me despertó un Ian aterrorizado que me sacudía por los hombros.

—¡Hazel, levántate!

Me incorporé en la cama y me froté el sueño de los ojos.

—¿Qué narices haces?

—Shhh —susurró y me puso un dedo en los labios. Bajé la mirada al dedo y él hizo lo mismo. Observamos ese contacto por un instante, que pareció una eternidad, antes de que retirara el dedo de mi boca muy despacio—. Lo siento. Necesito tu ayuda.

—Todavía es de noche, Ian —murmuré y traté de volver con la almohada, pero no me dejó.

—Lo sé, lo sé. Por favor. No me queda otra.

Sonaba desesperado.

Suspiré y me enderecé.

—¿Qué pasa?

—¿Recuerdas que dije que vendría una amiga?

—Sí.

—Pues necesito que se vaya.

Miré el reloj. Las cuatro de la mañana. Arqueé una ceja.

—¿Quieres que la espante? ¿A las cuatro de la mañana? —Asintió—. Eres consciente de lo feo que es echar a una chica a las cuatro de la mañana, ¿verdad?

Volvió a asentir, aunque esta vez apartó la mirada. Me tomé un tiempo para despertarme del todo y lo miré. Tenía las manos cerradas en puños y la cara sonrojada. No paraba de dar golpecitos con el pie en el suelo.

Parecía realmente preocupado, algo lo corroía por dentro, y no me contaría nada al respecto. Tampoco lo conocía tanto como para preguntarle, así que me levanté.

—¿Quieres que sea buena o mala? —pregunté.

No respondió, pero clavó las manos en el lateral del colchón y siguió dando golpecitos con el pie. Lo notaba más que nervioso.

Mala, entonces.

Cuando desperté a la mañana siguiente, la casa estaba vacía. Me cepillé los dientes sin dejar de preguntarme si el encuentro de la noche anterior con Ian había sido real o solo un extraño sueño. Me dirigí a la cocina y miré por la ventana hacia el patio trasero, donde lo vi cortando leña. Tenía la camiseta blanca enganchada en el lateral de los pantalones vaqueros y golpeaba un tronco de madera con el hacha.

Sus brazos eran musculosos y bronceados, como si trabajara siempre al sol. Tomé un vaso de agua y salí al pequeño porche. Había un columpio y me senté con gusto, todavía con el pijama. Me columpié y observé cómo su cuerpo reaccionaba al sonido de las cadenas que chirriaban con mi balanceo. Sabía que estaba allí, pero no se volvió para mirarme.

Después de abrir y cerrar la boca unas cuantas veces, me armé de valor y le pregunté.

—¿Quieres hablar de lo que pasó anoche?

Levantó el hacha y partió otro tronco por la mitad.

—No.

Todavía no me había mirado.

Me habría gustado meterme en su cabeza y saber lo que pensaba. Aunque bromeábamos acerca de que se acostaba con muchas chicas, sabía que sus problemas eran mucho más profundos de lo que dejaba entrever. Debería dejarlo tranquilo, pero algo en el corazón me impedía marcharme. Algo me empujaba a quedarme.

—No tienes que ser siempre tan hermético.

—Lo sé, pero lo prefiero.

—Nadie quiere ser así.

—Yo sí.

—¿Por qué?

—Deja de escarbar —me ordenó y cortó un trozo de madera, pero no podía evitarlo. Tenía la sensación de que la mayoría de la gente, salvo sus abuelos, no lo presionaban de ninguna forma.

—Pararé cuando te abras.

—Pues te quedarás ahí para siempre.

—Hoy no trabajo, así que me da igual.

Suspiró mientras levantaba el hacha y la estampaba en el tronco que tenía delante.

—Mierda, Hazel. ¿Qué te pasa? ¿Por qué no me dejas en paz?

—Porque quieres ser más. —Me encogí de hombros—. Y anoche te pasó algo cuando me pediste que me deshiciera de esa mujer. Algo te carcomía por dentro y quiero que sepas que no tienes por qué guardártelo. Crecí tragándomelo todo. Sé lo duro y pesado que es para el corazón.

—Ya, bueno, tú y yo no somos iguales.

Era la afirmación más verdadera jamás pronunciada.

Me levanté del columpio del porche y asentí una vez.

—De acuerdo. Bien. Sé así. Pero no me culpes cuando todo te supere.

—¿Qué te hace pensar que me superará?

—Siempre pasa, y entonces las emociones se desbordan y te derrumbas.

Resopló.

—¿Experiencia personal?

—Algo así.

Me di la vuelta para entrar y me detuve cuando lo oí soltar el suspiro más dramático de la historia de los suspiros.

—Se puso a hablar de mis padres. Los llamó drogadictos y siguió hablando de ellos como si los conociera. Mira que es difícil enfadarme. Como dijiste, he levantado muros de ladrillo. Pero los comentarios sobre mis padres siempre me afectan.

Al volver la vista hacia él, me fijé en la tristeza que reflejaba su mirada mientras apoyaba las manos en el mango del hacha.

—¿Y eso por qué?

—Porque los comentarios siempre suenan a verdad. Mis padres eran drogadictos. Me abandonaron. Eligieron su adicción de mierda antes que a su propio hijo. Se largaron de este lugar y me dejaron con mis problemas, ¿vale? Por eso me molesta.

Se me encogió el pecho al oírlo hablar de sus padres. Sabía que había un problema de drogas en Eres y que gran parte de la culpa la tenía un hombre en particular.

—¿Charlie era su camello? —pregunté y las palabras me escocieron en la lengua.

Se pasó un pulgar por el puente de la nariz y asintió.

—Sí.

—¿Por eso me odias?

—No. —Negó con la cabeza—. No te conozco lo suficiente como para odiarte, pero no me gusta lo que representas: el recuerdo de lo que le pasó a mis padres.

Entendía el concepto. Tal vez más de lo que se imaginaba.

—A mí tampoco me gusta lo que represento.

—¿Qué quieres decir?

—También he perdido a una madre a manos de Charlie. Por su culpa vivía en ese cobertizo. Mi madre me echó porque él quería que me fuera y, de no haber sido por su adicción a las drogas, dudo que lo hubiera hecho. Antes era mi mejor amiga, pero las drogas lo cambian todo. Desearía no haberla conocido antes de la adicción porque…

Suspiré a medida que las palabras se perdían. Ni siquiera estaba segura de cómo explicarlo, pero Ian parecía entenderlo.

—Porque recordar una época en que las drogas no eran un problema hace que todo sea más difícil —terminó la frase por mí.

—Sí, exacto.

Movió el hacha de nuevo y resopló mientras hablaba.

—Me cabrea —confesó—. Cómo los padres son capaces de permitir que algo como las drogas los separe de sus hijos.

Lo miré de verdad y vi al niño roto que vivía dentro de su ira. Había algo muy crudo y real en la forma en que cortaba la madera, en cómo blandía el hacha con toda la agresividad contenida que llevaba dentro.

Entré en casa y salí con un bolígrafo y un papel en la mano. Volví a sentarme en el columpio del porche y le dediqué una sonrisa al hombre sudoroso y agotado que tenía delante.

—Hagámoslo.

—¿El qué?

—Usar la ira para crear música.

Refunfuñó un poco y se pellizcó el puente de la nariz.

—No me interesa.

Antes de que pudiera responder, se marchó y me dejó allí con cara de tonta tras mi intento por derribar su muro de ladrillos.

Capítulo 8

Hazel

Habían pasado cuatro semanas desde que mi madre y Charlie me habían echado y todavía no lo había asimilado del todo. Cada día pensaba en la salud y el bienestar de mi madre. Cada día pensaba en ella y rezaba porque estuviera bien. Cuando todo empezó a pesarme demasiado en el corazón, me acerqué a su casa después de mi turno en el trabajo para ver cómo estaba.

Sabía que tendría muchos problemas si Charlie me descubría allí, pero me daba igual.

Me presenté con comida para guardar en la nevera y, cuando llamé a la puerta, la oí moverse.

—¿Quién es? —gritó.

—Soy yo, mamá. Soy Hazel.

Los movimientos sonaron más apresurados y, cuando abrió la puerta, jadeé al verla. La compra que llevaba en la mano se estrelló en el suelo cuando di un paso adelante.

—¡Mamá! ¿Qué te ha pasado? —exclamé al mirarle el rostro maltrecho y magullado. Tenía el ojo izquierdo casi cerrado y las muñecas negras y azules.

—No montes un escándalo —advirtió y me hizo un gesto para que me alejara—. Charlie y yo hemos tenido una pelea. Cometí un error en el negocio; debí hacerlo mejor.

—¿Perdona? No —dije e irrumpí dentro de la casa—. No me importa lo que pase, no tiene derecho a ponerte la mano encima, mamá. No está bien y deberían echarte un vistazo. Deja que te lleve al hospital.

Negó con la cabeza.

—No. No iré al hospital. Estoy bien.

—Pero tenemos que asegurarnos de que el bebé se encuentra bien, mamá. Por favor.

Bajó la mirada y noté su sufrimiento mientras libraba una lucha en su cabeza. Sin embargo, no imaginaba qué pensamientos se le pasaban por la mente. De vez en cuando, veía en sus ojos destellos de arrepentimiento que coincidían con los míos. Mi madre había vivido una vida de penurias y la veía pelear con el dolor cada vez que parpadeaba.

—No tengo dinero para ir al médico —dijo—. Ni tampoco un seguro. Y Charlie se enfadará si llega una factura.

—Yo pagaré. De verdad, mamá. Deja que te ayude.

Estaba a punto de aceptar. A punto de hacer lo correcto para ella y para el bebé, pero, antes de que le diera tiempo a hablar, Charlie se me acercó por detrás. Me volví para ver cómo abría los ojos de par en par al verme, y luego miró a mi madre.

—¿Qué cojones pasa aquí? —bramó.

—He venido para pasear con mamá un rato —respondí e hice lo posible por ocultar el miedo que se me agolpaba en la garganta. Charlie no parecía un hombre amenazante, aunque conocía la severidad que llevaba dentro. No era la primera vez que notaba el cuerpo de mi madre magullado por su culpa, pero imaginaba que, con el embarazo, no le haría daño.

Había puesto demasiadas esperanzas en que Charlie no fuera el mayor de los monstruos.

—¿A dónde? —exigió—. Ni siquiera deberías estar aquí.

—Tengo derecho a ver a mi madre —contesté—. Vamos, mamá. Agarra tus cosas y vámonos.

—No irá a ninguna parte contigo. Hazme una *pizza*, Jean —ordenó, lo que disparó mi irritación.

—Está herida —reprendí—. La llevaré a que le echen un vistazo.

Enarcó las cejas y miró a mi madre.

—¿Vas al hospital? —preguntó, con un tono bajo y controlador—. ¿Qué piensas hacer, Jean? ¿Denunciarme? ¿Decir que te he pegado?

Dudó mientras jugueteaba con los dedos y miraba al suelo.

—Por supuesto que no, Charlie.

—Porque no te he pegado, ¿verdad?

La forma en que las palabras se deslizaron por su lengua me puso los pelos de punta. Joder, cómo lo odiaba. Despreciaba cómo imponía su autoridad para controlar los pensamientos de mi madre.

—No, claro que no —mintió. Cerró los ojos y movió la cabeza de un lado al otro—. Me tropecé. Sabes que soy muy torpe, Hazel.

«No, mamá. No dejes que te controle así».

—De todas formas, deberías hacerte una revisión por el bebé —dije e intenté controlar la ira que me invadía. Tenía que sacarla de allí. Lejos de aquella casa y del control de Charlie. Porque sabía que, si se quedaba más tiempo, acabaría a dos metros bajo tierra en cuanto se le fuera la mano.

Tal vez, si escapáramos juntas, sería capaz de aclararse la mente de nuevo. Quizá se daría cuenta de que no necesitábamos a Charlie. Que estábamos mejor sin él, que…

—No irá a ninguna parte —interrumpió Charlie—. El bebé se encuentra bien y ella también. Y tú ya no eres bienvenida aquí. Así que márchate.

Di un paso hacia mi madre para protegerla de Charlie.

—No me iré sin ella.

Se subió las mangas de la camisa y dio un paso hacia mí.

—Largo, Hazel.

—No —espeté con firmeza—. No me voy.

Me agarró del brazo y me arrastró hacia la puerta. Para lo menudo que parecía, su agarre dolía.

—¡Suéltame! —grité. Me tropecé con los pies cuando tiró de mí. Entonces, al recuperar el equilibrio, lo empujé con fuerza en el pecho y trastabilló hacia atrás.

Antes de pensarlo, sentí el impacto del puño en la cara. Caí directamente al suelo.

Hostia.

El escozor que me invadió me dio ganas de vomitar. No solo me había abofeteado, me había dado un puñetazo. Me lanzó hacia atrás y caí al suelo, como si sus actos no le importaran. ¿Era lo que le había hecho a mi madre? ¿La había golpeado una y otra vez como si fuera una muñeca de trapo en vez de una persona?

La cabeza me palpitaba con fuerza y las lágrimas me brotaron de los ojos mientras el dolor me envolvía por completo. Intenté levantarme, pero Charlie se me acercó y me empujó al suelo.

—Te he dicho que te largues —siseó, con la voz cargada de odio.

—Hijo de puta —gemí.

Levantó el puño para golpearme de nuevo, pero mi madre se apresuró a tomar su mano entre las suyas.

—Para, Charlie. Por favor. Lo ha entendido. Se irá y para no volver —juró.

Me levanté a trompicones con el ojo derecho cerrado. Me froté la humedad que notaba en la cara. ¿Era sangre? Charlie debía de haberme cortado con el anillo.

—¿Verdad, Hazel? —preguntó mi madre y me miró con los ojos muy abiertos y llenos de miedo. Vivía con ese miedo a diario.

—Ven conmigo, mamá —rogué a la vez que el pecho se me agitaba a velocidades erráticas.

—Te repito que no irá a ninguna parte. Lárgate antes de que me desquite con las dos —dijo Charlie.

Estaba claro que era un psicópata. No sentía una pizca de remordimiento por sus actos, sino todo lo contrario. Parecía dispuesto a darme otro puñetazo en cualquier momento.

—Vete, Hazel —suplicó mi madre con lágrimas en los ojos—. Por favor.

Quería resistirme, pero sabía que, si presionaba a Charlie, lo pagaríamos las dos. No soportaba su maltrato hacia mi madre, así que me fui.

Me dolía el pecho por la culpabilidad de abandonarla en esa terrible situación. Por un momento, cuando se aferró al brazo de Charlie, vi a mi madre. A la de verdad, no a la persona drogada en la que se había convertido con los años. Había intervenido para protegerme y me mataba que nadie la defendiera.

Fui a casa de Ian y, mientras caminaba, me esforcé por mantener la cara gacha y escondida. Un claxon me sobresaltó e hizo que un escalofrío de nervios me recorriera la espalda. Mantuve la cabeza agachada y seguí andando.

—¡Hazel! —gritó una voz desde el coche. No levanté la vista—. Hola, Hazel, soy Leah. La hermana de James Scout. Trabaja en el rancho y voy hacia allí para ver a los caballos. ¿Vas para allá? Si quieres, te llevo.

Paró el coche y se acercó a mí. Hacía tiempo que conocía a Leah. Nos habíamos graduado juntas en el instituto y era la definición de la realeza del pueblo. Leah Scout era guapísima. Desde su precioso pelo rubio hasta los ojos azules como el cristal. Tenía una sonrisa que podría utilizarse en anuncios de pasta de dientes y se la regalaba a todos los que la miraban. Era igual que su hermano mayor, James, excesivamente amable con todo el mundo.

Al llegar a mí, jadeó y se llevó las manos a la boca.

—Por el amor de Dios, ¿qué te ha pasado?

—No quiero hablar del tema. —Empecé a andar y me siguió el ritmo.

—Espera, Hazel. ¿Quién te ha hecho esto?

—No quiero hablar del tema —repetí—. Solo quiero llegar a casa y limpiarme.

—Vale. —Asintió y enlazó su brazo con el mío.

—¿Qué haces?

—Te acompaño al coche para llevarte a casa. No deberías caminar por estas calles con esa pinta y desde luego no deberías estar sola. James me dijo que vivías con Ian, ¿verdad?

Asentí.

—Sí. Pero no tienes que…

—No seas tonta. En este pueblo lleno de desgraciados, las chicas tenemos que cuidarnos entre nosotras. No me supone ninguna molestia. Vamos, anda. Vamos a casa para limpiarte esa herida.

Cuando llegamos a la casa del rancho, intenté que Leah siguiera con sus cosas, pero no se apartó de mí.

—Tienes que limpiarte el ojo. Si no, lo tendrás hinchado durante un tiempo. Soy voluntaria en la consulta del doctor Smith. Deja que te ayude —se ofreció.

No tenía energía para pelearme con ella para que se fuera. Además, una parte de mí no quería quedarse sola.

Me senté en el borde de la cama mientras Leah iba a la cocina a por un trapo húmedo y hielo para el ojo. Cuando volvió, se sentó a mi lado e hizo todo lo posible por devolverme la salud.

—¿Quién te ha hecho esto, Hazel? —susurró.

Negué con la cabeza.

—No importa.

—Claro que importa. La gente no debería tener derecho a hacer daño a los demás. Deberían pagar por sus actos.

Le dediqué una sonrisa de lado y me quedé callada. No quería que los desconocidos supieran demasiado sobre mi vida personal. Aunque Leah era simpática, no necesitaba extender todos mis problemas a sus pies.

—Estoy bien —mentí.

Me dedicó una sonrisa de complicidad. Luego frunció el ceño y negó con la cabeza.

—Ian se volverá loco cuando se entere.

Levanté una ceja.

—Lo dudo.

—¿Estás de broma? Por supuesto que sí. Eres su compañera de piso y alguien te ha hecho daño. Le importará.

Solté una risita.

—No somos ese tipo de compañeros de piso. No nos metemos en los asuntos del otro, salvo que Ian necesite que eche a un ligue a las cuatro de la madrugada.

Leah se pasó la mano por la cara.

—No sé, Hazel. Este tipo de cosas le afectan. Su padre pegaba a su madre antes de que se marcharan hace años y eso lo volvía loco. No lleva bien el maltrato a las mujeres.

Maltrato.

No sabía por qué la palabra me daba ganas de vomitar. Hacía que las acciones de Charlie parecieran aún más graves, pero era la verdad. Me había maltratado. Maltrataba a mi madre. Y no lo dejaría estar, porque, cuando se trataba de Charlie, el maltrato era algo natural.

—Mira, sé que Ian no es fácil de tratar, pero es un buen tío. Lo conozco de toda la vida, es el mejor amigo de mi hermano. Es verdad que le afectó mucho cuando sus padres se largaron. No obstante, sigue teniendo buen corazón.

—Siempre es muy frío. No tiene sentimientos.

Leah soltó una carcajada.

—Qué tontería. En todo caso, Ian Parker siente demasiado. Tiene más sentimientos que la mayoría. Las emociones lo abruman y por eso levanta muros. Pero se preocupa. Tanto que creo que lo vuelve loco.

Bajé la cabeza durante un minuto y sostuve la toalla llena de hielo apoyada en la cara. No sabía qué más decirle a Leah, así que me encogí de hombros y le dediqué una pequeña sonrisa.

—Me duele un poco la cabeza. Necesito descansar un rato.

—Es una buena idea. Tómate un ibuprofeno para el dolor y no dejes de ponerte hielo en el ojo cada pocas horas para bajar la inflamación, ¿de acuerdo?

—Sí. Gracias, Leah. De verdad, gracias.

No tenía que ayudarme, pero aun así lo había hecho. Para mí, significaba más de lo que nunca sabría.

—No ha sido nada. —Se levantó de la cama y me sonrió—. Si alguna vez necesitas un rato de chicas, dímelo. Estar siempre con los tíos del rancho me volvería loca. De todos modos, siempre vengo a ver a los caballos, quizá podemos comer juntas algún día.

Le dediqué una sonrisa sincera y genuina.

—Me encantaría.

—Descansa, Hazel. Espero que te encuentres mejor pronto. Y hagas lo que hagas, no dejes que el imbécil que te ha hecho esto se salga con la suya.

Cuando Leah se marchó, cerré la puerta del baño mientras las lágrimas me rodaban por las mejillas a causa del dolor. Cuanto más tiempo pasaba, más me dolía el golpe en la cara. Tenía el lado derecho hinchado y se estaba poniendo negro y azul a cada segundo que pasaba. Me parecía a mi madre, y eso me partía el corazón.

Charlie nunca me había puesto la mano encima, nunca había cruzado esa línea, porque ella siempre recibía los golpes por mí. Ahora sabía cómo se sentía, por lo que había pasado y todo lo que había sufrido.

El dolor del pecho no era solo por mí, sino por ella. Quería sacarla de allí. Necesitaba alejarla de ese psicópata. Quién sabía con qué tipo de mentiras la estaría envenenando o qué drogas le estaría inyectando sin que ella lo supiera. Charlie estaba desesperado por controlar a los demás y mi madre se lo ponía muy fácil, porque era demasiado débil y no se defendía.

Esa noche, no logré pensar con claridad; me aterraba lo que pudiera ocurrirle a mi madre. Me quedé en la habitación porque no quería que Ian me viera. No podía comer ni dormir ni dejar de llorar. No dejaba de pensar en cómo sacar a mi madre de aquella terrible situación, lejos de Charlie; o al menos alejarlo a él de ella. Sabía lo suficiente, gracias a Garrett y a mi madre, para tenderle una trampa de alguna manera. Le causaría un problema lo bastante grave como para impedir que siguiera maltratándola. No sabía si el plan funcionaría, pero tenía que intentarlo. De lo contrario, mi madre no solo perdería al bebé que llevaba dentro, también perdería la vida.

Así que esa noche, de madrugada, descolgué el teléfono de la casa de Ian y llamé a la comisaría.

—Policía de Eres. ¿Cómo puedo atenderle? —dijo una voz cansada al otro lado de la línea.

—Hola, sí, me gustaría hacer una denuncia anónima por tráfico de drogas que tendrá lugar en los próximos días.

La voz bajó al otro lado de la línea.

—Connor, ¿eres tú? ¿Estás tomándome el pelo otra vez?

—¿Qué? No. Tengo una pista de verdad.

—Vale —respondió la persona, incrédula—. Suéltalo. ¿Cuál es el dato?

—Una vez al mes, Charlie Riley entrega sus productos a sus hombres para que los lleven a otros pueblos. Lo hacen a las afueras de Eres, en la antigua lavandería de la esquina de la calle Wood con la avenida Timber. Alrededor de las dos de la mañana, y pasará dentro de dos días.

Por suerte, Garrett se metía lo suficiente como para soltar algunos detalles sobre la entrada y la salida del suministro de Charlie. Estaba tan eufórico porque su tío le había dado más protagonismo en el «negocio» familiar que, durante una de sus juergas con los videojuegos, se emborrachó y me lo contó todo.

—¿Y cómo lo sabes?

—Créeme, lo sé y punto.

—Sí, vale, Connor, lo investigaremos.

—¡No soy Connor! —repliqué y me pasé la mano por la cara. ¿De verdad sonaba como un chico? ¿Qué narices?—. Mira, confía en mí. Charlie lleva a cabo todos sus trapicheos en la lavandería. Allí encontraréis lo necesario. Aseguraos de llevar refuerzos.

—Bien. ¿Eso es todo?

—Sí. —Me mordí el labio inferior y sentí un nudo en el estómago—. Eso es todo.

—Vale. Lavandería. Wood y Timber. Charlie Riley. Drogas malas. Lo tengo. Buenas noches, Connor.

La llamada se cortó y respiré hondo mientras el pánico se disipaba. Pensé en lo distintas que serían las cosas para mi madre en solo dos días. Entonces, ya no tendría que escapar del puño de Charlie. En dos días, se lo llevarían de su lado.

No necesitaría huir de él nunca más. Por una vez, ganaríamos.

Diez años antes

—*Vamos, Hazel, date prisa. Coge solo lo necesario* —*dijo mi madre al tiempo que me sacaba de la cama. Tenía una maleta sobre el colchón y estaba guardando algo de ropa.*

El cielo todavía estaba oscuro. Bostecé.

—*¿Qué pasa, mamá?*

El sol aún no se había despertado y no entendía por qué yo tenía que hacerlo.

—*Nos vamos, cariño. Nos vamos de aquí, ¿vale?* —*Hablaba muy bajo y se movía de puntillas, como si no quisiera que nadie la oyera.*

Sabía que era por Charlie.

Mi madre siempre susurraba cuando no quería que Charlie la oyera.

—*Vámonos. Procura no hacer ruido, ¿vale?* —*dijo.*

—*¿De verdad nos vamos?* —*pregunté con timidez.*

Ya había hablado antes de dejar a Charlie, pero nunca habíamos hecho las maletas para irnos. Había empezado a creer que siempre estaríamos bajo su control, por mucho que quisiéramos marcharnos. Era malo con ella y no me gustaba que la hiciera llorar.

—*Sí, cariño, de verdad. Toma todo lo que necesites porque no volveremos.*

—*¿Nunca?*

Se agachó frente a mí y me apartó el pelo de la cara. Sus ojos llorosos me entristecieron. Odiaba cuando lloraba, y últimamente lo hacía demasiado.

—Nunca, cariño. Se acabó. Nos vamos y olvidaremos este pueblo. ¿De acuerdo? Solas tú y yo. Solo las dos.

Agarré el peluche de la cama y lo abracé mientras ponía la mano libre en la de mi madre.

—Vale.

—¿Lista? —preguntó.

—Lista —respondí.

Llevaba lista tanto tiempo que una sonrisa me asaltó ante la idea de escaparme con mi madre.

—Solo las dos —murmuré para mí y me alejé de su mano.

Era todo lo que quería.

—¿Estás llorando porque estás triste?

—No, cariño. Son lágrimas de felicidad.

Lágrimas de felicidad.

No sabía que la gente también lloraba cuando estaba feliz. En cuanto lo descubrí, empecé a llorar.

Capítulo 9

Ian

—¿Habéis terminado el ensayo, cabezas de chorlito? Si quieres, te llevo a casa, James —dijo Leah al entrar en la casa del granero con la misma sonrisa de siempre.

—¿Me llevas a casa? ¿No te has llevado mi coche hoy? —preguntó James—. En tal caso, seré yo el que te lleve a ti.

—Tanto monta, monta tanto. Venga. Quiero acabar la temporada de *You* en Netflix y atiborrarme de palomitas. —A los demás nos saludó con la mano—. No sonáis nada mal.

Eric asintió.

—Podríamos sonar mejor. ¿Nos sigues en todas las plataformas de redes sociales, Leah? Nos vendría bien el apoyo. —Era un obseso de las redes, siempre iba detrás del próximo «me gusta» y de nuevos seguidores.

—Claro que sí. —Leah sonrió y caminó en mi dirección. Se metió las manos en los bolsillos de los pantalones cortos y se balanceó de un lado a otro con las chanclas—. Hola, Ian. ¿Cómo va la vida con Hazel?

Me encogí de hombros.

—La verdad es que nos cruzamos poco.

—Me gradué con ella. Es buena gente. Tranquila y agradable. Creo que es interesante una vez la conoces. Además, siempre fue muy lista en los estudios. Apuesto a que se siente un poco sola.

Arqueé una ceja por la excesiva dulzura de Leah. Sabía que buscaba algo; y mejor que lo escupiera rápido.

—¿A dónde quieres llegar, Leah?

Sonrió con candidez, como siempre, y se encogió de hombros.

—No vas a morirte por conocerla. Ha pasado por mucho. Le vendría bien tener a alguien agradable con quien hablar de vez en cuando.

—No soy una persona agradable —dije.

Puso los ojos en blanco con mucho dramatismo y me dio una palmadita en la espalda.

—Claro, Ian, y yo no soy adicta a las Kardashian. No creas que se me ha olvidado quién apareció durante dos semanas seguidas para jugar al tres en raya con mi abuela cuando estuvo en el hospital tras romperse la cadera.

—¿Qué quieres que te diga? Me encanta el tres en raya.

—Solo sé amable con ella, idiota. Tengo la sensación de que le vendría bien un amigo.

—Pues sé su amiga.

—Estoy en ello, pero, por el momento, necesita un amigo que también sea su compañero de piso. Alguien que esté cerca para abrir su caparazón.

Hice una mueca, todavía sin tenerlo claro, y Leah volvió a poner los ojos en blanco.

—¡Vale! Sé un capullo, pero un poquito menos, ¿vale? Deja de ser tan duro con ella en el rancho.

—Soy duro con todo el mundo en el rancho —murmuré, un poco molesto por lo que daba a entender. Trataba a todo el mundo por igual y no me gustaba que insinuara que era más duro con Hazel que con los demás trabajadores.

Leah suspiró, cansada de mis respuestas del mismo modo que yo me estaba cansando de las suyas.

—Lo que tú digas, Ian. Tratas a Hazel peor que a los demás. He visto cómo le das órdenes cuando seguramente sea una de las trabajadoras más entregadas de este lugar. Desde luego, trabaja más que el vago de mi hermano.

—¡Oye! A mí no me metas —gritó James, que recogía sus cosas—. Aunque tiene razón. Hazel trabaja más duro que nadie y a veces te pasas un poco con ella.

En fin, nada mejor que verse acorralado por los hermanos Scout. Además, eran dos de las personas más agradables de la zona. Por tanto, si no les parecía bien la forma en que trataba a Hazel, seguramente llevaban razón. Era posible que lo que sentía por Charlie hubiera afectado a la forma en que la había tratado en el rancho, y que Leah y James me lo dijeran me hacía sentir como un completo idiota. Haría lo posible por tenerlo en cuenta y presionarla menos.

Eso significaba que tendría que recordarme una y otra vez que no era igual que Charlie solo porque el mismísimo diablo la hubiera criado.

—Hoy deberías tomártelo con calma. Hace demasiado calor para trabajar tanto —advertí a Hazel al día siguiente, que paleaba heno en la parte trasera de una camioneta.

La temperatura rondaba los cuarenta grados. Llevaba su habitual atuendo negro de manga larga. Hacía demasiado calor para llevar esa ropa, sobre todo cuando Hazel trabajaba directamente al sol. Incluso llevaba una sudadera con la capucha subida como si estuviera loca.

—Tranquilo. Puedo con ello —murmuró en voz baja mientras paleaba. No había hablado mucho en las últimas horas, lo cual era raro. Lo normal era que me hubiera lanzado más de un comentario grosero y sarcástico, pero no había dicho nada.

Ni siquiera se había burlado de mí la noche anterior por haber quemado la cena. En realidad, ni siquiera la había visto en casa. La puerta de su habitación estaba cerrada y, aunque la había oído moverse, ni siquiera se asomó. Cuando me levanté por la mañana, ya se había ido a trabajar al rancho.

—¿No me digas que sigues enfadada porque no quise abrirte mi corazón la otra mañana?

—No todo gira en torno a ti, Ian Parker —espetó.

Debería haberlo dejado ahí e ignorar su mala actitud. Sin embargo, verla tostándose al sol me mareaba. Joder, acabaría desmayándome en su lugar.

—Venga, encanto. No seas tonta. Una insolación no es ninguna broma.

La había llamado «encanto» para tocarle las narices y no reaccionó en absoluto. Mierda. ¿Qué le pasaba?

Se tiró de los bordes de la capucha y se aclaró la garganta antes de volver al trabajo.

—No pasa nada. Estoy bien.

—Al menos vete a las pocilgas. Incluso te ayudaré. O haz una pausa para beber agua. Hace demasiado…

—¡He dicho que estoy bien! —dijo por fin.

Se volvió hacia mí y se me encogió el pecho. Tenía los ojos inyectados en sangre, como si hubiera estado llorando durante horas, y llevaba kilos y kilos de maquillaje. Siempre se maquillaba, pero ahora parecía lista para una audición de *RuPaul's Drag Race*.

Ni siquiera supe por qué, pero aquella tristeza en sus ojos me rompió el corazón.

—¿Qué te pasa? —insistí.

Negó con la cabeza y las lágrimas le rodaron por las mejillas.

—Nada. Estoy bien.

—Mientes.

—Déjalo, Ian.

—No puedo, encanto.

Separó los labios, tal vez para insultarme, lo que me habría hecho sentir un poco mejor sobre su estado actual. Si tenía fuerzas para meterse conmigo, entonces no estaba muy lejos de su habitual carácter insufrible.

Sin embargo, en vez de hablar, bizqueó y dejó caer el rastrillo que tenía en las manos. Mientras la herramienta caía al suelo, el cuerpo le temblaba como una hoja.

Mierda.

Iba a desmayarse.

Los ojos se le pusieron en blanco y me acerqué apresurado para atraparla justo antes de que se desplomara. Su cuerpo inerte cayó en mis brazos. La levanté y me dirigí hacia la casa al tiempo que me repetía las mismas palabras.

—Te tengo, encanto —murmuré—. Te tengo.

En cuanto llegamos a casa, Hazel volvió en sí. La metí en la ducha y dejé correr el agua fría sobre su cuerpo. La sensación de frío la despertó al instante y chilló horrorizada.

—¡Joder, qué frío! —gritó, y tembló bajo las gotas heladas que le golpeaban el cuerpo. Se sentó en la bañera y se frotó los brazos.

—Bien —refunfuñé—. Te dije que hacía demasiado calor para estar al sol.

Estiró el brazo para cerrar el agua y se estremeció.

—Estoy bien.

—No es cierto. Necesitas electrolitos para recuperarte del calor. Tengo bebidas energéticas en la nevera. Aquí tienes una toalla para secarte. —Descolgué la que estaba más cerca y se la tendí. A toda prisa, se limpió el agua de la cara hasta que desapareció el maquillaje.

—¿Qué te ha pasado en la cara? —solté, horrorizado por los moratones que se revelaron cuando se quitó el maquillaje.

Abrió los ojos de par en par y se apartó de mí.

—No es nada.

Le puse las manos en los hombros y la giré para que me mirara.

—Mentira. Claro que es algo. Parece que alguien te haya dado un puñetazo.

La forma en que sus ojos se humedecieron me hizo comprender que eso era justo lo que había pasado.

Mierda.

Alguien le había pegado en la cara.

—¿Quién ha sido? —pregunté con la voz tensa. Ni siquiera sabía con quién enfadarme, pero estaba cabreado—. ¿Ha sido un hombre?

Asintió, despacio.

—Dime quién —ordené.

Las lágrimas le cayeron más rápido por las mejillas y negó con la cabeza.

—No pasa nada. Lo solucionaré. —Trató de ponerse en pie y se tambaleó un poco, todavía desorientada, así que la tomé en brazos. Me dedicó una sonrisa rota—. Se te da bien.

—¿El qué?

—Atraparme.

—Mejor si dejaras de caerte.

—Créeme —suspiró profundamente—, estoy en ello.

No sabía qué decirle, sonaba desgarrador. Quería que volviera la Hazel Stone sarcástica y grosera. La versión triste me daba ganas de llorar.

—¿Qué puedo hacer? —pregunté, con la voz quebrada y sin perder de vista el ojo hinchado. ¿Qué clase de cabrón le ponía las manos encima a una mujer? ¿Qué clase de cobarde haría algo tan retorcido? Sabía quién: mi padre. Lo había visto abalanzarse sobre mi madre durante una borrachera. Recordaba los moratones de mi madre y sus esfuerzos por ocultarlos con maquillaje, igual que Hazel.

Quería matarlo.

Ni siquiera sabía quién era, pero quería sangre.

Hazel hizo todo lo posible para mantener la sonrisa a pesar del dolor.

—Bueno, primero, bebida energética —dijo—. Esta noche, vodka.

Arqueé una ceja.

—¿No eres demasiado joven para beber?

—Sí. —Asintió—. Pero he tenido un día bastante malo.

«Ah, bueno, entonces vale».

Pues vodka. Después de la bebida energética.

Si hubiera un premio para la persona con menos aguante del mundo, lo ganaría Hazel. Se había tomado un total de tres chupitos delante de mí, junto con un combinado, y estaba bailando en círculos por el salón. Tarareaba una melodía que no reconocía, pero que sonaba perfecta.

—¿Por qué no bebes? —preguntó, y levantó una ceja mientras se dejaba caer en el sofá.

—No me apetece beber esta noche.

—¿Qué? Claro que te apetece beber esta noche. A todo el mundo le gusta beber por las noches. Beber es divertido —exclamó.

Me senté en el lado opuesto del sofá.

—¿Cuántas veces has bebido?

—Ah… —Frunció los labios y exhaló un fuerte suspiro—. ¿Contando hoy?

—Ajá.

Levantó dos dedos, luego los miró aturdida. Después, bajó uno. No contuve la risa; el dedo corazón se le había quedado levantado sin siquiera darse cuenta.

Hazel Stone estaba oficialmente en su primera borrachera e iba como una cuba.

—¿Sabes lo que echo de menos? —dijo y se frotó la boca con el dorso de la mano.

—¿El qué?

—El cobertizo.

Me reí.

—¿Soy tan mal compañero de piso que prefieres vivir en un cobertizo?

—No. —Soltó una risita encantadora—. Echo de menos mirar el cielo y ver las estrellas. Me encantan las estrellas y la luna. Me ayuda a darme cuenta de que hay mundo más allá de mis problemas.

—¿Eres de las que piden deseos a las estrellas?

—Soy el tipo de persona que lo desea todo. —Inclinó la cabeza hacia mí—. ¿Siempre es tan guay? ¿Emborracharse?

—Depende. Beber *whisky* me entristece.

—¿Por qué? Cantas como un dios, vives sin pagar alquiler y tus abuelos son geniales. Además, estás como un queso. Un quesito. Si no supiera a cuántas mujeres les has metido el pene, querría que me lo metieras a mí también. En fin, ya sabes, si dejara que la gente me metiera el pene.

Las palabras se le escapaban con facilidad y sabía que, si estuviera sobria, se moriría de vergüenza por lo que acababa de decir.

Eso no significaba que no me divirtiera.

—¿Así que estoy como un quesito? —pregunté.

—Sí. Si existieran las erecciones femeninas, estaría todo el día empalmada por tenerte cerca. Incluso cuando eres malo conmigo.

Fruncí el ceño.

—Siento haber sido malo contigo, Haze. —Cuanto más la observaba en ese estado de embriaguez, más me invadía la culpa por haber sido un cretino con ella.

—No pasa nada. Estoy acostumbrada a que la gente me trate mal.

Eso me hizo sentir como una mierda. Me pasé el pulgar por la nariz y me acerqué a ella.

—¿Qué haces? —preguntó, nerviosa.

—Mirarte el moratón. ¿Puedo? —pregunté, con la mano en el aire.

Asintió, despacio.

Le posé los dedos en la mejilla y no se inmutó por el contacto. Se limitó a tararear para sí misma.

—¿Te duele?

Negó con la cabeza.

—Ahora mismo no siento nada.

—Otro efecto secundario de la bebida.

—¿Por qué eras un borde conmigo? —preguntó, y sus ojos verdes se clavaron en mí.

—Porque soy idiota —confesé—. No me gusta tu padrastro.

102

Movió los dedos por encima de los míos, que seguían apoyados en su mejilla, y cerró los ojos.

—No es nada mío.

—¿Fue él? —susurré, con demasiado miedo para decirlo más alto. No sabía por qué, pero la idea de que Charlie le hiciera daño a Hazel me provocaba arcadas.

Asintió, despacio.

—Es un monstruo.

—Lo sé.

Quería matarlo.

—Los moratones de mi madre son peores —añadió con un hilo de voz al tiempo que se pasaba la mano por el pelo negro como el carbón—. La maltrata bastante más que a mí. No tiene escapatoria.

—¿Por qué no lo deja?

—Lo ha intentado, una y otra vez. Siempre la encuentra y la arrastra de nuevo. —Las lágrimas le caían por las mejillas y negó con la cabeza mientras las limpiaba—. ¿El vodka puede ponerte feliz y triste a la vez?

—Es posible.

—Pero ya no quiero estar triste. Quiero ser feliz.

—Lo serás —prometí—. A veces hace falta tiempo para llegar a las letras alegres.

—¿Cuándo escribirás letras alegres?

Solté una carcajada.

—Lo cierto es que estoy pensando en contratar a una chica para que me ayude con las letras.

Hizo una mueca y entrecerró los ojos.

—Apuesto a que es muy guapa.

—No tiene ni idea de lo guapa que es —contesté—. Con y sin maquillaje.

Se sentó un poco más recta, al parecer sorprendida por mis palabras.

—Gracias.

—¿Puedo preguntarte por qué te maquillas tanto?

Hazel volvió a pasarse las manos por el pelo y se encogió de hombros.

—También es culpa de Charlie. Cuando era más joven, alrededor de los catorce años, siempre llevaba una camiseta de tirantes y pantalones cortos en casa. Una noche, cuando estaba borracho, entró en mi habitación y empezó a comentar todo lo que quería hacerme. Dijo que me estaba exhibiendo para él con mi piel aceitunada. Así que empecé a ponerme capas y capas de ropa y maquillaje para ahuyentarlo.

Se me revolvió el estómago. ¿Qué clase de psicópata de mierda era Charlie? Si antes ya quería matarlo, en ese momento me cegaba la necesidad de estrangularlo.

Al mirarme, me dedicó una expresión llena de ternura.

—¿Ian?

—¿Sí?

—A la Hazel borracha le gustas mucho.

Me reí.

—Intentaremos que la Hazel sobria opine lo mismo.

—Eso es fácil. —Bostezó en mi cara, sin molestarse en taparse la boca—. Basta con que me saludes de vez en cuando, y también ayuda que te quites la camiseta.

Joder. ¿Cómo había sido capaz de tratar mal a alguien como Hazel? Si me hubiera sacado la cabeza del culo, me habría dado cuenta de que no se parecía en nada a Charlie. Era todo lo contrario, en realidad. Era cariñosa, divertida, preciosa y amable.

Era un imbécil.

—Oye, ¿Ian?

—¿Sí?

—Voy a vomitar.

Me había pasado los últimos diez minutos sujetando el pelo a Hazel mientras vomitaba en el baño. Sonreí para mis adentros cuando murmuró que nunca más probaría el alcohol;

pensé en todas las veces que yo mismo había pronunciado esas palabras.

Terminaron las arcadas y se tumbó en el suelo en posición fetal.

—Duermo aquí —murmuró.

Me reí a la vez que me agachaba para levantarla.

—No, dormirás en tu cama.

—Duermo contigo —dijo y se acurrucó en mis brazos.

No exactamente.

Después de acostarla, coloqué un cubo en el suelo, por si acaso, y la arropé.

Levantó los brazos, me rodeó el cuello y tiró de mí para abrazarme.

—Gracias, mejor amigo —susurró, antes de apoyarse de nuevo en la almohada. Cuando me di la vuelta para alejarme, murmuró algo más—. Tengo que ayudarla.

—¿A quién?

—Tengo que ayudar a mi madre y al bebé. Me necesitan —murmuró con los ojos cerrados al tiempo que se sumía en un profundo sueño.

No estaba seguro de que fuera consciente de lo que decía, pero afirmé:

—Te ayudaré con eso, Haze.

—¿Lo prometes? —susurró.

—Lo prometo —respondí.

Capítulo 10

Hazel

¿Qué era ese ruido insoportable?

¿Era un gallo? ¿De verdad había un gallo cantando fuera justo cuando la cabeza me palpitaba como si fuera a explotarme?

¿Por qué tenía la boca seca?

¿Por qué me sentía como si estuviera muerta?

—¡Quiquiriquí! —cacareó el señor Gallo y me aplasté la almohada sobre la cara. Odiaba lo despierto y feliz que estaba, como si no se hubiera bebido todo el vodka de la tierra la noche anterior.

«El vodka. Puaj. Me cago en el vodka».

Abrí los ojos con cautela y me incorporé con los codos. Gemí y el estómago me rugió. Justo entonces, sonó el agudo timbre de la puerta. Como no dejaba de insistir, me arrastré desde la habitación para abrir la puerta, ya que Ian no tenía intención de hacerlo.

Abrí de golpe y la luz del sol me iluminó. Jamás me había sentido más vampiro, así que resoplé en la cara de aquella mujer que llevaba una cesta repleta de cosas ricas.

No frunció el ceño ante mi irracional reacción a la luz. Sonrió con alegría y ladeó la cabeza hacia la izquierda.

—Tenía ganas de pasar a conocerte —dijo, y entró en la casa. Dejó la cesta en la mesa, se volvió hacia mí y me tendió la mano—. Tú debes de ser Hazel. Soy Holly, la abuela de Ian.

La mujer a la que le había bufado era la abuela de Ian.

Una gran primera impresión.

106

Me pasé la mano por la cara y me estremecí un poco al tocar el moratón. Había olvidado que estaba ahí, y ahora Holly nos miraba a mí y a mi piel magullada. Extendí la mano para estrechar la suya.

—Lo siento, acabo de levantarme. Por lo general, se me dan mejor las primeras impresiones. —Me pasé las manos por el pijama, que no recordaba haberme puesto, y le dediqué una tensa sonrisa.

—Ay, cielo, no te preocupes. Estás preciosa. —Sonrió con tanta intensidad que no pude evitar hacer lo mismo. Nunca había visto una expresión tan auténtica.

Holly no necesitaba esforzarse para ser guapísima. Tenía el pelo largo y plateado recogido en una cola de caballo, y unos ojos que combinaban con los de Ian. Aunque era mucho más bajita que Big Paw, mantenía la cabeza alta. Era delgada y adoptaba una postura más erguida que la mayoría de las personas de mi edad.

Si no la conociera, le habría echado unos sesenta años en lugar de sus ochenta y tantos.

—Si buscas a Ian, creo que no está. Tal vez no se ha levantado todavía —dije.

Negó con la cabeza.

—No. Ya lo sé. Me ha llamado él. Ya está trabajando en el rancho y...

Abrí los ojos de par en par de puro pánico.

—Mierda, ¿qué hora es? Tendría que estar trabajando. —Sabía que si Big Paw se enteraba de que llegaba tarde, me quedaría sin trabajo en un santiamén—. Lo siento, Holly, tengo que ir a...

Me puso una mano en el brazo y negó con la cabeza.

—No pasa nada. Ian dijo que no te encontrabas bien, así que se ha ocupado de tus tareas.

Una oleada de alivio y sorpresa me recorrió.

—¿Está enfadado? ¿Por tener que hacer mi trabajo?

—Dios, no. De hecho, me ha mandado para ver cómo estabas y asegurarme de que tuvieras algo de café y comida. —Levantó una ceja—. Tomas café, ¿verdad?

Sonreí y otra oleada de alivio reemplazó a la ansiedad.

—Litros y litros.

—Estupendo. —Holly se acercó a la cesta, sacó unos cuantos ibuprofenos y una botella de agua—. Ahora tómate esto y date una ducha. Cuando termines, tendré el desayuno listo.

Le di las gracias por su amabilidad y me dirigí a la ducha. Entendía por qué la gente bebía para olvidar. La noche anterior, me había liberado de la carga de los problemas de mi madre por una fracción de segundo. Necesitaba ese descanso para dejar de sentir todo con tanta intensidad. Por desgracia, no era una de esas personas que olvidaban todo lo que pasaba cuando bebían.

No. Lo recordaba todo.

Especialmente las partes en que le dije a Ian que estaba como un queso y que tendría erecciones femeninas si eso fuera posible. Maldición. La próxima vez que lo viera, me pondría como un tomate.

Después de la ducha, consideré la posibilidad de maquillarme para cubrirme el moratón, pero como Holly ya lo había visto, no vi razones para hacerlo.

La casa olía de maravilla, como si un chef de lujo hubiera venido a prepararme la comida. Cuando entré en el comedor, encontré a Holly sirviendo dos platos de beicon, huevos y patatas caseras. Me esperaba una taza de café llena hasta el borde y el estómago me dio volteretas de emoción.

—Tiene muy buena pinta y huele increíble —comenté mientras me sentaba.

Sonrió y también tomó asiento.

—El mejor remedio para la resaca es la cocina casera —afirmó—. Llevo muchos años preparando comidas así para Ian y sus amigos.

—Qué suerte tiene.

—La suertuda soy yo. Harry y él son como un dolor de cabeza. Solo el Señor sabe cómo he soportado sus corazas malhumoradas, pero, en el fondo, son dos ositos de peluche. Resulta evidente que levantan muros para protegerse. Pero soy afortunada por haber visto su lado amable.

—¿Así que no debería tomarme sus gruñidos como algo personal?

—Cielos, no. Es un muro de protección para no sufrir. Cuando mi hija y mi yerno se fueron, tanto Harry como Ian lo pasaron mal. Que alguien tan importante para ellos se hubiera marchado sin despedirse les rompió el corazón. Mis chicos son sensibles. Más que la mayoría. Se sienten indefensos, así que fingen que nada les importa.

—Será muy solitario.

—Sí. —Asintió—. Ian me preocupa más. Es muy cerrado y no permite que nadie se le acerque lo suficiente como para consolarlo, aparte de los chicos del grupo. Pero entonces me enseñó tu canción y vi una chispa dentro de él que no había visto en mucho tiempo.

—¿A qué te refieres? ¿Cómo que te enseñó mi canción?

—La que le ayudaste a escribir. Vino y nos la tocó a Harry y a mí. Nos quedamos de piedra. No lo había visto tan comprometido con la música desde hacía mucho tiempo, y la letra… —Se llevó las manos al pecho y negó con la cabeza con asombro—. Nunca lo había oído cantar unas letras tan hermosas. Así que gracias.

—¿Por qué?

—Por ayudarlo a encontrar su voz. Lleva años buscando y, por primera vez, parece que ha dado con algo, y creo que tiene mucho que ver contigo. Posees un talento especial para la palabra escrita.

Sentí que me sonrojaba y me removí en la silla.

—Ya era un cantante increíble por sí mismo —añadí.

—Sí. —Extendió la mano y la colocó sobre la mía—. Pero ¿qué es un cantante sin palabras hermosas que cantar? Solo digo que eres buena para él, aunque finja que no. Además, por lo que dijo cuando me llamó para pedirme que viniera, creo que tú también le importas.

—¿Qué dijo?

—Quería que me asegurara de que estabas bien. Que necesitaba que lo estuvieras.

Sin más, el corazón me dio un vuelco ante las palabras de Ian Parker. Holly se inclinó hacia delante y me puso las manos en el rostro magullado.

—¿Quién te ha hecho esto, cielo?

Cerré los ojos y respiré hondo.

—Charlie, el novio de mi madre.

—¿Te duele?

—¿El moratón? Un poco menos que antes.

—No. El alma. ¿Te duele?

Tragué con fuerza.

—Sí.

Me limpió una lágrima que se me había escapado del ojo antes de mostrarme esa sonrisa amable.

—Mi exnovio me ponía la mano encima. Me pegaba en lugares que no se veían a simple vista. Por fuera, parecíamos felices. Por dentro, estaba muriéndome. No me decidí hasta que me dejó una gran marca en la cara. Me sentía humillada. Me maquillaba mucho para ocultar los golpes; luego encontré la forma de irme. Con el tiempo, los moratones exteriores se curaron, pero los del alma tardaron mucho más. Entonces, cuando descubrí que el marido de mi hija hacía lo mismo, se me rompió el corazón. Ningún hombre de verdad le pondría la mano encima a una mujer, salvo para demostrar su amor. Detesto que alguien te haya hecho eso. No soporto que alguien te haya hecho daño.

—Me preocupa mi madre —susurré con la voz temblorosa—. Tiene muchos moratones, por dentro y por fuera, y parece imposible que se curen al lado de Charlie. Lo odio. Odio cómo la trata. Odio que ella se drogue para huir del dolor. Hemos estado a punto de marcharnos muchas veces, pero siempre encuentra el camino de vuelta a sus formas tóxicas. Detesto que sea débil.

—No. No es débil, está perdida. He visto cómo las drogas se apoderaban de mi Sarah y la convertían en alguien que no era. La mente de tu madre está perdida y Charlie lo aprovecha para controlarla.

—¿Y si nunca encuentra el camino de vuelta?

—No renunciamos a que la gente vuelva. Han pasado años desde que mi hija y Brad se escaparon juntos, pero ¿sabes qué? Todas las noches dejo la luz del porche encendida, por si vuelven. Y los recibiría con los brazos abiertos. ¿Sabes por qué?

—¿Por qué?

—Porque yo también he estado perdida. Que no haya caído en las drogas ni en nada parecido no significa que sea mejor que ellos. Todo el mundo merece un hogar al que volver. Tal vez no ocurra tan pronto como te gustaría, pero, mientras sus corazones sigan latiendo, siempre habrá una posibilidad.

—¿Qué hacemos entretanto? —pregunté.

—Rezamos por los perdidos, cielo. —Me dedicó una sonrisa triste—. Y dejamos la luz encendida por la noche.

Me agarró la cara con las manos y no dejó de sonreír. Nunca antes había conocido una sonrisa con capacidades curativas.

—No obstante, por favor, ten en cuenta que, si Charlie vuelve a ponerte la mano encima, será lo último que haga.

Me reí y me limpié las últimas lágrimas que caían.

—¿Por qué? ¿Te pelearás con él?

—No. —Negó con la cabeza—. Fueron las palabras de Ian, no las mías. Dijo que, si Charlie se te acercaba otra vez, no viviría lo suficiente como para arrepentirse de sus actos.

Ian Parker me cubría las espaldas y saberlo fue suficiente para aliviar mi dolor de cabeza.

—Hoy me has cubierto —dije cuando Ian entró por la puerta principal después de un largo día de trabajo. Sabía que había tenido un día largo porque conocía las tareas de mi lista.

—Sí —respondió y se frotó la frente con el dorso de la mano. Parecía quemado y agotado.

Le sonreí.

—Te debo una.

—En realidad, te lo debía por ayudarme con la canción hace unos días. Aunque fuiste una borde, me sirvió mucho.

—Para empezar, tú lo hiciste casi todo. Solo eché una mano en lo que pude.

—La cambiaste para mejor, lo que me lleva al siguiente tema. Créeme, me duele mucho decirlo, pero tenías razón.

—¿En qué?

—Tenía un muro que debía derribar para aprovechar mejor mis emociones a la hora de escribir. Los chicos estuvieron de acuerdo después de escuchar la canción.

Se me dibujó una sonrisa socarrona.

—¿Tocaste la canción nueva delante del grupo?

—Sí. A todos les ha encantado, así que necesito que me ayudes.

—¿Ayudarte?

Asintió.

—Necesito tu ayuda para crear las canciones. Sé que soy un imbécil y que me he portado fatal contigo desde el principio, pero haré lo que sea para que me ayudes con mis emociones, porque no lo entiendo, y creo que tú sí.

Entrecerré los ojos mientras me cruzaba de brazos.

—¿Y qué saco yo?

—No lo sé. ¿Restregármelo por la cara y burlarte de mí durante el resto de los días?

—Suena satisfactorio, pero quiero algo más.

—¿El qué?

—Que me ayudes en las pocilgas. Te ocuparás de limpiar la mitad.

Gimió.

—Lo mío es supervisar. No he limpiado las pocilgas en años.

Suponía que era una de las ventajas de ser el encargado del rancho de Eres. Repartía tareas, pero no participaba en el trabajo sucio. Sin embargo, si Ian quería mi ayuda, tendría que bajar a mi nivel.

—Ese es mi trato. Te ayudaré con las letras si tú me ayudas con las pocilgas. ¿Cuánto deseas conseguir tu sueño?

Por su mirada, supe lo mucho que lo quería.

Muchísimo.

Le tendí la mano y sonreí.

—¿Tenemos un trato?

Hubo una pausa hasta que se acercó a mí y me estrechó la mano.

—Trato. Pero prométeme una cosa.

—¿El qué?

—Nada de erecciones femeninas en las pocilgas.

Si pudiera ponerme más roja, me convertiría en un puñetero tomate.

—Créeme, no hay peligro. Pero antes de seguir, ¿puedes repetirlo?

—¿Repetir el qué?

Pegué la lengua a la mejilla.

—Que tenía razón.

Puso los ojos en blanco con tanta fuerza que pensé que se fastidiaría la vista.

—Cállate, bonita.

Antes de responder, sonó el timbre e Ian se apresuró a contestar.

—¿Querías algo? —preguntó.

—Sí, dicen que Hazel Stone vive aquí —dijo una voz grave que me hizo levantar la vista hacia la puerta principal.

Garrett estaba vestido de negro y cabreado. Se me revolvió el estómago cuando cruzamos las miradas. Un fuego le ardía en los ojos y, en cuestión de segundos, apartó a Ian y me agarró del brazo con fuerza. Demasiada.

—¿Qué cojones, Garrett? Suéltame —siseé e intenté liberarme, pero no aflojó el agarre.

—Hoy me han contado un rumor de lo más loco —se burló, con la voz impregnada de ira y alcohol—. Por lo vis-

113

to, alguien ha delatado a Charlie. No sabrás nada al respecto, ¿verdad?

Se me aceleró el corazón mientras intentaba zafarme de él, pero no lo conseguí.

—No —mentí, y sentí que las emociones se me desbordaban a cada segundo que pasaba.

Mi plan había funcionado. Había funcionado de verdad.

—¿Por qué me parece que eres una puta mentirosa? —preguntó.

—Suéltame —ordené una vez más y me encogí ante la fuerza de su agarre.

—Es mi tío, mi familia. Éramos un equipo hasta que lo fastidiaste todo.

—¡Le pegaba! Pegaba a mi madre todo el tiempo, Garrett. Iba a matarla —grité, sobre todo por lo ciertas que eran esas palabras, pero también por el dolor de los dedos que se me clavaban en la piel. ¿Qué estaba pasando? Garrett no era como Charlie. Aunque ya me había maltratado emocionalmente, jamás me había puesto la mano encima. Hasta ese momento en que tenía una mirada tan salvaje que apenas lo reconocía.

—Ya, bueno, a veces las zorras necesitan que las pongan en su sitio.

La bilis me subió desde el estómago hasta la garganta, pero reuní la fuerza suficiente para apartarlo.

—Vete a la mierda, Garrett.

—Te hice un favor al dedicarte siquiera un minuto de mi tiempo, puta. ¿Crees que nadie más habría soportado salir contigo, zorra de mierda? Entonces vas y te cargas la única familia que has tenido. Solo había tres personas en el pueblo, además de Charlie, que conocieran el lugar de la entrega.

Esa vez me agarró las dos muñecas con la mano y me acercó a su cuerpo para apretarse contra mí. Su aliento caliente y ebrio me rozó la mejilla y las lágrimas me ardían en el fondo de los ojos.

—¿Sabes lo que les pasa a los chivatos, Hazel Stone?

Lo sentí como una amenaza, pero sabía que era mucho más. Garrett no venía de una familia que pronunciara amenazas vacías, sino promesas.

Antes de que pudiera responder, Ian se precipitó y empujó a Garrett para apartarlo de mí.

—¿Qué cojones? Aléjate de ella —ordenó, con el pecho hinchado.

Garrett retrocedió un poco, sorprendido. Sin embargo, cuando recuperó el equilibrio, se arremangó la camisa y cuadró los hombros.

—Estoy harto de que una panda de capullos pretenciosos os creáis los dueños de este pueblo. Hazel y yo estábamos teniendo una conversación que no era de tu incumbencia.

—Ya, bueno, creo que a Hazel no le apetecía hablar y, dado que estás en mi casa, sí es de mi incumbencia.

Garrett cerró las manos en puños y se acercó a Ian.

—Si ella no está dispuesta a hablar, a lo mejor tú y yo deberíamos tener una charlita, gilipollas.

Ian se remangó.

—Me encantaría escuchar lo que tienes que decir.

—Chicos, parad. Por favor —rogué y me interpuse entre ambos—. Vete, Garrett.

Resopló.

—Bien, pero no creas que hemos terminado, Hazel. Volverás a saber de mí.

El mero pensamiento me aterrorizó.

Se alejó poco a poco, se volvió y encendió y apagó el mechero con la mano.

—Fuera cual fuera tu plan al delatar a Charlie, te ha salido rana. No solo lo han pillado a él, imbécil. Tu madre también estaba allí. Así que enhorabuena. Has conseguido que encierren a tu madre.

Capítulo 11

Ian

—¿Quieres que hablemos? —pregunté tras llamar a la puerta. Desde que el tal Garrett se había ido, Hazel se había encerrado en su habitación.

Todavía trataba de encajar las piezas, pero sus sollozos al otro lado de la puerta me destrozaban. En los últimos días, su vida había sido un terremoto constante y no tenía ni idea de cómo ayudarla.

Sin embargo, si necesitaba que alguien la escuchara, era todo oídos.

—Estoy bien —dijo, lo cual era razón suficiente para saber que mentía—. Solo necesito dormir un poco.

No la conocía lo bastante como para insistir, pero quería hacerlo. Quería asegurarme de que estaba bien y brindarle cualquier cosa que necesitara para sentirse mejor. Sin embargo, tenía la sensación de que no saldría de esa habitación pronto. Así que le dije las únicas palabras que se me ocurrieron.

—Yo habría hecho lo mismo si se tratara de mi madre. Sé que tu plan no ha salido como esperabas, pero yo habría hecho lo mismo. Piénsalo así, mientras tu madre esté encerrada, Charlie no podrá tocarla y no se meterá en más problemas. Es una oportunidad para que empiece de cero.

Me acordé de cuando mis padres desaparecían y yo esperaba que la policía los detuviera. Así tendrían un lugar donde pasar la noche sin meterse en líos.

—Haze —suspiré, con las manos apoyadas en la puerta de madera—. Si necesitas algo, estoy en la habitación de al lado.

Un «gracias» apenas audible fue lo único que oí antes de alejarme y dejarle espacio para pensar y reflexionar. Tenía la sensación de que estaría despierta toda la noche, pensando y reflexionando demasiado.

Yo habría hecho lo mismo.

Cuando la puerta se abrió, me sorprendió encontrarme a una Hazel que me miraba con los ojos hinchados. Me había convencido de que no saldría hasta la mañana siguiente.

—¿Sabes qué me ayudaría a olvidarme de todo?

—¿Qué?

—Componer juntos. Necesito distraerme y escribir canciones contigo me ayudaría.

—Claro. Pasaremos el rato en el salón revisando algunas cosas que he estado trabajando, sin éxito. Voy a buscar la guitarra, unos bolis y papel. Nos vemos allí.

—Vale, me parece bien.

Comencé a alejarme y me quedé helado al sentir dos brazos que me rodeaban desde atrás. Miré por encima del hombro. Hazel me agarraba como si le fuera la vida en ello y enarqué una ceja.

—Lo siento —murmuró, todavía agarrada a mí—. Necesitaba algo a lo que aferrarme durante un segundo.

—Adelante. —Me volví hacia ella y la atraje para darle un fuerte abrazo—. Que sean dos.

Nos quedamos despiertos hasta pasadas las dos de la mañana mientras componíamos letras que solo funcionaban a veces. Hazel formulaba preguntas difíciles. Yo no era de profundizar en mis emociones, aunque lo intentaba, porque, si alguien había tenido un día de mierda, esa era Hazel. No sería duro con ella cuando solo pretendía ayudarme.

—¿Cuál ha sido el día más difícil de tu vida? —preguntó, tumbada en el sofá y yo sentado frente a ella con un cuaderno en las manos.

—Esa es fácil. Cuando mis padres me abandonaron.

Ladeó la cabeza y me miró con ojos sinceros.

117

—Cuéntamelo.

Tragué con fuerza. No me gustaba hablar del peor día de mi vida. Aunque había sucedido casi catorce años atrás, lo sentía muy reciente. Con todo, lo intentaría por ella.

—Dijeron que iban a comer y que ya era mayor para quedarme solo en casa. Me pasé todo el día esperando a que volvieran. Amaneció, estaba muy nervioso, pero seguí esperando, porque, a pesar de todo, siempre volvían a casa. —Me rasqué la barbilla y me aclaré la garganta—. Excepto esa vez. Me quedé solo en esa casa durante cuarenta y ocho horas antes de que mis abuelos aparecieran. Recuerdo que mi abuela se derrumbó y lloró. Me acogieron enseguida. Mis padres nunca regresaron.

—¿Te dejaron esperando solo? Tuvo que ser horrible.

—Lo fue. Supongo que por eso odio la soledad, pero, al mismo tiempo, alejo a la gente hasta que me quedo solo.

—¿Por qué alejas a la gente?

—Porque así no pueden dejarme.

Frunció el ceño y se me rompió el corazón.

—Siento que hayas pasado por eso, Ian. Pero te ha sentado bien madurar.

Me reí.

—Soy un capullo.

—Tan solo en la superficie. En el fondo, creo que sigues siendo un niño herido que se esfuerza por sobrevivir.

Era mi turno de fruncir el ceño mientras tamborileaba el bolígrafo en el cuaderno.

—Niño herido. Niño herido… Como un niño perdido. Así es como me he sentido toda la vida. Perdido.

Hazel sonrió al darse cuenta de que me llegaba la inspiración.

—Me encantaría escuchar esa canción.

Así que comencé a escribirla. Fue duro, doloroso, brutal, pero, durante todo el tiempo que pasé escribiendo, Hazel me animó y me acompañó a través de mis propias emociones.

Por primera vez en mucho tiempo, no me sentí solo.

Al día siguiente, estaba más que dispuesto a ayudar a Hazel en las pocilgas. Sí, quería terminar el trabajo para empezar a componer lo antes posible. No obstante, mi principal objetivo era asegurarme de que Hazel estuviera bien.

De primeras, quiso rechazar mi ayuda. Sin embargo, me negué rotundamente a romper nuestro trato.

—Vale. Si quieres, ocúpate de las de la izquierda y yo haré estas de aquí —dijo a la vez que entrábamos en las pocilgas—. Yo sacaré el heno cuando terminemos y tú podrás irte antes.

—Te ayudaré con eso.

—Puedo sola.

—El objetivo de tener un compañero es que no tengas que hacerlo sola, Hazel.

No respondió. Tuve la sensación de que no estaba acostumbrada a recibir ayuda. Era muy independiente.

Empezamos a limpiar y no dijo ni una palabra, aparte de gruñir un poco cuando pisó un lugar algo desagradable. Por suerte, la abuela le había regalado un par de botas para uso exclusivo en el rancho, así que no se sacrificarían más zapatos en nombre de los cerdos.

Puse música con el móvil, pero, aun así, el ambiente era demasiado silencioso e incómodo.

No dejaba de pensar en lo que había pasado con el tal Garrett la noche anterior. No dejaba de pensar en Hazel y en su estado mental.

—¿Quieres jugar a las confesiones? —pregunté en un intento de acabar con la situación incómoda.

Inclinó la cabeza en mi dirección.

—¿Qué?

—Confesiones. James y yo jugamos cuando limpiamos las pocilgas para que el tiempo pase más rápido. —Vale, eso era mentira. El juego de las confesiones era algo que me había inventado sobre la marcha, porque quería saber más sobre Hazel

119

y era consciente de que ella no me ofrecería ningún detalle por voluntad propia—. Yo confieso algo y luego te toca a ti.

Entrecerró los ojos.

—¿Qué tipo de confesiones?

—Cualquier cosa, en realidad. Por ejemplo, que mojé la cama hasta los diez años.

Gruñó.

—Eso deberías haberlo guardado para ti.

—Tal vez, pero, cuanto más vergonzosas o profundas sean, mejor. Hace el juego más interesante.

—¿Y cuáles fueron algunas de las confesiones que compartió James? —dijo con suspicacia

—Ah, no. —Negué con la cabeza—. Lo que se cuenta en las pocilgas se queda en las pocilgas. Venga. —Apoyé la cabeza en la parte superior del mango de la pala que tenía en la mano—. Suéltalo. ¿Cuál es tu confesión?

Puso una mueca como si no tuviera ganas de jugar.

—Eh… Le pongo salsa ranchera a los espaguetis.

—¡Qué rollo! —grité—. Inténtalo de nuevo.

—Uf, un público difícil. —Dejó el rastrillo en el suelo y se frotó las manos en los muslos—. Vale. Cuando tenía trece años, robé una tarta del supermercado para celebrar mi cumpleaños.

Silbé por lo bajo.

—Tenemos a una rebelde sin causa.

—Sí que tenía una causa. Mi madre se había olvidado de mi cumpleaños, otra vez. Y la nevera estaba vacía, otra vez. Compartí la tarta con unos cuantos críos del vecindario e hicimos una fiesta. Fue penosa y me regalaron piedras, palos y cosas de ese estilo, pero, en realidad, fue una gran fiesta. Uno de mis recuerdos favoritos.

—¿Cómo robaste una tarta entera?

Se rio un poco y negó con la cabeza.

—Volqué un estante de salsa de tomate. Mientras estaban distraídos con el desastre, agarré la tarta y corrí. Sospecho que me espera un mal karma por ello.

—La compartiste, así que eso seguro que compensó el karma.

—¿Funciona así?

—Eso espero, hice algunas cosas cuestionables cuando era un crío estúpido y confío en que esas buenas acciones equilibren la balanza.

—Como darle a una chica un sitio donde vivir.

—Ya, bueno. Supuse que te lo debía por haber sido un capullo.

—Las palabras más ciertas jamás pronunciadas. ¿Siguiente confesión? Y que sea buena.

—Creo que no me gusta el sexo.

Abrió los ojos de par en par.

—¿Qué? A todo el mundo le gusta el sexo, Ian. Sobre todo, a ti, creo, en base al número de mujeres con las que te he visto.

—Ya, pero… No sé. A ver, es agradable. Pero no es tan importante como todo el mundo cree.

—No está a la altura de las circunstancias, ¿eh?

—No, para nada.

—Entonces, ¿por qué vas de flor en flor?

Me encogí de hombros.

—Supongo que espero encontrarme con ese sexo alucinante del que habla la gente. Busco sentir algo más profundo.

—¿Qué edad tenías cuando perdiste la virginidad?

—Catorce.

—Joder. Con catorce años, yo estaba mezclando pociones en el patio trasero; apenas sabía lo que era el sexo.

—¿Pociones?

—Ya sabes… Magia. Ni se me ocurría pensar en el sexo. Todavía no lo hago, en realidad. —Levantó la vista hacia mí y se sonrojó—. Nueva confesión. Soy virgen.

—¿Qué? Ni de broma —dije y fingí que no se me lo había revelado la noche que se emborrachó.

—Pues sí. No es que no haya tenido oportunidades, las he tenido con mi ex, Garrett, el tío tan majo al que tuviste el placer de conocer ayer. Te parecerá estúpido, pero no quería terminar como la mayoría de la gente de este pueblo. No quería acabar igual que mi madre, como una estadística de adolescentes embarazadas. No quería tener siquiera la posibilidad de quedarme embarazada antes de escapar de este infierno.

—Tiene sentido. Mi madre se quedó embarazada de mí cuando tenía quince años. No imagino cómo es tener un hijo a esa edad.

—¿Quince años? ¿Y se fue cuando tú tenías cuántos?

—Ocho. Mi padre y ella se largaron del pueblo en busca del siguiente subidón.

—No imagino hacer algo así, dejar a un hijo después de tantos años.

—Ya, bueno, pues serías mejor que la mayoría en este pueblo.

—Siento lo que has pasado. No sabía... Entiendo que fueras tan frío conmigo cuando nos conocimos... Por mi relación con Charlie.

—Sigue sin estar bien —respondí.

—No, pero aclara las cosas.

Sonreí y me pasé la mano por la frente.

—Siguiente confesión. Me da miedo que la gente me abandone. Supongo que por eso no tengo citas. No me dejarán si no permito a nadie acercarse lo suficiente.

Dejó el rastrillo y se acercó. Ladeó la cabeza y me estudió de arriba abajo.

—Confesión. Sabía que tu historia escondía algo detrás del hombre malhumorado.

—Todavía me esfuerzo por no ser un capullo y parecer menos frío.

—Lo estás haciendo bastante bien, si quieres mi opinión. Poco a poco.

—¿Algún consejo para mejorar?

—No dejes de esforzarte. —Sonrió y el pecho se me encogió de una forma extraña. Mierda ¿Qué narices era eso?

—Vale. Quiero preguntarte algo, aunque la verdad es que no me importa la respuesta, porque en realidad no es de mi incumbencia, pero la curiosidad mató al gato y eso...

—¿Cuál es la pregunta?

—¿Eres una bruja de verdad? —solté—. Has mencionado pociones y esas cosas, así que quería saberlo.

Se rio.

—¿Por qué? ¿Temes que te lance un hechizo?

—No. O sea, tal vez. Pero, en serio, ¿te interesan ese tipo de cosas?

Negó con la cabeza.

—No. Lo hacía de niña para escapar del mundo de mierda en el que vivía. Escribía hechizos con la esperanza de cambiar mi futuro y salvar a mi madre de su propia tragedia. Sin embargo, la magia no existe. Solo era una cría estúpida que escribía cánticos estúpidos que no cambiaban nada. Aunque siento un amor muy fuerte por la naturaleza, las estrellas y la luna. Siento que existe una conexión curativa con los elementos del mundo. Siempre que nos detengamos lo suficiente para apreciar nuestro entorno.

Era una persona mucho más compleja de lo que creía. Cuanto más aprendía, más quería saber.

—Ahora, venga. Ponte a trabajar o pasaremos aquí toda la noche —ordenó.

No me habría importado quedarme allí unas horas más para sacarle unas cuantas confesiones. Se me ocurrían un millón de cosas peores que pasar una noche en las pocilgas con Hazel.

—Espera, tengo una confesión más —dije.

—¿Cuál?

—Creo que lo que hiciste para proteger a tu madre fue muy valiente.

Se le ablandó la mirada y sus movimientos se relajaron.

—¿De verdad lo crees?

—De verdad.

—Gracias, Ian —susurró con voz tímida.

—De nada, mejor amiga —bromeé.

Volvió a sonreír y me sentí el tío más privilegiado del mundo por presenciar esa curva en sus labios.

Capítulo 12

Ian

Hazel cumplió su parte del trato. Todas las noches, después del trabajo, se sentaba conmigo en casa y componíamos juntos. A veces trabajábamos hasta tan tarde que nos sorprendía el amanecer.

Me empujó a abrirme, a profundizar en mis pensamientos y emociones, y funcionó; todo surgía de mí como nunca antes. La música se había vuelto más real gracias a ella. Era auténtica. Como si Hazel Stone fuera la pieza que faltaba para cumplir mis sueños. Era la musa por la que había rezado y ojalá siguiera ayudándome con las canciones.

—¿Qué te parece, Hazel? —preguntó James durante otro de nuestros ensayos. Se había ganado al resto del grupo de la misma forma que había empezado a gustarme. Me faltaban dedos para contar las veces que los había encontrado por el rancho hablando de nuestra música en lugar de trabajar. Eric y Marcus se habían acostumbrado a acudir a Hazel en busca de consejos musicales y ella los ayudaba encantada.

—Suena muy bien. Tal vez alargaría un poco más el solo de guitarra. —Le guiñó un ojo, hablando directamente con su alma.

—¡Sin problema! —Sonrió, agarró la guitarra y se puso a rasgar los acordes.

Lograba lo mismo con todos nosotros; conseguía que nos entusiasmáramos por la música, y hacía mucho tiempo que no estábamos tan contentos con nuestras creaciones.

A medida que pasaban los días, los chicos y yo nos esforzábamos más que nunca para dar forma a los siguientes temas. Eric se apresuró a publicar retazos del nuevo material por las redes sociales y la respuesta generalizada fue muchísimo mejor que todo lo que habíamos mostrado en el pasado.

—¡Más de trescientas mil visitas en veinticuatro horas! —exclamó el viernes por la tarde—. ¡Madre mía! ¡Y eso que solo era un clip de veinticinco segundos! Esperad a ver lo que pasa cuando publiquemos el vídeo completo. —Sonaba tan sorprendido como siempre.

—Está pasando —dijo James, animado como un idiota—. Será nuestro gran salto.

—Recuérdame que bese a Hazel Stone cuando la vea —bromeó Marcus sin ninguna gracia.

—Aléjate de ella —advertí, más serio de lo que debería, pero la idea de que Marcus la besara me hacía hervir la sangre.

¿Por qué?

¿Por qué me molestaba?

Marcus levantó las manos en señal de rendición.

—Era broma, tío. Sabes que no beso a nadie que le guste a mis mejores amigos.

—¿Qué? No es eso. Hazel no me gusta. Es que no quiero que fastidies todo rompiéndole el corazón o algo así. Necesito su ayuda con las canciones.

—Claro. —James sonrió—. Y no tiene nada que ver con que sientas algo por la chica.

—¿Sentir? —Resoplé—. ¿Por Hazel? —Volví a resoplar.

Ni de broma. Los sentimientos no iban conmigo, salvo en lo referente a las letras más nuevas de mis canciones. Ahí lo sentía todo. Pero ¿en la vida real?

Todavía era frío como una piedra. Sí. Mi corazón seguía cerrado a cualquier sentimiento intenso por otra persona.

—Claro que sí, Ian. —Marcus se me acercó y me dio una palmadita en la espalda—. Sigue diciéndote lo que sea necesario para dormir mejor por la noche, tío.

Lo haría, porque lo que me decía era cierto. No sentía nada por Hazel Stone.

Solo era una chica que me ayudaba a sacar la música que llevaba dentro.

—Confesión, necesito tu ayuda —dijo Hazel un sábado por la mañana temprano mientras nos ocupábamos de algunas tareas domésticas.

Llevaba el pelo recogido en una coleta alta y no iba maquillada. Nunca se ponía el maquillaje oscuro los fines de semana; solo cuando trabajaba en el rancho y estaba rodeada de gente, como si la gruesa raya y las sombras de ojos fueran una especie de escudo.

Sin embargo, todavía vestía con ropa oscura y ancha. Negro sobre negro, con un toque de negro.

Arqueé una ceja y dejé de doblar la ropa del cesto.

—¿Con qué?

—Necesito que me lleves a un sitio. —Se pasó la mano izquierda por el brazo derecho.

—¿A dónde?

Apartó la mirada y la fijó en el suelo.

—Quiero visitar a mi madre en la cárcel. Está a unas horas de distancia y no tengo otra forma de llegar.

Asentí una vez, me puse unos zapatos y tomé las llaves.

—Vamos.

Recorrimos todo el camino casi en completo silencio. Hazel jugueteaba con las manos, se mordía la uña del pulgar y me daba ligeramente la espalda. No sabía qué decirle, porque no tenía ni idea de cómo debería ser una conversación cuando ibas de camino a ver a tu madre, que estaba encerrada en la cárcel por una llamada que habías hecho tú. No era la mejor de las situaciones.

Así que recurrí a lo único que conocía de verdad, la música.

—¿Algo que quieras escuchar? —pregunté.

Se encogió de hombros y siguió mirando por la ventanilla.

—Me da igual.

—Respuesta equivocada. La música siempre importa. Tiene que haber algo que te guste. Cualquier cosa, Haze. Dilo y lo pondré. Mientras no sea una mierda, claro.

—De verdad que da igual.

—De nuevo, la música nunca da igual. ¿Cuál es tu favorita?

Me miró y juraría que el rostro se le enrojeció un poco.

Tenía unas mejillas adorables. No sabía que eso fuera posible, pero las suyas eran de esas que besarías una y otra vez.

Quería besar las mejillas de Hazel Stone.

Era el descubrimiento más loco que había hecho en mucho tiempo.

—No te rías —dijo con recelo.

—Te lo prometo.

—¿Qué significa la promesa de un chico como tú para una chica como yo, Ian Parker?

—Todo —confesé—. Lo significa todo.

No sabía por qué, pero tenía el extraño impulso de hacerla feliz. Había vivido muchos momentos tristes en su vida y quería regalarle algunos brillantes.

Sonrió un poco, pero se volvió hacia la ventanilla para que no viera cómo apretaba los labios con timidez.

—Shawn Mendes.

—¿En serio? —Me atraganté.

Me lanzó una mirada dura y me señaló.

—¡Lo has prometido!

—Perdona, está bien. Es que no esperaba que a una chica como tú le gustara algo tan pop como Shawn Mendes.

—¿Qué creías que me iba a gustar? ¿Slipknot? ¿Grateful Dead? —preguntó—. ¿Por mi aspecto y mi forma de vestir?

—¿La verdad? Sí.

Puso los ojos en blanco.

—¿Sabes lo que pasa cuando encasillas a la gente?

—¿Qué?

—Que se escapan y demuestran que te equivocas una y otra vez. Soy más de lo que muestro en el exterior.

Estuve a punto de hablarle de lo mucho que deseaba conocer su interior, pero no quería sonar como un idiota desesperado. Saqué el teléfono y puse uno de los álbumes de Shawn. Hazel no consiguió esconder la sonrisa que se le dibujó en los labios cuando empezó a murmurar la letra de todas las canciones que sonaban. Tamborileaba con los dedos en los muslos y asentía con el ritmo. Cuando sonó «Perfectly Wrong», las lágrimas le rodaron por esas mejillas que tanto anhelaba. Quería limpiárselas. Joder, quería besarlas, pero sabía que no me correspondía hacerlo sin permiso.

Moqueó un poco y se limpió el rostro.

—También me gustan, ¿sabes? —añadió en voz baja—. Slipknot y Grateful Dead. Soy una chica con muchas facetas.

Lo estaba descubriendo a cada segundo que pasaba. Era una mujer complicada y, día a día, quería conocer todas sus complejas facetas.

Cuando llegamos a la cárcel, aparqué en una zona designada. Hazel se frotaba sin parar las manos en los vaqueros mientras respiraba hondo.

—¿Quieres que entre contigo? —pregunté.

—No. Tengo que hacerlo sola. No sé cuánto tiempo tardaré, así que, si quieres ir a casa, ya buscaré otra forma de volver.

Arqueé una ceja, desconcertado por sus palabras.

—Acabo de conducir más de tres horas para traerte hasta aquí. ¿Por qué narices te dejaría ahora?

Se encogió de hombros.

—Cualquier otra persona se habría ido.

—Te animo a conocer mejores personas.

—Creo que voy por buen camino —murmuró, tan bajito que casi no la oí. A lo mejor me lo había imaginado y solo deseaba que esas fueran las palabras que hubieran salido de sus labios. En cualquier caso, esperaba formar parte de ese camino.

—No iré a ninguna parte —prometí con una pequeña sonrisa—. Estaré aquí mismo.

Me devolvió la sonrisa y ni siquiera trató de ocultarla.

—Gracias, Ian.

—No hay por qué darlas. Buena suerte ahí dentro.

Asintió una vez y se alejó, con las manos inquietas todo el camino hasta la entrada.

Mientras esperaba, volví a poner «Perfectly Wrong» y dejé que la letra me recorriera por dentro. Dejé que una parte de Hazel entrara en mi alma. Se aprendía mucho de una persona por las canciones con las que lloraba.

La canción se repitió una docena de veces y, a la decimotercera, me dolía un poco el pecho.

Capítulo 13

Hazel

Entrar en una cárcel siempre me había parecido aterrador. Registraban a los visitantes como si fuéramos los presos: pasábamos por los detectores de metales y luego nos escaneaban con otro aparato. A continuación, nos hacían un cacheo exhaustivo. La primera vez que experimenté ese tipo de procedimiento fue cuando tenía once años y mi madre me llevó a visitar a Charlie con ella. Me había asustado mucho y recordaba haber tenido pesadillas después del proceso.

Cuando entré, los nervios me revolvían el estómago igual que a los once años. La diferencia era que ahora, la culpa también me asolaba.

El siguiente paso era rellenar el papeleo para ver a mi madre. Mientras garabateaba mis datos, me esforcé por no pensar demasiado en lo que sentía. También intenté convencerme de que había hecho lo correcto.

Me pegué una etiqueta con mi nombre en la camiseta y me dirigí a la zona de encuentros. Crucé una puerta y me senté en una mesa donde esperaría a que un guardia de seguridad sacara a mi madre del interior. Mientras aguardaba, tamborileé con los dedos en los muslos y respiré hondo. A mi alrededor había otras mesas donde las reclusas conversaban con sus familiares. Algunas reían, otras lloraban y otras no intercambiaban ni una palabra. Solo se sentaban en silencio y se miraban, como si sus ojos hablaran.

Cuando un guardia hizo entrar a mi madre desde la parte de atrás, me levanté sin dejar de juguetear con las manos. Me resultaba imposible dejar de mover los dedos. Estaba demasiado nerviosa.

Mi madre llevaba las manos y los tobillos encadenados, y me rompió el corazón. Estaba más delgada que antes de entrar, lo que era muy preocupante, pues ya era muy delgada. No era más que piel y huesos, salvo por la barriga del bebé. Me pregunté qué le estarían dando de comer. Si estarían cuidando de ella, porque era muy probable que estuviera pasando por el síndrome de abstinencia de las drogas. Tenía un aspecto extraño. Tenía ojeras y la piel más pálida de lo normal, como si hubiera estado enferma durante días. Llevaba el pelo alborotado, enredado y anudado, como si no se hubiera preocupado de cepillárselo, y los labios agrietados y abiertos.

¿No tenían bálsamo labial? ¿Ni siquiera vaselina o algo así? Dios mío. ¿Qué había hecho?

Creía que entregar a Charlie era la opción más segura para ella y, después de que también la hubieran detenido, había tratado de convencerme de que le vendría bien estar encerrada, porque evitaría que se metiera en más problemas. Pensaba que tendría mejor aspecto que la última vez que la había visto, maltrecha y magullada por la mano de Charlie. Sin embargo, la realidad era que estaba incluso peor que antes. Parecía rota de una manera inhumana. Estaba destrozada hasta la médula.

Y todo era por mi culpa.

No tendría que ser así.

Se sentó frente a mí y, cuando nuestras miradas se cruzaron, se me humedecieron los ojos. Parecía un cadáver, como si cualquier luz que le quedara se hubiera extinguido.

—Hola, mamá —susurré, con la voz compungida al ver cómo movía los flacos dedos, igual que los míos. Me removí en el asiento y traté de esbozar una sonrisa rota—. ¿Cómo estás?

Qué pregunta más estúpida, aunque no estaba segura de qué otra cosa podría haberle dicho. ¿Qué se le decía a la mujer que querías más que a nada cuando también eras responsable de haberla metido en la cárcel?

Resopló ante la pregunta y apartó la vista; eligió una esquina de la mesa en la que centrar la mirada.

—Me han contado una cosa loquísima —murmuró y negó con la cabeza—. He tratado de averiguar cómo nos pillaron, ¿sabes? Nadie conocía la ubicación de la entrega, excepto Charlie, Garrett y yo. Y… —Volvió a mirarme e inclinó la cabeza con complicidad—. Garrett se pasó por aquí y me dijo que tú habías tenido algo que ver con esto.

Se me saltaron las lágrimas y me tapé la boca cuando me penetró con la mirada.

—Lo siento, mamá. —Sollocé y sentí cómo todas las emociones me atravesaban—. No sabía que estarías allí. Pensé que solo iría Charlie.

—¿Por qué le has hecho esto?

—Porque es un monstruo. Iba a matarte. Iba a matarte, mamá.

—Él nunca me haría daño —se mofó y me miró con odio.

Odio. Mi madre, la única mujer a la que había querido, me miraba con tanto odio que al instante empecé a odiarme a mí misma.

—Lo hizo, mamá. Te hizo daño una y otra vez, y no lo soportaba más. No podía permitirlo. —Lloré y me pasé la mano por la nariz—. Sé que esto no es perfecto, pero, cuando salgas de aquí, empezaremos de cero. Estarás limpia y habré ahorrado algo de dinero para que tengamos nuestra propia casa. Iremos a cualquier parte de Estados Unidos. Comenzaremos una nueva vida, mamá. Todo será diferente y…

—He asumido la culpa —susurró y levanté una ceja.

—¿Qué?

—Por todo. He asumido la culpa por Charlie. Él saldrá pronto y yo pasaré aquí mucho más tiempo.

El corazón se me rompió en un millón de pedazos.

—¿Qué? No. ¡Mamá, no! No cargarás con la culpa de…

—¡Él es mi alma! —rugió—. Todo lo que soy se lo debo a él y haría cualquier cosa para protegerlo.

Eso me destrozó del todo. Su idea del amor estaba tan deformada que haría lo imposible y entregaría su vida por un hombre al que no le importaba ni lo más mínimo. Sin embargo, tenía razón en una cosa: todo lo que era se lo debía a él.

Su mente rota, su estilo de vida hastiado, todo existía porque Charlie había envenenado su alma.

—Pero mamá…

—Te odio —espetó, y las palabras se me hundieron en el pecho como balas—. Odio todo lo que eres y no quiero volver a verte. Ojalá hubiera abortado cuando tuve la oportunidad. Ser tu madre ha sido mi ruina. Ya no eres mi hija.

—No. —Negué con la cabeza—. No es cierto. Sé que estás molesta y dolida, pero, mamá, te quiero. Lo he hecho por ti, para protegerte.

—Me has arruinado la vida. Me has destrozado y espero que tu vida de aquí en adelante sea un infierno. Te odio.

Las lágrimas me corrieron por las mejillas a una velocidad imposible y ni siquiera me molesté en limpiarlas. Me acerqué a ella para agarrarle las manos con la esperanza de transmitirle mi calor y mi amor.

Se apartó antes de darme la oportunidad.

—Guardia, estoy lista para volver. —Se levantó y me miró con dureza mientras se llevaba las manos a la barriga—. Al menos esta vez, el bebé se parecerá a su padre —afirmó. Yo no daba crédito.

—Charlie lo cuidará cuando nazca, no gracias a ti. Tal vez este no sea una enorme decepción.

—Mamá. Déjame ayudarte de alguna manera. Déjame…

—Es una niña —me interrumpió y posó las manos en su barriga—. Siempre he querido una hija de verdad.

Eso me hirió más hondo que cualquier otra cosa que hubiera hecho antes.

—Déjame ayudar con el bebé —ofrecí.

—¿No crees que ya has hecho suficiente? —preguntó, y el guardia se acercó para llevársela—. No quiero verte nunca más. Espero que te duela cuando el karma te la devuelva.

Se la llevaron y me dejaron allí con el alma rota y un agujero en el corazón. ¿Y el dolor del karma? Fue instantáneo. Sentía el cuerpo en llamas.

Capítulo 14

Ian

Cuando Hazel volvió, estaba fuera de sí y se frotaba las lágrimas que le brotaban de los ojos sin descanso. Salí de la camioneta y levanté una ceja.

—Oye, ¿estás bien?

No dijo una palabra, seguramente porque las emociones la superaban. Se derrumbó hacia mí y la tomé en brazos. Sollozó en mi camiseta y tiró de mí para acercarme más a ella. Estaba rota y yo era lo único que evitaba que se desmayara.

No sé cuánto tiempo la sostuve. Cinco minutos, tal vez diez. Me quedé a su lado todo el tiempo que necesitó. En el camino de vuelta, Hazel permaneció callada y no la presioné para que hablara. Sabía que lo haría cuando estuviera preparada, y lo hizo cuando llegó el momento.

Llevábamos unas dos horas de trayecto cuando se aclaró la garganta.

—Asumirá la culpa, así que Charlie saldrá antes que ella y criará al bebé. —Lloró más fuerte—. No está bien. Ningún niño debería ser criado por Charlie. He pasado por eso. No es bueno. Y ni siquiera tendrá a mi madre a su lado. Aunque le costaba, a veces era una madre. El bebé solo tendrá al monstruo.

—Joder. Lo siento, Haze. No sé... Quizá hay una manera de demostrar que Charlie no es apto para cuidar al bebé.

—Me he ofrecido a ayudarla, pero no quiere mi ayuda. —Se encogió de hombros y se miró las manos—. Me ha dicho que fui un error. Que soy la mayor cagada que ha cometido en

134

su vida y que desearía haber abortado cuando tuvo la oportunidad.

Bajó la cabeza y volvió a llorar y, como estábamos en la autopista, no podía abrazarla.

—Es horrible. No te mereces esas palabras.

—Tal vez sí. Mis actos han sido repulsivos. Y ahora pasará allí mucho tiempo por mi culpa.

—Lo que hiciste le ha salvado la vida.

—No lo sé. Todas las noches tengo pesadillas. Me revuelvo en la cama pensando en lo que he hecho. Me despierto aterrada, ahogándome. Luego, no logro conciliar el sueño. Creo que no merezco dormir tranquila mientras ella esté en un lugar tan horrible. ¿Por qué debería dormir tranquila cuando ella no puede? ¿Qué clase de monstruo le haría eso a su propia madre? Imaginé que la soltarían. —Moqueó y se limpió la nariz con la manga—. No quería que muriera.

Separé los labios para hablar, pero negó con la cabeza.

—¿Podemos escuchar música? No necesito consuelo ahora mismo. Quiero sentirme una mierda durante un rato.

Accedí a la petición y puse el segundo álbum de Tool, mi favorito.

Condujimos el resto del camino en silencio, aunque quería decirle que el mundo era mejor con ella, por mucho que la vida le dijera lo contrario.

Aparqué la camioneta en la entrada y se bajó. Se volvió hacia mí y me sonrió, pero no era una sonrisa ni remotamente feliz. No sabía que hubiera sonrisas tan tristes hasta que vi la que dibujaban sus labios.

—Gracias, Ian. Siento que hayas perdido todo el día.

—No lo he perdido. Me alegra haberte ayudado. Si alguna vez necesitas algo, aquí me tienes.

—Gracias de nuevo. —Se rio para sí misma y se pasó el dedo por el puente de la nariz—. Pensaba que ver a mi madre hoy me reconfortaría un poco más, debido al día que es.

—¿Qué día es hoy?

Se frotó los ojos cansados con las palmas de las manos.

—Mi cumpleaños.

—Ostras —murmuré. Menudo desastre de cumpleaños. Qué asco de vida—. Feliz cumpleaños, Haze. Siento que haya sido una mierda.

—No pasa nada. Al menos no lo he pasado sola.

Más tarde, esa noche, la oí dar vueltas en la cama. Me resultaba imposible conciliar el sueño sabiendo que estaba angustiada. Así que, sin invitación, entré de puntillas en su habitación. Cerré la puerta sin hacer ruido y me acerqué a la chica que se retorcía en sueños.

—Haze. Hazel, despierta —susurré y le di un golpecito en el brazo. Se incorporó, alarmada y aterrorizada.

—¿Qué? —gritó, empapada en sudor.

Negué con la cabeza.

—Tenías una pesadilla.

Su respiración se apaciguó y se apartó el pelo con las manos.

—Ah.

—Muévete.

—¿Por qué?

—Empecé a tener pesadillas cuando mis padres me abandonaron. La abuela dormía conmigo de vez en cuando y, en esas noches, los sueños eran menos malos. Su compañía me ayudaba mucho.

Con cautela, se apartó y se pegó a la pared. Me metí en la cama junto a ella.

Mientras yacía junto a Hazel, su cuerpo temblaba de nervios, de miedo o de tristeza. Una de esas opciones. Tal vez las tres.

La rodeé con los brazos y tiré de ella hacia mí. Me dispuse a dormir cuando ella se sintió lo bastante segura como para cerrar los ojos.

Capítulo 15

Hazel

—Oye, ¿me ayudas con una cosa en la casa del granero? —preguntó Ian, que asomó la cabeza en mi habitación mientras escribía en mi diario—. Big Paw quiere mover un tronco enorme y no puedo solo. ¿Nos vemos allí en cinco minutos?

—Claro —dije y me puse las zapatillas.

Había pasado una semana desde que había visitado a mi madre y, durante los últimos siete días, Ian se había metido en mi cama para tumbarse conmigo. No entendía por qué me trataba tan bien, pero tenerlo a mi lado hacía que me resultara más fácil dormir por las noches. Cada vez que me despertaba angustiada, estaba allí para calmar los latidos de mi corazón.

Me dirigí a la casa del granero, abrí la puerta y me quedé boquiabierta al verla engalanada con decoraciones. Globos, serpentinas y una enorme pancarta pintada a mano que decía: «Feliz cumpleaños, Hazel Stone».

Había una mesa preparada con una enorme tarta y minimagdalenas alrededor, además de *pizza* y bocadillos.

—¿Qué es esto? —pregunté, con la voz temblorosa y el estómago revoloteando. Big Paw y Holly estaban de pie junto a la comida y sonreían. Bueno, Holly lo hacía. Big Paw mostraba su habitual cara malhumorada, que era uno de mis aspectos favoritos en él. Junto a ellos estaba Leah, con una expresión tan alegre como siempre.

—¿No lo ves? Es tu fiesta de cumpleaños. Incluso hemos traído una banda —dijo Holly.

Leah corrió hasta mí y me abrazó. En las últimas semanas, habíamos pasado mucho tiempo juntas. Jamás pensé que tendría una amiga tan alegre como ella, pero Leah era un faro de luz en mi oscuro mundo. Reír con ella se había vuelto muy sencillo.

—¿Te gusta, Hazel? He hecho la decoración yo misma, aunque los chicos también quisieron aportar su granito de arena. Sin embargo, les dije que se limitaran a lo suyo y prepararan tu regalo.

—¿Un regalo?

Leah sonrió de oreja a oreja.

—Dios mío, Hazel. Te encantará. Es muy especial.

Sin darme tiempo para responder, Ian y sus tres compañeros de grupo salieron al escenario del granero. Abrí los ojos de par en par cuando agarraron los instrumentos. Ian rodeó el micrófono con las manos y me dedicó una media sonrisa.

—Llevamos años juntos, pero no habíamos accedido de verdad a las profundidades de nuestra música hasta que una chica vestida de negro llegó a nuestras vidas y nos ayudó a buscar en nuestro interior. Hazel, sin ti, estas canciones no existirían. Sin ti, nunca habría profundizado en la música. Estas canciones son para ti; son gracias a ti. Feliz cumpleaños, Hazel Stone. Espero que sea la mitad de especial que tú.

Miró a sus compañeros y los cuatro mantuvieron una conversación sin palabras. Entonces, Marcus empezó a tocar la batería.

Me di cuenta enseguida de que estaban tocando las canciones que Ian y yo habíamos compuesto durante las últimas semanas. Sonaban mucho mejor con el apoyo instrumental del grupo. La pasión que sentían por la música se evidenciaba a través del amor que profesaban por sus obras. Cada centímetro de mí se entregó a la voz de Ian. Se movía por el escenario con un talento innato. Su voz goteaba encanto, suavidad y atractivo sexual. Estaba increíble ahí arriba, cantando para mí.

Si tuviera un día favorito, sería ese. Sería un recuerdo que repetiría una y otra vez cuando los días fueran duros y las emociones me dominaran. Volvería a ese momento en el que Ian me dedicaba sus canciones.

Aquel grupo tendría mucho éxito algún día, y yo sería su mayor fan.

Cuando el espectáculo concluyó, todo el mundo se lanzó a por la comida y el postre.

—¿Por qué lo has hecho? —pregunté a Ian, que estaba poniéndose hasta las cejas de *pizza*.

—Porque te merecías una fiesta. Te merecías un buen cumpleaños. Siento que haya llegado una semana tarde.

—Ha sido justo a tiempo.

—¡Anda! Casi me olvido de los regalos. —Dejó la *pizza* en el plato y se apresuró a la esquina de la habitación, donde levantó una caja envuelta de manera precaria y me la tendió—. Envolver no es mi fuerte, pero servirá. Adelante. Ábrela.

Arqueé una ceja y desenvolví el paquete. Cuando abrí la caja, se me aguaron los ojos y se me encogió el pecho. Eran mis botas militares: estaban limpias como una patena, como si nunca hubieran pisado una pocilga.

—¿Cómo has…? —pregunté.

Sonrió y se encogió de hombros.

—Al principio, tuve que frotar mucho un cepillo de dientes, hasta que encontré una tienda de limpieza de zapatos. Se ocuparon del trabajo duro cuando me di cuenta de que era incapaz de hacerlo solo. Sé que es un poco tonto y cutre darte algo que ya era tuyo, pero…

Lo callé con un abrazo.

—Gracias, Ian. No sabes lo que significa para mí. Lo que todo esto significa para mí.

—Te lo mereces, Haze. Te mereces que te pasen cosas buenas.

La fiesta continuó y recibí más regalos de Big Paw y Holly. Me habían comprado un teléfono móvil para que los llamara en cualquier momento.

—Opino que los móviles son cosa del diablo, pero Holly se empeñó en regalarte uno —protestó Big Paw—. Y lo que la señora quiere, lo consigue, así que feliz cumpleaños.

Les di las gracias, aunque no me sentía merecedora de todo lo que aquella familia hacía por mí. Al final de la noche, cuando la fiesta terminó, Ian me sacó de la casa del granero para darme una última sorpresa.

—Ya has hecho bastante —dije, porque de nuevo no me sentía digna.

—Ni por asomo, pero espero que el último regalo sea el que más te guste —añadió—. Ahora, cierra los ojos. —Obedecí y me condujo hacia la sorpresa—. Vale, ya puedes abrirlos.

Cuando lo hice, me quedé boquiabierta al ver el cobertizo que antes estaba destrozado totalmente reformado.

—¿Qué es esto?

—Es tu cueva-cobertizo —explicó—. Se me ocurrió que te vendría bien un lugar bonito donde crear. Sé que escribir es importante para ti, así que pensé que te gustaría. Además, si alguna vez necesitas un lugar seguro donde tomarte un descanso y mirar las estrellas… —Abrió la puerta y casi se me desencaja la mandíbula al entrar. El techo era de cristal y, al mirar hacia arriba, me topé con un montón de estrellas. Había una cama de noventa que parecía muy cómoda, y dos pósteres de Shawn Mendes que me hicieron mucha gracia.

—Es demasiado —comenté y negué incrédula con la cabeza.

—Te lo mereces.

—No tengo palabras para agradecértelo. —Me volví para mirarlo—. Aunque me angustia un poco quedarme aquí sola después de lo que pasó hace unas semanas, cuando aquellos tipos rondaban el cobertizo.

Ian se mordió el labio inferior y se metió las manos en los bolsillos.

—Hora de confesar. Éramos James y yo. Queríamos asustarte para que vinieras a casa conmigo.

Me quedé boquiabierta y le pegué en el brazo.

—Ian Parker, ¿me tomas el pelo? Esa noche me diste un susto de muerte.

—Ese era el plan. Oye, para ser justos, eras una cabezota y, si no te hubiera metido en casa, Big Paw me habría echado más pronto que tarde. Así que, a situaciones desesperadas... —Se encogió de hombros—. Confía en mí cuando digo que el cobertizo es seguro.

Entrecerré los ojos.

—Quiero enfadarme contigo, pero es lo mejor que he visto nunca, así que te perdonaré por ahora.

Me acerqué a la cama y me acosté para mirar las estrellas.

Di unas palmaditas en el colchón y dejé un hueco para que Ian se acostara a mi lado.

La cama era diminuta y nos apretamos intentando que Ian no se cayera del colchón.

—Déjame el móvil —dijo. Guardó su número y luego se envió un mensaje—. Ahora ya puedo enviarte mensajes molestos que te hagan poner los ojos en blanco.

—Qué alegría —bromeé, pero lo cierto era que me encantaba la idea.

Le quité el teléfono y me tumbé. A los pocos segundos, sonó un pitido.

Ian: ¿Haze?
Hazel: ¿Sí?
Ian: Espero que hayas pasado un buen cumpleaños.
Hazel: El mejor de mi vida.
Ian: Quiero contarte un secreto.
Hazel: ¿Qué?
Ian: Robé la tarta del supermercado.

Solté una carcajada y me cubrí la boca para esconder las risas al tiempo que me volvía para mirarlo. Por Dios, qué cursis éramos: nos estábamos enviando mensajes cuando estábamos al lado.

—¡No la robaste! —grité en susurros.

—Vale, no. Lo pensé, pero no había un buen estante de salsas para pasta disponible.

—Eres idiota.

—Eres preciosa.

¿Qué?

Le miré los labios para asegurarme de que había pronunciado esas palabras. Se me aceleró el pulso. Me costaba pensar con claridad. ¿Qué había dicho? ¿Hablaba conmigo? Imposible. Me habían llamado muchas cosas en la vida, y «preciosa» no era una de ellas. Lo habría imaginado. Era imposible que Ian me hubiera dicho esas palabras.

—Me odio, sabes —susurró—. Por la forma en que te traté cuando nos conocimos. Fui un capullo integral y no te lo merecías, Haze. Te juzgué sin conocerte y eso no estuvo bien.

—Deja de disculparte por eso. Los dos teníamos ideas preconcebidas del otro.

—Sí, pero tú te limitabas a responder a mis idioteces. No entraste al trapo como yo, así que lo siento. No dejaré de disculparme, pase lo que pase. Déjame hacerlo.

Cuando nos tumbamos, se acercó a mí, lo que me mantuvo caliente e hizo que se me acelerara el corazón. La otra noche, cuando nos acurrucamos, había sentido su erección rozándome el trasero. Ya entendía por qué a las mujeres les gustaba tanto abrirse paso hasta los pantalones de Ian. Un cúmulo de calor me inundó la entrepierna y un aleteo salvaje me atacó el estómago. Hice lo posible por pensar en otra cosa mientras su cálida piel se apretaba contra la mía.

—¿Ian?

Bostezó.

—¿Sí?

—Eres mi nuevo cantante favorito.

Soltó una risita.

—Seguro que se lo dices a todos los chicos que te preparan una fiesta, te construyen cobertizos y te limpian la mierda de las botas.

Me reí.

—Me gusta —susurró—. Tu risa es mi nuevo sonido favorito.

Mariposas, mariposas, dichosas mariposas.

Me volví hacia él y me fijé en sus ojos marrones. Luego bajé la mirada a sus labios. Soltaban respiraciones cortas y rápidas, tenían un arco de cupido perfecto y eran de color carne. Parecían muy suaves.

Muy muy suaves.

—¿Ian? —dije una vez más.

—¿Sí?

—Me encantan las nuevas canciones. Son perfectas.

—Todo es gracias a ti. Las canciones existen gracias a ti.

Me dedicó una sonrisa somnolienta, sacó el teléfono y tecleó.

Ian: Buenas noches, Haze.
Hazel: Buenas noches.

Aquella noche se durmió antes que yo, porque, por primera vez en años, estar despierta no era una pesadilla. Me quedé inmóvil mientras su cuerpo calentaba el mío y traté de recopilar toda la información de lo que había ocurrido durante la última semana.

Número uno: Ian había dormido a mi lado para ayudarme a mantener los demonios a raya.

Número dos: me había construido un puñetero cobertizo para mirar las estrellas.

Tres, cuatro y cinco: me había cuidado, compartido sus confesiones secretas y escuchado las mías.

Por último, el número seis: unas mariposas me revoloteaban en la tripa.

Ah, sí.

Imposible olvidar las mariposas.

Capítulo 16

Hazel

—Tengo dos palabras para ti. «Ho». «Guera» —dijo Leah con alegría mientras agitaba las manos en el aire con emoción.

Desde que me recogió en la carretera, se había pasado casi todos los días por el rancho para vernos a mí y a los caballos. Habría intentado apartarla, porque me daba miedo dejar que la gente se acercara a mí, pero Leah era como un rayo de sol en un día nublado. No me libraría de ella ni aunque quisiera.

—Estoy bastante segura de que «hoguera» es una sola palabra —bromeé, y le di una manzana a Dottie.

Leah puso los ojos en blanco.

—No te hagas la listilla, Hazel. Dos palabras, una palabra, lo mismo da. Este fin de semana se celebra la hoguera anual en la orilla del lago y tienes que venir conmigo.

—¿Habrá mucha gente?

—¡Toneladas de gente!

—¿De fiesta y bailando?

—¡Como si no hubiera un mañana!

—Una tonelada de gente, ¿dices?

Sonrió más, como si fuera a explotar de la emoción.

—¡Sí, sí! Casi todo el mundo en el pueblo va a la hoguera de verano. Una palabra, no dos.

Me reí y moví la cabeza de un lado a otro.

—Entonces, no cuentes conmigo.

Se quedó boquiabierta.

—¿Cómo? Ni hablar. Tienes que venir, Hazel. Será muy divertido.

—No soy una persona muy sociable, así que estar rodeada de toda esa gente me parece una pesadilla. Las únicas personas con las que de verdad me gusta juntarme son ficticias y viven en las páginas de los libros.

Leah puso los ojos en blanco y cepilló a Dottie.

—No digas tonterías. Habrá chicos. Chicos guapos, *sexies*, bronceados y deliciosos. Venga, Haze, ¡tienes que venir! Piénsalo. Bañadores, bebidas y buena música toda la noche.

Sabía que Leah era nueva en lo que implicaba ser mi amiga, así que le daría el beneficio de la duda por no haber entendido nada sobre mí, pero lo último que me apetecía era juntarme con un puñado de extraños en bañador.

Leah debió de notar la resistencia en mi mirada.

—Venga, Hazel. Trabajas mucho en el rancho y nunca te tomas días libres. ¿Crees que no te veo trabajar cuando no te toca? Eres una joven adicta al trabajo, lo cual es un gran oxímoron. Suéltate el pelo y ven a la hoguera conmigo.

—No sé, Leah...

Suspiró y levantó las manos en señal de derrota.

—Vale, vale. Es una pena. Pensé que te gustaría ver a The Wreckage.

Me enderecé un poco.

—¿Ian y los chicos irán?

—Sí. Lo hacen desde hace años. Es una tradición. —Me dedicó una sonrisa de complicidad—. ¿No te gustaría ver a Ian cantar con público? Es decir, sé que lo hizo para ti en tu fiesta, pero verlo delante de una multitud más grande es espectacular.

—¿No te refieres más bien a todo el grupo? No solo a Ian.

—Bueno, por la forma en que te sonrojas cuando lo menciono, me da la sensación de que te importa más Ian que mi hermano y los otros dos. —Arqueó una ceja y se inclinó hacia mí—. Y bien, ¿es cierto?

—¿Si es cierto el qué?

—¿Estás colada por Ian?

—¿Qué? ¿Cómo? ¡No! ¡Claro que no! ¿Colada por Ian? ¿Ian Parker? De ninguna manera. —Ay, madre. Me ardía todo el cuerpo, porque sonaba muy poco convincente en lo relativo a mis sentimientos por Ian. No sabría contar las veces que me había sorprendido a mí misma soñando despierta con sus ojos, sus labios, su sonrisa, su pe...—. Solo compartimos piso —dije con ganas de abanicarme la cara.

Movió las cejas.

—Pero te gustaría que fuera un compañero de piso con beneficios, ¿eh?

—No, Leah, para nada —mentí descaradamente—. Además, aunque sintiera algo por Ian, que no es así, está muy fuera de mi alcance; nunca me daría una oportunidad.

—Perdona, pero ¿eres tonta?

—¿Por qué lo dices?

—Para ser una chica lista que sabe deletrear, eres un poco tonta, Hazel. Ian está loco por ti.

—¿Perdona?

—En el rancho, siempre está mirándote y, cuando no estás en los ensayos del grupo, no deja de hablar de ti como si fueras la estrella más brillante que existe. Está obsesionado contigo.

Me reí.

—No lo está. Créeme, si Ian estuviera obsesionado conmigo, lo sabría.

—¿De verdad? ¿Así que crees que un hombre que duerme abrazado a ti todas las noches y te construye un cobertizo a medida no está interesado en ti? O sea, yo tengo novio y apenas recibo un mensaje de buenos días, ¡y a ti te construyen cobertizos enteros en tu honor! Está enamorado de ti —exclamó.

—Cállate, Leah; no lo está. —Pero me había construido un cobertizo. ¿Era más que un gesto amable de un compañero de piso? ¿Estaba Ian...?

No.

Era imposible que le gustara. No era su tipo. Había visto su tipo: chicas altas y con curvas que siempre olían a perfume caro. Yo no era el tipo de chica que llamaba la atención de Ian, sino la que se escondía en las sombras, la que no destacaba. En cambio, Ian salía con chicas que atraían todas las miradas.

—Ven a la hoguera y compruébalo por ti misma. Ahora que eres consciente de que Ian está loco por ti, lo verás con tus propios ojos. Confía en mí. Hasta un perro ciego se daría cuenta de la conexión que hay entre vosotros.

Dudé antes de levantar las manos en señal de derrota.

—Vale. Iré, pero solo para demostrarte lo equivocada que estás en cuanto a Ian. No me ve de esa manera.

—Sí, vale, codazo, codazo, guiño, guiño. Ya verás, Haze. Solo queda una cosa por hacer antes de la hoguera del fin de semana.

—¿El qué?

El entusiasmo de Leah se multiplicó por un millón mientras lanzaba los brazos al aire en señal de celebración.

—¡Un cambio de imagen!

Todavía faltaban unos días para la hoguera, pero, gracias a Leah, me pasaba el día observando todos los movimientos de Ian en el rancho, y me di cuenta de algo muy importante: Ian estaba bueno y era *sexy*. Muy *sexy*. No tenía ni idea de lo que me había pasado en los últimos días, pero, siempre que estaba cerca de él, se me disparaba una erección femenina. Mis ojos bailaban hacia él como si fuera el mejor filete del mundo y quisiera devorarlo entero.

No ayudó el hecho de que algunas noches me despertara en medio de sueños húmedos en los que me dominaba por completo. Todas las noches, cuando nos sentábamos a componer, me contenía para no estirar la mano accidentalmente hasta su pene.

Si hubiera una aplicación de citas para las partes del cuerpo de Ian, deslizaría la pantalla hacia la derecha con la fuerza de los mares.

«Cálmate, depravada; solo es tu amigo».

No dejaba de repetirme esas palabras, pero es que cada noche se metía en la cama conmigo y sus duros abdominales se pegaban a mi cuerpo. El mero hecho de verlo trabajar en el rancho me ponía cachonda. Nunca habría pensado que ver a un hombre sin camiseta y cepillando un caballo fuera tan excitante.

Vale, tampoco era para tanto, pero era lo más *sexy* que había presenciado en la vida.

—¿Quieres montar? —preguntó Ian y me miró.

—Dios, sí —murmuré con voz profunda al tiempo que recorría su figura, hipnotizada. Negué con la cabeza para despertarme del aturdimiento y traté de nivelar la temperatura de mi cuerpo—. O sea, ¿qué?

Me sonrió, ajeno a mi alarmante estado de desesperación por meterme dentro de sus pantalones.

—¿Quieres montar a caballo? —preguntó mientras le acariciaba el lomo a Dottie—. Parece que sois como dos mejores amigas, pero nunca te he visto dar un paseo con ella.

Ah.

A caballo.

Quería que montara a caballo. Por supuesto que era lo que quería decir.

—Nunca he montado y, si te soy sincera, parece difícil.

Se rio.

—Menos de lo que piensas. Venga, te ayudaré. Montaremos juntos.

—¿Quieres montarme? —solté y luego me di una colleja mental—. Quiero decir, conmigo. ¿Quieres montar conmigo?

—Cabalgaré a tu lado para asegurarme de que Dottie te trate bien. —Pasó junto a mí y nuestros brazos se tocaron; ni que decir tiene que casi me derrito en un charquito en el suelo.

Cada vez que ese hombre se me acercaba, mi cuerpo reaccionaba con intensidad. No me quedaba más remedio que rezar para que no se diera cuenta.

Trajo una silla de montar para mí y luego llevó a Dottie a campo abierto. Volvió a los establos y eligió a Big Red para que fuera su compañero de paseo. Mientras salíamos en busca de Dottie, Ian me explicó lo que tenía que hacer.

—Vale, te he puesto el escalón para que te sea más fácil subirte. Coloca la mano izquierda en la crin y luego la derecha en el otro lado. Pon el pie izquierdo en el estribo y lanza la pierna derecha sobre la silla de montar.

«Sí, Ian, sí. Enséñame a montar».

Al tiempo que hablaba, me puso la mano en la parte baja de la espalda para ayudarme. Una vez sentada sobre Dottie, me sentí como si acabara de alcanzar un objetivo vital: me había subido a un caballo con la ayuda de Ian y había vivido para contarlo.

—No está tan mal —dije, sentada en la yegua sin saber qué venía a continuación. Ian se dirigió a Big Red y lo ensilló como una estrella de *rock* vaquera. Lo de estrella de *rock* vaquera también sonaba a oxímoron, pero me gustaba mucho.

—Vale, agárrate a las riendas y muévete despacio —me indicó Ian, y tiró de Big Red para colocarse junto a Dottie. Estaba lo bastante cerca como para ayudarme si lo necesitaba. Comenzamos muy despacio, que era justo lo que me hacía falta. De hecho, me asusté cuando la yegua empezó a moverse.

—¿Me prometes que es seguro? —pregunté, aterrada por toda la situación.

—Al cien por cien. Confía en mí, encanto, estás en buenas manos. Habla conmigo para distraerte. Relájate y muévete con suavidad. Estás haciéndolo muy bien.

—Vale, vale. Hablar. ¿De qué hablamos?

—De cualquier cosa. Cuéntame lo que quieras. ¿Y si me hablas de tu nombre? ¿Por qué te llamas Hazel?

Solté una risita al pensarlo.

—Pues es una historia graciosa. Cuando nací, tenía unos grandes ojos de color avellana. Mi madre dijo que se enamoró de ellos al instante, solo que no tenía ni idea de que los ojos de un bebé recién nacido a menudo cambiaban con el tiempo. Así que me llamó Hazel, 'avellana' en inglés, por mi color de ojos. No obstante, después se volvieron verdes.

—Me gustan tus ojos verdes —comentó, y le recé a Dios porque mi erección femenina invisible no incomodase a Dottie.

Le dediqué una sonrisa tensa e incómoda, porque no sabía qué más decir. No sabía aceptar los cumplidos, y menos aún los de Ian. Si unas semanas atrás alguien me hubiera dicho que aquel hombre, el mismo al que sorprendí mientras le hacían una mamada, haría semejante cumplido sobre mis ojos, me habría tronchado de risa.

En ese momento, me sonrojé como una idiota y deseé que los rayos de sol fueran excusa suficiente para justificar el color de mis mejillas. Por desgracia para mí, no era el caso.

—¿Siempre te sonrojas cuando te hacen un cumplido?

—No lo sé. No he recibido muchos a lo largo de mi vida.

Me miró de arriba abajo y arrugó la nariz.

—Te incomoda, ¿verdad?

—Mucho. —Me reí—. No sé cómo reaccionar cuando me dicen cosas bonitas. Tengo poca práctica.

—Joder, eso hace que quiera decirte más cosas bonitas para que te sientas incómoda, te pones monísima cuando no sabes aceptar un cumplido. El color de tus mejillas se intensifica y es adorable.

El color de mis mejillas debió de intensificarse un poco más.

—Cállate, mejor amigo —murmuré, a sabiendas de que estaba más roja que un tomate.

—Tienes una cara preciosa, Hazel Stone —se burló—. Tus ojos me recuerdan a las estrellas. Tienes una nariz perfecta y nunca he visto unas orejas más atractivas.

Me reí y le hice un corte de mangas. En el momento en que solté la rienda con la mano izquierda, Dottie debió de asustarse, porque arrancó a una velocidad pasmosa y entré en pánico.

—Mierda —murmuró Ian, que se lanzó al galope en nuestra dirección.

Agarré la rienda que había soltado para sacarle el dedo a Ian y me aferré con todas mis fuerzas.

—¡Detente, Dottie! —grité, con la esperanza de que mi futura examiga equina frenara la carrera.

Volé arriba y abajo sobre la silla de montar mientras Dottie procedía a perder la cabeza. Y así, amigos míos, fue como Hazel Stone se rompió la vagina. Cuando conseguí que la yegua se detuviera, Ian se apresuró a ayudarme a bajar de la silla de montar. Tenía todo el cuerpo dolorido y magullado por la explosión de energía inesperada de Dottie, pero nada me dolía más que la entrepierna.

—Mierda, ¿estás bien? —preguntó Ian, con la voz tensa por la preocupación—. Nunca he visto a Dottie hacer algo así. Es como si hubiera perdido la cabeza por un segundo o algo. Joder. ¿Estás bien, Hazel? —No respondí de inmediato, porque estaba demasiado ocupada retorcida de dolor con las manos en mi sexo. ¿Sabes lo que siempre he deseado en la vida? Una vagina magullada por montar a caballo—. Uf, ¿te ha dado en los bajos? —preguntó.

—De pleno. —Asentí—. Ha convertido mi zona íntima en una zona cero de un golpetazo.

Ian levantó una ceja, y una sonrisa malvada se formó en sus labios.

—Sabes lo que hay que hacer, ¿verdad?

—No, no lo sé —gemí, todavía doblada por la cintura por el dolor.

—Hay que ponerte hielo.

—¿Hielo dónde?

—En la vagina.

—¿En la vagina qué?

—Hay que ponerte hielo en la vagina.

El enrojecimiento causado por el penetrante dolor adquirió una nueva forma de vergüenza al tiempo que me incorporaba.

—¡No me pondrás hielo en la vagina, Ian Parker!

—Solo digo que es la mejor manera de calmar el dolor. Además, no querrás que se te hinchen… Ya sabes, los labios. —Era su turno de sonrojarse un poco. ¿Quién iba a decir que al mujeriego le daría corte hablar de mi vagina inflamada?

—Si tengo que ponerme hielo en los bajos, lo haré yo sola.

—No, yo me ocupo. Para eso están los compañeros de piso —bromeó.

Solté una risa agónica.

—¿Los compañeros de piso están para ponerse hielo en la entrepierna del otro?

—Bueno, solo los mejores compañeros de piso. Piensa en ello como en una situación de compañeros con beneficios.

—¿Y el beneficio es sostener una bolsa de hielo en mis partes íntimas?

—Sí. Es un trabajo duro, pero alguien tiene que hacerlo.

Negué con la cabeza.

—Y ese alguien seré yo. Ahora, si me disculpas, voy a cojear hasta la casa del rancho y a nadar en un charco con mis propias lágrimas.

—No seas tonta. Yo te llevo.

—No, de eso ni… ¡Ian! —protesté cuando me levantó en brazos—. ¡Bájame!

—Lo haré cuando lleguemos a la casa del rancho. —Le hizo un gesto a otro trabajador y le indicó que volviera a meter los caballos en los establos.

—¡No! ¡Bájame ahora! —protesté, pero, en el fondo, lo que en realidad pensaba se parecía más bien a: «Sí, Ian. Llévame de vuelta a nuestra mazmorra, ponme hielo ahí abajo, dime que soy guapa y cántame al oído mientras me das de comer chocolate negro».

¿Había mencionado los pectorales de Ian?

Hola, Roca. Te presento a Dura.

Refunfuñé como si estuviera molesta durante todo el camino de vuelta al rancho, pero en realidad me preguntaba si esa situación de compañeros de piso con beneficios sería algo real. Porque una vez que mi vagina dejara de vivir una ráfaga de dolor, aceptaría la oferta de Ian.

Cuando entramos en casa, me recostó en el sofá.

—Te traeré algo. Quédate aquí —dijo.

No discutí. Estaba bastante segura de que no me movería ni aunque quisiera. Me masajeé con suavidad la zona inferior cuando se fue y gemí de dolor. Volvió con un paquete de guisantes congelados en la mano y me dedicó una sonrisa lastimera.

—Lo siento. Era lo único que había.

Le tendí la mano, sin darle importancia. Le arrebaté la bolsa de verduras y me la estampé en los bajos con un placer indescriptible.

—Dios, sí, gracias —gemí excitada por el frescor que se extendió por mi entrepierna. «Los sueños están hechos de guisantes».

Ian se sentó en la mesita justo delante de mí. Todavía tenía una sonrisa en los labios.

—¿Es agradable?

Cerré los ojos y asentí.

—No te haces una idea. Nunca pensé que soñaría con ponerme guisantes congelados en la vagina.

—Si quieres, puedo sujetarlos —añadió, y apretó la lengua contra la mejilla. Abrí los ojos para mirar su sonrisa pícara—. Ya sabes, como un buen compañero de piso.

—Vaya. ¿No serás tú el compañero de piso del año?

—Me tomo en serio mis obligaciones como compañero de piso —bromeó y miró los guisantes. Vamos, que me miró la entrepierna. Costaba saberlo a estas alturas—. Ibas muy bien hasta que Dottie perdió la cabeza.

—Sí, ¿verdad? Creía que éramos amigas. Ni que decir tiene que no hablaremos durante un tiempo.

—Nunca la había visto así. A lo mejor quería hacerme de compinche para que tuviera que ponerte hielo.

Me reí.

—Ya se le podría haber ocurrido otra forma.

—Pero ¿estás bien? Me siento mal, porque ha sido idea mía que montaras. Creía que sería un buen descanso del trabajo en el rancho. Además, no hemos tenido oportunidad de pasar tiempo juntos sin que sea por el grupo y en el rancho.

¿Quería pasar tiempo conmigo sin que fuera por trabajo ni por la música?

Vaya, menuda sorpresa.

Me pasé la mano por el pelo y le dediqué una débil sonrisa.

—Quizá la próxima vez podamos ir a tomar un helado —bromeé.

—Lo tendré en cuenta. Mierda. Los chicos me regañarán cuando se enteren de que te he subido a Dottie y te has hecho daño. No te haces una idea de cómo se pusieron cuando descubrieron que te había tratado mal al principio. Te adoran. Es como si fueras la mánager del grupo o algo. Te juro que a veces se les ocurren ideas para canciones cuando no estás y dicen: «Deberíamos consultarlo primero con Hazel. Sabrá si es bueno o malo». No sé cómo lo has hecho, pero te los has metido a todos en el bolsillo.

Sonreí.

—¿Y qué hay de ti? ¿También estás en mi bolsillo?

Bajó las oscuras cejas y se inclinó hacia mí. Cuando me atravesó con la mirada, se me erizaron todos los pelos del cuerpo.

—Estoy en el fondo de ese bolsillo. Podrías pedirme que fuera a bucear en las pocilgas y lo haría.

Me mordí el labio inferior sin apartar la mano de los guisantes.

—Sé que bromeo sobre lo de que somos mejores amigos, pero somos amigos, ¿verdad? No solo somos compañeros de habitación y de trabajo, ¿verdad?

—Verdad. Eres mi amiga, Haze. No me lo merezco, pero me alegro.

«¿Solo amigos?», pensé para mis adentros, aunque no dejé que las palabras salieran de mi boca. Me removí en el sofá y me aclaré la garganta.

Ian pasó la mirada de mi cara a los guisantes.

—¿Estás segura de que no quieres que te ayude a ponerte hielo en la entrepierna? Estoy bastante seguro de que eso me convertiría en el mejor de los amigos.

Sonreí y negué con la cabeza.

—Estoy segura de que ya tienes suficientes mujeres a las que poner hielo en los bajos, aunque hace tiempo que no traes a ninguna.

Se puso un poco sombrío y se encogió de hombros.

—Ya no siento esa necesidad de enrollarme con mujeres al azar.

—¿Y eso por qué? —pregunté, algo aterrada por la respuesta.

Entrecerró los ojos confuso, como si yo fuera la persona más lenta de comprensión del mundo.

—Venga, Haze —susurró, y se pasó las manos por el pelo—. No me creo que me lo preguntes. Seguro que lo sabes.

Parpadeé.

—Tal vez, pero…

—Por ti —me interrumpió, más claro que el agua—. No quiero nada con ninguna otra chica porque te tengo a ti.

No me salieron las palabras, no sabía si estaba soñando o si deliraba debido al dolor palpitante en mi mitad inferior del cuerpo. ¿Ian acababa de confesar que sentía algo por mí? ¿Se había abierto de una manera inesperada?

¿Le gustaba de la misma manera que él a mí?

Me dedicó una pequeña sonrisa y se levantó. Cuando se dio la vuelta para marcharse, lo llamé.

—¿A dónde vas? —pregunté.

—Creo que tenemos algo de brócoli. Tal vez, si tengo suerte, me dejarás que te lo ponga yo.

«Ay, Ian. Pon lo que quieras en mi vagina».

Capítulo 17

Ian

Había muchas cosas que no me gustaban de la vida en el pueblo, pero uno de los mejores eventos de Eres eran las hogueras de verano. Todos los años, se celebraba un gran festival en el que se encendían un montón de hogueras alrededor del lago. Los jóvenes del pueblo acudían a la fiesta, donde bailaban, bebían y se divertían. El cielo nocturno se iluminaba con guirnaldas de luces, que estaba seguro de que un grupo de chicas enroscaban en las ramas de los árboles, y la música sonaba a todo volumen por los altavoces siempre que el grupo y yo no estábamos tocando. Era la mejor sensación del mundo, noches de verano y hogueras.

La gente parecía libre y desenfadada. Era casi una garantía de que muchos acabarían en el lago, chapoteando borrachos y celebrando el verano. Aunque había problemas en el pueblo, no perdíamos la oportunidad de disfrutar junto al lago con una cerveza en la mano.

—¿Quién es esa que va con Leah? —exclamó Marcus cuando Leah y un grupo de sus amigas llegaron al aparcamiento. Todas parecían bastante normales, pero había una chica que llevaba unos pantalones cortos amarillos y un top blanco que destacaba entre la multitud. Llevaba el pelo oscuro recogido en una coleta alta y se reía cómodamente con las otras chicas. Ostras, era Hazel.

No iba maquillada y estaba radiante. Parecía flotar en una nube y exudaba una confianza de otro mundo.

—Imposible —dijo Eric cuando miró en la misma dirección que nosotros dos—. No puede ser Hazel.

—Lo es. —Tenía la mandíbula casi en el suelo y la erección que me abultaba los pantalones me supondría un problema, pero, guau, estaba impresionante. Quería abalanzarme sobre ella y asaltar su boca, y mostrarle lo duro que me había puesto.

Me había despertado un número incontable de veces con una erección en su espalda. En algunas ocasiones, tuve que escabullirme de la cama en busca de un alivio rápido, con Hazel siempre en la mente.

Estaba increíble esa noche, pero siempre lo estaba. Solo que esa noche llevaba ropa de color. Unos pantalones cortos amarillos, para ser exactos. Muy cortos. El amarillo le hacía un culo increíble. Definitivamente, debía añadir más color a su vestuario.

—¿Qué miramos? —preguntó James, y siguió nuestras miradas—. ¡Madre mía! —exclamó.

—Sí, ¿verdad? —dijo Eric.

—¡Cómo es que mis padres han dejado que Leah saliera de casa con esos pantalones cortos! ¡Voy a matarla! —gritó, sin fijarse en lo que estábamos asimilando los demás.

Las chicas se encaminaron en nuestra dirección y Marcus me dio una palmadita en la espalda.

—Deberías cerrar la boca antes de que te vea mirándola como un depredador.

Cerré la boca, pero no antes de mandarlo a la mierda.

—Hola, chicos. —Leah sonrió con alegría—. ¿Qué pasa?

—Lo que pasa es que te vas a casa a ponerte un jersey y un pantalón de chándal —ordenó James a su hermana pequeña.

Leah puso los ojos en blanco.

—Estamos a más de veinticinco grados, James. No voy a taparme. Además, tengo más de dieciocho años. Me pondré lo que quiera. Al igual que Hazel —añadió para dirigir la conversación hacia la chica callada a la que no le había quitado los ojos de encima—. ¿A que está muy guapa esta noche? —Leah sonrió.

—Sí —comenté y la miré de arriba abajo. Se sonrojó, pero no pude evitarlo. Estaba increíble.

—Venga, chicos. Vamos a por unas bebidas. Mientras tanto, ¿qué tal si Ian y Hazel buscan una hoguera donde sentarnos? —propuso Leah, haciendo de perfecta alcahueta.

Quería estar a solas con Hazel, pero no sentado junto a una hoguera. Quería llevarla a casa y enseñarle lo que tenía bajo los pantalones.

Le dediqué una media sonrisa y me esforcé por dejar de pensar en el deseo de poseerla. Cuando todos se alejaron, asentí hacia ella.

—Estás preciosa.

Se mordió el labio inferior y me dieron ganas de morderlo también.

—¿Me haces cumplidos para que me sienta incómoda?

—Esta vez no. Digo la verdad.

Sonrió y me encantó.

—Busquemos un sitio.

Pasé el resto de la noche mirando a Hazel cada vez que tenía oportunidad. No sabía explicarlo, pero, por alguna razón, me sentía como un idiota a su lado. Me trababa al hablar y sonaba más cursi que nunca sin intentarlo. Esa mujer me volvía loco y creo que ni siquiera se daba cuenta.

Por suerte, el grupo no me dejó mucho tiempo a solas con ella para seguir haciendo el ridículo. Nos sentamos alrededor de la hoguera y disfrutamos del olor de las noches de verano de Eres.

Los chicos se habían encariñado bastante con Hazel en las últimas semanas y la miraban como si fuera la mamá gallina del grupo. Habían empezado a llamarla *mamánager*. La Kris Jenner de The Wreckage.

De vez en cuando, Hazel les gritaba un: «¡Estáis haciéndolo muy bien, chicos!». Al recibir su aprobación, se sonrojaban como unos idiotas.

Hazel tenía esa habilidad; cuidaba de la gente. Siempre se desvivía por ayudar a la abuela cuando lo necesitaba y por darlo todo en el rancho para Big Paw. Trabajaba más que la mayoría. Una vez le pregunté por qué se esforzaba tanto y me respondió que quería esforzarse por todo lo que mis abuelos le habían dado.

Pasamos la noche alrededor de la hoguera y contamos historias embarazosas de los demás para ver quién hacía reír más a Hazel.

—No es broma —exclamó Marcus, y dio un trago directamente de la botella de vodka—. Ian le prendió fuego al buzón tallado a mano de Big Paw mientras estaba colocado y, cuando se dio cuenta de que la preciada posesión del hombre ardería, se sacó el cimbrel e intentó orinar encima para apagar las llamas.

Hazel se partía de risa con la historia.

—Por suerte, se había tomado una tonelada de refresco, porque estoy seguro de que meó durante diez minutos seguidos antes de darse cuenta de que no bastaría para apagar el fuego. Sacudía al pequeño Peter Pan de un lado a otro como si estuviera buscando a Campanilla. —Marcus se rio.

—¿Y Big Paw aún no sabe que fue Ian? —preguntó Hazel.

—No. Hicimos un pacto para no contarlo nunca. The Wreckage tiene un puñado de secretos —declaró Eric, con la cámara en las manos. La miró y la apagó—. Lo que significa que cortaré los secretos.

Hazel se rio.

—Siempre tienes una cámara en la mano, ¿verdad?

Eric asintió.

—Si no tocara el teclado, probablemente sería realizador de vídeo o estaría metido en el mundo de la informática de alguna forma. Pero tengo la suerte de hacer todo esto y, además, tocar. Con todo el material que tengo, espero hacer algún día un documental maravilloso sobre nosotros que comprará Netflix. Verás, con la manera en que hago las grabaciones…

—¡No le des la brasa, Eric! La matarás de aburrimiento —comentó Marcus, y dio otro trago de vodka.

—¡Para nada! No es aburrido. Me parece interesante —dijo Hazel, que le dedicó a Eric una sonrisa radiante. Me gustaría que me mirara con esa sonrisa. Con esos labios y esa lengua que a veces le rozaba el labio inferior.

Señor, qué labios. Me preguntaba a qué sabrían.

Sacudí la cabeza y traté de controlar la erección que se empeñaba en crecer al pensar en los labios de Hazel. Me centré más en lo feliz y relajada que parecía aquella noche en la hoguera. La mayor parte del tiempo pensaba demasiado. Escribía cartas a su madre todas las semanas y nunca recibía respuesta. Pensaba demasiado en cómo le iba a Jean en la cárcel y contaba los días que faltaban para que naciera el bebé.

—Debe de estar de unos seis meses —dijo el otro día—. Dentro de poco, ya no seré hija única. ¿No es una locura?

La pesadez de sus palabras me entristeció, porque la culpa brotaba de su voz. Así que cada vez que encontraba una razón para reírse, como hacía esa noche, me lo grababa. Estaba guapísima cuando sonreía y no creía que tuviera idea de cuánto me costaba no desear estar cerca de ella a cada segundo.

—¡Hostia! —exclamó Marcus, que se levantó de un salto de la silla plegable. Tenía el móvil en la mano y lo miraba con los ojos muy abiertos por la sorpresa—. ¡Hostia puta! —repitió, por lo que todos nos volvimos hacia él.

—¿Qué pasa? —preguntó James.

—Nada. Solo que el puñetero Max Rider nos acaba de escribir —dijo, lo que hizo que James, Eric y yo nos pusiéramos rígidos.

—¡Madre mía! —gritamos al unísono y nos levantamos de un salto. Hazel se quedó sentada con la mirada confusa.

—¿Quién es Max Rider?

—No es Max Rider —dijo Marcus—. Es el puñetero Max Rider. El mánager famoso por escoger a artistas normales y corrientes y convertirlos en megaestrellas. Es como el padrino de la música. Crea obras maestras.

—¿Qué ha dicho? —exclamé mientras se me tensaba el pecho.

Marcus se aclaró la garganta y leyó el correo electrónico.

—«Aquí Max. The Wreckage, ¿eh? Bonito nombre. He escuchado algunos de vuestros temas en YouTube e Instagram. Tenéis algo. Sé que es poco tiempo, pero tengo un hueco en mi agenda el próximo viernes para quedar en Los Ángeles. ¿Qué os parece si me traéis algo nuevo? Escribid a mi asistente. Ella os pasará más información sobre el lugar, la fecha y la hora. Hablamos pronto. MR».

—Joder, se me acaban de caer los pantalones —jadeó Marcus, y se llevó la mano al corazón como si tuviera un infarto.

—Hostia —murmuró James, que caminaba de un lado a otro—. ¡Tenemos que ir! Es el momento. Este es el tipo de situación que te cambia la vida. La semana que viene vamos como sea a Los Ángeles.

Hazel lo celebró con la misma alegría que nosotros, porque sabía lo mucho que nos importaba.

—Es lo que esperábamos —exclamé, y la abracé. Los abracé a todos—. Es el momento que nos cambiará la vida.

Procedimos a emborracharnos como cubas y a bailar toda la noche al tiempo que aporreábamos la batería y aullábamos a la luna como malditos animales. Cuando los chicos se fueron, Hazel y yo entramos a trompicones en casa, mientras ella canturreaba la letra de mi canción y se balanceaba hacia los lados. Hazel Stone era la chica borracha más mona del mundo y verla pronunciar mis letras…

Una maldita erección instantánea.

Cuando entró en su habitación, la seguí, sin pasar antes por la mía.

Se volvió como un resorte hacia la puerta.

—Oye, Ian —gritó, sin saber que estaba detrás de ella. Se estrelló contra mí y soltó una risita antes de cubrirse la boca—. Perdona. No sabía que estabas tan cerca.

Me acerqué más.

No se apartó.

—Lo siento —murmuré.

—Lo siento —respondió.

Ni siquiera sabíamos por qué nos disculpábamos. ¿Tal vez por la proximidad? ¿Quizá por la borrachera?

¿Tal vez por nuestros corazones?

Mierda. Tenía tantas ganas de besarla que me dolía el pecho. Estaba borracho y colocado de felicidad; Hazel Stone era el ser humano más hermoso del puñetero mundo y quería sentir sus labios sobre los míos.

Me puso las manos en el pecho y levantó la vista para mirarme a los ojos.

¿Lo sentía?

¿Sentía cómo me latía el corazón y que lo hacía por ella?

—Estoy muy orgullosa de ti, Ian. Te lo mereces. Te mereces todo.

—Quiero llevar nuestras canciones —confesé—. Quiero tocarle las canciones que me has ayudado a escribir. —En los últimos dos meses, Hazel y yo habíamos creado un montón de canciones. Estar cerca de ella y trabajar a su lado me resultaba muy natural. Para el mundo exterior, los dos debíamos de parecer polos opuestos, pero ¿para mí?

Para mí, encajábamos.

Me inspiraba de una manera que jamás había vivido. Me empujaba a crear canciones de una manera que nunca había considerado. Me desafiaba y me dirigía. Era mi musa. Ella era la música.

Estaba más cerca.

Estaba mucho más cerca de lo que había estado hacía unos segundos. ¿La había atraído? ¿Se había acercado por su cuenta? ¿Cuándo había posado las manos en su espalda? ¿Por qué no intentaba apartarlas?

—Confesión: te deseo —solté, consciente de que era posible que me rechazara, pero me sentía lo bastante borracho y valiente como para que no me importara.

—Confesión. —Tragó con fuerza—. Yo también te deseo.

—Estás borracha —susurré.

162

—Lo estoy —respondió—. Tú también.

—Así es.

Apartó la mirada de mis ojos a mis labios y luego volvió a subirla.

—Toca las canciones. Son tuyas, después de todo.

—Son nuestras —discrepé—. Son de los dos.

—Pero es tu futuro. Entregaría hasta la última letra que llevo dentro para que tus sueños se hicieran realidad, Ian.

Pasé la mirada de sus ojos a sus labios, y la dejé ahí.

—Los únicos sueños que tengo ahora mismo implican besarte, Haze. Quiero meterme contigo en esa cama y besarte hasta que salga el sol mañana.

—A veces me despierto y todavía estás dormido, y pienso en acercarme. Te deseo más de lo que nunca he deseado nada, Ian, y eso me asusta. Nunca he querido besar a nadie como quiero besarte a ti.

—Yo tampoco —confesé—. Aunque ahora estamos borrachos y decimos tonterías que seguramente no diríamos en circunstancias normales.

Sonrió y me encantó. Joder, me volvía loco. Si lo único que volviera a ver fuera la sonrisa de Hazel Stone, sería el cabrón más afortunado del mundo.

—Tal vez deberíamos dormir —añadió, y señaló la cama con la cabeza—. Que se nos pase la borrachera y a ver cómo nos sentimos por la mañana.

—Sí, de acuerdo.

Me quité la camisa y los pantalones y me quedé con los bóxeres. Le di la espalda para que se pusiera el pijama.

Nos metimos en la cama y nuestros cuerpos se fundieron como si estuviéramos destinados a ser uno solo. Le besé la frente sin pensarlo mucho y dejé que mis labios se quedaran allí. Con los labios en su piel, tragué el escaso sabor que me permitía.

Cerró los ojos al mismo tiempo que se acercaba y juntamos las piernas. Nuestras frentes se apoyaban la una en la otra y su aliento me rozó la piel.

—Eres mi mejor amigo —murmuró, y sus palabras me atravesaron—. Sé que los chicos del grupo son los tuyos y sé que no ocuparé sus puestos, pero, para mí, eres tú, Ian. Eres mi mejor amigo. Nunca había tenido un mejor amigo. No obstante, quiero que sepas que eres tú, y estoy muy orgullosa de que tus sueños se hagan realidad. Esto es solo el principio. Algún día, serás muy grande. Te convertirás en una estrella.

—Tú eres mi estrella —susurré, con nuestras bocas tan cerca que, si me acercaba un centímetro más, nuestros labios se tocarían. Madre mía, qué cursi, pero me daba igual. Por culpa de Hazel quería ser el imbécil más cursi del mundo—. Has sido mi luz, mi musa, mi inspiración. Haze, eres todas las estrellas del puñetero cielo. Eres mi galaxia.

Sus labios dibujaron una sonrisa y cerró los ojos antes de acercarse un poco más a mí y apoyar la cabeza en mi pecho. Mientras inhalaba y exhalaba, no dejaba de pensar en lo vivo que me sentía con ella entre mis brazos. Mi corazón, herido desde que mis padres me habían abandonado, volvía a funcionar a pleno rendimiento, y todo gracias a una chica que no temía presionarme lo necesario para despertarme.

Aquella noche nos dormimos enredados y borrachos en un mar de deseos, esperanzas y sueños.

¿Y si Hazel y yo estábamos destinados a estar juntos? ¿Y si nuestras piezas del puzle encajaban a la perfección? ¿Y si todo lo que siempre habíamos querido estaba justo ahí, al otro lado del miedo?

—Ian. Ian, despierta —susurró Hazel, y me dio un codazo suave.

Entrecerré los ojos un poco y noté un hilillo de luz que entraba por la ventana. Me dolía la cabeza por las cantidades ingentes de alcohol que había tomado.

—¿Qué pasa? —refunfuñé, todavía cansado. Miré hacia la ventana, y el sol no había salido del todo.

Entonces me volví hacia Hazel, que me miraba.

—¿Sigues borracho? —preguntó, y se mordió el labio inferior.

—No, solo me duele la cabeza.

—Sí, a mí también.

Enarqué una ceja.

—¿Me has despertado para decirme que te duele la cabeza? ¿Quieres un ibuprofeno? —Empecé a levantarme, pero me puso una mano en el brazo.

—No. Te he despertado porque, aunque ahora estoy sobria, todavía quiero besarte.

Eso hizo que me incorporara un poco más. Una sonrisa soñolienta y bobalicona me apareció en los labios.

—Ah, ¿sí?

—Sí. ¿Y tú?

—Haze, llevo semanas queriendo. Con alcohol, sin alcohol, como sea… Joder, solo…

Me interrumpió en cuanto se inclinó hacia mí y puso su boca sobre la mía. Sí, ella tuvo la iniciativa, pero yo tomé las riendas. La abracé y la acerqué a mí mientras la besaba con fuerza, deseo y necesidad. Le separé los labios con la boca y saboreé hasta el último rincón, deseando que no fuera un sueño; necesitaba que fuera real.

Sus besos tenían un sabor muy dulce y el calor me llenaba el pecho. Me atrajo más y me besó con más fuerza; dejó que su lengua bailara con la mía.

Sentía su necesidad y su anhelo, lo que me hizo desearla más. Nuestros cuerpos estaban pegados el uno al otro y estaba seguro de que notaba mi pene duro en el muslo, pero no lo apartó y yo no lo disimulé. Quería que supiera lo que me hacía, cómo mi cuerpo reaccionaba a sus caricias, a sus besos y a ella.

Si el cielo fuera un beso, viviría en los labios de Hazel.

Se apartó un poco y me mordisqueó el labio inferior con suavidad antes de volver a recostarse en la almohada. Me acosté a su lado; la respiración de ambos era pesada. Tenía los ojos dilatados y desorbitados, y se negaba a dejar de mirarme.

Se sonrojó y se apartó un mechón de pelo detrás de la oreja. Abrió la boca y asintió una vez.

—¿Otra vez? —susurró.

Por favor, sí.

Otra vez.

Capítulo 18

Ian

—Voy a vomitar —gimió Marcus de camino hacia la casa de Max Rider. Habíamos aterrizado en Los Ángeles la noche anterior y ninguno había pegado ojo. Parecíamos niños de cinco años en la mañana de Navidad, esperando a que nuestros sueños se hicieran realidad.

Me sentía aturdido y confuso mientras subíamos por el camino de entrada hasta la puerta de Max. Nos encontrábamos en la maldita mansión del puñetero creador de estrellas para hablar de nuestra música. ¿Cómo había pasado? ¿Cómo habíamos terminado un grupo de paletos de pueblo en una reunión con el maldito Max Rider?

La abuela lo llamó destino.

Hazel lo llamó talento.

Big Paw lo llamó trabajo duro.

Fuera lo que fuera, me sentía agradecido. Solo me quedaba rezar porque no echáramos a perder la oportunidad cuando entráramos en esa casa.

La asistente de Max, Emma, nos recibió. Nos condujo hasta el estudio, porque el puñetero Max Rider tenía un maldito estudio en casa. Esperamos un rato, quizá una hora o así, y estuvimos callados como tumbas. Casi parecía que tuviéramos miedo de que, si hacíamos el más mínimo ruido, ¡puf! El sueño desaparecería.

—¿Alguien más está sudando como un luchador de sumo? —murmuró Marcus y se aflojó la corbata que Eric nos había

167

hecho llevar a todos—. Tengo las pelotas como un pantano y la polla como un tobogán de agua.

—Demasiada información, Marcus —dijo James.

—Me ha parecido que se ha expresado con muy buen gusto —comentó una voz detrás de nosotros, y todos nos volvimos.

Ahí estaba en toda su gloria. El puñetero Max Rider, que nos había pillado teniendo una conversación sobre los huevos pantanosos de Marcus.

Si no era una gran primera impresión, la habíamos fastidiado.

Todos nos levantamos boquiabiertos. Entonces, como imbéciles, saludamos al hombre al mismo tiempo y divagamos sobre lo emocionados que estábamos y lo honrados que nos sentíamos.

—¡Es un placer conocerle! —dijo James.

—Qué suerte que nos haya encontrado un hueco —añadió Eric.

—No se imagina cuánto significa para nosotros —dije.

—Molan los zapatos —comentó Marcus.

No se lo podía sacar de casa.

—Vale, dejad de hacerme la pelota. Vayamos al grano. —Se sentó en una silla giratoria de gran tamaño frente al sistema de sonido y se giró hacia nosotros. Juntó las manos y asintió una vez—. Creo que tenéis algo.

«¡Madre mía, tenemos algo!».

—No digo que no falte trabajo. Lo que he oído es bueno, pero no es genial. Le falta magia. Os he pedido que vengáis por dos razones. Primero, para ver si de verdad sois capaces de llegar con tan poca antelación, porque para trabajar conmigo, hay que desearlo.

—¡Lo deseamos! —exclamó Marcus—. Más que nada en el puto mundo.

«Deja de decir tacos, Marcus».

—Bien. Y segundo, me gusta más escuchar a los grupos en directo. Es muy fácil sonar bien en línea entre pitos y flautas,

168

pero actuar en directo, como un equipo, es lo que distingue lo ordinario de lo extraordinario. Así que, adelante. —Señaló frente a nosotros, donde nos esperaban una batería, un bajo, un teclado y un micrófono—. Enseñadme vuestra música. No quiero oír los temas que ya conozco. Quiero algo mejor. Dadme lo mejor. Impresionadme.

Tomamos aire y nos dirigimos hacia el equipo. Antes de colocarnos en nuestros puestos, nos apiñamos y le pedimos a James que dirigiera el discurso de ánimo. Lo hacíamos antes de todas las actuaciones en un pueblo pequeño y, si había un buen momento para la palabrería optimista de James, era cuando estábamos a punto de actuar frente al puñetero Max Rider.

Nos tomamos de las manos e inclinamos la cabeza.

—Enviamos ondas de amor, luz y energía al universo como agradecimiento por habernos traído aquí hoy. Este lugar, esta experiencia, ha sido muy poderosa para nosotros. Es más de lo que nunca habíamos pedido y más de lo que merecemos, pero juramos aprovechar este regalo al máximo. Usaremos nuestra música para curar. Usaremos nuestra música para desafiar. Usaremos nuestra música para hacer que este mundo de mierda sea un poco mejor. Ayer, hoy y mañana. Para siempre —dijo James.

Apreté las dos manos que tenía agarradas y me devolvieron el apretón mientras todos decíamos al unísono:

—Para siempre.

Era el pacto que habíamos hecho desde que éramos niños. Estar siempre ahí los unos para los otros, para siempre.

Entonces ocupamos nuestros puestos, agarré el micrófono y empezamos a tocar. Tocamos cinco canciones para Max. Resultaba difícil saber si le gustaba, porque tenía una expresión fría como la piedra mientras escuchaba y ocultaba los ojos tras unas gafas de sol. Cada vez que terminábamos un tema, agitaba la mano en el aire y decía:

—Siguiente.

Cuando por fin levantó una mano vacilante, tomamos aire, agotados, pero más que dispuestos a tocar toda la noche si era necesario.

—Vale, bajad.

Estábamos empapados en sudor y emoción cuando nos colocamos delante de Max. Sin embargo, era casi imposible interpretar su expresión. No sabía si le había gustado o encantado nuestra actuación. Hasta que se quitó las gafas y esbozó una media sonrisa.

—¿De dónde ha salido esa música de oro? —preguntó.

Me explotó el corazón y esperé que no se diera cuenta.

—No se parece en nada a las grabaciones que he oído en Instagram. Esta mierda es mágica. Es pasión. Es el tipo de música que vive, respira y se echa de menos. ¿Qué ha cambiado?

James sonrió y me dio un codazo en el brazo.

—Una chica ha inspirado a Ian.

—Siempre es una chica —murmuró Max, que negó con la cabeza—. No soy de los que mienten ni de los que malgastan el aliento, así que creedme cuando digo que lo tenéis. Incluso esa charlita cursi para daros ánimos en plan familia antes de actuar ha sido importante. No tratáis de eclipsar a los demás. Todos brilláis porque trabajáis en equipo. Estáis unidos, algo que la mayoría de los grupos no pueden decir. Podríais ser los próximos Maroon 5.

Nos miramos y nos sentimos un poco desanimados por esas últimas palabras.

Los próximos Maroon 5.

Sabía lo que todos estaban pensando, así que me aclaré la garganta para hablar.

—Con el debido respeto, señor Rider, no queremos ser los próximos Maroon 5. Queremos ser los primeros The Wreckage.

Puso una pequeña mueca, con la frente arrugada y malhumorada. El puñetero Max Rider era indescifrable. Si estaba contento, no se le notaba. Si se enfadaba, no había forma de saberlo. Su cerebro se movía rápido y, cuando tomaba una decisión, era definitiva.

Me entraron náuseas al pensar que la había fastidiado al contradecirlo sobre nuestro futuro. Quería que fuéramos los próximos Maroon 5 y deberíamos aceptarlo. La respuestas deberían haber sido: «Sí, señor Rider. Lo que usted diga, señor Rider. Le chuparemos la polla si es necesario, señor Rider».

Me habría sacrificado como los valientes del Fyre Festival. De ser necesario, me habría arrodillado para chupársela al maldito Max Rider.

«Sacrifícate por el equipo, Ian».

Me revolví nervioso.

Max se puso las gafas de sol y se levantó.

—Creo que eso es todo por hoy, chicos.

Se alejó y me sentí como si me hubieran dado un puñetazo.

—Un momento, señor Rider... —dije.

—Espero que os parezca bien dejar la vida de pueblo —interrumpió—. Porque estaremos muy ocupados trabajando para convertiros en los primeros The Wreckage.

Y así, sin más, nuestros sueños se cumplieron.

Capítulo 19

Ian

—Cuéntamelo otra vez —dijo Hazel por teléfono mientras hablaba con ella sentado en la cama esa noche y le relataba todo lo que había pasado con el maldito Max Rider. Los demás estaban en la otra habitación del hotel, celebrando el éxito de la reunión.

Max quería que volviéramos en dos semanas y que estuviéramos listos para trabajar hasta desfallecer. Todo iba muy deprisa y apenas tenía idea de lo que se nos venía encima.

Parecía un sueño febril y me aterrorizaba despertarme en cualquier momento.

Me reí al teléfono.

—Ya te lo he contado tres veces.

—Lo sé, pero me encanta oírte emocionado.

Me moría de ganas de volver a Eres para besarla. Siempre que no pensaba en la música, me imaginaba a Hazel con esos labios gruesos y carnosos. Fue la primera persona con la que compartí la noticia. La primera que me vino a la mente. Era mi persona.

—Eres mi mejor amiga —susurré, y sentí escalofríos cuando las palabras se deslizaron por mi lengua.

Los escalofríos se multiplicaron cuando me contestó.

—Eres mi mejor amigo.

No dije las siguientes palabras que se me pasaron por la cabeza, porque sabía que habría sido demasiado confuso y excesivo, pero la quería. La quería mucho y no sabía si era un amor amistoso o romántico. Sin embargo, no me importaba en absoluto.

Porque el amor, fuera del tipo que fuera, era bueno. Al empujarme a explorar mis emociones, Hazel había descubierto el amor que aún vivía en mí, aunque yo creía que había desaparecido después de que mis padres me hubieran abandonado. El amor era algo bueno, y Hazel Stone era muy buena para mí. Era lo mejor, y la quería tanto que me daba un poco de miedo.

Las últimas personas a las que había querido así habían sido mis padres, que se habían marchado sin mirar atrás. El amor era agradable, pero en el fondo estaba el miedo de que algún día se me escapara. No se lo diría todavía. Me guardaría lo del amor para mí y me aferraría a él todo lo que pudiera.

—Confesión —dijo, y me recosté en la almohada con una mano apoyada en la nuca—. No he dormido muy bien sin ti.

—Confesión. He abrazado la almohada todas las noches pensando que eras tú.

—Confesión. Echo de menos tu sonrisa.

—Confesión. Echo de menos tu risa.

—Confesión. —Inhaló con fuerza y soltó el aire despacio mientras cada palabra salía de sus labios—. Te echo de menos.

—Yo más.

—Imposible.

—Siempre es posible.

—Cuando vuelvas, ¿podemos besarnos un poco más? —preguntó.

Me reí.

—Hazel, cuando vuelva, lo único que haremos será besarnos. En las pocilgas. En casa. En la casa del granero. En la calle. Te robaré cientos de besos para ahorrarlos durante mi estancia en Los Ángeles.

Se quedó callada un segundo.

—Así que te mudarás a Los Ángeles, ¿eh? Esto está pasando de verdad.

Fue el primer momento en que comprendí con certeza que nos mudábamos a Los Ángeles. Que nuestras vidas estaban a punto de cambiar para siempre. Madre mía.

—Te das cuenta de lo grande que es esto, ¿verdad, Ian? Es la mayor oportunidad de tu vida, y es el puñetero Max Rider —exclamó con dramatismo y se las arregló para sonar aún más emocionada que yo.

Esa noche hablamos hasta que Marcus y James volvieron a la habitación para acostarse. Cuando se durmieron, le pregunté a Hazel si podía llamarla. Me dijo que por supuesto y me acosté con el teléfono pegado a la oreja. Nos quedaríamos dormidos así, a kilómetros de distancia.

Cuando oí sus suaves ronquidos, dejé de resistirme y cerré los ojos.

Capítulo 20

Hazel

Mientras los chicos estaban en Los Ángeles para abrir la puerta que los conduciría hacia sus sueños, en Eres, yo intentaba por todos los medios dejar de tener pesadillas. Había escrito un montón de cartas a mi madre para averiguar cómo estaba. Suponía que se ocupaban de las reclusas embarazadas hasta cierta medida. No obstante, me temía lo contrario; más que nada porque pensaba en los documentales sobre prisiones de Netflix, con los que lloraba a moco tendido.

¿Le daban vitaminas? ¿Estaba bien el bebé con su consumo de drogas del pasado? ¿De verdad se lo llevaría Charlie cuando lo soltaran?

Por lo que sabía, seguía encerrado y daba las gracias por ello. Lo que no me agradaba tanto era no tener forma de saber cómo estaba mi madre. Si la estaban cuidando o si estaba asustada.

Estaría aterrada. ¿Cómo no estarlo?

Los pensamientos me superaron; todo lo que imaginaba era horripilante. Entonces, me armé de valor para volver a mi antiguo barrio y llamar a la puerta de Garrett.

Llevaba una sudadera ancha de Ian y me había puesto la capucha. Había dormido con su ropa todas las noches desde que se había ido. Me gustaba que todavía oliera a él. Casi lo sentía allí conmigo.

Recorría con la mirada el parque de caravanas con la esperanza de que nadie se diera cuenta de que estaba allí. Las palabras de Garrett no dejaban de resonar en mi cabeza.

175

«¿Sabes lo que les pasa a los chivatos?».

Cuando llegó a la puerta, refunfuñó mientras abría la mosquitera. Tenía un cigarrillo en los labios y exhaló una nube de humo.

—Tienes mucho valor para venir aquí —murmuró.

—Sí, lo sé. No se me ocurría nada más. He intentado contactar con mi madre, pero no responde a mis cartas. Ya no me permiten visitarla y estoy preocupada por ella.

—¿No me digas? ¿Estás preocupada por la madre a la que metiste en chirona? Qué considerada —comentó con sarcasmo, y me echó el humo en la cara. Tenía una pinta horrible, como si se metiera más de lo normal. Ni siquiera lo había visto tan machacado cuando estábamos juntos. Había perdido mucho peso y los vaqueros le quedaban muy bajos. ¿Estaba comiendo? ¿Cuidándose un poco?

Tragué con fuerza e hice lo posible por alejar ese pensamiento.

«Ya no es asunto mío».

Hice una mueca.

—Solo quiero saber si se encuentra bien. ¿Has estado en contacto con ella?

—Como si fuera a decirte una mierda.

—Por favor, Garrett —supliqué. Necesitaba respuestas a las preguntas que me rondaban la cabeza día tras día—. Solo quiero saber que el bebé está bien y qué pasará cuando nazca, ya que no sé si Charlie habrá salido para ocuparse. ¿Sabes algo, Garrett? ¿Lo que sea?

Me dedicó una sonrisa que me provocó un escalofrío inquietante.

—Tal vez.

—Por favor —volví a suplicar. Sonaba muy desesperada, pero no me importaba. Si quería que me arrodillara frente a la puñetera caravana, lo haría y me arrastraría ante sus zapatos.

—Tienes que largarte de aquí antes de que la gente se entere de que has vuelto por estos lares —amenazó, y el pecho se me encogió.

176

Di un paso hacia atrás.

—Vale. Pero, por favor, asegúrate de que el bebé esté bien. Sé que me odias, y no te culpo. Me odio lo suficiente por los dos. Aun así, si el bebé te importa lo más mínimo, por favor, asegúrate de que esté bien atendido. Ya sabes cómo es crecer aquí, Garrett. Tú tuviste suerte, porque tu madre es una madre de verdad, pero sabes cómo es la vida para la mayoría de los niños en ese barrio. Conoces el mundo en el que crecí. El bebé merece más que eso. Mucho más.

Lo dejé así y comencé a alejarme.

—Hazel. —Me volví al oír mi nombre. Seguía donde estaba, todavía con el cigarrillo en los labios—. Es una niña.

Exhalé un pequeño suspiro mientras una ola de emociones me recorría.

—Lo sé. Mi madre me lo dijo.

Apagó el cigarrillo en la barandilla y lo tiró al camino de grava.

—Detesta estar embarazada y parece que está pasándole factura, pero se encuentra bien. Mi madre y yo fuimos a verla la semana pasada.

—¿Necesita algo? ¿Dinero? ¿Provisiones? ¿Bálsamo labial? —solté y el corazón se me aceleró más y más a cada segundo.

Se encogió de hombros.

—Todo el mundo necesita esas cosas. Si quieres, tráemelo dentro de dos semanas, cuando mi madre y yo vayamos a verla de nuevo. Se encargará del bebé por el momento.

Sadie acogería al bebé.

La niña.

Mi hermana pequeña.

Eso era bueno. Sadie tenía sus defectos, pero no era una mala madre. Recordaba cuando era joven y deseaba que mamá hiciera algunas de las cosas que Sadie había hecho por Garrett. Llevarlo al parque. Al cine en coche. Comprarle regalos de Navidad todos los años. Tal vez no estuviera claro de dónde sacaba el dinero para todas esas cosas, pero cada centavo que tenía era para su niño.

Saberlo me reconfortó.

—Traeré las cosas en dos semanas. Gracias, Garrett.

—Como sea. Piérdete, ¿quieres? —dijo, y metió la mano en la cajetilla de tabaco para sacar otro cigarrillo—. Me he cansado de ver tu cara de mierda.

No discutí. Me marché a toda prisa con el corazón un poco más tranquilo mientras me dirigía a casa de Ian. Las palabras de Garrett se repetían en mi cabeza a medida que caminaba.

Cuando llegué a casa, vi la camioneta de Ian aparcada en la entrada, y me apresuré a entrar.

Estaba en casa. Ian había vuelto y tenía mucho que contarle, mucho que compartir con él. Muchos besos que recuperar por el tiempo perdido. Lo busqué por toda la casa y no lo encontré por ningún lado.

Me dirigí a mi habitación para cambiarme y, al abrir la puerta, una sonrisa se me dibujó en los labios al verlo sentado en mi cama, esperándome.

—Hola —dijo y se levantó.

—Hola —respondí.

—¿Otra vez? —preguntó y arqueó una ceja. Sabía exactamente a qué se refería.

Me acerqué, lo abracé y me puse de puntillas para llegar a sus labios y besarlo.

Otra vez.

Ojalá tuviera un mando a distancia capaz de congelar el tiempo. Pausaría los momentos hermosos y rebobinaría hasta las mejores partes. Las siguientes dos semanas que pasé con Ian y el resto del grupo transcurrieron a toda velocidad. Quedé con ellos todo lo que pude. Sin embargo, no soportaba la idea de que aquello cambiaría en pocos días.

Desearía que las cosas fueran diferentes. Ojalá tuviera más tiempo para mantener conversaciones filológicas con James, hablar con Eric de su pasión por las redes sociales y oír chistes malos de Marcus.

Ojalá tuviera más besos con Ian. Más de todo con él, en realidad.

Si existiera un mundo en el que los dos fuéramos a permanecer en el mismo sitio, me entregaría a él por completo sin dudarlo. Sin embargo, la triste realidad era que no teníamos un mañana. Solo teníamos ese día.

Big Paw y Holly daban una fiesta de despedida a los chicos en la casa del granero y había venido todo el pueblo. Eran famosos por organizar grandes eventos y, como ofrecían comida y bebida gratuitas, siempre acudía todo el mundo.

Sus fiestas eran un soplo de aire fresco en un pueblo muy tóxico.

Llevaba unos veinte minutos dando vueltas por la fiesta en busca de Ian.

—No lo encontrarás aquí —dijo una voz y me di la vuelta.

Sonreí a James, que llevaba una lata de refresco en la mano.

—¿Dónde está? —pregunté.

—Esperándote.

—Pero ¿dónde?

Sonrió.

—En el mismo lugar del que te espantamos hace unas semanas. Por cierto, lo siento.

Me reí.

El cobertizo.

James me puso una mano en el brazo y me dedicó otra sonrisa.

—Hazel, gracias por todo lo que has hecho por el grupo y por Ian. Ni siquiera sé si habríamos tenido esta oportunidad de no ser por ti.

—Ya erais muy buenos sin mí.

—Sí, pero nos has mejorado. Lo has mejorado. Así que gracias. Nunca ha querido así a ninguna chica. Le sienta bien.

El corazón me dio un millón de vuelcos.

¿Querer?

¿Ian me quería?

James debió de notar el pánico en mis ojos, porque apartó la mirada e intentó rectificar.

—Quiero decir que te tiene cariño. O sea, lo que quería decir… Ah, mierda. Soy un bocazas. En fin, Ian está en el cobertizo.

—Gracias, James.

—De nada. Y ¿Haze?

—¿Sí?

—No digas nada de lo de que Ian te quiere, ¿vale? No quería estropearlo antes de que te lo dijera él. Joder. No quiero arruinar el momento cuando ocurra.

—Tal vez no pase —argumenté.

Negó con la cabeza

—Créeme, ocurrirá. Solo tienes que esperar. Anda, hazte la sorprendida, ¿quieres? Pero no demasiado. La cantidad normal de sorpresa. Ni mucho ni poco.

Me reí y asentí.

—Lo haré. ¿Te dijo que me quería en el juego de las confesiones?

James frunció el ceño, perplejo.

—¿El juego de las confesiones?

—Ya sabes, al que jugáis en las pocilgas cuando las limpiáis juntos. Para que el tiempo pase más rápido.

—Eh, ni idea de qué hablas.

Parecía desconcertado por el comentario y las mariposas volvieron en un instante.

«Ay, Ian. Tú y tus mentiras para conocerme».

Capítulo 21

Ian

La gente siempre decía que echaba de menos el hogar en cuanto se marchaba, pero no me lo creía. Yo no echaría de menos aquel lugar, ni por un instante. No echaría de menos trabajar en las pocilgas o vivir en un pueblo lleno de personas estrechas de miras. No echaría de menos el estiércol ni palear el heno. No echaría de menos los mosquitos que salían a matar. No echaría de menos las cosas que conformaban Eres, pero sí que habría personas a las que echaría de menos.

Tres, para ser exactos.

Añoraría a la abuela y sus comidas caseras. Echaría de menos que viniera a mi casa a doblar la ropa, aunque le dijera que podía hacerlo solo. Extrañaría sus abrazos y su consuelo, sus sabias palabras, su carácter alegre y sus dosis diarias de amor.

También añoraría a Big Paw. Tal vez incluso echaría de menos que me regañara por tonterías. Extrañaría su estilo duro de crianza. Sus casi sonrisas, cuando hacías algo que le enorgullecía. Echaría de menos su actitud y su amor severo.

Luego estaba Hazel. Lo añoraría todo de ella, incluso las cosas que aún no había descubierto.

Me senté en el cobertizo mientras miraba las estrellas del cielo. A unos cientos de metros estaba la casa del granero, donde se estaba celebrando una fiesta increíble. Le había dicho a mi abuela que los chicos y yo no queríamos una fiesta de despedida, así que, por supuesto, Big Paw y ella nos habían organizado una fiesta de despedida.

—¿Piensas quedarte aquí sentado toda la noche reflexionando o vas a ir a tu fiesta para celebrar que eres libre? —preguntó una voz.

Levanté la mirada hacia Hazel, que llevaba una de mis sudaderas con capucha y unos pantalones cortos negros. Tenía los muslos suaves y gruesos, y me dieron ganas de enterrarme en ellos y quedarme allí. Llevaba sus zapatos negros de la suerte: mis deportivas. Era innegable que le quedaban mejor que a mí.

—Sabes que me importa un bledo la fiesta —respondí—. Prefiero pasar mi última noche con las personas que más me importan.

—¿Como quién?

Le dediqué una sonrisa de complicidad. Se sonrojó cuando me devolvió la sonrisa.

Esas puñeteras mejillas que me moría por besar.

—¿Qué te parece si sales y pasas el rato conmigo? Me apetece columpiarme en los neumáticos.

Hice lo que me pedía y me reuní con ella delante del cobertizo.

Se alejó en dirección a los viejos columpios de neumático que colgaban de dos grandes robles del rancho. Justo detrás, había un pozo de los deseos que estaba fuera de servicio desde antes de que yo naciera, pero, aun así, la gente se acercaba a echar alguna moneda con la esperanza de que sus sueños se cumplieran.

Hazel se metió la mano en el bolsillo trasero y sacó dos monedas.

—¿Crees en la magia? —preguntó.

—Cada día creo un poco más desde que te conozco.

Me dio una moneda.

—Entonces pide un deseo. Que sea uno bueno. He oído hablar de este pozo. La gente viene y pide dinero, bebés o amor. Y todos sus deseos se cumplen.

Fui a lanzar la moneda al pozo, pero Hazel saltó delante de mí.

—¡Espera, Ian! No puedes lanzarla así sin más. Tómate tu tiempo hasta que estés seguro de tu deseo. Solo tienes una oportunidad. Hazlo bien.

Le dediqué una media sonrisa y arrojé la moneda al pozo.

Frunció el ceño y se llevó la moneda al corazón. Cerró los ojos e inclinó la cabeza hacia la luna. Era luna creciente. Si unos meses atrás me hubieras preguntado por la diferencia entre la luna llena, nueva, creciente o menguante, me habría reído en tu cara.

Sin embargo, esa era la clase de tonterías que ahora sabía gracias a Hazel y a su fascinante universo.

Se llevó la moneda a los labios antes de abrir los ojos y arrojarla al pozo, luego se dio la vuelta para mirarme.

—Apuesto a que mi deseo se hace realidad antes que el tuyo, ya que me he tomado mi tiempo para pensarlo.

—¿Qué has deseado?

—Los deseos no se cuentan, sino no se cumplen. —Entrecerró los ojos—. ¿Qué has deseado?

—De eso nada. No vas a estropear mi deseo.

Llegamos a los columpios sin hablar apenas. Hazel miraba las estrellas con expresión de asombro. A veces cerraba los ojos como si pidiera más deseos.

—¿Oyes esa canción, Ian? —preguntó mientras se balanceaba de un lado a otro sobre el neumático.

—Sí, la oigo.

—Es una de mis favoritas.

—¿Sí? ¿Cuál es?

Se encogió de hombros.

—No lo sé, pero, con ese ritmo, será una de mis favoritas.

Me reí.

—Qué rara eres a veces.

—Siempre lo soy. —De repente, Hazel se levantó y me tendió la mano—. Baila conmigo.

—¿Qué? No. Es una canción lenta. No bailo canciones lentas.

—¿Bailas canciones rápidas?

Hice una pausa.

—Pues no.

—Ian Parker, si no levantas el culo y bailas conmigo ahora mismo, te juro que le contaré a todo el mundo que fuiste tú quien incendió el buzón de Big Paw.

Arqueé una ceja.

—No te atreverías.

Pegó la lengua a la mejilla y se llevó las manos a las caderas.

—Ponme a prueba.

—Eso va en contra de las reglas de la pandilla.

—Por suerte, no formo parte de ese grupito.

Me reí.

—Después de los últimos meses, creo que estás más integrada que yo. En realidad, no se lo dirías a Big Paw.

—¿Apostamos?

Entrecerré los ojos y ella también.

«Es un farol».

«Tiene que serlo».

Negué con la cabeza.

—¿Qué importa? De todos modos, me iré del pueblo por la mañana.

—¿Crees que Big Paw no te perseguirá para darte una patada en el culo por haber estropeado su buzón? —preguntó.

Bueno, sí.

Sabía que lo haría. Había tallado ese buzón a mano hacía más de veinticinco años. Era más viejo que yo y seguramente le había tocado las narices a Big Paw mucho menos que yo.

Me levanté del neumático y la señalé con un dedo.

—Si bailo contigo, no volverás a usar lo del buzón contra mí.

—No lo haré.

—¿Lo prometes?

Se dibujó una cruz en el pecho con los dedos.

—Lo juro por mi vida.

Si no fuera tan molesta, habría pensado que era mona.

¿A quién quería engañar? Era preciosa.

—Yo dirijo —dije.

—No esperaba otra cosa —respondió, y extendió la mano.

De mala gana, la tomé entre las mías y comenzamos a bailar la canción lenta que, aunque no conocía, se convertiría en su favorita.

—¡Ay! —Saltó hacia atrás segundos después de que le pisara el pie.

—Lo siento —murmuré—. Te dije que no bailo lento.

Se recompuso y se acercó de nuevo.

—No pasa nada. Mejorarás con la práctica.

Bailamos de un lado a otro y Hazel apoyó la cabeza en mi hombro. Mientras nos balanceábamos, tarareaba la canción como si conociera la letra.

—¿Lo ves? —susurró—. ¿No es bonito?

No respondí, pero la verdad es que no lo odiaba. Odiaba muchas cosas de Eres, pero bailar lento con Hazel no era una de ellas.

—¿Te da miedo, Ian? ¿Dejar tu hogar?

—En absoluto —respondí de inmediato.

No sentía ningún miedo por dejar el pueblo e irme a Los Ángeles a perseguir mi carrera musical. Lo único que temía era quedarme allí atrapado y renunciar a mis sueños.

Si no me iba de Eres al día siguiente, estaba casi seguro de que jamás lo haría.

—Entonces yo tendré miedo por ti —añadió, y me abrazó más fuerte. Se lo permití, porque lo único que quería hacer durante las siguientes quince horas era tenerla cerca—. No quiero que te pierdas, ¿sabes? La gente que persigue el gran sueño de Hollywood a menudo se pierde a sí misma.

—¿Qué sabes de la gente que persigue el gran sueño de Hollywood? No conocemos a nadie que haya hecho lo que mi grupo y yo vamos a hacer.

—Lo sé, pero he visto suficientes películas para saber que Hollywood cambia a la gente.

Tal vez.

Pero a mí no.

Solo quería tocar para un público más grande que la gente de la casa del granero.

—Estaré bien —dije.

—Bien, porque me gustas como eres. ¿Sabes qué, Ian?

—¿Qué?

Me miró con ojos llorosos y sacudió un poco la cabeza.

—A veces imagino que ya no estás y me duele mucho el corazón.

—Vamos, Hazel. No te pongas así. Volveré.

—No, no lo harás —susurró, y apoyó la cabeza en mi hombro.

No respondí, porque sabía que tenía razón y que, para cuando volviera, probablemente se habría marchado a perseguir sus propios sueños.

—Te echaré mucho de menos, Ian —confesó.

Seguimos bailando entre los columpios de neumáticos. Hazel me sonreía.

«Joder, cómo voy a echar de menos esa sonrisa».

La canción cambió a una más rápida, pero mantuvimos el mismo ritmo lento.

Me miró y me regaló otra sonrisa. Una más triste.

—¿Otra vez?

La besé.

La besé despacio y con suavidad y dejé que mis labios se entretuvieran, porque me daba demasiado miedo separarme de ella.

—Haze —susurré mirándole a los ojos. Sentía de todo por esa chica. Quería decirle las palabras que se me pasaban por la cabeza. Quería que supiera que el amor recorría cada fibra de mi ser y que ese amor le pertenecía, pero tenía miedo, porque, al amanecer, ya no estaríamos juntos. Por la mañana, no podría hacer nada con ese amor.

Me miró y asintió.

—Lo sé, Ian —murmuró, como si me leyera el pensamiento y viera dentro de mi mente desordenada—. Yo también.

Volvió a dejar caer la cabeza sobre mi hombro y nos balanceamos durante horas. Después la llevé a su habitación y la abracé por última vez.

Estábamos tumbados en la cama y empecé a cerrar los ojos, pero me detuve cuando sentí una mano acariciándome los calzoncillos. Pocas cosas despertarían a un hombre cansado como una mano rozándole el miembro.

Incliné la cabeza para mirarla y me pregunté si el leve roce había sido un error causado por el sueño, pero me miraba con determinación mientras lo hacía. Tocó la banda del bóxer con los dedos, antes de apartarla de la piel y dejar suficiente espacio para deslizar la mano dentro. Cuando me agarró el pene, lo acarició con suavidad, muy lento, sin romper el contacto visual. Luego añadió un poco de presión a sus movimientos y me hizo gemir de placer por la ligera sensación que me proporcionaba.

Sacó la mano un segundo y se lamió la palma; luego, se chupó los dedos para lubricarse toda la mano, antes de volver a meterla y acelerar un poco los movimientos. Mi polla crecía en su mano con la excitación. Deslizó la palma desde la punta hasta la base. Cada vez que la acariciaba, sentía la cabeza a punto de explotar.

—Haze. Sí. —Jadeé, incapaz de mantener los ojos abiertos a causa del deseo que me invadía.

Se incorporó en la cama y me bajó el bóxer hasta los tobillos. Los tiró a un lado de la habitación y descendió hasta arrodillarse en el suelo, justo delante de la cama.

—Gírate —ordenó—. Acércate a mí.

Hice lo que me dijo. El corazón me latía como si fuera un maldito crío en Navidad mientras ella seguía con sus caricias. Acercó la boca a mi miembro y su cálido aliento rozó el interior de mis muslos mientras me besaba por todas partes. Sacó la lengua y rodeó la punta, lo que me provocó un escalofrío en la espalda.

Joder.

Joder, joder, joder.

Entonces, se la metió entera en la boca, chupó con decisión y deslizó la mano arriba y abajo a la vez que la boca. Dibujó un ocho con la lengua en la base y me cubrí la cara con las manos para no gritar de placer. Siguió el ritmo, me tragó entero y dejó que la intensidad de la mamada me superara. Colocó la mano libre justo debajo de mi estómago y presionó ligeramente. Madre mía, iba a correrme en la boca de Hazel Stone si no paraba pronto. Mis pies rebotaban en el suelo mientras mi cuerpo se arqueaba en el colchón por lo cerca que estaba de correrme.

—Para, para, para —ordené y la aparté.

Me miró con confusión en la mirada.

—Lo siento. ¿No te ha gustado…?

—Dios mío, Haze —murmuré y negué con la cabeza—. Me ha encantado, joder. Pero primero quiero probarte. —La levanté del suelo y la recosté en la cama—. Quiero saborear hasta el último pedazo de ti.

—Ah —dijo, y se sonrojó al instante—. Entonces, ¿qué necesitas que haga?

—Eso es fácil. Quítate los pantalones.

Capítulo 22

Hazel

Ningún chico me había practicado sexo oral. Garrett y yo solo nos enrollábamos y yo le hacía pajas y mamadas de vez en cuando, pero él nunca me había devuelto el favor. Decía que le daba asco y que no le gustaba bajar ahí.

Nunca me había parado a pensarlo, porque no me importaba. Si quería darme placer, había muchas formas de hacerlo sin tener que recurrir a un imbécil que era demasiado crío para complacer a una mujer.

Sin embargo, esa noche, con Ian, no existía ningún problema en el mundo. Me quitó los pantalones del pijama y las bragas con mucha calma. Miró mi cuerpo como Garrett jamás lo había hecho, como si adorara cada pliegue y cada curva.

Me quitó la camiseta y me quedé sentada en sujetador, casi desnuda ante el primer hombre que tenía pleno control sobre mi corazón. Entonces, me recorrió entera con los labios. Las partes que me gustaban y las que me provocaban inseguridades. Su lengua bailó por mi cuello, por las curvas de mi pecho, por los pliegues de mi estómago, por los huesos de mi cadera y por el interior de mis muslos.

Sentí un charco de calor entre las piernas cuando me las separó. Respiró encima de mi centro al tiempo que yo me recostaba; la anticipación hacía que cada vez me costara más respirar. Entonces, acercó dos dedos, con los que formó una V, y me separó los labios. Y, justo entre la V, colocó la lengua y me

189

lamió de arriba abajo; me chupó el clítoris mientras yo gritaba de placer.

Dios...

¿Cómo hacía eso con la lengua? La movía deprisa y despacio, arriba y abajo, cada vez más profundo.

Joder, Ian se enterraba en mí y mis fluidos brotaban a la orden de sus deseos, sus necesidades y sus anhelos. Me metió dos dedos y los movió con suavidad hacia arriba hasta que rocé el orgasmo. No estaba segura de cuánto tiempo aguantaría. Tampoco sabía si sería capaz de controlarme para no descontrolarme del todo.

—Toda —susurró y levantó la vista para mirarme a los ojos. Deslizó un dedo más con los otros dos y los movió como un mago llenándome de poderes místicos—. Quiero probarte toda. Suéltate, Haze. Déjate llevar —dijo antes de volver a acercar la lengua a mi vagina y follarme fuerte y profundo con la lengua.

Me agarré a las sábanas y levanté las caderas para acercarlas a su boca. Me temblaron las piernas a la vez que aceleraba el ritmo. Entraba y salía, entraba y salía, con largos y húmedos golpes de lengua.

—Ian —grité, pero no me salieron las palabras mientras devoraba hasta la última gota de mí. Lamió y lamió, me chupó como si fuera un animal hambriento que no quería dejar escapar ni una sola gota. Cuando terminó el recorrido, se sentó sobre las piernas y me sonrió. La cara le brillaba por mis fluidos y me sonrojé al ver cómo se lamía los labios. Entonces, me fijé en que tenía el pene muy duro y se lo acariciaba despacio arriba y abajo. Me centré en cómo movía la mano por el enorme miembro y un torrente de deseo me invadió.

—Tómame —susurré, y me incorporé sobre los antebrazos. Levantó una ceja.

—Haze...

—Tómame —repetí y asentí—. Por favor, Ian. Te deseo mucho. Ahora mismo, aquí mismo. Por favor.

Se levantó y se acercó a mí. Su cuerpo se cernió sobre el mío y me besó con fuerza. Saboreé sus labios. Nuestras lenguas bailaron y me besó como si intentara contarme un secreto que algún día descubriría.

—Si hacemos esto, ya no podremos fingir que no somos nada, Hazel —advirtió—. Si lo hacemos, eres mía.

—Y tú eres mío. —Jadeé en sus labios y le puse las manos en el pecho—. Eres mío.

La verdad era que siempre lo había sido. Solo había esperado el día en que yo también fuera suya.

Se colocó sobre mí y me rozó el sexo con la erección.

—Si te duele, párame, ¿vale?

—Vale —mentí. No tenía pensado impedir que Ian se deslizara dentro de mí. No quería impedir que me llenara por dentro.

Se acercó a la mesita de noche y sacó un condón de la cartera. Mientras se lo ponía, lo observé con asombro. Subió y bajó la mano un par de veces antes de volver a frotarse conmigo. Luego, se deslizó dentro de mí.

Me quedé boquiabierta en cuanto encontró el camino hacia mi interior. Curiosamente, no me dolió tanto como esperaba. Tardé unos segundos en acostumbrarme a la nueva sensación, pero, cuando me acomodé y permití que Ian se introdujera hasta el fondo, gemí porque era muy...

Agradable.

Ya sentía que estaba al borde de otro orgasmo mientras sus caderas se mecían contra las mías. Me agarró las muñecas con las manos y me las sujetó por encima de la cabeza mientras me penetraba con fuerza y se retiraba despacio para provocarme.

Cada vez que se apartaba y volvía a penetrarme, mi cuerpo se estremecía. Cada músculo del cuerpo de Ian se marcaba de una forma nueva mientras me inmovilizaba en la cama.

—Ian. Voy a... Voy a...

Grité. Aparté la mano de la suya y agarré la almohada más cercana. Me tapé la boca con ella para contener los gemidos del mejor orgasmo de mi vida. Todo el cuerpo me temblaba de nervios mientras Ian seguía. Más fuerte, más rápido, más profundo.

—Joder —gimió—. Haze, voy a… Joder, voy a…

—Por favor —supliqué, porque quería que se sintiera tan bien como yo. Quería que explotara dentro de mí. Quería que se perdiera. Quería ser la responsable de que se le pusieran los ojos en blanco por un estado de felicidad absoluta.

Cuando ocurrió y su cuerpo empezó a temblar sobre el mío, yo también me dejé ir. Cerró los ojos, se corrió con fuerza dentro de mí y el corazón se me aceleró con orgullo, con asombro, con…

Amor.

Joder, lo quería.

Se desplomó sobre mí, sudoroso y sin aliento. No dijo nada por un instante y luego se deslizó y rodó hacia el lado izquierdo de la cama.

—Hos… —murmuró.

—… tia —completé y me reí un poco.

—No lo entiendes. Ha sido… Justo… Ha sido… Joder. —Volvió a suspirar y se frotó la cara con la mano—. Nunca había sido así, Haze. Nunca me había sentido tan bien. —Se inclinó y me besó la mejilla—. Ha sido más que sexo. Ha sido profundo. Ha sido como hacer el… —Se interrumpió y se detuvo antes de decir algo más, aunque yo sabía lo que estaba pensando.

Había sido como hacer el amor.

Me dedicó una sonrisa perezosa.

—Me ha gustado cuando has gritado mi nombre en la almohada.

—Me ha gustado cuando… —Hice una pausa y arrugué la nariz—. Todo.

Se incorporó, se quitó el preservativo usado y lo tiró al cubo de la basura. Luego se sentó desnudo en el borde de la cama, todavía recuperando el aliento. Se llevó mi mano al pecho y la colocó en el corazón.

—¿Ves lo que me provocas, Haze? Mi corazón se ha vuelto loco.

Me encantaba esa sensación. Me encantaba cómo me permitía controlarlo y cómo él me controlaba a mí de la misma manera.

Nos tumbamos el uno al lado del otro, todavía desnudos y expuestos, tanto nuestros cuerpos como nuestros corazones.

—Ya te echo de menos —dijo y me posó los labios en la frente.

—Yo más. —Me mordí el labio inferior—. Cuando vuelvas, ¿podemos volver a hacerlo?

Se rio para sí.

—Y otra vez. Y otra vez. Después de todo, eres mía.

«Y tú eres mío, Ian Parker».

Todo mío.

Capítulo 23

Ian

Había dormido un total de tres horas la noche anterior debido a cómo se habían desarrollado las cosas entre Hazel y yo. No me molestaba. Habría renunciado a las tres horas restantes si no hubiera sido porque ella se había dormido primero.

Mis abuelos y Hazel me ayudaron a cargar las maletas en la caja de la camioneta de Big Paw. Cuando todo estuvo dicho y hecho, sentí que se me formaba un nudo en las tripas. No sabía cómo eran las despedidas, pues nunca había tenido que lidiar con ellas. No había tenido oportunidad de despedirme de mis padres antes de que huyeran y, desde entonces, todas las personas a quienes conocía habían seguido conmigo.

Era lo que suponía vivir en un pueblo pequeño toda la vida: nunca tenías que despedirte de quienes más te importaban. Hasta que la muerte nos separase.

Sin embargo, ahora tenía que hacerlo. Debía despedirme de mi familia y resultó que no estaba preparado. Sentía como si unas manos me ahogaran poco a poco.

—Bueno, yo primero —dijo la abuela. Ya tenía los ojos llenos de lágrimas. Se acercó y me envolvió en un abrazo—. No te olvides de quitarte las lentillas por la noche, ¿vale? Si no, te quedarás ciego.

—Sí, señora.

—Y usa el hilo dental. Sé que no lo haces, aunque te lo he dicho toda la vida, pero si quieres conservar esa sonrisa tuya, más vale que lo uses a diario. O al menos cada dos días.

—Sí, señora.

—Y por el amor del Señor, separa la ropa blanca de la de color cuando hagas la colada. Por favor, por favor, por favor, lava la ropa. No dejes que se acumule en un rincón hasta que solo te queden unos calzoncillos —ordenó.

Me reí.

—Sí, señora.

—Y una más. —Me puso las manos en la cara—. Cuando nos necesites, llama. De día o de noche, llama a casa. ¿Entendido?

—Entendido, lo prometo.

Se inclinó hacia mí y me besó la mejilla antes de darle unas suaves palmaditas con la mano. Era su forma de «sellar los besos en su sitio».

—Vale, bien.

Me volví hacia Haze, que estaba un poco apartada.

Me froté la escápula izquierda.

—¿Seguro que no quieres acompañarnos al aeropuerto, Haze? ¿O venir a Los Ángeles? —dije medio en broma. No me sacaba de la cabeza nuestra noche juntos. Solo quería más noches como la anterior. En un mundo perfecto, llegaría a casa después de un día en el estudio, la metería en la ducha conmigo y le haría el amor bajo el agua caliente y humeante. También lo haríamos en la cocina. En el salón. En el comedor. En todos los lugares posibles.

—No me tientes —contestó—. Si me fuera a Los Ángeles contigo, dudo que volviera.

—Está bien. Entonces, supongo que solo nos queda decir…

—No, Ian —me interrumpió y cerró los ojos—. No digas adiós, ¿vale? Abrázame y acabemos con esto.

Hice lo que me decía y me sostuvo con más fuerza que nunca.

—Lo de anoche fue perfecto —susurré en su oído.

—Absolutamente —respondió. Se apartó un poco—. Llámame cada vez que tengas un momento —ordenó.

—Lo haré. Usa la camioneta mientras estoy fuera si la necesitas.

Me reí cuando Big Paw preguntó a la abuela:

—¿Desde cuándo se llevan tan bien?

—Nunca te enteras de nada, Harry. No te fijas en lo que pasa en tus narices —contestó ella.

Big Paw refunfuñó un poco y se rascó la barba.

—Será mejor que nos pongamos en marcha si queremos llegar al aeropuerto en unas horas.

El viaje hasta el aeropuerto más cercano era largo, por lo que nos marcharíamos antes de lo que me hubiera gustado.

Un poco más de tiempo con Hazel y la abuela no habría estado mal. ¿Cómo es que ya me sentía nostálgico cuando ni siquiera me había ido?

Asentí una vez hacia Big Paw y luego les di un último abrazo a la abuela y a Hazel.

Abrí la puerta del pasajero de la camioneta y me dispuse a subirme al asiento.

—¡Ian, espera!

Miré a mi izquierda y Hazel corrió hacia mí.

Saltó a mis brazos. La besé con fuerza mientras deseaba no soltarla nunca.

—Te echaré de menos, Ian. Cuando triunfes, no te olvides de nosotros, la gente del pueblo, ¿vale?

—No te olvidaría, aunque lo intentara. Además, te llamaré todas las mañanas y todas las noches —prometí.

Se mordió el labio inferior.

—No sé cómo lo harás, Ian. Estarás muy ocupado con tu nueva vida y…

—Sacamos tiempo para las cosas que importan —la interrumpí—. Tú me importas.

Agachó la cabeza durante una fracción de segundo y, cuando volvió a levantar la vista, tenía la sonrisa que tanto me gustaba. La besé de nuevo. Por primera vez en la vida, la música no era lo único que me importaba de verdad.

—Gracias, Haze.

—¿Por qué?

—Por enseñarme a sentir de nuevo.

—¿Qué demonios ha sido eso? —ladró Big Paw.

La abuela lo reprendió molesta.

—Ay, cállate, viejo cascarrabias. Deja que los niños sean niños. Recuerdo a cierto chico que también me besaba así.

—¿Quién era? —bromeó Big Paw—. Le patearé el culo.

La abuela se rio y negó con la cabeza.

—A callar. Arranca antes de que pierda el vuelo y tenga que darle otro beso a Hazel.

Eso hizo que Big Paw se pusiera las pilas y se apresuró al asiento del conductor.

Me despedí por última vez con la mano antes de que arrancara la camioneta.

Las dos mujeres me devolvieron el gesto por el espejo retrovisor hasta que las perdí de vista.

El viaje al aeropuerto fue bastante tranquilo. Big Paw y yo no hablábamos demasiado y el silencio no me molestaba. Estaba muy ocupado pensando en el futuro y en el pasado. Cuando llegamos al aeropuerto, el abuelo me ayudó a sacar las maletas de la parte de atrás. Agarré la funda de la guitarra y la dejé en la acera para despedirme por última vez.

Big Paw volvía a rascarse la barba.

—Oye, Ian, sé que las palabras no se me dan tan bien como a tu abuela. Es mucho más emocional que la mayoría y siempre dice lo correcto. Yo no soy así, por tanto, diré lo que quiera y punto.

Se movió la gorra de béisbol a un lado y a otro antes de meterse las manos en los bolsillos. Se aclaró la garganta.

—Has sido un grano en el culo desde que eras un niño.

«No es el discurso de despedida que esperaba».

—Es cierto. —Asintió—. Has sido un puñetero grano en el culo. Durante toda tu infancia, me sacaste de quicio. Te portabas mal y provocaste que me saliera hasta la última cana que hay en mi cabeza.

197

—¿Se supone que esto es una despedida inspiradora, porque...?

—Cierra el pico y déjame terminar, ¿de acuerdo? —ladró.

—Sí, señor.

Movió los pies de un lado a otro antes de pellizcarse el puente de la nariz. Cuando clavó los ojos en los míos, tenía los ojos anegados en lágrimas; jamás había visto llorar a mi abuelo.

—Solo quiero que sepas que has heredado todas esas características de mí. Lo bueno, lo malo y las partes que son un lío. Eres un espejo de tu abuelo, Ian, y no querría que fueras diferente. Así que vete a Los Ángeles y ponlo patas arriba, ¿vale? Dales por culo como el puñetero diablo que eres. Sácalos de quicio. Vuelve loco a todo el mundo hasta que cumplas tu sueño. Consíguelo y aférrate a ello. No mires atrás hasta que lo necesites de verdad; cuando eso ocurra, estaremos aquí.

Joder.

Yo también estaba llorando.

Moqueé un poco y asentí.

—Sí, señor. Lo prometo.

—Bien. Venga. Acabemos con el lagrimeo. —Extendió los brazos hacia mí y me atrajo en un abrazo. Me aferré a él y lo eché de menos antes de soltarlo—. Estoy orgulloso de ti, hijo —dijo muy bajito antes de soltarme—. Ahora vete, estrella del *rock*.

Recogí la funda de la guitarra y agarré las asas de las maletas. Mientras entraba en el aeropuerto, una pequeña parte de mí quería darse la vuelta y mirar hacia atrás, pero no lo hice.

Mirar hacia atrás no era una opción. A partir de ese momento, solo miraría hacia delante.

Capítulo 24

Hazel

El verano terminó enseguida y el otoño entró en escena pintando las hojas de Eres. Pasé varias semanas ocupando mi tiempo con el trabajo en el rancho.

Cuando Big Paw me convocó en su despacho, estaba tan nerviosa como el día que lo conocí. A pesar de que en los últimos meses nos habíamos acercado, dentro de que se trataba de Big Paw, todavía me asustaba un poco.

—Siéntate, Hazel —dijo con su voz ronca y el puro en la boca.

Obedecí y me aclaré la voz.

—Si esto tiene que ver con que las gallinas se escaparan del gallinero, asumo toda la responsabilidad. El chico nuevo dejó la puerta abierta, pero fue porque no le dije que la cerrara —vomité las palabras y las palmas comenzaron a sudarme.

—No tiene nada que ver con el puñetero gallinero —contestó.

—Ah. —Cambié el peso en la silla y me limpié las manos en las piernas—. Entonces, ¿para qué me has llamado?

—El otro día vi a tu madre.

—Perdona, ¿qué?

Se recostó en la silla y se frotó la mandíbula con la mano.

—Fui a la cárcel a hablar con ella para asegurarme de que estaba bien. Me dijo que había recibido tus cartas, pero que no se sentía capaz de responderlas después de la última vez que habló contigo. Todavía estaba desintoxicándose y creo que te dijo algunas cosas que no pensaba.

—¿Cómo…? Espera, ¿qué? ¿Cómo conoces a mi madre?

Frunció el ceño y juntó las manos.

—Holly y yo hemos acogido críos en este pueblo desde que me alcanza la memoria. Jean no era más que una niña cuando llegó aquí. Estaba embarazada y asustada, más o menos como ahora. La acogimos e hice todo lo que pude para cuidarla. Holly y yo, juntos. Era una chica estupenda. Tranquila, pero fuerte. También tenía sueños. Hablaba de que iría a la universidad y se sacaría una carrera. De cómo haría que tu vida fuera mejor que la suya. De cuánto te quería. Tenía sueños para sí misma y para ti, pero venía de una familia rota. Tenía muchas heridas emocionales. —La expresión sombría que se posó en sus labios me entristeció—. Se llevaba bien con mi hija, la madre de Ian, y eso no la benefició en absoluto. Todavía me culpo.

—¿Por qué?

—No lo sabía —susurró, agachó la cabeza y se quitó el puro de los labios—. Nada. No sabía que mi hija y su novio ya se metían en problemas. Tenían un niño de tres años y di por hecho que estaban buscando su camino como padres. Después de que nacieras, pasaste unos meses en mi casa con tu madre, hasta que decidió que quería mudarse con mi hija a la casa del rancho. Fue entonces cuando mi Sarah le presentó a Charlie.

Me quedé sin aliento y me recosté en la silla, anonadada por la revelación. ¿Había vivido antes en la casa del rancho con mi madre? ¿Mi madre había conocido a Charlie a través de los padres de Ian?

La cabeza me iba a mil por hora. Tenía muchas preguntas, pero no sabía ni por dónde empezar. Big Paw debió de notar la confusión en mi rostro, porque se irguió en la silla y, por un momento, me pareció percibir un destello de emoción en su mirada. Un destello de culpabilidad.

—Me culpo mucho por todo lo que le ha pasado a tu madre en estos años. Si no se hubiera juntado con mi hija, ¿quién sabe cómo habrían sido vuestras vidas? A lo mejor habría estudiado una carrera, se habría labrado un futuro y jamás se habría acercado a Charlie.

—Tal vez. —Me encogí de hombros—. O tal vez habría acabado peor. Quizá habría acabado muerta si no la hubieras acogido. Big Paw, no te culpes por las decisiones que tomaron tu hija o mi madre. No te corresponde esa carga.

—Entonces, ¿por qué me pesa tanto?

Sonreí, extendí la mano sobre la mesa y la puse sobre la suya.

—Tienes un corazón enorme y te culpas de las tragedias de los demás.

Se fijó en mi mano y luego me miró con un gesto serio. Me aparté lentamente.

«Vale, no estamos en la fase de contacto. Tomo nota».

—Lo único que digo es que mi madre tomó decisiones que afectaron a su vida. La acogiste cuando necesitaba un hogar y eso fue más de lo que la mayoría habría hecho. Además, me acogiste a mí. —Hice una pausa y entrecerré los ojos—. ¿Fue para compensar lo que le pasó a mi madre?

Asintió despacio.

—Te lo debía. Quería que tuvieras la oportunidad de construir un futuro, como tu madre quería, aunque nunca lo intentó.

Para ser un hombre grande y gruñón, Big Paw era la persona más dulce del mundo. Entendía que Holly se hubiera enamorado de él. Detrás de ese exterior grande y mezquino, se escondía el hombre más bondadoso del mundo. Ian había salido a él. Los dos eran como una chuchería ácida, extremadamente agrios, hasta que revelaban su dulzura.

—No lo defraudaré, señor.

Enarcó una ceja.

Me aclaré la garganta.

—Quiero decir, Big Paw. No te defraudaré, Big Paw.

—Bien, lo que me lleva al siguiente tema que quería tratar contigo: tu trabajo en el rancho. ¿Te gusta trabajar aquí?

—Sí. Más de lo que sabría expresar. —Por primera vez en mi vida, sentía que pertenecía a algún lugar. Nunca había tenido tiempo para soñar a lo grande, porque creía que los sueños estaban reservados para las personas que no habían crecido en el mundo que me había tocado, pero trabajar en el rancho lo había cambiado todo. Nunca pensé que sería una chica a la que le encantaría trabajar en un lugar como aquel, pero allí estaba, hablando con los caballos, persiguiendo gallinas y adorando cada segundo.

—Bien, bien. No me andaré con rodeos, tu ética laboral eclipsa a todos los que te han precedido, incluido mi nieto. Das el ciento diez por cien y lo haces con una sonrisa en la cara. También eres la primera en ayudar a los demás. Eso es muy importante para mí. Necesito buenos trabajadores que no tengan miedo de echar una mano cuando hace falta. Por eso te ofrezco un aumento: quiero que ocupes el puesto de encargado de Ian.

Lo miré con ojos desorbitados.

—¿Qué? ¿En serio?

—Sí. Creo que encajas muy bien y muestras grandes habilidades de liderazgo. Si te interesa, podrías seguir ascendiendo por aquí.

—Es un honor, Big Paw, y te prometo que trabajaré más que nunca para demostrarte que no te arrepentirás de tu decisión.

—Me lo creo. Hay una condición.

—¿Cuál?

—Tienes que inscribirte en un programa universitario. Puedes asistir a las clases en el campus local de las afueras del pueblo o apuntarte a un curso en línea, pero, sea como sea, tienes que ir a la universidad, Hazel. Eres mucho más que una chica de pueblo. Sácate una carrera. No te preocupes por los gastos. Holly y yo nos encargaremos. Si administrar un lugar como el rancho sigue interesándote más adelante, te serviría mucho graduarte en una carrera relacionada con los negocios. Quiero que tengas todas las oportunidades que tu madre perdió. Quiero que tengas más.

En ese momento, comprendí que Big Paw se preocupaba por mí de verdad, en el fondo de su alma. También creía en mi futuro, lo que hizo que se me llenaran los ojos de lágrimas. Sin embargo, no lloré, porque sabía que eso lo incomodaría. Llorabas con Holly y te mostrabas fuerte delante de Big Paw. Así funcionaban los abuelos de Ian. Los abuelos de Eres.

Le estreché la mano y me levanté para volver al trabajo. Cuando terminase mi jornada, lo primero que haría sería investigar universidades.

—Gracias de nuevo, Big Paw. Esto me cambiará la vida.

—Eso espero. Eres una buena chica, Hazel. No lo olvides.

Sonreí y me di la vuelta para salir del despacho, con el corazón henchido por el cumplido de Big Paw. Me llamó.

—Espera, un par de cosas más antes de que te vayas.

—¿Sí?

—No dejes de escribirle a tu madre. Las lee. Está convencida de que tu vida es mejor sin ella y sus pecados, pero esas cartas… Creo que la ayudan. Sigue con ellas.

—Lo haré. ¿Qué más?

Frunció el ceño y juntó las manos.

—Mi nieto, Ian, ¿te preocupas por él?

—Sí, señor. Big Paw.

—Hazme un favor e intenta no hacerle daño. Le ha costado años abrirse de nuevo después de que sus padres lo dejaran, y sé que tiene mucho que ver con que tú hayas entrado en su vida. Si has entrado, quédate con él. No creo que soporte otra pérdida.

Le di mi palabra. La verdad era que la idea de que las cosas no funcionaran con Ian, con lo que fuera que fuéramos, me aterraba. Por primera vez en mi vida, sentía que alguien había conseguido ver mis cicatrices y considerarlas hermosas. Cada vez que pensaba en Ian, el corazón me daba volteretas. Nunca haría nada que pusiera en peligro nuestro final feliz.

Cuanto más ocupada estaba en el rancho, menos tiempo tenía para pensar en que Ian ya no me abrazaba por las noches. Seguía durmiendo con sus sudaderas mientras deseaba que fuera su piel la que me rodeaba. Además, me había dejado la camioneta, que me venía muy bien cuando necesitaba conducir para despejarme.

Como prometió, hablábamos todas las mañanas. A pesar de la diferencia horaria de dos horas y de la complicada agenda para grabar de Ian, se las arreglaba para encajar las conversaciones de buenos días y buenas noches.

Nos enviábamos mensajes a diario durante todo el día. Estaba segura de que su vida era un torbellino. El grupo recibía cada vez más atención mediática. Habían lanzado de forma oficial su primer sencillo, que contenía tres de sus canciones, y había sido muy bien recibido.

Solo seguía cinco cuentas en Instagram. Las de cada uno de los chicos y la página principal de The Wreckage. Mentiría si dijera que no refrescaba la aplicación un millón de veces en busca de actualizaciones.

—Así que Rihanna es tan increíble en persona como parece y los rumores son ciertos. Huele de maravilla —exclamó Ian una noche al tiempo que me acurrucaba en la cama. Eran más de las dos de la madrugada, algo más de medianoche para él. Los chicos tenían una agenda de locura de entrevistas en la radio y apariciones en la tele por su nuevo sencillo. Trabajaban hasta altas horas de la madrugada.

Me reí.

—Deberías haberle pedido que me consiguiera una muestra del nuevo delineador de Fenty. Me muero por probarlo.

—Deberías haberme avisado antes. Lo habría hecho.

Solté una risita.

—¿Me repites cómo has conocido a Rihanna?

—Salíamos de un estudio de grabación cuando ella entraba para una reunión. Estoy seguro de que no sabe nada de nosotros, pero nos saludó. Hazel, procésalo. Rihanna nos saludó. Esto es un no parar.

Me tapé la boca para bostezar y aparté el teléfono para ocultar a Ian mi voz somnolienta. Cada vez que me oía bostezar, aceleraba nuestras llamadas.

—Había muchas grupis en la emisora de radio. Vi la foto que subió Marcus.

—Es una locura, ¿verdad? Quién iba a pensar que unos chavales de pueblo recibirían tanta atención. Había cientos de personas gritando nuestros nombres.

—No olvides que yo fui la primera en gritar tu nombre —bromeé.

—Estoy deseando oírte de nuevo. Quiero que lo grites alto para que todo Estados Unidos te oiga.

Sonreí y pensé en que, cuando hicimos el amor, tuve que taparme la boca con una almohada. Entonces, un extraño cosquilleo nervioso se me instaló en el estómago.

—Parece que tenéis muchas fans.

—Sí. Marcus y Eric se están poniendo las botas con la atención. —Se calló unos segundos—. No estás celosa, ¿verdad?

Sabía que no tenía derecho a estarlo. Sabía que no necesitaba ponerme celosa. En todo caso, confiaba en Ian. En quienes no confiaba era en las fans rabiosas a las que no les importaba la vida privada de Ian. Para ellas, era Ian Parker, una estrella del *rock* prometedora que rezumaba atractivo sexual como un río caudaloso. Sin embargo, era mi Ian. El chico de pueblo que se pasaba los días paleando estiércol conmigo y por las noches actuaba en un granero.

—No tienes nada de qué preocuparte, Hazel. Lo digo en serio. Claro que hay muchas chicas por aquí, pero solo pienso en encontrar un hueco en la agenda para volver a tu lado. Nuestro publicista se empeña en que vayamos a tope los próximos meses, porque estamos en alza. Max insiste en que nos comprometamos al cien por cien con la música y solo con la música. Sin distracciones. Ha dicho que si me pilla con el móvil en el estudio una vez más, me lo romperá.

Me mordí el labio inferior.

—No quiero distraerte. Procuraré escribirte menos.

—No. Por favor. Escríbeme siempre que quieras, para contármelo todo. A lo mejor tardo un poco en contestar, pero responderé, Haze. Te lo prometo. Quiero saber de ti. Eres como mi brújula. No quiero perderme en este mundo. Eres mi mapa para volver a casa.

Sonreí ante sus palabras y me llevé la sudadera a la nariz para respirarla. La rociaba con su colonia de vez en cuando. Madre mía. Era adicta.

—Ya que hablamos de ser mi mapa, hoy la gente me ha hecho un montón de cumplidos cursis que se me han subido a la cabeza —dijo—. Así que, en un intento de que no me infle demasiado el ego, te pido que enumeres un puñado de mis defectos.

Me reí.

—Vaya. ¿Estás seguro? Nos llevará toda la noche.

—Dale duro. Arráncalo como una tirita.

—Te tiras pedos mientras duermes —enumeré—. De los malolientes. Es como tener huevos podridos en la cara, peor que las pocilgas, horrible.

—Joder. Vale, no te ha costado nada pensarlo.

—No siempre tiras de la cadena. Pones el papel higiénico al revés como un cavernícola. A veces sales del baño a toda prisa y dudo de que te hayas lavado las manos, y me dan ganas de hacerte una PCM.

—¿Eso qué es? —preguntó.

—Una prueba de comprobación de manos. Ya sabes, cuando alguien sale del baño y le das la mano para ver si están húmedas o frías. También puedes olerlas, para ver si huelen a jabón. Así te aseguras de que estén limpias.

Se rio.

—No me digas que vas por ahí oliendo las manos de la gente.

—Pues no, pero no te asustes si lo hago la próxima vez que salgamos.

—¿De dónde has sacado eso de las PCM?

—Mi madre me lo hacía cuando era pequeña. Estaba obsesionada con que le mintiera sobre lavarme las manos, así que se inventó lo de las PCM para que parara.

Me detuve un segundo. Se me formó un nudo en el estómago y me esforcé por alejar los recuerdos de mi madre. Tenía muy pocos buenos, por lo que cada vez que uno se me venía a la cabeza, me emocionaba en el acto. Por supuesto, quería recordar los buenos momentos con ella, pero pensarlos me hacía echarla aún más de menos.

—¿Cómo está tu madre? —preguntó Ian al percatarse de mi silencio.

—Bueno, ya sabes. Lo mejor que puede. Para mi sorpresa, Garrett me ha mantenido informada. Dará a luz en pocos meses.

—¿Qué sientes al respecto?

«Demasiado. Siento demasiado».

Me acurruqué en un ovillo.

—Roncas como un rinoceronte. Cuando te cortas las uñas de los pies, dejas que los restos vuelen por cualquier sitio, aunque sea en la cocina. ¿He mencionado que cuelgas el papel higiénico al revés?

Se rio.

—Vale, de acuerdo. Es evidente que no quieres hablar de tu madre, pero te equivocas con el papel higiénico.

—No. Lo cuelgas con el papel hacia arriba. Está mal.

—No —argumentó—. Así es más fácil tirar. Fácil acceso.

—Mal, mal, mal. —Bostecé. Se me escapó sin pensarlo y me apresuré a taparme la boca.

—Mierda. Son casi las tres de la mañana allí, ¿no? Vete a dormir, Haze.

—Estoy bien. —Volví a bostezar.

—Mentirosa. Te llamaré por la mañana antes de que vayas al rancho. Que duermas bien. ¿Y Haze?

—¿Sí?

—Roncas como un elefante con un cacahuete atascado en la nariz.

Me reí.

—Buenas noches, Ian.

—Buenas noches.

Colgó y unos minutos más tarde me llegó un mensaje.

Ian: Aquí tienes un poco de material de lectura para la próxima vez que estés sentada en el baño.

Después del mensaje, había cinco artículos sobre cómo se supone que uno debe colgar el papel higiénico, hacia arriba o hacia abajo.

Hazel: También puedo encontrarte un artículo en internet que diga que Pie Grande es real, si te interesa. Y la verdad sobre Papá Noel.

Ian: Pie Grande es real. Igual que Papá Noel. Deberías empezar a creer todo lo que lees en internet. Por ejemplo, ahora mismo hay un artículo que dice que tengo un pene enorme. Créetelo, Hazel.

«Descuida, Ian. Tengo pruebas más que suficientes sobre el tema».

Hazel: Lo enorme está en el ojo del que mira.

Ian: Te invito a que lo contemples con tus propios ojos.

Sonreí.

Hazel: Vete a dormir, bicho raro.

Ian: ¿Haze?

Hazel: ¿Sí?

Ian: ¿Sabes lo que estoy pensando ahora mismo?

Hazel: Sí. Yo también.

Ian: Bien. Buenas noches.

Conocía sus pensamientos, aunque nunca lo había dicho con palabras.

«Yo también te quiero, Ian Parker».

Antes de dormirme, abrí Spotify y puse las canciones de The Wreckage en repetición para ayudarme a conciliar el sueño. Aunque no sabía cuándo vería a Ian, ya contaba los días que faltaban para el reencuentro. Al igual que cualquier otra chica del mundo, fingía que las canciones de amor estaban escritas para mí.

A la mañana siguiente, me desperté con un mensaje en el móvil. Me apresuré a contestar, pensando que sería Ian, pero no lo era. El nombre de Garrett apareció en la pantalla.

> Garrett: El bebé ha nacido antes. Está en Cuidados Intensivos. No tiene buena pinta.

Me levanté; la mente me iba a toda velocidad. El pecho me subía y bajaba mientras me ponía algo de ropa y salía de la habitación. Respondí a Garrett.

> Hazel: ¿Qué hospital?
> Garrett: El Saint Luke. A unas tres horas de la ciudad.
> Hazel: ¿Estáis tu madre y tú allí?
> Garrett: No. No había dinero para gasolina esta semana.
> Hazel: Voy para allá.
> Garrett: Seguramente no te dejen verla.
> Hazel: Es mi hermana. Voy para allá.
> Garrett: Pensé que querrías saberlo. No vamos a acoger a la niña.

¿Qué?

Hazel: ¿Qué quieres decir? ¿Por qué no?
Garrett: Tu madre se ha decantado por darla en adopción.

No.

Leí las palabras varias veces, como si con suficiente fuerza de voluntad pudiera cambiarlas.

Salí corriendo a casa de Big Paw, donde Holly y él estaban tomándose el café del desayuno mientras se peleaban por un crucigrama.

—Eh... Veréis... Mi madre... Yo...

Joder. No conseguía pronunciar ni una palabra sin que salieran revueltas y desordenadas.

—Más despacio, cielo. ¿Qué ocurre? —preguntó Holly.

—Mi madre ha tenido el bebé, pero está en Cuidados Intensivos. El hospital está a tres horas de distancia y tengo que ir. —Me clavé las uñas en las palmas de las manos—. Creo que estoy demasiado nerviosa para ir sola.

Big Paw se levantó de la mesa y refunfuñó un poco mientras recogía la gorra de camionero y se la colocaba en la cabeza.

—Muy bien, vamos.

Holly se levantó y fue a la nevera.

—Prepararé algo de comer y nos pondremos en marcha. —Sacó unas cuantas piezas de fruta y unos sándwiches de desayuno que había preparado unos días antes. Luego se acercó a mí y me dedicó una gran sonrisa—. No te preocupes, Hazel. Todo saldrá bien.

—¿Cómo lo sabes? ¿Cómo puedes decir que todo irá bien? Está en la Unidad de Cuidados Intensivos Neonatales. No sé mucho al respecto, pero sé que no es bueno. Además, si mi madre no está con ella... Está sola. Sola. Y eso me rompe el corazón.

—Sí. Sé que parece demasiado, pero, por el momento, estoy convencida de que hay un montón de médicos cuidándola. Habrá enfermeras que se aseguran de que está bien y vigilan cada uno de sus movimientos. No está sola, y su hermana también estará allí muy pronto. Así que todo irá bien. No pierdas la fe.

No dije nada más a Holly, pero me costaba creer en su fe cuando pensaba en el mundo que me había tocado. Condujimos en silencio, sin nada más que la radio deportiva de fondo. De vez en cuando, Big Paw murmuraba algo a los presentadores de los programas de entrevistas, como si fueran a oír sus quejas sobre las malas jugadas de béisbol de la noche anterior.

Holly iba en el asiento del copiloto y tejía algo en lo que llevaba un tiempo trabajando; yo iba en silencio en la parte de atrás mientras me hurgaba las uñas. Ian me había enviado varios mensajes, pero no había encontrado fuerzas para responder. Tenía la cabeza demasiado ocupada en pensar de forma obsesiva.

¿Cómo podía pensar mi madre que dar a mi hermana en adopción era la respuesta correcta? Sabía que mi situación actual no era perfecta, pero no imaginaba cómo sería tener una hermana por ahí que no formaba parte de mi vida. Debía luchar para que siguiera en mi vida de alguna manera.

Cuando llegamos al hospital, por la gracia de Dios, nos permitieron ver a mi hermanita. Todavía no tenía nombre y estaba conectada a un millón de máquinas. Diminutos tubos le salían del cuerpo y su respiración era agitada mientras el pecho le subía y le bajaba.

—Es una luchadora —comentó una enfermera cuando estábamos cerca—. Ha pasado por lo suyo, pero está luchando como un demonio para volver.

—Es muy pequeña —susurré sin dejar de mirar a la recién nacida. Era preciosa. Incluso con todos los tubos y el ruido molesto de las máquinas, sabía que era muy bonita.

Me pregunté si también habría nacido con los ojos de color avellana. Me pregunté si sabía que ya no estaba sola.

—Enfermera, ¿le parece bien si salimos y hablamos? —preguntó Big Paw, con la voz pesada y profunda.

—Por supuesto.

Los dos salieron de la habitación y dejaron a Holly conmigo. Me puso las manos en los hombros y sintió cómo me temblaba el cuerpo.

—No pueden darla en adopción —dije—. No pueden. Es lo único que me queda. La única familia que tengo, Holly. He perdido mucho, no quiero perderla a ella también. No quiero perder a mi hermana.

—Tranquila, cariño. Todo irá bien.

Quería que dejara de decir eso. La realidad distaba mucho de estar bien. Todo era un desastre y no veía cómo ninguno de aquellos problemas se solucionaría con pensamientos positivos.

Nos sentamos en la habitación con el bebé mientras Big Paw hablaba fuera con la enfermera. No dejaba de temblar y Holly me abrazó. El teléfono me sonó un par de veces más mientras esperábamos.

Ian: ¿Todo bien?
Ian: No es normal que desaparezcas así.

Leí sus palabras una y otra vez antes de levantarme.

—Ahora vuelvo, Holly.

—Tómate tu tiempo, cariño. Y dile que lo quiero —dijo, sabiendo que llamaría a Ian.

Encontré una escalera y me quedé allí con el móvil en la mano. Marqué el número y la tranquilidad se apoderó de mí al oír su voz.

—Hola, Haze. ¿Qué pasa?

Capítulo 25

Ian

—El bebé ha nacido y está en la Unidad de Cuidados Intensivos Neonatales. Está regular, pero las enfermeras no pierden la esperanza —dijo Hazel, con la voz baja y contenida.

—¿Cómo te encuentras?

Por el sonido de su voz, comprendí que mal. Tenía sentido que no me hubiera escrito en toda la mañana, porque su mundo se había derrumbado. De pronto, tenía una hermana pequeña que luchaba por su vida.

—No lo sé. Mi madre quiere dar al bebé en adopción en vez de que Garrett y su madre la cuiden. Eso me rompe el corazón. Sé que suena estúpido, pero siento que la niña es la única familia que tengo, y ahora es posible que otra persona se la lleve.

—No le des más vueltas. Concéntrate en la recuperación del bebé. ¿De acuerdo?

Moqueó un poco.

—Sí, de acuerdo.

—¿Cómo se llama?

—Todavía no tiene nombre.

—Vale, entonces háblame de ella. ¿Cómo es? Cuéntame lo bueno, Haze. En cualquier historia hay algo bueno.

—Tiene la cabeza llena de pelo —dijo. Noté que la energía de su voz cambiaba un poco mientras buscaba en esa parte de la historia.

—¿Sí?

213

—Sí. Es negro como la noche. Y grueso. Mi madre siempre decía que había sido un bebé calvo y que no me salió pelo hasta los dos años. Pero a mi hermana le sobra.

—¿Qué más?

—La enfermera ha dicho que sus constantes están mejorando. Con todo lo que hizo mi madre antes de quedarse embarazada, me sorprende que no tenga más problemas. Es una luchadora.

—Eso lo ha heredado de su hermana mayor.

Se rio un poco antes de ponerse sombría.

—¿Qué hago, Ian? ¿Y si se la llevan?

—Oye, venga. Todo irá bien.

—Ahora mismo te pareces mucho a tu abuela.

—Llevo más de veinte años con ella y todavía no se ha equivocado. Ten un poco de fe. No te hace falta mucha, solo la justa para aguantar hasta mañana.

—Ian, ¿qué narices? Te necesitamos dentro —protestó Max, que irrumpió fuera del estudio y me encontró sentado en la acera hablando con Hazel.

Mierda.

—Dijiste que ibas al baño y te encuentro aquí fuera con el puñetero teléfono.

Mierda, mierda, mierda.

—¿Haze? Tengo que colgar. Hablamos más tarde, ¿vale?

—Vale. Hablamos más tarde.

Colgué y me volví hacia el puñetero Max Rider, que estaba hecho una furia detrás de mí.

—Lo siento —me disculpé.

—Creo que no entiendes la oportunidad que se te ha brindado, Ian. Millones de personas matarían por estar en este estudio y tú te dedicas a perder el tiempo y el dinero de todos, solo porque tenías que hablar por teléfono con una chica.

—No es una chica cualquiera —discrepé—. Y me necesita.

Max me miró de arriba abajo.

—Venga ya, hombre. Tu vida está a punto de cambiar para siempre, ¿y lo arriesgas todo por un romance? Despierta. Hay tres compañeros que te esperan dentro para que le dediques a esto el mismo respeto que ellos. ¿Eres el líder del grupo o no?

Hice una mueca.

—Sí.

—Pues deja de portarte como un crío, madura y lidéralos. La gente no bromea cuando dice que esta es una oportunidad única en la vida. No la eches a perder por una chica de pueblo.

Cerraba las manos en puños cada vez que Max hablaba de Hazel como si no fuera más que una parte de mi pasado mientras yo trataba de averiguar cómo llevarla a mi futuro. Sin embargo, no discutí con él, porque en el fondo sabía que tenía razón. A The Wreckage se le había brindado una oportunidad con la que millones de personas soñaban, y Eric, James y Marcus contaban con que estuviera presente y me entregara al cien por cien, de la misma manera que habían hecho ellos.

—Lo siento, Max. Lo prometo, estoy comprometido.

Entrecerró los ojos y me miró, como si no estuviera del todo convencido, pero claudicó.

—Muy bien. A trabajar, entonces.

Extendió la mano hacia mí.

—¿Qué?

—No te hagas el tonto. Dame el teléfono. Estarás incomunicado durante los días de grabación.

No volvimos al apartamento hasta pasada la medianoche. Estaba seguro de que Hazel ya estaría dormida. Cuando Max me devolvió el móvil, tenía una docena de mensajes suyos. Se disculpó varias veces por haberme causado problemas y haberme robado tiempo al llamarme. Me informó de que su hermana estaba un poco mejor, aunque la seguían vigilando. También me hizo una confesión.

Hazel: Confesión. Me gustaría que estuvieras aquí. Sé que es egoísta, pero lo deseo, Ian. Desearía que estuvieras aquí para abrazarme esta noche.

215

Le respondí y traté de alejar el sentimiento de culpa que me invadía por no haber estado a su lado.

Ian: Es tarde y supongo que estarás dormida. Al menos, espero que lo estés. Pero quería decirte que te quiero, Hazel. No quería decírtelo por mensaje. Quería esperar hasta que estuviéramos cara a cara de nuevo, pero la vida se las arregla para mantenerte alejado de los lugares en los que más desearías estar. Así que necesito que sepas que te quiero. Sé que tu mundo está patas arriba en este momento y desearía llevarme las partes difíciles y cargarlas en mi espalda. Ojalá pudiera abrazarte y besarte. Ojalá pudiera decirte que te quiero y borrar así tus preocupaciones. Por ahora, lo único que tengo son estos mensajes. Te quiero, Hazel Stone. Todo irá bien.

Tras pulsar el botón de enviar, me sorprendí al oír el teléfono. El nombre de Hazel apareció en la pantalla y contesté de inmediato.

—Deberías estar durmiendo —dije mientras me tumbaba en la cama.

—Tú también —rebatió—. Pero después de leer tu mensaje, sabía que tenía que hablar contigo. Tenía que oírte decirlo. Quizá no en persona, pero al menos de tus labios. Así que, por favor…

Sonaba agotada, como si ya estuviera dormida y me hablara en sueños.

—Te quiero —susurré—. Te quiero, te quiero, te quiero.

Suspiró con suavidad, pero tenía el teléfono pegado al oído cuando respondió y dijo esas palabras.

—Yo también te quiero.

—¿Por qué pareces triste por ello?

—Porque he vivido lo suficiente como para saber que a veces el amor no basta. Por eso no quería que esto empezara desde un principio. Tenía miedo de cruzar esa línea contigo. Tu vida está cambiando muy rápido, Ian, y a los chicos y a ti os están pasando cosas increíbles. Has trabajado muy duro para llegar donde estás y queda mucho por venir. Todo avanza a una velocidad vertiginosa y me siento muy feliz por ti, pero no formo parte de ese mundo. Ahora mismo, mi vida va hacia atrás, no hacia delante. En todo caso, estoy congelada en el tiempo. Estamos en líneas de tiempo diferentes y no quiero que ralentices la tuya para dejarme entrar.

Me removí en la cama.

—Estás agobiada y cansada.

—¿Te has metido en problemas por hablar conmigo hoy? —preguntó.

—Haze...

Tomó aire.

—Tal vez tengas razón. Tal vez estoy cansada. Ha sido un día largo y debería dormir un poco.

—Sí, vale. Te llamaré por la mañana.

—No pasa nada —dijo—. No es necesario.

—Te llamaré por la mañana —repetí—. Te quiero.

Soltó una exhalación.

—Yo también te quiero.

Hasta ese momento, nunca había imaginado que querer a alguien pudiera ser tan triste.

Capítulo 26

Hazel

—La quiero —dije con decisión a Big Paw y a Holly mientras me paseaba de un lado a otro por la sala de espera del hospital. Era el tercer día que pasábamos allí, y mi hermana se recuperaba a pasos agigantados de todo aquel trauma.

Los abuelos de Ian se sentaron en las sillas metálicas del hospital con las manos juntas y muecas en la cara.

—No es tan fácil, Hazel —dijo Holly y negó con la cabeza—. Hay reglas y procedimientos…

—A la mierda las reglas y los procedimientos. La quiero. Quiero a mi hermana. Puedo cuidarla; lo sé. Haced lo mismo que hicisteis por mi madre y por los demás niños de acogida. O al menos ayudadme a acogerla. Me encargaré de todo, lo prometo.

—No es tan fácil. —Big Paw repitió las palabras de Holly, y eso me enfureció.

—Sí, lo es.

—Esta situación es diferente. Se trata de un bebé recién nacido, Hazel. Una niña a la que la madre quiere renunciar.

—No lo haría si supiera que la quiero. Querría que estuviéramos juntas. No querría separar a sus hijas.

—Hazel… —empezó Holly, pero la interrumpí.

—No. —Me levanté y me abracé a mí misma—. No. Lo prometiste. Juraste que todo iría bien y que las cosas se arreglarían, alguna manera habrá. Tiene que haber alguna forma de que esa niña se quede conmigo. Es mi única familia. Te pagaré si me pones en contacto con la gente adecuada.

—Sabes muy bien que no se trata de dinero, niña —ladró Big Paw, como si le molestara hasta la médula que asumiera tal cosa. Pero ¿cómo evitarlo? Mi mente divagaba y la desesperación me tragaba por completo.

—¿Entonces qué? —grité.

—Tú —respondió y me señaló. Se levantó de la silla y empezó a pasear—. Tú y tu futuro, Hazel. Tienes todo por delante. —Chasqueó los dedos—. Al alcance de la mano, y no permitiré que lo tires por la borda. Has trabajado muy duro para evitar una vida como esta. Criar a una niña cuando tú misma lo eres todavía. Te has pasado la vida cuidando de los demás, de tu madre. En realidad, nunca has tenido la oportunidad de ser una niña. Así que me niego. No te robaré la pequeña oportunidad que tienes de vivir. He visto lo que pasa cuando alguien tan joven se ve obligado a criar a un niño antes de estar preparado. He visto a mi propia hija derrumbarse hasta destruir cualquier posibilidad de futuro. Te prohíbo que esa sea tu historia. Te prohíbo que eches por la borda tu oportunidad de vivir. —Tenía lágrimas en los ojos, y las palabras se le quebraban al salir de la boca.

Nunca había visto a Big Paw emocionarse así y sabía que las palabras nacían de lo más profundo de su alma.

Sollozó un poco y me quedé de pie, atónita, mientras miraba al gigante que se había esforzado como nadie para mantenerse fuerte.

—Big Paw —dije en voz baja y negué con la cabeza—. Con el debido respeto, no soy tu hija. No asumiría el papel de madre para huir después. No os abandonaría ni a vosotros ni a mi hermana. Estaría aquí, comprometida al cien por cien. Encontrar mi camino es importante y me esforzaré en ello, lo juro. Pero hay una cosa que siempre he querido.

—¿El qué?

—Una familia.

Holly frunció el ceño.

—Pero, cariño, eres muy joven.

—Por edad, no por experiencia. Por favor, os lo pido a los dos. Ayudadme a resolver esto de alguna manera. Ayudadme al menos a saber si es una posibilidad. Si no, me pasaré el resto de mi vida pensando que no hice todo lo que estaba en mi mano para conservar el pedacito de familia que me quedaba.

Permanecieron callados un momento, mirándose el uno al otro. Se comunicaban de una forma increíble sin mediar palabra. Big Paw se llevó el puño a la boca y Holly se frotó la mejilla con la palma de la mano.

—No prometo nada —refunfuñó Big Paw cuando por fin se volvió hacia mí—. Nunca he pasado por algo así y sé que tendremos que superar muchos obstáculos.

—De acuerdo —respondí con entusiasmo y me tragué la escasa emoción de que aceptasen mi petición. Haría cualquier cosa para conseguirlo. Saltaría todos los obstáculos y pasaría por todos los aros si así conseguía una oportunidad de criar a mi hermana.

—Aún tienes que investigar lo de la universidad, porque, pase lo que pase, te sacarás una carrera.

—Asistiré a clases en línea —prometí—. Haré lo que sea necesario. Lo juro, Big Paw.

Frunció el ceño, pero supe que en realidad me dejaría decidirlo todo.

—Las mujeres acabarán conmigo —murmuró.

Me abalancé sobre él, lo abracé y me agarré con tanta fuerza que debí de sacarle todo el aire de los pulmones.

—Gracias.

—No me las des. Todavía no he hecho nada.

—Aun así, gracias. Por todo.

Me dedicó una media sonrisa; era la primera vez que veía a sus labios esbozar un gesto así para alguien que no fuera Holly.

—Si, por la gracia de Dios, lo logramos, me niego a cambiar un solo pañal.

—Ay, Harry. Cambiarás todo lo que te digamos —dijo Holly.

Big Paw refunfuñó un poco más, porque sabía que tenía razón. Volvió a sentarse y señaló hacia el pasillo.

—¿Por qué no compruebas cómo está tu hermana? Iremos en un momento.

Obedecí y desaparecí por el pasillo. Antes de entrar en Cuidados Intensivos, me lavé bien las manos. Habían trasladado a mi hermana a un nuevo espacio. No estaba conectada a tantas máquinas y había agujeros en la incubadora por los que se podían meter las manos.

Cuando terminé de lavarme, me acerqué a ella y le sonreí mientras dormía. Era pequeña pero fuerte. Una luchadora.

Metí la mano en la incubadora y le coloqué el dedo en la palma para que lo agarrara. Tenía los deditos fríos y me esforcé en calentarlos. Lloré un poco mientras se contoneaba y emitía algunos sonidos silenciosos. Muchos bebés de Cuidados Intensivos lloran durante horas, pero mi hermana no. Apenas hacía ruido. Si no lo supiera, tal vez no me habría dado cuenta de que había un bebé delante de mí.

—Hola, mi amor —susurré, y miré al angelito—. Sé que no me conoces, pero lo harás pronto. Soy tu hermana mayor. Cuidaré de ti de ahora en adelante. Quizá no es lo que esperabas. Yo tampoco me veía así, pero la vida es impredecible y a veces cambia sin nuestro permiso. Por eso tenemos que seguir juntas, ¿de acuerdo? Porque cuando la vida cambia, es más fácil si tienes a alguien a quien aferrarte, así que agárrate a mí, hermanita. Yo te sujeto. —Tal vez fuera mi imaginación, pero sentí que me apretó un poco el dedo. Mientras me aferraba a su manita, finalmente abrió los ojos para mí. Llevaba días esperando a que me enseñara su mirada.

Sus preciosísimos ojos de color avellana.

—Es muy guapa, como su hermana —comentó una voz que hizo que me tensara y sacara la mano de la incubadora. La voz era profunda, rasgada y mía.

Me quedé boquiabierta y me llevé una mano al pecho mientras me daba la vuelta para mirar a Ian. Tenía ojeras y el pelo alborotado, como si no se hubiera cepillado en días. Estaba relajado y los ojos le brillaban al mirarme con las manos en los bolsillos de los tejanos y una pequeña sonrisa en los labios.

Una sensación de pesadez se apoderó de mi estómago mientras los latidos del corazón se me aceleraban.

—¿Qué haces aquí?

—Venga, Haze —dijo con suavidad, y se acercó. Me rodeó con los brazos y me abrazó—. Creo que conoces la respuesta.

Me derretí en sus brazos como un cubito de hielo al sol. Le apoyé las manos en el pecho y recé por no estar soñando.

—¿De verdad estás aquí? —pregunté.

—De verdad estoy aquí. —Me besó en la frente y me enamoré todavía más—. Siento llegar tarde.

—Pero ¿cómo? Creía que tenías la agenda a rebosar durante una buena temporada.

—Encontré un poco de margen de maniobra.

—Ian… —Me desinflé al pensar que me había elegido por encima de la música. Era lo que más me preocupaba, que se distrajera de sus sueños porque yo le nublaba la vista.

—Calla, Haze. Todo bien. Confía en mí. Lo he resuelto. Teníamos un día libre y tomé un vuelo para volver a casa. Me iré esta noche en un vuelo nocturno, pero no soportaba abandonarte cuando más me necesitabas.

—¿Has venido solo para unas horas? —pregunté—. Estarás agotado.

—Sí, pero vale la pena. Ahora ven. Preséntame a tu hermana. —Caminó hacia ella, pero me interpuse como una mamá oso sobreprotectora.

—¡Espera! Tienes que lavarte las manos antes de tocarla.

Sonrió y levantó las manos en el aire.

—Ya lo he hecho. La enfermera me ha avisado antes de entrar. Adelante, hazme una PCM.

Me acerqué a sus manos y las olfateé; olí el jabón del hospital en su piel. Sonreí.

—Vale, adelante.

Nos colocamos cada uno a un lado de la incubadora y metimos las manos dentro. Ian le tomó la manita izquierda y yo la derecha. Casi parecía que la niña también sonreía. Sí, sabía que quizá no era una sonrisa, más bien tendría gases o algo así, pero sus labios estaban curvados hacia arriba, y eso me alegró. Estaba en paz después de unos días poco pacíficos.

—Quiero gritarte por estar aquí, pero también quiero besarte por estar aquí —susurré a Ian en la habitación del hotel. Big Paw, Holly y yo nos habíamos alojado allí durante los últimos días para estar cerca del hospital en caso de que algo se torciera. Estaban en su habitación investigando mientras yo disfrutaba de cada segundo con su nieto.

Se iría en unas dos horas y lo único que quería era envolverme en él y no soltarlo.

—Elige la opción de los besos. Es la mejor.

Sonreí y él me siguió.

—Lo echaba de menos, Haze. He echado de menos tu sonrisa. Sinceramente, me asusté cuando hablamos la otra noche. Sobre cómo mi vida avanzaba y la tuya estaba congelada. Parecía que estuvieras llena de dudas y me asusté mucho.

—Lo sé y lo siento. Si te soy sincera, todavía me siento así. Con todo lo que está pasando con mi hermana, mi vida se pondrá patas arriba si no agarro al toro por los cuernos. Sé que no es para lo que te has apuntado, Ian, y no quiero que afecte a tu carrera. Ahora no puedes frenar. Necesitas despegar.

—Al menos, dame una oportunidad para demostrar que es posible, ¿de acuerdo? No renuncies a nosotros demasiado pronto, Hazel.

Las mariposas de mi estómago se arremolinaron cuando juntó las manos con las mías.

—No estoy huyendo, Ian. Te prometo que sigo aquí. Tan solo soy prudente y realista.

—Pues deja de hacerlo. —Se rio y me besó las manos—. Sueña un poco conmigo durante un rato.

Casi se lo discuto diciendo que no deberíamos vivir en un mundo de sueños, pero en unas pocas horas se marcharía de nuevo y no quería que nos separáramos sin tener claro lo que éramos. Así que lo besé en los labios.

Me devolvió el beso y arqueó una ceja.

—Entonces, sobre lo de gritar mi nombre… —comentó con una sonrisa socarrona.

—De acuerdo. —Me reí—. Quítate la ropa.

Esa noche hicimos el amor en la habitación del hotel y, durante esas pocas horas, me permití soñar con un mundo en el que él era él y yo era yo, y eso era más que suficiente.

Al día siguiente, Big Paw, Holly y yo volvimos a Eres. Aunque me sentía fatal por dejar a mi hermana, teníamos que recopilar más información. Big Paw me dijo que nos iría mejor si conseguíamos que Charlie aceptara cederme la custodia, pero me parecía una posibilidad muy remota. Charlie jamás accedería a esa idea. Aunque seguía encerrado, sabía que lo último que querría sería darle nada suyo a la chica responsable de su situación.

Aun así, probaría todas las vías que se me ocurrieran antes de rendirme.

Al volver a casa aquella tarde, la radio puso una canción de The Wreckage, y los tres alucinamos de emoción.

—Que me parta un rayo —exclamó Big Paw y se dio una palmada en la pierna—. Ian está haciendo algo muy grande, ¿eh?

—Pues claro que sí. —Holly sonrió de oreja a oreja.

Big Paw subió el volumen de la música y canté todas las letras de la canción como si las palabras estuvieran tatuadas en mi mente. Oír su voz en la radio me provocó una extraña sensación de esperanza de que tal vez Ian y Holly tenían razón. Quizá, al final, todo se resolvería; todo iría bien. Si parecía que las cosas no funcionaban, entonces todavía no habíamos llegado al final. Había tenido suficiente fe para pasar el día anterior y tendría la necesaria para pasar el día siguiente.

El juego consistía en tener paciencia, y tenía todos los planes posibles para ser la mejor jugadora.

Capítulo 27

Hazel

Hazel: Confesión. No dejo de escuchar tus canciones en bucle.

Ian: Confesión. Cada vez que canto una canción de amor, la canto para ti.

Trabajaba codo con codo con Big Paw y Holly para averiguar cómo llevarnos a la niña a casa con nosotros. Por suerte, muchas leyes estipulaban que era preferible que un niño quedara al cuidado de un miembro de la familia y, dado que era mi hermana pequeña, eso nos daba un poco de esperanza.

Aun así, necesitábamos conseguir más información de personas que ya no tenían ganas de tenerme en sus vidas.

La mirada de Garrett me indicaba que estaba cansado de mis preguntas, pero no sabía a quién más acudir para sacar información sobre Charlie. Sabía que seguía en contacto con él y tenía que encontrar la manera de que accediera a que me quedase con la niña.

—Escucha, Hazel, ya te he dado más de lo que merecías y empiezo a cansarme de que aparezcas por aquí con exigencias. —El aliento le olía a *whisky* y tenía los ojos enrojecidos. Claramente, estaba borracho, por cómo se tambaleaba de un lado a otro, y era evidente que se había metido algo. Cuanto más cambiaban algunas cosas, otras seguían igual.

—No es una exigencia, Garrett; es una petición. Quiero que convenzas a Charlie para quedarme con mi hermana. No soporto la idea de que crezca con unos desconocidos cuando tiene a su familia aquí mismo.

—No tienes nada que ofrecerle a esa niña. Sin embargo, unos padres adoptivos podrían darle una vida mejor. Estás siendo egoísta.

—Tal vez, pero no sería solo yo. Big Paw y Holly me ayudarán. Tenemos a toda la familia dispuesta a respaldar a la niña.

—Déjalo estar, Hazel. Para —murmuró y se dio la vuelta para meterse en casa.

Levanté la mano para agarrarlo por el brazo.

—Garrett, espera. Por favor. No lo entiendo. Sé que me odias por un montón de razones y lo entiendo, pero también sé que me conoces. Sabes lo importante que es la familia para mí. Si pudieras hablar a Charlie…

—No serviría de nada —espetó.

—Tal vez sí.

—Créeme, no lo haría. Charlie no hará nada por la niña.

Entrecerré los ojos.

—Pues claro que sí. Como padre…

—¡Joder, Hazel! Interpreta las pistas, ¿quieres? —Di un paso hacia atrás, pasmada por cómo había saltado—. No es su hija, ¿vale? Déjalo ya. Deja que la niña se vaya. Para de una maldita vez.

El estómago se me revolvió con una fuerte sensación de miedo.

—¿Qué acabas de decir?

—He dicho que lo dejes.

—No. —Hice una pausa y me pasé las manos por el pelo—. Has dicho que Charlie no es el padre.

Frunció el ceño y se pasó el pulgar por la nariz.

—¿Qué? No, no he dicho eso. —La arruga en la frente era un reflejo de su perplejidad.

—Sí, lo has dicho. Has dicho que Charlie no es el padre.

—Mierda —murmuró y se frotó la cara con las manos—. Mira, Haze, tienes que irte.

Trató de cerrar la puerta, pero metí el pie dentro.

—Garrett —supliqué—. Por favor.

Suspiró y lanzó las manos al aire.

—No te hará ninguna gracia.

—Me da igual. Solo quiero saber qué pasa.

Refunfuñó y metió las manos en los bolsillos mientras se apoyaba en el marco de la puerta.

—Charlie no puede tener hijos. Se operó hace años para evitarlo. Dijo que era imposible dirigir el negocio con un montón de niñatos de mierda correteando por ahí. Decía que tú eras un dolor de cabeza más que suficiente.

¿Qué?

—Entonces, ¿quién es el padre?

Frunció el labio inferior y negó con la cabeza.

—Hazel, entiendo que lo preguntes, pero…

—Dímelo.

Agachó la cabeza y murmuró:

—Soy yo. —Las palabras le dieron un vuelco a toda la situación—. ¿Por qué crees que me he preocupado tanto por saber cómo estaba tu madre estos últimos meses?

Se me encogió el pecho cuando me quedé sin aire y retrocedí unos pasos a trompicones.

—¿Qué?

—No pretendía que pasara, ¿vale? Una noche, tu madre y yo nos colocamos juntos. Tú estabas en la biblioteca estudiando o no sé qué mierda, y una cosa llevó a la otra. Y así… —Se interrumpió y, para ser sincera, fui incapaz de seguir el hilo de los pensamientos que se me pasaban por la mente. Era lo último que esperaba oír.

Mi madre se había acostado con mi exnovio.

Era lo más perturbador del mundo. Pero había un lado positivo en todo aquel lío. Charlie no era el padre. No hacía falta su aprobación para quedarme a mi hermana. Necesitaba la de Garrett.

Aunque la rabia me recorría el alma y tenía ganas de darle un puñetazo en la mandíbula, mantuve la compostura, porque todavía necesitaba su ayuda.

—¿No quieres quedarte con la niña? —pregunté con los dientes apretados.

—Joder, Hazel. En mi vida no hay espacio para un bebé. Mi madre quería que me la quedara, por eso de la responsabilidad, pero tu madre y yo decidimos que lo verdaderamente responsable sería darle a la cría una oportunidad real.

—Conmigo —añadí, y me llevé la mano al pecho—. Podría tener una vida de verdad conmigo, Garrett. No solo la quiero, la necesito. Es mi familia.

Bajó la cabeza y dio una patada al aire. Sabía que estaba borracho y drogado, pero alguna parte de él entendería que yo era la opción correcta.

—No me drogo. Apenas bebo y dejaré de hacerlo por completo. He cuidado a mi madre toda la vida. He cuidado de ti cuando tú no podías, Garrett. Siempre he estado ahí para ti, incluso cuando no debía, porque es lo que hago. Cuido de lo que quiero. Siempre cuidaré de ella.

Se pasó la mano por debajo de la nariz y se encogió de hombros.

—¿De verdad quieres esto?

—Sí, lo quiero.

El sol le dio en la cara y entrecerró un ojo.

—¿Y no me odias por lo que hice?

—Claro que te odio, pero no se trata de ti ni de mí. Se trata de ella y no dejaré que mis sentimientos me impidan cuidarla.

Expulsó una nube de humo y asintió.

—Vale. Como sea. Dime lo que tengo que hacer.

No sabía que se me podía romper y reparar el corazón con solo unas palabras.

—Tendrás que hacerte una prueba de ADN y habrá que ponerlo todo por escrito.

—Claro, lo que sea. Tú dime qué hacer y cuándo.

Asentí y le di las gracias. Cuando empecé a alejarme, Garrett me llamó.

Parecía agotado, igual que muchas personas con las que habíamos crecido. Tenía el pelo ralo, los dientes amarillentos y se dirigía hacia esa vida que yo nunca había querido para nosotros. Aparentaba más años de los que tenía y, por un instante, me sentí mal por él.

Durante mucho tiempo, solo quise salvar a Garrett de su propia destrucción, pero muy pronto aprendí que no se podía rescatar a alguien que no se dejaba. Lo único que podía hacer era dejar la luz del porche encendida con la esperanza de que se salvara por sí mismo y encontrara el camino a casa.

—Rosie —dijo y se apartó el pelo grasiento de la cara—. Mi abuela se llamaba Rosie.

Asentí una vez al entender a qué se refería.

—Gracias, Garrett. Cuídate.

No me dijo nada más; me dirigí a la camioneta de Ian y conduje a casa.

A casa, al lugar que pronto sería el hogar de mi hermanita.

La pequeña Rosie.

Tras rellenar todo el papeleo y reunirnos con un puñado de trabajadores sociales, nos llevamos a Rosie a casa. Todavía quedaba mucho por hacer en los tribunales. Muchos obstáculos que superar, muchas fechas y procedimientos judiciales que tendríamos que tachar de la lista más adelante, pero, por el momento, Rosie estaba en casa con nosotros.

La cuna estaba en mi habitación y, aunque no había llorado mucho en el hospital, la niña descubrió que tenía pulmones en cuanto llegó a su nuevo hogar. Los primeros días y noches fueron casi insoportables. Había hecho todo lo posible por prepararme para criar a una recién nacida con diecinueve años, pero, en realidad, era imposible prepararse para tener hijos.

Aunque me hubiera leído todos los libros sobre bebés del planeta, aunque asistiera a todas las clases preparto del mundo, no habría importado. Criar a un hijo era un proceso que había que aprender paso a paso. Era abrumador y a veces terminaba sentada en el baño solo para descansar cinco minutos mientras se me caían las lágrimas.

Me sentía culpable cuando lloraba. Tal vez Garrett tuviera razón. Quizá era egoísta al quedarme con Rosie. Tal vez habría estado mejor con otra familia, pero la necesitaba. Quizá más de lo que ella me necesitaba a mí.

Todos los días hacía algo que iluminaba mi mundo. Sonreír, reírse, dormir. Me encantaba verla dormir mientras el pechito le subía y bajaba en un patrón tranquilizador.

También ayudaba que Big Paw y Holly estuvieran dispuestos a turnarse para cuidar de Rosie. La querían como si fuera su propia nieta. Además, ver a Big Paw sostener a un bebé diminuto en sus gigantescas manos era lo más adorable del mundo.

Me había perdido muchas llamadas con Ian. Por la mañana y por la noche. Cada vez que tenía un segundo para respirar, quedaba noqueada y, el resto del tiempo atendía a Rosie y sus necesidades.

Ian: Te echo de menos. Echo de menos tu voz. Estamos en Nueva York esta semana y solo pienso en lo mucho que desearía estar en Eres contigo.
Hazel: Siento que mi vida sea un desastre.
Ian: Me encantaría ser un desastre contigo.

No lo entendía. No entendía por qué era así de comprensivo y paciente conmigo. The Wreckage había entrado por la puerta grande del mundo del espectáculo y se pasaban el día en el estudio trabajando en el lanzamiento de su álbum para principios del próximo año. Con todo, sacaba tiempo y me llamaba cada mañana y cada noche.

No merecía su amor cuando lo único que yo le ofrecía eran migajas.

Buscaba a Ian en Google más a menudo de lo que debería y leía artículos de noticias sobre el grupo. Leía todo lo que escribían sobre The Wreckage.

Estaba ojeando algunos de esos artículos de noticias, durante una de las tomas de Rosie a las cuatro de la mañana, cuando un titular llamó mi atención. «El nuevo soltero de oro de la música, Ian Parker, disponible y dispuesto a derretir bragas con su voz».

Cerré el artículo a toda prisa, sin querer leer ni una palabra más.

«Disponible y dispuesto a derretir bragas».

Joder. Menuda patada en los genitales.

Intenté calmarme, pero no me ayudaba entrar en Instagram y ver la enorme cantidad de mujeres que aparecían en el encuentro con los chicos. Chicas guapas, altas y delgadas que se abalanzaban sobre Ian Parker.

Sabía que tenía que esforzarme más si quería que nuestra historia en ciernes siguiera creciendo hasta convertirse en todo lo que podía ser. No estaba preparada para dejarlo marchar ni para abandonar lo nuestro. Le demostraría mi compromiso con nuestra relación, sin importar lo complicada y compleja que se hubiera vuelto. Tenía que saber que me involucraría al cien por cien.

Aunque eso significara dormir menos y hacer más llamadas. Estaba haciendo malabares con mi vida. Había muchas piezas en el rompecabezas. Criar a una recién nacida. Buscar universidades en línea. Enamorarme a distancia. Trabajar en el rancho. Cada una de esas cosas me importaba, así que me organicé para hacerlas todas.

Capítulo 28

Ian

Parecía que el grupo y yo llevábamos semanas sin descansar. Cuando llegó noviembre, apenas sabía en qué día y zona horaria estábamos. Además, echaba de menos a Hazel más allá de lo descriptible y odiaba el sentimiento de culpa que me invadía al ver los falsos artículos sobre mi soltería.

—Muy bien, chico de pueblo, aquí tienes —dijo Max y se me acercó con unos papeles en la mano.

Habíamos empezado la semana en Nueva York y ya estábamos de vuelta en Los Ángeles, metidos en el estudio día tras día. Los chicos y yo estábamos agotados. El otoño pasaba volando y apenas teníamos tiempo para disfrutarlo. Todo en nuestras vidas avanzaba tan rápido que parecía un borrón. Estábamos agotados, pero felices. Cansados, pero agradecidos.

—¿Qué es esto? —pregunté.

—Billetes a casa para las vacaciones. Le he pedido a Amy que os despejara la agenda del fin de semana. Os he conseguido billetes de primera clase para volver a Eres. Imaginaba que os vendría bien un poco de tiempo lejos de este mundillo. Es mucho que gestionar. Además, yo también esperaba irme a casa y estar con mi familia. Mi mujer está enfadada porque voy a perderme otro Día de Acción de Gracias. —Metió la mano en el bolsillo y se metió unas pastillas en la boca—. Si supiera que esas vacaciones perdidas son las que pagan las mansiones que tanto le gustan…

Miré los billetes y sentí un nudo en el pecho cuando terminé de procesar las palabras.

—¿En serio? ¿Nos vas a dar un respiro?

—Dado que vuestro sencillo ha llegado a la lista del *Billboard Hot 100,* he pensado en daros unos días libres. Sé que no es mucho, pero…

—No, no. Es más que suficiente. Gracias, Max. No tienes idea de lo mucho que lo necesitamos. Te agradezco todo lo que has hecho por nosotros. Antes de decírselo a los chicos, quiero hacerte una pregunta. Estaba en internet leyendo artículos sobre el grupo…

Negó con la cabeza.

—Primer error de novato. Nunca leas esa mierda. Es tóxica y acabará contigo.

—Ya, pero era una de las entrevistas que hicimos. El titular decía que estaba soltero y algo sobre unas bragas. Nunca he dicho que estuviera soltero, así que no me hizo gracia.

Negó otra vez.

—Seguro que Amy se le dijo a la entrevistadora para aumentar tu atractivo.

Amy se encargaba de que pareciéramos un grupo de malotes mujeriegos. Entendía su trabajo, pero sentía que había cruzado una línea.

—Sin embargo, no quiero dar una idea equivocada. Tengo novia, alguien que me importa de verdad, y no quiero que vea esas cosas cuando ya nos cuesta horrores lidiar con la distancia.

—Claro, por supuesto. Te entiendo. Hablaré con Amy. Pero, por ahora, dile a tu chica que las revistas de cotilleos funcionan con mentiras. Así es el juego y el ciberanzuelo es la manera más fácil de ganar puntos. En fin, haz la maleta.

Hice lo que decía y, por un momento, pensé en llamar a Hazel y contarle que volvía a casa, pero me detuve. Prefería sorprenderla. Me moría de ganas por abrazarla y besarla.

Últimamente se había sentido muy mal por estar agobiada y agotada, pero no pensaría mal de ella por eso. En todo caso, me enamoraría aún más. Tenía mucha dedicación. Se entregaba por completo a los demás. Para mí, era una de sus mejores cualidades. Aunque, al mismo tiempo, desearía que se dedicase a sí misma tanto tiempo como al resto. Se merecía las estrellas y la luna, pero actuaba como si incluso una chispa de luz sobre ella fuera demasiada atención.

Cuando llegué a casa el día antes de Acción de Gracias, Hazel estaba inconsciente en la cama. Llevaba el pelo recogido en un moño y tenía en la camiseta lo que parecía una mancha de vómito de leche, pero no dejaba de ser la visión más preciosa del puñetero mundo.

Rosie estaba en la cuna y me miraba con los ojillos muy abiertos. Se parecía a Hazel con esos ojos tan grandes.

Empezó a alborotarse y, cuando rompió a llorar, me apresuré a tomarla en brazos.

Hazel se despertó alarmada.

—La tengo. La tengo —murmuró mientras se frotaba el sueño de los ojos.

—Está bien. Estamos bien —dije mientras acunaba al bebé, que se había calmado un poco.

Cuando Hazel se dio cuenta de que estaba en su habitación, se le llenaron los ojos de lágrimas. No sabía si eran de felicidad o de cansancio, pero se precipitó hacia mí a toda prisa y me abrazó por detrás mientras sostenía a Rosie.

—Siento que cada vez que vuelves conmigo voy a derrumbarme —susurró en mi cuello y me besó la piel con suavidad.

—Siento que cada vez que vuelvo contigo no querré irme.

Rosie se agitó un poco más en mis brazos y Hazel frunció un poco el ceño.

—Tendrá hambre. Dámela, calentaré un biberón.

—No hace falta. Yo me ocupo. Busca el biberón. Te esperamos aquí.

Dudó como si quisiera discutir, pero en vez de eso murmuró un «gracias» y salió de la habitación. Cuando volvió con el biberón en la mano, me senté con Rosie en la mecedora y encontré un ritmo agradable.

Hazel sonrió.

—Parece cómoda contigo.

—Me gustan los niños. Ayudaba a James y Leah con su hermana cuando nació. Me sale natural.

—Ojalá pudiera decir lo mismo —bromeó—. Intentar calmarla cuando llora es mi nuevo infierno. ¿Quieres que le dé de comer?

—Lo haré yo. —Levanté la mano para pedirle el biberón y, en cuanto se lo acerqué a Rosie, se puso a comer como una campeona. Me parecía una locura que la primera vez que la había visto fuera tan diminuta y estuviera a punto de romperse, mientras que ahora crecía a una velocidad de vértigo, recuperada del todo de su accidentado comienzo en la vida.

Hazel se sentó en el suelo delante de nosotros y nos miró maravillada.

—Quiero preguntarte por qué estás aquí, pero la verdad es que no me importa. Me alegro mucho de que estés en casa.

Sonreí.

—Yo también. Max nos sorprendió con billetes para volver a casa durante unas breves vacaciones. Dijo que era un regalo por haber entrado en la lista de *Billboard*. Por cierto, entramos en la lista de *Billboard*.

Sonrió de oreja a oreja.

—Lo sé. Lo he leído esta mañana. —Levantó el teléfono y me lo enseñó—. Te escribí un mensaje, pero está claro que estaba demasiado aturdida para acordarme de darle a enviar.

—Ja. Tranquila. Tienes motivos para estar agotada.

—Aun así, estoy orgullosa de ti. No quiero sonar como una acosadora, pero investigaros en internet es como una droga para mí.

—Ten cuidado. No te fíes de todo lo que sale en internet.

Levantó una ceja.

—Qué gracia. Antes me decías lo contrario.

—Ya, bueno, eso fue antes de ver su lado oscuro.

—¿Te refieres a tu vida de soltero y fundidor de bragas?

Puse una mueca ante esas palabras.

—Esperaba que no lo hubieras leído.

—Es el problema de ser tu mayor admiradora. Leo todos los artículos.

Rosie terminó de comer y, sin dejar de mecerme, la apoyé en mi hombro para que eructase.

—Hazel, lo del artículo fue cosa de mi publicista. Ni siquiera sabíamos que se publicaría así hasta que estuvo en línea. Hablé con Max y le dije que no me gustaba. Quiero que el mundo sepa lo nuestro.

Negó con la cabeza.

—No me molesta. Entiendo que exudar un atractivo sexual que derrita a las mujeres forma parte de ser una estrella del *rock*. En palabras de los All-American Rejects, «me parece bien ser tu sucio secretillo».

Gemí.

—Pero no quiero que seas un secreto, sino una chica sucia en público.

Esbozó una perversa sonrisa y se inclinó hacia delante.

—Puedo hacer muchas cosas sucias en privado y en público.

—No digas nada más si no es de verdad.

—Confía en mí. Lo digo en serio. En cuanto Rosie se duerma, te lo demostraré.

Eso no sonaba nada mal. Mientras sostenía a la niña en el hombro, sentí que algo húmedo me bajaba por la espalda y vi que me había vomitado.

La alejé de mí y Hazel la sostuvo.

—Lo siento. Mierda, no deja de regurgitar después de comer.

—No pasa nada, de verdad. Los vómitos son normales. ¿Qué te parece esto? Intenta que se duerma otra vez. Mientras tanto, me daré una ducha rápida para deshacerme del largo vuelo y luego hablamos de esos sucios secretillos que has mencionado antes.

Sonrió y asintió.

—Aquí te espero.

Salí a toda prisa de la habitación y me metí en la ducha. Me enjuagué todo el cuerpo y me lavé lo más rápido posible para volver con Hazel cuanto antes, deseando, rezando y esperando que Rosie ya estuviera dormida.

Volví a la habitación de Hazel, dispuesto a hacer todo lo que había imaginado durante las últimas semanas, pero perdí toda esperanza en el momento en que la vi tumbada en la cama, completamente inconsciente mientras Rosie dormía en la cuna.

«He aquí un nuevo obstáculo para la relación».

En lugar de despertarla, me metí a su lado en la cama y, sin pensarlo, acurrucó su cuerpo contra el mío, como en los buenos tiempos. En ese momento, me alegré de tener algo que me hacía sentir en casa.

—He pensado que podría ponérselo —gruñó Big Paw, que estaba de pie en el porche de casa la noche antes de Acción de Gracias. Sostenía un bodi con el dibujo de un pavo para Rosie y estaba muy enfadado, pero el hecho de que tuviera un bodi entre las manos lo hacía parecer mucho más amable—. Lo vi en la tienda cuando salí del pueblo para comprar algunas provisiones. Se me ocurrió que así la niña tendría su primer traje de Acción de Gracias.

—Me aseguraré de dárselo a Hazel —prometí y lo tomé. Se rascó la barba y murmuró un poco antes de volver a mirarme.

—Te vi con los chicos en la tele la otra noche. Sonabais bien. Muy bien.

¿Qué era eso? ¿Un cumplido de Big Paw?

La pequeña Rosie debía de haberlo ablandado.

—Pero que no se te suba a la cabeza. No eres tan bueno, muchacho. —Ah, eso ya sonaba más como el abuelo que conocía y amaba—. Hazel, Rosie y tú deberíais venir a casa esta noche para ayudar a la abuela a preparar la comida. Además, tiene algo para darte la bienvenida.

—La verdad es que estoy un poco cansado, Big Paw. Quería descansar unas horas.

—Sin embargo actúas para desconocidos, así que irás a ver a tu abuela —sentenció—. Nos vemos en un rato.

Se dio la vuelta y se marchó, sin dejarme muchas más opciones. Por otra parte, tenía razón. No había tenido tiempo de conectar demasiado con los abuelos en los últimos meses y los había echado de menos.

Ya dormiría después; la familia siempre era lo primero.

No hizo falta mucho para convencer a Hazel de que me acompañara y, una hora después, estábamos en camino. En cuanto entré por la puerta, olía a Acción de Gracias. El calor del otoño llenaba la casa de mis abuelos y lo agradecí. Los había echado de menos. Había añorado mi hogar. Después de viajar y trabajar sin parar durante los últimos meses, sentía mucha nostalgia.

—¡Cariño! —exclamó la abuela, con una sonrisa de oreja a oreja, y se me acercó con un delantal decorado con un pavo. Estaba cubierta de harina y se movía un poco más lento de lo habitual, pero, cuando me abrazó, sentí su amor.

Cómo echaba de menos los abrazos de la abuela.

Cuando me soltó, me remangué.

—¿Con qué te ayudo? —pregunté.

Se rio.

—Ay, cielo, creo que es más seguro que no te acerques a la cocina.

Estaba saturada de trabajo.

El Día de Acción de Gracias en Eres no era un acontecimiento menor para mis abuelos. Como con todo, pensaban en el disfrute de todo el pueblo. Por eso, la casa del granero estaba preparada con más de doscientas sillas para que la gente viniera a disfrutar de la comida. Funcionaba sobre todo como una puesta en común donde cada uno traía un plato característico que compartir.

—¿Seguro que no quieres que haga unos buenos sándwiches de carne? —bromeé.

Se estremeció.

—No, no. No pegan nada en Acción de Gracias.

—Podrían. Incluso les añadiré unas lonchas de queso para hacerlos más elegantes.

Lo rechazó sin dudar.

Qué lástima, una buena lata de carne daba para mucho.

Justo entonces, Hazel asomó la cabeza por la puerta.

—¿Necesitas ayuda, Holly? Big Paw se ocupará de Rosie durante un rato.

La abuela reaccionó de manera muy diferente al ofrecimiento de Hazel. Sonrió y le hizo un gesto para que entrara en la cocina.

—Sí, sí, cielo. Me vendría muy bien la ayuda. Por favor, pasa.

Hazel entró y la abuela le encomendó varias tareas al instante; me sentí personalmente atacado.

—¿Es una broma?

—Mejor ayuda a Big Paw —dijo Hazel—. Quiere que vayas a verlo al despacho.

Fui hacia allí y, cuando entré, solté una risita al verlo con la pequeña Rosie en las manos.

—Te queda muy bien, Big Paw —bromeé, pero él no se rio. Señaló con la cabeza la silla que tenía delante.

—Siéntate, Ian.

—¿Qué es esto? ¿Un momento de padrino? —bromeé.

—Siéntate —ordenó.

Tragué con fuerza ante el tono y obedecí. La severidad de su voz me desconcertó y me hizo volver a los días de instituto, cuando me regañaba por ser un crío idiota.

Acunó a Rosie en los brazos, lo que seguía siendo divertidísimo, y me miró con los ojos entrecerrados.

—¿Cuáles son tus intenciones con Hazel?

Me reí, desconcertado por sus palabras.

—¿Qué? ¿Qué quieres decir?

—Exactamente lo que he dicho, muchacho. ¿Cuáles son tus intenciones? ¿Ves un futuro de algún tipo con ella o solo estás pasando el rato? Porque es una buena chica con una ética del trabajo ejemplar que está criando a su hermana pequeña y, si le haces daño, que Dios me ayude, te daré tal patada en el culo que te convertirás en soprano.

—¿Qué narices, Big Paw? Soy tu nieto, no al revés. ¿No deberías darle a Hazel esta charla sobre sus intenciones para conmigo?

—Ya lo he hecho —afirmó como si nada—. Es una buena chica que quiere un futuro contigo, pero no permitiré que juegues con sus emociones. Es una gran persona, Ian. En este mundo no quedan muchas así, y ya ha pasado por mucho en su corta vida, así que, si esto no es lo que quieres, y tu carrera es lo primero ahora mismo, está bien. Sin embargo, si es así, déjala marchar ahora antes de que vaya a más. No la ates si no quieres más. Así que te lo vuelvo a preguntar, ¿cuáles son tus intenciones?

Junté las manos, me recosté en la silla y lo miré directamente a los ojos.

—Quiero lo que tienes con la abuela —dije y lo sentí en lo más hondo de las entrañas. Quería crear un millón de recuerdos con Hazel. Quería que nuestros nietos fueran testigos de nuestra historia de amor de primera mano mientras envejecíamos juntos. Quería que se burlara de mí durante el resto de mi vida.

Quería envejecer con la chica que me había ayudado a abrirme.

—Muy bien, entonces. —Big Paw sonrió con la comisura de los labios y asintió una sola vez—. No importa la fama y el éxito que encuentres, aférrate a esta chica, ¿entendido? Pase lo que pase, no la dejes ir.

Capítulo 29

Hazel

—Por favor, dime que Big Paw también te ha dado la charla del padrino y que no me lo ha dicho solo para callarme —me pidió Ian cuando volvíamos a casa esa noche después de ayudar a sus abuelos.

—Recibí la charla y las amenazas correspondientes. —Volví a mirar a Rosie, que dormía en la sillita. Si había algo seguro, era que Rosie se quedaba dormida en los viajes en coche. Cuando estaba muy agobiada, nos metíamos en la camioneta de Ian y conducía todo el tiempo necesario para calmarla—. Sin embargo, las amenazas de Big Paw pierden un poco de fuerza al verlo babear por Rosie.

—Está obsesionado con ella, ¿eh? Es curioso verlo así. ¿Quién iba a decir que solo hacía falta un bebé para enternecerlo? Crecía que la abuela era la única con ese poder.

—No hay un día en el que no esté pendiente de ella. Te juro que viene mucho más al rancho ahora que Rosie está aquí. Mi hermanita es especial.

—Habrá salido a ti.

Le sonreí y apoyé la cabeza en el reposacabezas.

—¿Te cuento un secreto?

—Todos los que quieras.

—Me preocupa un poco que tus abuelos trabajen tanto a su edad. Hacen demasiado por los demás y deberían relajarse. Holly se pasa los días en la Granja y Big Paw prácticamente dirige el pueblo. No es bueno para su salud. Además, mientras

241

estaba en la cocina con Holly, me ha parecido que se quedaba sin aliento bastante rápido.

—Lo sé. Hace años que les digo que bajen el ritmo, pero no me escuchan. Es como si no supieran descansar. Han hecho mucho por este pueblo. Es hora de que den un paso atrás. No sé qué hace falta para que lo hagan. No son de los que aceptan ayuda, les gusta ofrecerla.

—Me da pena. Se merecen un descanso; tiempo para sí mismos.

—Lo dice la chica que nunca descansa.

Me reí.

—Sé que parece una locura, pero me siento más yo misma que nunca desde que trabajo en el rancho. Jamás pensé que adoraría un trabajo como este, pero así es. Durante mucho tiempo he pensado en huir de aquí, sin embargo, ahora, cuanto más tiempo pasa, más pienso en lo bonito que sería quedarme y enseñar a Rosie cómo funciona el rancho cuando crezca.

—Big Paw me habló de lo buena trabajadora que eres. No es un hombre fácil de impresionar, así que deberías estar orgullosa.

—Lo estoy. Quiero decir, es difícil, sobre todo con Rosie, pero de alguna manera me mantengo a flote. No me olvido de nadar.

Aparcó la camioneta delante de casa y apagó el motor.

—Supongo que no es el momento de pedirte que vengas de gira conmigo durante unas semanas, ¿no? En mi cabeza sonaba como una gran idea, sin embargo, ahora que veo lo mucho que te gusta tu vida, me sentiría mal por alejarte de todo.

—No sé si el equipo soportaría que me fuera durante un largo período de tiempo. Desde que The Wreckage abandonó el rancho, hemos entrenado a los nuevos para que sean tan buenos como vosotros cuatro.

Sonrió.

—Buena suerte con eso.

—Pero quiero veros en un concierto. Quiero verte en tu nuevo mundo, aunque quizá pase un tiempo hasta que vaya con Rosie.

—Siempre es bienvenida, lo sabes.

—Pronto —concedí y le tomé la mano entre las mías—. Te prometo que iremos a verte pronto.

Justo en ese momento, Rosie rompió a llorar y volví a mirarla.

—¿Te importa que demos una vuelta por los caminos de tierra para que se duerma? —pregunté.

Ian arrancó la camioneta y se puso en marcha. En cinco minutos, Rosie estaba dormida de nuevo.

—¿Alguna vez te imaginaste criando un bebé a los diecinueve? —preguntó Ian. Su mano derecha seguía entrelazada con la mía, y me encantaba el calor que su tacto me transmitía.

—La verdad es que me he esforzado mucho para que no fuera así, y, sin embargo, aquí estamos. Pero no me arrepiento. Rosie es una de las mejores cosas que me han pasado. Si me hubieras dicho que saldría con una de las mayores promesas del panorama musical actual, también te habría llamado loco. Pero es lo que tiene la vida, que pasa sin más.

Se llevó mi mano a los labios y la besó, lo que me provocó una sensación de paz.

«Y, a veces, lo que ocurre en la vida es mejor de lo que uno nunca habría imaginado».

La cena de Acción de Gracias estuvo llena de risas, buen ambiente y lágrimas en la casa del granero. Estaba sentada a la mesa con The Wreckage mientras Rosie jugaba con uno de los muchos juguetes que los chicos le habían traído.

Eric, James y Marcus estaban prendados de la niña y su bodi de pavo, y parecía que todo Eres estaba prendado con el grupo.

—Siento interrumpir la cena de Acción de Gracias, pero me preguntaba si mi amiga y yo podríamos hacernos una foto —dijo una joven que se acercó temblando a la mesa. Su amiga se apartó un poco, también hecha un manojo de nervios. No tendrían más de quince años y los ojos les brillaban llenos de esperanza.

Cuando Ian y los chicos accedieron a la foto, las chicas saltaron de alegría. Las fotos con los fans no cesaron hasta que Big Paw anunció algo y obligó a la multitud a dejar de acosar a los chicos.

—¿Cómo de raras son vuestras vidas? —pregunté a todos con una sonrisa. Me encantaba la atención que recibían, porque sabía lo mucho que habían trabajado para conseguirla.

—Bastante raras —respondió Marcus, que se metió algo de comida en la boca—. Pero es una rareza buena.

—A tenor de las cifras de nuestras cuentas bancarias, una muy buena —añadió Eric con una gran sonrisa.

—Hablando de números en la cuenta —dijo Ian, y se metió la mano en el bolsillo del traje. Sacó un sobre y me lo entregó—. Esto es para ti de nuestra parte.

Levanté una ceja.

—¿Qué es esto?

—Ábrelo y verás —dijo James.

Despacio, abrí el sobre y, en cuanto vi lo que había dentro, lo cerré y lo tiré sobre la mesa.

—¿Qué narices es eso? —exclamé.

—Es un cheque. Has visto un cheque antes, ¿verdad? —bromeó Ian.

—No uno con tantos ceros. ¿Eso era un punto después de dos números? Los puntos no van después de dos números en los cheques —exclamé. El corazón me latía con fuerza en el pecho por el simple hecho de haberlo tocado.

Diez mil dólares.

Los chicos me habían entregado un cheque de diez mil dólares como si no fuera nada. Recordé que hacía unos meses

Marcus y Eric se habían peleado por quién pagaba una cuenta de veinte dólares de comida china. Ahora, repartían cheques de diez mil dólares.

Era curioso lo rápido que cambiaba a veces la vida.

—No puedo aceptarlo —dije.

Ian recogió el cheque y me lo puso de nuevo en la mano.

—Puedes y lo harás. Si no fuera por tu ayuda con las letras, nunca nos habrían descubierto y, cuanto más despeguemos, más te lo agradeceremos. Esto es solo el principio.

—Ian…

—No —me interrumpió—. No lo discutas, Haze. Te lo mereces. Haces mucho por los demás sin recibir nada a cambio. Ya es hora de una recompensa.

—¡Y hay más! —exclamó Eric mientras le robaba a Ian un bollo del plato.

Cuando terminé de procesar la situación, una ola de consuelo me invadió. Ese dinero me ayudaría mucho más de lo que imaginaban. Nos vendría muy bien a Rosie y a mí. Ahorraría para un futuro que jamás había imaginado. Respiraría un poco más tranquila.

—Gracias, chicos. No tenéis ni idea de lo enorme que es esto para mí.

—Bueno, dado que andas por ahí con nuestro chico Ian, seguro que estás acostumbrada a otras cosas enormes —bromeó Marcus, y me dio un codazo en el costado.

Me puse más roja que el molde de gelatina que Mary Sue había preparado para la cena.

—¡No la avergüences, imbécil! —gritó Eric, que empujó a su hermano.

—¿Qué? ¡No lo he hecho! Como si todo el pueblo no supiera que Ian tiene una polla enorme —argumentó Marcus—. Además, me sentiría feliz como un perro con un hueso de pavo si mi chica se sintiera orgullosa de mi enorme polla.

—Deja de decir «enorme polla» —protestó Eric y se llevó la mano a la frente.

—¡Enorme polla! —canturreó Marcus para sacar de quicio a su hermano pequeño.

—¿Enorme qué? —preguntó una voz desde atrás.

Todos miramos por encima del hombro a Holly, tan dulce como siempre, y con una ceja levantada.

Entonces le tocó a Marcus hacer juego con la gelatina.

—Eh, nada, abuela —dijo y negó con la cabeza. Me encantaba cómo todos los chicos la llamaban «abuela», como si también fueran sus nietos. Por cómo se comportaba con todos en el pueblo, era como si fuera la abuela de todos en Eres.

—No, por favor, sigue y dile lo que ibas a decir —incitó Eric. Marcus debió de darle un buen pisotón por debajo de la mesa, porque gritó como quien se da un chapuzón invernal en Año Nuevo.

Holly siguió sonriendo y agitó una mano.

—Ay, el humor de los jóvenes. La mesa de los postres está abierta. Id a por un poco de tarta.

Los ojos de James se iluminaron ante la mención de la tarta.

—¿Has preparado tu tarta de manzana casera?

Holly asintió.

—He hecho una de más para que te la lleves. Además, hay natillas en el congelador para acompañar.

Al instante, los hermanos y James se levantaron de las sillas y se alejaron a toda prisa. Ian observaba a su abuela con una mirada sombría.

—¿Y tú, abuela? ¿Has comido ya?

Le quitó importancia con un gesto.

—No. Todavía no, pero ya lo haré. Solo quiero asegurarme de que las barrigas de los demás estén llenas antes de ponerme las botas.

—Todo el mundo se las arregla bien, abuela. Venga, come.

Lo mandó callar antes de acercarse a él y ponerle las manos en las mejillas. Holly se inclinó y le besó la frente.

—Estoy muy feliz de que hayas vuelto al pueblo. No me imagino pasar las vacaciones sin ti. Te echo de menos.

Ian le dedicó una sonrisa.

—Yo también te echo de menos, abuela, y siento no haber llamado más. Me aseguraré de remediarlo.

—Siempre que recibo una llamada tuya, lo agradezco. Pero no te sientas obligado a llamarnos ni a mí ni a Big Paw. Sabemos que estás ocupado en convertirte en el próximo Elvis.

Sonreí ante la conversación y sentí una punzada de envidia. Nunca había conocido a mis abuelos y ver el amor que compartían Holly e Ian era maravilloso.

—Ahora, ve. Toma un poco de tarta. Avisaré a las otras mesas de que ya está el postre —dijo Holly.

—Puedo levantarme y gritar que el postre está listo —ofreció Ian, pero ella negó con la cabeza.

—No, no. Quiero saludar para que sepan que agradezco que hayan venido. —Me miró y me tendió la mano. La tomé entre las mías y me dedicó una cálida sonrisa—. Me siento muy agradecida de que estés aquí, Hazel.

Se me debieron de aguar los ojos, porque me ordenó que no llorara antes de ir hacia las otras mesas.

—Dios, es una joya —resoplé, y me limpié un par de lágrimas que me caían de los ojos.

—Venga, Haze —dijo Ian, y me dio un codazo—. Te ha dicho que no llores.

—Lo sé, lo sé. Es que estoy muy feliz. Esta reunión ha sido increíble. Hacía años que no celebraba Acción de Gracias. Incluso cuando lo hacía, éramos solo mi madre y yo con un pollo precocinado.

Levantó una ceja.

—Mis abuelos organizan este evento desde antes de que yo naciera y siempre ha sido gratis para todo el pueblo. ¿Por qué no veníais?

—Charlie no quería que nos mezcláramos en los eventos del pueblo. Decía que eso ofrecería demasiadas oportunidades para que los entrometidos se metieran en sus asuntos. —Frunció el ceño y lo odié. Detestaba que se entristeciera por mi pasado. Le di una palmadita en la rodilla—. Pero ahora estoy aquí y eso es lo único que importa.

—Si pudiera retroceder en el tiempo, nunca te habría tratado como lo hice, Haze. Sé que ha pasado mucho tiempo desde nuestro primer encuentro, pero, joder, todavía me odio un poco por haber sido un capullo contigo.

Me reí.

—Bueno, desde luego, lo has compensado con creces. Además, los diez mil dólares cubren todos los comentarios groseros del pasado —bromeé.

Siguió sombrío y eché de menos la felicidad en sus labios.

—¿Qué pasa, Ian?

—Es que te echo de menos. Añoro esto —dijo e hizo un gesto hacia la multitud—. Jamás pensé que echaría tanto de menos mi casa hasta que me marché.

—¿Qué es lo que más extrañas? —pregunté.

Exhaló una nube de aire caliente.

—Joder, todo. Los dichosos caminos de tierra llenos de baches. Las hogueras. Los animales de la granja. A Dottie dándome coces con las pezuñas. A ti. Te echo de menos a ti.

Me incliné y lo besé en los labios.

—Bueno, estoy aquí ahora.

—Doy las gracias por eso.

—Doy las gracias por ti.

Recuperó la sonrisa y me besó una vez más. Mientras apoyaba los labios en los míos, me susurró:

—¿Puedo hacerte el amor hasta mañana por la mañana?

—Sí —respondí y me mordí el labio inferior—. O al menos hasta que Rosie necesite un cambio de pañal.

Capítulo 30

Ian

El corto viaje a casa llegó y pasó más rápido de lo que me habría gustado. No obstante, agradecí cada segundo que pasé con mi familia y mis seres queridos. Cuando llegó el momento de hacer las maletas, Big Paw, la abuela y Hazel estaban esperándome fuera de la casa como la primera vez que me marché. La única diferencia era que esta vez Rosie estaba en brazos de Big Paw.

—Tenemos que dejar de despedirnos así —bromeó la abuela y me besó la mejilla.

—Espero volver más pronto que tarde.

—¿Para Navidad? —dijo, esperanzada.

Fruncí el ceño, pues sabía que nos íbamos para hacer una gira navideña. Nunca me había perdido una Navidad con los abuelos. Tal vez Max nos regalaría algún tipo de milagro navideño.

—Eso espero, abuela.

Le di un beso en la mejilla.

Big Paw me despidió con un gesto y me dijo que no repitiera la despedida dramática. Besé a Rosie en la frente y le estreché la mano al abuelo.

—Hazlo bien ahí fuera, Ian. Luego vuelve a casa.

—Sí, señor.

Después, me acerqué a Hazel, que sostenía una caja en las manos. Temía despedirme de ella. Una parte de mí quería rogarle que me acompañara en la gira, pero sabía que sería egoísta. Se estaba construyendo una vida en el rancho y no esperaba que renunciara a algo que amaba solo para despertar con ella todos los días.

Sin embargo, me moría por despertarme a su lado todos los días.

—Esto es para ti —dijo, y me tendió la caja.

Levanté una ceja y la abrí. Estudié lo que había dentro y sentí que el pecho iba a explotarme de felicidad. Era curioso que me hubiera ido de casa para encontrar la felicidad, cuando la había tenido allí, a mi lado, todo el tiempo.

—Es un trozo de hogar —explicó y rebuscó en la caja—. Un frasco de tierra del viejo camino. Una vela con olor a hoguera y unas cuantas fotografías de todos, incluso les he hecho fotos a los animales del rancho. Además, Holly te ha preparado una docena de galletas y yo he hecho unos cuantos panes de plátano. Algo para que te acuerdes de nosotros cuando lo necesites.

La quería muchísimo, cada día más. No sabía que el amor podía crecer sin límites, pero, cada vez que estaba cerca de Hazel, mi corazón malhumorado aumentaba tres tallas.

—Eres perfecta —añadí, y dejé la caja en el suelo para abrazarla—. Te veré pronto, ¿de acuerdo?

—Pero no demasiado pronto —ordenó—. Primero, tienen que cumplirse tus sueños.

—Confía en mí. —Le besé la frente—. Ya se han cumplido.

—Eres mi mejor amigo, Ian Parker.

—Y tú mi mejor amiga, Hazel Stone.

—Vete con tu música y luego vuelve con nosotros, ¿de acuerdo? No te preocupes, dejaremos la luz del porche encendida para cuando llegues —añadió y me besó la mejilla.

Metí la caja en la furgoneta de alquiler y me despedí una última vez. Pasé por casa de los otros chicos para recogerlos y nos dirigimos al aeropuerto. Mientras esperábamos en la terminal para embarcar en el avión, no dejaba de ojear las fotos que Hazel me había dado. Estaba claro que el hogar no era un lugar, sino la gente, y yo era un idiota con suerte que jamás viviría un día como un indigente.

—¿Es de Hazel? —preguntó James, y señaló las fotos con la cabeza.

—Sí, me ha preparado un paquete de confort. ¿Sabes qué?

—¿Qué?

—Un día me casaré con esa chica.

Cuando los chicos y yo volvimos a la carretera, todo fue un torbellino de actuaciones sin descanso. Tuvimos la oportunidad de ser teloneros de megaestrellas de todo el país mientras preparábamos nuestro álbum oficial que saldría al año siguiente.

A menudo, pensaba que a Eric le daría un ataque al corazón al ver cómo nuestras cifras en las redes sociales alcanzaban cotas surrealistas.

—¡Un maldito millón de seguidores en Instagram! —gritó en el autobús de la gira de camino a Richmond, en Virginia, para un concierto—. ¡Acabamos de superar el millón de seguidores!

Lo celebramos como si hubiéramos ganado un Grammy. Me gustaba saber que la gente se fijaba en nosotros. La mayor recompensa para mí era que la gente conectara con lo que hacíamos. Era como si viviéramos en una avalancha de éxito. Cada vez que dábamos un concierto, más y más personas coreaban nuestros nombres. Los fans averiguaban en qué hoteles nos alojábamos. Cada vez era más difícil ir por la calle sin que nos reconocieran.

Estábamos convirtiéndonos en todo lo que el puñetero Max Rider nos había prometido; nos hacíamos famosos y todo estaba pasando en un abrir y cerrar de ojos.

Me sentía agradecido por la conexión que todavía tenía en casa, por las llamadas con Hazel, pues me mantenían con los pies en la tierra.

Después de un concierto brutal en Richmond, me puse un abrigo de invierno y salí a la calle a altas horas de la madrugada para tomar un poco de aire y charlar con Hazel.

—No me creo que hayas actuado como telonero de Shawn Mendes y que yo no haya estado allí para verlo —suspiró, sospechaba que más triste por no haber visto a Shawn que por no haberme visto a mí.

—Me alegro de que no estuvieras, porque está más bueno en persona, canta mejor en persona y encima es majísimo. No me apetece que me dejes por Shawn.

—Tienes razón —concedió—. Le habría rogado que me hiciera un hijo.

Sonreí.

—Yo soy el único que te hará un bombo. —El teléfono se quedó en silencio y me di cuenta de lo que había dicho—. Es decir, algún día, en un futuro muy muy lejano. O sea, mierda. Ha sonado muy fuerte. Haz como si no lo hubiera dicho.

—No, no pasa nada. De verdad. Es que no sabía que quisieras tener hijos algún día.

Me froté la frente. Suponía que no era algo de lo que hubiéramos hablado antes.

—Bueno, sí. Algún día. No pronto, por supuesto. Pero me imagino a unos cuantos mini-Ian correteando por ahí. Creo que es culpa de Rosie. Es la cosa más mona del mundo y me ha hecho pensarlo.

—Tiene ese efecto en la gente.

—¿Y tú? —pregunté, con un nudo en el estómago—. ¿Quieres tener hijos en el futuro?

—Sí. Dos o tres, por lo menos. Incluso cuatro o cinco. Quiero una gran familia llena de risas. Crecí sin muchas conexiones humanas, aparte de mi madre. Quiero formar una gran familia.

«Yo también, Haze».

«Quiero tener esa gran familia contigo».

No lo dije, por supuesto. Me pareció demasiado.

—¡Disculpa! ¡Perdón! ¿Eres Ian Parker? —dijo una voz detrás de mí.

Mierda.

Seguí andando. Max nos había indicado que, si alguna vez nos veían en público y no nos apetecía que nos abordaran, debíamos seguir caminando a una velocidad normal y actuar como si no fuéramos quienes éramos.

—¿Te ha visto alguien? —preguntó Hazel.

—Sí, pero me haré el sordo y volveré al hotel. No pasa nada.

—¡Disculpa! Por favor. Eres Ian Parker, ¿verdad? —dijo otra voz. Esta vez era una voz masculina. La mayoría de las veces eran las mujeres las que nos llamaban, así que el profundo tono masculino me desconcertó.

—No, no soy Ian —respondí y mantuve el ritmo.

—¡Eres tú! —exclamó la mujer—. ¡Es Ian! Lo sé. Ian Carter, somos nosotros.

Me detuve cuando la mujer pronunció mi segundo nombre.

Eso era nuevo. La última persona que me había llamado Ian Carter había sido…

Me di la vuelta hacia las dos personas que me seguían y me sentí como si me hubieran dado un puñetazo en cuanto los miré a los ojos.

—Volveré a llamarte, Hazel —murmuré y colgué. Me temblaban los labios entreabiertos mientras el *shock* me sacudía todo el cuerpo—. ¿Mamá? ¿Papá?

Estaban desechos y andrajosos, pero eran ellos. Los ojos de ella coincidían con los míos y el ceño de él, con el mío.

Mi madre se pasó las manos por el escaso pelo, me dedicó una brillante sonrisa y pronunció dos palabras como si no hubiera desaparecido de mi vida durante los últimos catorce puñeteros años.

—Hola, cariño.

Capítulo 31

Ian

«Hola, cariño».

De todas las palabras que esperaba de mi madre después de catorce putos años, «hola, cariño» no estaban en la lista. «Hola, Ian. Sentimos haberte abandonado y haberte jodido la mente durante catorce años», tal vez. «Hola, hijo. Perdón por habernos perdido catorce cumpleaños», quizá. O incluso: «Hola, hijo. ¿Todavía eres fan de los Dallas Cowboys?».

Francamente, salvo esas dos palabras, me esperaba cualquier otra cosa.

No sé cómo pasó, pero de alguna manera los tres acabamos dentro de una cafetería al final de la calle. Era como si me moviera con el piloto automático; estaba demasiado aturdido para darme cuenta de lo que ocurría. Ambos se adelantaron, pidieron casi todo lo que había en el menú y se pusieron las botas como si no hubieran comido en años.

Yo no tenía ni una pizca de apetito.

—Queríamos darte las gracias por reunirte con nosotros esta noche, hijo —dijo mi padre mientras se llenaba la boca de patatas fritas. Daba puntapiés en el suelo de baldosas sin parar. Llevaba un abrigo desgastado lleno de agujeros y un gorro de invierno. Tenía una barba que no se había recortado en Dios sabía cuánto tiempo y no dejaba de moverse. Ni siquiera sabía si era consciente de que lo hacía, pero no había parado ni un instante.

A mi madre le pasaba lo mismo, aunque sus movimientos no eran tan intensos como los de él.

Tenían una pinta horrible.

Como si se hubieran marchado de Eres y desde entonces se hubieran dedicado a pasar de un chute al siguiente. Estaba claro que seguían consumiendo y eso me rompía el corazón. Había imaginado dos posibles escenarios desde que se habían marchado. El primero, que habían sufrido una sobredosis y perdido la vida. El segundo, que habían encontrado la manera de vivir una vida feliz y libre de drogas, y me habían dejado en el pasado.

La segunda opción me ayudaba a conciliar el sueño por la noche.

Sin embargo, descubrir que existía una tercera opción en la que seguían igual de fastidiados como antes, me rompió el corazón.

—Hace mucho que queríamos contactar contigo, pero dudo que Big Paw hubiera permitido que volviéramos así —añadió mi madre, que temblaba como si tuviera frío, pero sudaba al mismo tiempo. Me quité la chaqueta y se la puse sobre los hombros. Sonrió—. Parece que han criado a todo un caballero sureño —comentó y le dio un codazo a mi padre en el costado—. Te dije que saldría bien, ¿verdad que sí, Ray?

—Sí que lo dijo —concedió y dio un sorbo al refresco de cola.

—¿Qué hacéis aquí? ¿Cómo me habéis encontrado?

—Eres fácil de localizar. Hemos visto que has actuado esta noche en la ciudad y tu cara está por todo internet, en las revistas y en el televisor. No sé si lo sabes, hijo, pero eres bastante importante por esta zona.

Le dediqué una sonrisa tensa. Si supiera lo mucho que me incomodaba que me llamara «hijo».

Hacía años que no era su hijo.

—Pero ¿por qué estáis aquí? —insistí—. ¿Qué queréis?

Mi madre se sorprendió con la pregunta, pero no sabía de qué otro modo hacerla. Había imaginado que nos reencontrábamos muchas veces, sin embargo, por desgracia, esperaba que hubiera sido antes de que alcanzara la fama, no después. Ahora que estaba en proceso de labrarme un futuro, me parecía bastante sospechoso que aparecieran para una reunión familiar.

Mi madre se acercó y puso la mano sobre la mía. Me gustó tocarla. Odiaba que me gustara. Aunque tenía la piel helada, su tacto bastaba para calentar las partes congeladas de mi alma.

—Queríamos verte, Ian, eso es todo. Para asegurarnos de que estás bien.

—Podríais haber aparecido hace mucho tiempo para saber eso. Mi dirección no ha cambiado. Sabíais dónde estaba.

—Sí, pero no teníamos dinero para volver a Nebraska —dijo mi padre.

—Supongo que tampoco lo teníais para usar una cabina. El número de la abuela y el de Big Paw es el mismo desde los noventa.

Mi madre frunció el ceño y su mirada se enfrió.

—¿Qué intentas decir? ¿Que no nos hemos esforzado lo suficiente para encontrarte?

—Eso es justo lo que quiero decir —solté sin rodeos—. Me parece raro que aparezcáis después de todo este tiempo ahora que salgo en la tele. Huele a chamusquina.

—¡Vigila lo que dices, chico! —ladró mi padre, y me señaló con severidad, por lo que la gente miró hacia nuestra mesa.

Mi madre extendió la mano y le bajó el brazo.

—Cálmate, Ray.

Refunfuñó.

—Es que no me gusta lo que insinúa.

—¿Por qué? ¿Porque tengo razón? —pregunté. Saqué la cartera y comencé a hojear los billetes—. ¿En cuánto habéis pensado? ¿Cuánto necesitáis? Porque queréis dinero, ¿no? Está claro que no estamos aquí para reconectar y compartir recuerdos.

Mi madre bajó la cabeza y negó.

—Queríamos verte, Ian. Lo prometo, pero es que… Hemos pasado por una mala racha y nos preguntábamos si podrías ayudarnos.

El arrepentimiento por permitir que mi corazón volviera a latir después de tantos años me asaltó de nuevo. El problema de los corazones que latían era que se rompían en un instante.

Saqué el dinero de la cartera y lo puse delante de mí. Se les pusieron los ojos vidriosos de asombro al mirarlo, lo que me demostró que era justo lo que buscaban.

—Tengo quinientos.

—Y una mierda —espetó mi padre. No, Ray—. Eres una puñetera superestrella. Puedes darnos más que eso.

—¿Acaso piensas que te debo algo?

—Somos tus padres —exclamó con la voz impregnada de ira. Seguramente estaba colocado.

—No sois nada para mí. Así están las cosas. Aceptáis los quinientos dólares ahora o no os lleváis nada y ya pensaremos si es posible reconstruir una relación más adelante. Pero, si lo hacemos, no os daré ni un centavo más. O tomáis los quinientos dólares o recuperáis a vuestro hijo. La elección es vuestra.

Me sentí como un imbécil.

A medida que pasaban los segundos, mi estúpido corazón magullado y maltratado gritaba como el del niño de ocho años que había sido, que suplicaba a sus padres que lo eligieran. Quería que me eligieran, que me quisieran.

Se miraron el uno al otro y luego al dinero, sin volver a mirarme. Con un rápido movimiento, Ray lo tomó y se lo metió en el bolsillo.

¿Y mi estúpido corazón magullado y maltrecho? Se hizo añicos.

Aquella noche se marcharon con quinientos dólares para financiarse el siguiente chute y yo me quedé solo en la cafetería, con cara de tonto.

—¿Qué pasa? ¿Qué ha pasado? —preguntó Hazel cuando ya estaba en la habitación del hotel con el teléfono pegado a la oreja. Me había dejado decenas de mensajes y me había llamado varias veces, hasta me había dejado varios mensajes de voz cargados de preocupación.

Por fin me atreví a llamarla sobre la una de la madrugada.

—Una tontería —murmuré. Me costó mucho sacar el *whisky*, pero estaba sentado en la cama y echando un trago. Estaba borracho cuando la llamé, lo cual no era bueno.

El *whisky* me ponía triste, pero me daba igual; ya estaba destrozado.

—¿Es por la persona que te ha saludado? ¿Era una fan? ¿Un *paparazzi*?

—No. —Negué con la cabeza como si me viera—. Aún peor. Eran mis padres.

Hazel jadeó a través del receptor.

—¿Qué?

—Supongo que me vieron por la tele. Querían ponerse al día, lo que significa que querían dinero.

—Dios mío, Ian. No me lo puedo creer. ¿Qué has hecho?

—Les he dejado elegir: quinientos dólares o una relación conmigo.

Suspiró, casi como si supiera lo que habían elegido.

—¿Han aceptado el dinero?

—Sí. —Me reí y el fondo de la garganta me ardía por el *whisky* y el dolor de la noche—. Se han llevado el dinero de los cojones.

—Imbéciles —susurró—. Los odio. Sé que no debería odiar a tus padres, pero los odio de verdad.

—Ya. Tampoco es que hayan elegido mal —añadí, ebrio, y me bebí el *whisky* de un trago antes de acercarme al minibar para servirme otro vaso—. Yo tampoco me habría elegido.

—No digas eso. Tú no eres quien se equivoca en esto, Ian. Son ellos. Ellos están rotos, no tú.

Me quedé callado y apoyé una mano en el minibar para no caerme mientras la cabeza me daba vueltas por el *whisky* y la angustia.

—¿Qué necesitas? —preguntó con severidad—. Dime qué necesitas.

Tragué con fuerza y me aclaré la garganta.

—A mi mejor amiga —murmuré—. Necesito a mi mejor amiga.

—De acuerdo. Voy para allá.

Capítulo 32

Ian

—¿Qué narices es esto? —gritó Max, que se abalanzó sobre mí en el vestíbulo del hotel a la mañana siguiente. Teníamos dos actuaciones más en Richmond, pero me moría de ganas por volver a casa. Sin embargo, como decían, el espectáculo debía continuar.

Los chicos y yo estábamos esperando en el vestíbulo para unas entrevistas, entonces sentí la voz aguda de Max penetrarme el cerebro como un clavo en una pizarra a causa de la resaca.

Me pellizqué el puente de la nariz cuando se detuvo frente a mí. Llevaba unas bonitas gafas de sol y ropa oscura, y lo único que quería eran un par de ibuprofenos y comida basura.

—¿Qué es qué? —refunfuñé, pues no quería lidiar con nuestro agente esa mañana. ¿Había hecho realidad nuestros sueños? Sí. ¿Me volvía loco a veces? Vaya que sí.

—Esto —dijo, y me puso el teléfono en las manos.

Miré la pantalla y se me formó un nudo en el estómago. Era una imagen sensacionalista en la que aparecía sentado en la cafetería con mis padres mientras ofrecía dinero a los dos. Desde fuera, tenía mala pinta.

Sí, vale, era turbio, pero las revistas de cotilleos lo pintaban como una atrocidad. Entendía el pánico de Max.

—¿Qué es? —preguntó James, que me quitó el teléfono de la mano. En cuanto lo vio, se quedó boquiabierto—. Madre mía. ¿Son…? —preguntó.

Asentí.

—Sí.

Max me arrebató el teléfono de las manos, sin tener ni idea de quiénes eran en realidad los que salían en la foto conmigo. Era evidente que tampoco le importaba.

Se sentó en la mesita justo delante de mí y juntó las manos.

—¿Te metes?

—¿Qué? —solté—. No, claro que no.

—No me mientas, Ian. Si lo haces, necesito saber qué. ¿Cocaína? Es manejable. ¿Éxtasis? Claro. ¿Unas pastillas y un jarabe para la tos un sábado por la noche? Sin problema, ¿por qué no? Pero los de esta foto parecen dos personas que se meten metanfetamina. Y yo no juego con los artistas que le dan a la meta —bramó con los agujeros de la nariz hinchados—. ¿Quedaste con esos yonquis para unirte a la fiesta?

James apretó la mandíbula y frunció el ceño.

—No tienes ni idea, Max —dijo mi amigo.

—No te ofendas, Yoda, pero estoy hablando con mi estrella. Una que está a punto de tirar por la borda todo lo que hemos conseguido. Así que, por favor, métete en tus asuntos.

James abrió la boca para decirle lo que pensaba, pero levanté una mano para detenerlo. La cara de James estaba roja de ira y hacía falta mucho para llevarlo a ese nivel. Sabía que, si estallaba con Max, no habría vuelta atrás.

Cuando James se enfadaba, algo que casi nunca ocurría, se convertía en el increíble Hulk y rompía cosas, como la cara de Max.

—Son mis padres —comenté, consciente de que no había motivos para mentir—. No han formado parte de mi vida durante años, debido a su problema con las drogas, pero al enterarse de mi éxito, han aparecido en busca de dinero.

Max suspiró y se pasó una mano por la cara.

—Por favor, no me digas que les diste dinero; por favor, no me digas que les diste dinero —suplicó.

—Lo hice, pero les dije que no volvieran a por más. Se acabó.

—¡Por el amor de Dios! —exclamó Max, y se levantó para dar pisotones como un crío con una rabieta—. ¡No! Nunca se da dinero a los familiares adictos. ¿Sabes por qué, Ian?

—Ilumíname —refunfuñé, molesto con mi agente.

—¡Porque nunca se van, maldición! Si le das un centavo a un drogadicto, volverá a por un dólar. Es una cagada. Una cagada enorme. —Max rebuscó en su riñonera, sacó las pastillas que le habían recetado y se las metió en la boca. Respiró hondo para calmarse—. Vale. Está bien. No pasa nada. Lo arreglaré. Pero, mientras tanto, procura no repartir más dinero, ¿vale? Tu carrera acaba de empezar y no quiero que termine porque unos padres hasta las cejas de anfetas decidan hacerse ricos por la vía fácil y escriban un reportaje sobre Ian Parker.

—No tienen nada que contar. No me conocen desde hace años.

—¡A la gente no le importa si dicen la verdad! Solo quieren drama —gritó.

Antes de que pudiera replicar, empezó a hacer llamadas y se marchó furioso. Todos los chicos me miraron con pura sinceridad.

Era evidente que estaban más preocupados por mi bienestar que por el de Max, no obstante, yo no estaba de humor para hablar del tema.

—No, chicos —murmuré y me recosté en la silla—. Ahora no puedo.

—Lo entiendo, tío —dijo Marcus y me dio una palmadita en la espalda—. Pero, cuando quieras hablar, estaremos aquí.

El concierto de esa noche fue uno de los más difíciles que había dado, pero seguí adelante y, cuando llegó el momento de bajar del escenario, me dirigí como una bala hacia el camerino.

Quería evitar todo contacto humano, irme a la habitación del hotel y hundirme en mi autocompasión.

Cuando abrí la puerta, vi que había una persona sentada en la silla frente al espejo, de espaldas a mí.

—Eh, ¿perdona?

—Deberías pedir que mejoraran la seguridad de los camerinos. —Hazel se giró en la silla y me regaló esa sonrisa que lo arreglaba todo—. De lo contrario, cualquier fan obsesionada podría colarse para tocarte el culo.

No respondí al comentario descarado. Caminé hasta ella y la abracé más fuerte que nunca.

—Siento llegar tarde —susurró y apoyó la cabeza en mi pecho.

—Llegas justo a tiempo. ¿Dónde está Rosie?

—Big Paw y Holly la cuidarán durante los próximos dos días, con la ayuda de Leah, hasta que vuelva al pueblo. —Se apartó un poco y me puso la palma de la mano en la mejilla. Sus ojos dilatados me atravesaron—. ¿Estás bien?

Negué con la cabeza.

Me abrazó más fuerte.

—Vale.

En ese momento, la puerta del camerino se abrió y Max entró.

—Ian, necesitamos... —Se detuvo. Arqueó una ceja y miró a Hazel de arriba abajo—. Ah. Eh, lo siento, no sabía que tuvieras compañía.

Me aparté de Hazel y lo señalé.

—Haze, este es Max, mi agente. Max, esta es mi novia, Hazel. —Era agradable presentarla así, como mi novia.

La estudió con más atención y, por primera vez desde que trabajaba con él, vi cómo era en realidad. Parecía una rata, siempre estudiando las cosas para ver si sacaba algo de ellas.

Esbozó una sonrisa, se acercó a Hazel y le ofreció un apretón de manos.

—Max Rider. Encantado de conocerte. Así que tú eres la que ocupa gran parte de la atención de Ian, ¿no?

Hazel sonrió.

—Culpable.

Max mantuvo los labios apretados y la recorrió con la mirada una vez más.

—¿Cómo te apellidas, Hazel?

Ella enarcó una ceja, pero respondió.

—Stone.

Max silbó.

—Hazel Stone e Ian Parker. Suena bien. De todos modos, no pretendo robaros mucho tiempo. Solo quería recordarte la fiesta de esta noche con algunos nombres importantes, Ian.

Me estremecí y negué con la cabeza.

—Esperaba desmarcarme esta noche con Hazel. Han sido veinticuatro horas agotadoras.

—¿A quién se lo dices? Lo sé. Me he ocupado del control de daños, ¿recuerdas?

Hazel arqueó otra ceja por el tono que puso Max y supe que le había molestado. Tenía que estar mordiéndose la lengua con todas sus fuerzas. Imaginé las respuestas descaradas que se le pasarían por el cerebro.

—Sí, lo sé. Solo necesito una noche libre.

—Ahora no —replicó—. Ahora es el momento de salir ahí y demostrar que no tomas drogas. Sé encantador y divertido, el personaje que hemos construido para Ian Parker.

—No tengo ganas de ser encantador y divertido.

—Por eso se llama actuar.

—Soy músico, no actor.

Se rio.

—Todos los músicos son actores. La única diferencia es que los músicos cantan mejor. En fin, te enviaré un mensaje con los detalles.

Se apresuró a salir del camerino y cerró la puerta antes de darme tiempo a responder.

—Así que ese es el maldito Max Rider, ¿eh? —dijo Hazel, que puso los ojos en blanco con tanta fuerza que pensé que se quedaría ciega—. Es consciente de que trabaja para ti, ¿verdad?

Sonreí con desgana.

—Dudo que lo sepa. Lamento que hayas tenido que aguantar eso. Esperaba que pudiéramos hablar y relajarnos, pero creo que tengo que hacer una aparición esta noche, por el control de daños y todo eso.

—¿Quién se encarga del control de daños en tu corazón? —preguntó.

La rodeé con un brazo y la acerqué.

—Tú. —Posé los labios en su frente—. Sé que no has venido por una fiesta, pero me encantaría tenerte a mi lado para mantener la cordura.

—Donde tú me guíes, te seguiré. Te ayudaré con cualquier cosa que necesites de mí. Durante las próximas treinta horas soy tuya.

Capítulo 33

Hazel

El maldito Max Rider.

Más bien el cabronazo de Max Rider.

Me costaba creer que un hombre tan bajito fuera tan engreído. Era un tipo calvo, de unos cuarenta años, pero se vestía como si tuviera veinte. Era evidente que se esforzaba demasiado por ser relevante, y eso era justo lo que parecía: un hombre de mediana edad que se esforzaba demasiado. Además, tenía una gran cantidad de pelo en el pecho que le asomaba por la parte superior de la camisa.

Si un pene y un gorila tuvieran un hijo, sería el puñetero Max Rider. De no haber sido por Ian y el grupo, lo habría mandado a freír espárragos. Sin embargo, en lugar de eso, me porté como una buena belleza sureña. Sonreí, encandilé y me guardé mis opiniones extremadamente desagradables sobre el hombre.

Luego, fui al hotel con Ian a prepararme para la fiesta.

—No tengo nada que ponerme para una fiesta —confesé mientras rebuscaba entre la poca ropa que llevaba en la maleta.

—Lo que tengas estará bien. Si quieres ponerte lo que llevas ahora, me parece bien —dijo Ian.

Me reí y miré la gran sudadera con capucha y las mallas.

—¿De verdad? ¿Esto es lo que se pone hoy la gente para conocer a los famosos? —Fruncí el ceño y me sentí un poco derrotada al ver la ropa tan elegante que estaba poniéndose. Dudaba que las mujeres que rondaban a The Wreckage a diario tuvieran la misma pinta que yo. Seguro que llevaban vestidos ajustados y tacones altos.

Miré mis deportivas de Adidas.

Desde luego, no eran unos Louboutin.

—No hagas eso, Hazel —advirtió.

—¿El qué?

—Pensar que tienes que cambiar para acoplarte al mundo en el que estoy. Las fiestas, la ropa elegante, nada de esto es real.

—¿Y qué lo es?

—Los caminos de tierra. Las hogueras. La cocina de la abuela. —Me sonrió y se acercó para auparme en brazos—. Tú. Yo. Nosotros. Somos reales. Todo lo demás es solo una actuación. Cualquier cosa que te pongas será suficiente.

El consuelo que me proporcionaron esas palabras alivió mi atribulado corazón. Me era imposible no enamorarme más del hombre que estaba a mi lado.

—¿Es demasiado pronto para que te pregunte cómo ha sido el encuentro con tus padres? ¿O quieres sobrevivir a la noche primero?

—Pasemos esta noche y luego hablaremos hasta el amanecer.

—Perfecto.

—¿Y Haze?

—¿Sí?

—También quiero que me cuentes lo que opinas de Max.

Me reí.

—No hay nada agradable.

—Lo sé. —Asintió—. Por eso quiero escucharlo.

Cuando llegamos a la discoteca, me sentía como un pez fuera del agua. Aun así, Ian mantuvo mi mano envuelta en la suya mientras paseábamos por el club. La gente se apiñaba como sardinas. Todo el mundo estaba allí, charlando y haciéndoles la pelota a los chicos de The Wreckage. Era muy raro ver cómo la gente adoraba al grupo. Era poderoso.

Todos se desenvolvían como si aquel fuera su sitio. Aunque Eric era menor de edad, debía de existir una cláusula que dijera «estoy haciéndome famoso», porque también le permitieron entrar en el club. Además, a mí me dejaron pasar porque iba del brazo de Ian.

—Voy un momento al lavabo —dije, y le apreté la mano a Ian. No me había soltado desde que habíamos entrado y el contacto me alegraba. Me daba un consuelo que no sabía que necesitaba.

—Esperaré aquí —dijo y se colocó junto a la puerta del baño.

—Date una vuelta. Ya te encontraré.

Sonrió.

—Esperaré aquí.

Me dirigí al cuarto de baño para volver a centrarme, porque me sentía como si hubiera entrado en la quinta dimensión.

Cuando entré en el baño, había dos mujeres, gemelas, al parecer, que se pintaban los labios.

—¿Has visto que Ian Parker está aquí? —preguntó una.

—Sí. Joder, qué bueno está —contestó la otra.

—¡Me lo pido! —dijo la primera.

—No es justo —respondió con un mohín—. Aunque el batería tampoco está mal. También podría ir a por él.

Se apretó las tetas y sonrió antes de mirarme confusa.

—¿Querías algo? —preguntó, y me miró de arriba abajo como si aquel no fuera mi sitio. También era posible que lo hiciera porque estaba comportándome como una rarita que cotilleaba su conversación.

—Eh, no. Lo siento. ¿Estás en la cola? —pregunté y señalé los puestos del baño. Estaban todos vacíos. Quería hacerme un ovillo y mecerme en un rincón de lo incómoda que me sentía.

—No, bonita. Todo tuyo.

Me apresuré a entrar en el cubículo y cerré la puerta. Me golpeé la frente con la mano; me sentía ridícula. Qué humillación.

Cuando oí que se marchaban, respiré hondo y salí. Me miré en el espejo e intenté olvidar lo guapas que eran.

—Caminos de tierra, hogueras, la cocina de Holly —murmuré para recordar lo que me importaba de verdad.

En cuanto salí del baño, me invadió una sensación de inquietud al notar que Ian había desaparecido. Recorrí el espacio con la mirada para buscarlo y, cuando eché a andar para localizarlo, oí que alguien me llamaba. Me di la vuelta hacia el cabronazo de Max Rider, que vestía con un traje excesivamente caro.

Levanté una ceja.

—¿Sí?

—Me pareció que eras tú. Me alegro de volver a verte.

—Yo también me alegro —mentí y esbocé una sonrisa falsa—. Lo siento, busco a Ian —dije en un intento de alejarme.

Extendió la mano y señaló al otro lado de la sala.

—Está allí mismo, hablando con las gemelas Romper. Son unas vocalistas prometedoras. Tan populares como The Wreckage.

Levanté la vista hacia los dos bellezones del baño y se me cerró el estómago.

Coqueteaban con Ian, le tocaban los hombros y echaban la cabeza hacia atrás entre risas, mientras él mantenía las manos pegadas al cuerpo con una sonrisa incómoda.

—Lo he mandado a charlar con ellas. Ya sabes, para que haga contactos y eso —explicó. Se metió las manos en los pantalones a medida y se balanceó de un lado al otro—. Me alegro de haberme topado contigo, la verdad. Esperaba saber más sobre la señorita Hazel Stone.

—No hay mucho que saber, en realidad.

Se rio.

—Humilde, ¿eh? Eso está bien. No hay mucha gente humilde en el lugar de donde yo vengo. Debo admitir que casi siento que te conozco por la cantidad de veces que Ian te menciona. Debéis de llevar años juntos.

—En realidad, no hace tanto tiempo. Conectamos durante el verano y lo hicimos oficial justo antes de que Ian se marchara a Los Ángeles a trabajar contigo.

—Vaya. Qué sorpresa. Así que no es una relación demasiado seria —comentó. No me gustó la forma en que pronunció esas palabras.

—En eso no estoy de acuerdo. Estamos muy unidos.

—Ya, estoy seguro de que es cierto. El amor joven y todo eso. Solo me preocupa cómo marcará el futuro de su carrera el hecho de que esté con alguien como tú.

—¿Perdón? ¿Alguien como yo?

—Ya sabes, una madre soltera. Tienes una hija, ¿verdad?

Me quedé callada y no me gustó nada el tono de la pregunta. Estaba claro que sabía cosas sobre mí.

Me dedicó otra sonrisa y esta vez no le devolví el gesto.

—Tengo que preguntar, ¿es de Ian? Desde el punto de vista del *marketing,* es importante saber estas cosas.

—No, no lo es, pero es una situación bastante privada de la que no me siento cómoda hablando. Ahora, si me disculpas… —Me adelanté, pero me quedé paralizada cuando volvió a hablar.

—Solo me preocupan los titulares sobre tu relación con Ian. Y el hecho de que tu madre esté en la cárcel por dirigir un laboratorio de metanfetamina.

—Estás cruzando muchas líneas —rugí y me volví para enfrentarlo—. No sé cómo sabes lo de mi madre, pero no es asunto tuyo.

—Pero lo es. Con una rápida búsqueda en Google, es muy fácil averiguar todo lo que hay que saber sobre cualquier persona del planeta. ¿Qué crees que pensará la gente cuando se entere de que Ian tiene una relación con una adicta a las anfetas?

—¿Qué? No. Nunca he consumido drogas. No tengo ningún problema. No soy mi madre.

—¿Qué importa eso? Internet te convertirá en tu madre. Retorcerán la historia y tejerán una red de mentiras. Harán que parezca que Ian también es un drogadicto. Lo apagarán antes de que haya tenido tiempo de brillar, ¿y por qué? ¿Por una chica con la que ni siquiera iba en serio antes del verano? ¿Es lo que quieres para él? ¿De verdad quieres destruir su oportunidad de ser famoso por una historia de amor que quizá ni siquiera sea duradera?

Abrí la boca para hablar, pero no me salió ninguna palabra. Era como si Max me hubiera robado hasta la última pizca de valor con solo mirarme. Lo que más odiaba era que las palabras me sonaran ciertas. Los mismos pensamientos me habían asolado durante semanas. ¿Qué imagen daría que fuera del brazo de Ian, sobre todo con Rosie? ¿Qué diría la gente? ¿Cómo nos juzgarían?

¿Qué pasaría con su carrera?

—Veo que lo estás asimilando. Sé que estás juntando las piezas en tu mente. No quiero ser el malo de la película, pero si es lo que parezco, que así sea. Recibiré esa bala para asegurarme de que estos chicos tengan la mejor oportunidad de progresar en su carrera musical. Llevo mucho tiempo en este trabajo y sé cuándo la gente tiene lo que hay que tener. Ian Parker lo tiene a raudales. Solo te pido que no lo frenes. Tienes que dejarlo volar. Está preparado para despegar. Rompe con él. Será más difícil si lo retrasas. De verdad que lo entiendo.

—No, para nada —espeté.

—Créeme, lo hago. Los dos sois del mismo mundo. Sus padres son drogadictos y los tuyos también.

—No conectamos por ese motivo. No tienes ni idea.

«Caminos de tierra. Hogueras. La cocina de Holly».

—Claro que sí, bonita. Sois del mismo mundo, pero ¿Ian? Está de camino a un planeta completamente nuevo. A ver, míralo —dijo y señaló de nuevo a donde estaba con las gemelas—. Ese es su futuro. Ese es el tipo de mujeres que necesita llevar del brazo. Conténtate con formar parte de su pasado.

Algún día será una buena historia para contar a tus nietos, que saliste con Ian Parker, la superestrella, durante un corto periodo de tiempo.

No le dije ni una palabra más. El cabronazo de Max Rider.

El hombre que decía la verdad, aunque mi corazón no quisiera oírla.

Me alejé de él y fui hacia Ian. Los nervios que me atravesaban desaparecieron cuando levantó la vista para mirarme y me regaló una sonrisa. No su sonrisa de Ian Parker el famoso, sino la verdadera. La que guardaba solo para mí.

«Eso es real. Somos reales».

Pasé por delante de las gemelas e Ian me tendió la mano. La tomé y me sentí en casa una vez más. Por supuesto que no me parecía a las mujeres que me rodeaban, pero él me miraba como si fuera la más hermosa del mundo.

Me atrajo a su lado y me dio un fuerte apretón. Más consuelo.

—Erin, Trina, esta es Hazel, mi novia.

Me miraron como si fuera basura y no pude evitar sonreír. Les tendí la mano para estrecharla.

—Encantada de conoceros —dije.

—Igualmente —respondieron al unísono.

Ian se inclinó hacia mí y me susurró al oído.

—¿Y si nos vamos de aquí, nos ponemos el pijama y pedimos algo al servicio de habitaciones?

—Me has leído la mente.

Nos excusamos de la conversación y las gemelas se quedaron aturdidas y confusas. Ian tenía un coche esperando en la parte de atrás y, cuando salimos, parecía sumido en sus pensamientos mientras estudiaba el cielo.

Jugueteé con los dedos, nerviosa, mientras las palabras de Max se repetían una y otra vez en mi cabeza. Quería ignorarlas y permitir que mis sentimientos por Ian fueran lo más fuerte del mundo, pero me era imposible no sentir una punzada de dolor en el pecho.

Si Max había sido capaz de averiguar todo eso sobre mi pasado en un periodo tan corto de tiempo, estaba segura de que otros también lo harían.

Lo mío con Ian había ido muy rápido. Ni siquiera habíamos tenido la oportunidad de hacernos a la idea de que estábamos juntos antes de que se fuera a Los Ángeles. Después, había pasado todo lo de Rosie, lo que había añadido otro obstáculo a la situación.

Todo era muy reciente aún, la posibilidad de una historia de amor muy nueva, así que no habíamos tenido oportunidad de concretar nada.

Ian miraba el cielo y yo, a él.

—¿Sabes? Todas las noches desde que me fui, he salido a mirar la luna. Me paro un rato a mirarla en todas sus fases y siento una extraña sensación de confort. Los Ángeles es diferente, Haze. Hay mucha gente, pero es como si nadie se conociera ni se preocupara por los demás. No es cercana. Es rígida. No me malinterpretes, agradezco todo lo que se me ha brindado. Las oportunidades han sido de otro mundo, pero me siento solo y echo de menos mi hogar. Así que, cuando miro la luna, me siento un poco mejor porque sé que tú estás mirando lo mismo en Eres.

No tenía ni idea del consuelo que me brindaban aquellas palabras.

Nos metimos en la cama después de atiborrarnos de frituras. Era la primera vez que hablábamos de verdad de todo lo que había pasado con sus padres. No quería presionarlo, pero me alegró que sacara el tema.

—Quiero fingir que no me ha destrozado la cabeza, pero lo ha hecho. Quiero fingir que no recé para que me eligieran, pero lo hice. Quiero fingir que no he bebido para soportar el concierto de esta noche, pero lo he hecho. Soy un desastre,

Haze, y ver el estado en que estaban me ha afectado mucho. Solo quiero parar un rato sin estar obligado a mostrarme feliz y contento como he tenido que hacer en la fiesta de esta noche. No quiero dar un concierto cuando me siento triste, pero tengo que hacerlo. De lo contrario, también fastidiaría a los chicos. Este no es solo mi sueño, es el suyo y, si me rindo, afectaría a mucha gente.

—Los chicos lo entenderán, Ian. En todo caso, nadie lo entiende mejor que esos tres.

Hizo una mueca.

—También está Max.

—Que se fastidie —espeté y se me erizó la piel al mencionarlo—. Como ya te he dicho, trabaja para ti. Tiene que hacerte la vida más fácil, no al revés.

Sin embargo, Ian no parecía convencido, así que dejé de lado ese punto de vista.

—Bueno, al menos durante esta noche, no tienes que fingir estar feliz ni «a tope». Puedes ser lo que necesites y estaré contigo. No iré a ninguna parte.

—¿Lo prometes? —susurró con la voz quebrada. Sonaba desconsolado—. ¿Prometes que no me abandonarás también?

—Lo prometo.

Me abrazó y esa noche se derrumbó a mi lado.

Estuve a su lado para recoger los pedazos. Cuando hicimos el amor, lo sentí en mis labios.

Capítulo 34

Hazel

En cuanto aterricé en Nebraska, conduje las pocas horas que me faltaban para llegar a Eres y fui directa a casa de Big Paw y Holly para recoger a Rosie. Sabía que solo habían pasado dos días, pero la echaba mucho de menos. Sentía un gran agujero en el pecho.

—Gracias por cuidarla —dije a Big Paw mientras tomaba en brazos a la niña. Holly nos miraba con su dulce sonrisa.

—Cuando quieras —refunfuñó él—. Aunque me haya vomitado en la cara.

Me reí.

—Lo hace mucho. Quería hablar con vosotros de Ian. Estoy un poco preocupada.

Las palabras aumentaron la preocupación en los ojos de sus abuelos.

—¿Qué pasa? —preguntó Holly—. ¿Qué le pasa?

—Se encontró con sus padres, por eso quería que fuera. Lo utilizaron y le pidieron dinero. Lo está pasando mal y trata de encontrarle el sentido a todo.

—Cabrones —refunfuñó Big Paw. Se quitó la gorra y se golpeó en la pierna con ella—. ¡Lo ves, Holly! ¡Es lo que dije que pasaría! Te dije que en cuanto al chico le fuera bien, esos dos vendrían para sacarle algo.

Holly frunció el ceño y asintió.

—¿Cómo está? —preguntó, con las cejas hundidas. Se le notaba la preocupación en los ojos y no la culpaba.

—Regular —expliqué—. Pero es fuerte. Se recuperará.

—No entiendo por qué no lo han dejado tranquilo. —Big Paw resopló—. Le iba muy bien por su cuenta. No era necesario que vinieran a fastidiarle la vida.

—Ya, pienso lo mismo. Si pudiéramos controlar las decisiones de los demás, la vida sería más fácil. —Calmé a una Rosie inquieta en mis brazos mientras Big Paw echaba humo.

—Llévate a la niña a casa y dale un biberón. Levántala un poco más arriba, así dejará de quejarse tanto.

Hice lo que me dijo y, como por arte de magia, Rosie se calmó.

¿Quién lo habría pensado?

Big Paw, el hombre que susurraba a los bebés.

Rosie y yo nos dirigimos a casa y, mientras abría la puerta, dejé el asiento de la niña en el suelo para encender las luces.

—¡Dios mío! —Jadeé cuando la habitación se iluminó. Garrett estaba en medio del salón, maltrecho, magullado y encorvado en el suelo—. Garrett, ¿qué te ha pasado?

Corrí junto a él para ayudarlo a levantarse, pero me detuve al oír otra voz.

—No me hizo caso, eso es lo que le ha pasado.

Me di la vuelta. Charlie estaba junto a la sillita de Rosie.

Se me erizaron todos los pelos del cuerpo cuando se agachó y la tomó en brazos.

—Suéltala —ordené y me lancé a por él, pero soltó una risa siniestra.

—¿Qué te hace pensar que puedes decirme lo que tengo que hacer? —siseó—. Después de cómo me has arruinado, de haberme encerrado durante todo ese tiempo y haber perjudicado mi negocio, ¿te crees con derecho a darme órdenes?

Intenté controlar los temblores, pero verlo con Rosie me producía pánico.

—Parece que te has labrado una buena vida aquí —comentó—. Viviendo el sueño, ¿eh? He oído rumores de que también sales con nada menos que la estrella de *rock* de Eres. Debe de estar bien.

—¿Qué quieres? —pregunté, y deseé que fuera al grano. Rosie empezó a llorar y Charlie se sentó en el sofá con ella para hacerla rebotar en sus rodillas.

—¿Qué crees que quiero? Lo que es mío. He perdido miles de dólares por culpa de tu trampa. He perdido clientes. Los de arriba están machacándome por tu culpa. Si no fuera por tu madre, aún seguiría encerrado. Así que he venido a cobrar. Cada centavo que tengas es mío. Cada cheque que recibas de este trabajo de mierda me pertenece. ¿Y ese final feliz que crees que tienes? ¿La historia de amor con tu estrella de *rock?* Eso se acabó.

—Deja a Ian fuera de esto.

—De ninguna manera. Verás, mi otra mitad pasará los siguientes dos años encerrada por tu culpa. ¿Por qué deberías vivir una historia de amor cuando yo no tengo la mía?

—Tú no quieres a mi madre —bramé—. Nunca la has querido. Te encantaba controlarla, igual que te gusta controlar todo. Por favor, ¡mira lo que le has hecho a tu propio sobrino!

—¡Me ha traicionado! —gritó Charlie. Se levantó y lo señaló con la mano sin soltar a mi hermana llorosa con la otra—. El muy imbécil me traicionó cuando te ayudó a quedarte a Rosie y lo pagará todos los días hasta que me demuestre que puedo confiar en él.

—Hizo lo correcto.

—A la mierda lo correcto. ¿Tengo pinta de que me importe? —dijo. Respiró hondo y volvió a sentarse—. Lo siento. A veces me puede el mal genio. Di una clase de meditación mientras estaba encerrado; estoy aprendiendo técnicas de respiración. En fin, como decía. Romperás con ese noviecito tuyo.

—¿Por qué eres tan cruel?

Se rio.

—Porque creo que tienes razón. Creo que me gusta controlarlo todo.

—No lo haré —dije—. No romperé con él.

—Es una mala idea. ¿Sabes qué más sería malo? —preguntó—. Que este bonito y viejo rancho se quemara. O, peor aún, que le pasara algo a tu querida hermanita.

Sabía que solo eran amenazas, pero también era consciente de que las amenazas de Charlie se convertían en promesas.

—Así que esto es lo que haremos. Me darás mi dinero cada dos semanas, romperás con la superestrella y vivirás una vida miserable, porque no mereces ser feliz. ¿Entendido?

—Di que sí, Hazel —jadeó Garrett.

—¿Qué te parece si aprendes a cerrar la boca? —dijo Charlie a su sobrino—. Los adultos están hablando. Y bien, Hazel, ¿qué dices? ¿Tenemos un trato?

Asentí despacio mientras las lágrimas me rodaban por las mejillas.

Se me acercó y me puso un dedo bajo la barbilla. Me levantó la cabeza hasta que le clavé la mirada.

—Necesito un acuerdo verbal, bonita.

—Sí, tenemos un trato —accedí entre temblores por el contacto.

—Ahora, saca el móvil, llama al tipo y dile que habéis acabado.

—¿Qué? ¿No puedo…? —Intenté discutir, pero el fuego en los ojos de Charlie bastó para aterrorizarme. Saqué el teléfono del bolsillo trasero y marqué el número de Ian.

«Por favor, no contestes; por favor, no contestes; por favor, no…».

—¿Sí?

—Hola, Ian, soy yo —dije con voz temblorosa.

—Genial. ¿Has llegado a casa?

—Sí, sana y salva. Hay una cosa que… Yo… Eh… —Las palabras se me enredaron en la lengua y me cubrí la boca con la mano para ocultar las lágrimas.

—¿Haze? ¿Qué pasa? —preguntó Ian, cada vez más preocupado.

—Escúpelo —ordenó Charlie en voz baja.

—Me ha encantado verte, Ian. De verdad, mucho, pero, después de ver el mundo que estás creando ahí fuera, me he dado cuenta de que ya no hay mucho espacio para mí en él.

—Espera, ¿qué?

—Creo que es mejor que lo dejemos ahora, antes de que tu carrera despegue. Lo siento. No puedo seguir contigo. No puedo seguir con esta relación.

—¿De qué narices hablas, Hazel? Estamos bien. Estamos de maravilla. Hemos hecho el amor esta mañana y todo iba bien. Te has ido y has dicho que me querías. Dime qué pasa. ¿Qué pasa en realidad?

—Nada. He reflexionado mucho en el vuelo de vuelta y está claro que vamos por caminos diferentes. Mi vida está aquí en el rancho y la tuya está ahí fuera en el mundo. Es mejor que lo dejemos ahora.

—No puedes decirme esto —empezó.

—Cuelga —ordenó Charlie y me dio un golpe en el brazo, lo que me hizo temblar aún más.

«No puedo», articulé en silencio.

—Cuelga ahora o me llevo a tu hermana —amenazó.

Con el corazón destrozado, corté la llamada mientras Ian exigía respuestas ante ese repentino cambio de opinión.

—Buena chica —susurró Charlie y me frotó el cuello con la mano, lo que me provocó un escalofrío en la columna—. Toma. Agarra a esta zorra —dijo y me entregó a Rosie—. Ha sido un placer hacer negocios contigo. Garrett, levanta el culo, nos vamos.

Obedeció a su tío y se dirigió a trompicones hacia la puerta principal.

Charlie se volvió para mirarme, y luego a la alfombra.

—Media taza de agua tibia mezclada con una cucharada de amoníaco. Eso eliminará la mancha de sangre de la bonita alfombra.

Luego se marchó y me dejó allí entre sollozos con Rosie en brazos. Nuestras lágrimas se entremezclaron mientras ella aullaba de tristeza.

Mi móvil no dejaba de sonar y el nombre de Ian aparecía en la pantalla, pero no me atreví a contestar. Aunque necesitaba oír su voz.

Tres días más tarde, Ian volvió a Eres y se presentó delante de mí con expresión confusa y dolorida.

—¿Max te ha dicho algo? ¿Ha intentado alejarte? —preguntó cerca del cobertizo aquella tarde.

«Ian... Por favor, no me lo pongas más difícil».

—No es eso —dije—. Siento que no somos el uno para el otro.

—Nadie encaja mejor que nosotros, Haze. Somos nosotros. No entiendo nada. Hablas como si ya no creyeras en lo nuestro, como si no pudiéramos resolverlo.

Cerré los ojos y negué con la cabeza.

—Porque no lo creo. Lo siento, Ian. Mi vida ha cambiado y tengo que aceptar este cambio de rumbo. Ahora, mi responsabilidad es cuidar de mi hermana. Tú y yo no podemos...

—No lo hagas —rogó y negó con la cabeza—. No lo digas.

—Ian. No podemos seguir con esto. No puedo ser tuya y tú no puedes ser mío.

—Estás huyendo antes de darnos una oportunidad. Sé que las cosas han sido una locura y que todavía no hemos encontrado un equilibrio, pero tan solo necesitamos más tiempo.

—Tienes razón. Necesitamos tiempo para olvidar la idea de lo nuestro. Eres una persona increíble, Ian Parker, y te esperan muchas cosas extraordinarias. Pero me niego a ser la chica que se interpone entre tus sueños y tú. Sé que dices que no lo haré, pero será exactamente así. Sobre todo con Rosie. Así que terminemos ahora. Prefiero romper contigo, me importas demasiado como para seguir con esto.

—Lo prometiste —dijo, y sacudió la cabeza, incrédulo—. Prometiste que no te irías. Prometiste que no me abandonarías.

Lo sentí como una puñalada en el alma. Conocía su sufrimiento. Sabía que temía que lo dejaran atrás, pero ¿qué opción tenía? No había alternativa, porque no solo ponía el rancho de su familia en peligro, sino también a Rosie, y no permitiría que le pasara nada. No permitiría que le hicieran daño por mi egoísmo y mi relación con Ian. No respondí al comentario y fue lo más duro que he hecho, porque no pretendía abandonarlo. Si la decisión fuera mía, lo querría para siempre.

Agachó la cabeza.

—Quiero insistir, pero parece que ya te has decidido.

—Lo he hecho y lo siento. Es mejor así. Sé que ahora no lo ves, pero es lo mejor. Lo siento mucho, pero es mejor hacerlo ahora que dentro de unos años.

Las lágrimas me inundaron los ojos, aunque hice todo lo posible por apartarlas. No quería llorar, porque estaba segura de que él querría secármelas.

Vi el momento exacto en que su caparazón se cerró. Los ojos le brillaron con el mismo odio que me había profesado cuando nos habíamos conocido. Apretó la mandíbula y se metió las manos en los bolsillos de los vaqueros.

—Ian. Lo siento, por favor, no…

«No me odies».

«Por favor, no me odies».

—Quédate con la casa. Quédate con el trabajo. Quédate con todo, Hazel. Pero no quiero volver a saber de ti.

No dijo nada más. Cuando se alejó, sentí como si la cabeza me diera vueltas a causa del pánico que me apretaba las entrañas. Se iba, estaba sufriendo y volvería a levantar un muro por mi culpa.

—Ian, espera.

Volvió a mirar hacia mí y un destello de esperanza le cruzó la mirada.

Tragué con fuerza.

—¿Tal vez podamos seguir siendo amigos?

—¿Amigos? —La esperanza se esfumó de su mirada, que se volvió fría como una piedra—. Que os den a ti y a tu amistad, Hazel Stone.

Capítulo 35

Ian

«Tal vez podamos seguir siendo amigos».

¿Estaba de broma? Después de todo lo que habíamos pasado, esas palabras me sentaron como una bofetada en la cara.

Ni siquiera había intentado encontrar un punto medio para nuestro amor. No me había dado la oportunidad de demostrarle cómo hacerlo funcionar. Simplemente había cortado la cuerda y se había marchado sin siquiera intentarlo. Habían pasado semanas desde que Hazel había zanjado lo nuestro, pero había contactado conmigo y seguía diciendo que esperaba que fuéramos amigos como antes.

«Sí, los cojones».

Ya no sabía cómo ser su amigo y no quería serlo. Quería estar con ella para siempre.

Al menos, eso pensaba cuando creía conocerla. Había resultado que no era nada que valiera la pena perseguir. Me había abandonado, porque eso hacía la gente. Siempre me abandonaban.

Estaba en el aeropuerto, esperando para subirme al avión que nos llevaría al próximo concierto. Ojeaba el Instagram de Hazel, donde tenía fotos de Rosie y ella, que no dejaban de sonreír. No sabía por qué seguía mirando las fotografías, como si no me destrozaran, pero no era capaz de contenerme.

Se la veía feliz.

¿Por qué parecía feliz después de haberme arrancado el corazón de cuajo y haberlo pisoteado?

No lo entendía. Creía que teníamos algo real, algo que lo dos ansiábamos en el mundo: un amor real.

Sin embargo, a lo mejor lo había soñado. Tal vez nunca hubo nada real entre nosotros. Tal vez solo fue una historia temporal.

Debería haberlo sabido. Todas las cosas buenas siempre se van.

—¿Estás bien, tío? —preguntó James, y me dio un codazo en el brazo.

Apagué el teléfono y lo guardé en el bolsillo.

—Sí, estoy bien.

Frunció el ceño, consciente de mi mentira.

—No creo que Hazel lo hiciera porque no sentía nada por ti. Creo que intentaba protegerte de verdad.

Resoplé.

—¿Protegerme de qué?

—De que renuncies a tu gran sueño.

—No habría renunciado a mi sueño. Sigo aquí, ¿no? He estado presente, he actuado y he puesto el cien por cien en la música. Así que a la mierda esa excusa. No me la creo. Incluso la invité a que viniera con nosotros y trajera a Rosie. Me desviví por traerlas a nuestro mundo.

—Sí, lo sé, pero espero que no creas de verdad que era lo mejor.

—¿Qué quieres decir?

Puso una mueca y me dio una palmadita en el hombro.

—Ian, Rosie solo tiene cuatro meses y Hazel acaba de conseguir un poco de normalidad en su vida. ¿De verdad crees que sería prudente llevar de gira a una niña tan pequeña como Rosie? ¿Qué clase de vida sería para ella? ¿Y para Hazel? Querías pedirles que abandonaran su mundo para meterse en el tuyo, y eso no es justo.

Odiaba que tuviera razón y odiaba ser egoísta, pero me daba igual. Las quería allí, conmigo, para que Hazel y yo tuviéramos nuestra oportunidad. Era una estupidez; lo sabía.

Apenas me imaginaba a mí en la carretera durante meses, viajando de ciudad de ciudad, de hotel en hotel, sin ningún tipo de normalidad. No estaba bien hacerle esa oferta a Hazel. Aun así, lo había intentado.

—Mierda —murmuré y me froté la cara con las manos.

—Sé que es un asco, tío, y sé que te importa de verdad, de la misma manera que le importas a ella, pero deberías superar estas próximas semanas y recordar por qué empezamos todo esto. Se trata de la música. Siempre ha sido la música.

Eso era cierto. Todo había sido por la música, antes de saber que había algo más en el mundo.

Le regalé una sonrisa torcida.

—Estaré bien. No te preocupes por mí. Solo tengo que superar las primeras semanas después de este cambio y volveré a ser el de siempre.

Mentira.

Mentira, mentira, mentira.

Me dio otra palmadita en la espalda antes de irse a hablar con los demás. Suponía que para informarles de que no se me había ido la cabeza del todo y de que sería capaz de comprometerme durante los próximos meses. Y lo haría. «Para siempre» seguía siendo cierto cuando se trataba de mis compañeros de grupo, a pesar de que últimamente me había apartado un poco. Se dejaban la piel día tras día, ¿y qué había hecho yo? Darles razones para dudar de nuestra oportunidad de alcanzar la fama porque tenía el corazón roto a causa de algo que ya no era mío.

Los muros que tanto me había costado derribar en los últimos meses empezaban a levantarse de nuevo cuando la realidad se imponía, nunca había conocido a Hazel Stone de verdad.

Tenía que apagarlo todo. Los sentimientos, el corazón, las emociones.

Dejé de seguirla en redes sociales. Borré todos nuestros mensajes anteriores. La dejé ir tanto como pude, luego me subí al avión y encontré el *whisky.*

Me enorgullecía de ser capaz de implicarme del todo en los conciertos, por mucho que me pesara el corazón. Me resultaba más fácil cuando estábamos bajo los focos y un público que había agotado las entradas nos cantaba nuestras letras.

Cada día daba gracias a Dios por nuestros fans y por tener la posibilidad de conocerlos, de actuar para ellos. El trabajo tenía muchas partes difíciles, muchas cosas que odiaba y de las que desearía no formar parte. Conocer y saludar a los fans no era una de ellas. En todo caso, era lo mejor de mi carrera. Gracias a aquella gente tenía la vida que tenía. Gracias a su amor y apoyo incondicionales me dedicaba a lo que más me gustaba, la música.

Las colas crecían más y más en cada concierto, lo que me parecía surrealista. Todo sucedía a gran velocidad. Me preguntaba si así se sentirían todos los grupos. Un día, actuaban en institutos, y al siguiente, ¡bum!, tenían millones de admiradores.

Los fans acudían en tropel, cientos de personas que se gastaban demasiado dinero para conocernos al grupo y a mí durante el escaso tiempo que tardaba en garabatear mi nombre y sacar una foto. No quedaba espacio para conversaciones, pero sí para las lágrimas.

El hecho de que la gente llorara por mí y por mis compañeros me desconcertaba. Todo parecía un sueño. Los días se mezclaban con las noches y las semanas se convertían en meses.

Aun así, de vez en cuando, Hazel Stone me cruzaba la mente. Intentaba sacarla de mis pensamientos, pero me era casi imposible. Cuando llamaba a casa para charlar con la abuela y el abuelo, me costaba mucho no preguntar cómo estaba. A veces oía a Rosie llorar de fondo y me daban ganas de volver corriendo a abrazarla.

«Eres idiota —pensaba para mis adentros—. Ni siquiera es tu hija y la echas de menos».

Cada vez que Hazel me venía a la cabeza, dejaba que se quedara allí un rato antes de seguir adelante y volver a centrarme en la música. El maldito Max Rider me dijo que debía encontrar a una modelo *sexy* a la que tirarme para olvidarla, pero era lo último que me apetecía. Por suerte, Marcus estaba más que dispuesto a quitarme a las modelos de encima.

No estaba de gira por el sexo, las drogas y el *rock & roll*. Solo había una razón, compartir mi música con las masas, y era exactamente lo que estábamos haciendo.

Sin embargo, aunque estaba rodeado de miles de fans que coreaban mi nombre, nunca me había sentido tan solo.

Si me hubieran preguntado años atrás si echaría de menos Eres, me habría reído. Aun así, había días en los que preferiría estar en la pocilga, paleando heno y mirando a Hazel Stone mientras me contaba confesiones.

Por mucho que intentara apagar el corazón, no lo conseguía. Era como si después de que ella lo hubiera despertado, no pudiera desconectarlo. Y dolía. Me dolía tanto que algunos días lo único que quería era quedarme en la cama y dormir.

Como esa no era una opción, recurrí al *whisky* para sobrellevarlo.

Todos los días bebía más de lo que debería para evitar que se me rompiera el corazón. Los chicos lo mencionaban algunas veces cuando aparecía con las gafas de sol puestas en los encuentros con los fans, pero no tenía energía para darles explicaciones. Estaba hecho una mierda y necesitaba el *whisky* para seguir adelante.

Nunca me había perdido un concierto.

Debería ser lo único que les preocupara; siempre aparecía.

Habían pasado tres meses desde que Hazel y yo habíamos terminado. El grupo y yo volvíamos oficialmente a Los Ángeles para terminar de grabar las canciones de nuestro primer álbum. Después del lanzamiento, sabía que nuestras vidas estarían aún más ocupadas.

Una noche, después del último encuentro con los fans antes de volver a Los Ángeles, James me apartó. Debió de oler el *whisky* en mi aliento, igual que todas las noches anteriores.

Frunció el ceño.

—Sé sincero, Ian. ¿Eres feliz?

Me reí sin ganas.

—¿Qué tiene que ver la felicidad con todo esto? Nos estamos haciendo famosos —comenté con sarcasmo. Quiso discutir mis palabras, pero lo detuve. Después de todo, el espectáculo debía continuar.

Me sorprendió cómo parecía que todos tus sueños se habían hecho realidad y, sin embargo, no ser como esperabas.

Tenía pesadillas. Algunas con mis padres, otras con Hazel. No recordaba todos los detalles, pero, al final de cada sueño, caía por lo que parecía un agujero negro interminable. Gritaba para pedir ayuda y todo el mundo se paraba a mi alrededor para observarme caer en espiral. Sin embargo, nadie se acercaba para ofrecerme su mano. En su lugar, me veían caer sin esperanza de encontrar el camino de vuelta a tierra firme.

Cuando despertaba, me sentaba en la oscuridad de la habitación y volvía a dormirme con la esperanza de que los sueños no volvieran.

Capítulo 36

Hazel

—James dice que Ian está triste —comentó Leah durante nuestra noche de chicas, que se había convertido en un evento semanal.

Nos dábamos atracones de Netflix, nos poníamos mascarillas faciales y comíamos comida basura mientras Rosie se revolcaba en el parque. Leah se había convertido en mi mejor amiga y no tenía palabras para agradecerle lo suficiente que me ayudaba a cuidar de la niña cuando tuve que hacer los exámenes en línea.

Se me encogió el pecho sentada en el sofá mientras comía palomitas. Lo último que quería oír era que Ian lo estaba pasando mal con la separación. Había tenido la extraña esperanza de que fuera capaz de dejar de pensar gracias al despegue de su carrera.

—Ojalá me hubieras traído una noticia mejor —murmuré.

El sentimiento de culpa me comía viva, junto con la soledad. Echaba muchísimo de menos a Ian. Mi sueño también se había visto afectado por todo lo que había pasado en las últimas semanas. Las pesadillas habían vuelto, soñaba que Charlie le hacía daño a Rosie, lo cual era mi mayor miedo en el mundo.

¿Lo más duro de las pesadillas? Cuando despertaba, Ian no estaba ahí para abrazarme. No podía descolgar el teléfono y encontrar la calma en su voz. Ni acudir a él en busca de consuelo.

Leah frunció el ceño mientras la mascarilla de arcilla se endurecía.

287

—Yo también desearía contarte algo mejor, pero la verdad es que James está bastante preocupado. También me ha dicho que Ian ha estado bebiendo mucho. Los chicos creían que la música y los conciertos lo ayudarían, pero ya no pone el corazón en ello. ¿Sabes por qué creo que es?

—¿Por qué?

Se acercó y puso las manos sobre las mías.

—Porque tú eres su musa y ya no te tiene. Te echa de menos, Hazel.

Bajé la cabeza y los ojos se me llenaron de lágrimas.

—Lo sé.

—Y tú lo echas de menos. Me doy cuenta. Tampoco has sido tú misma y, si te soy sincera, no entiendo por qué rompiste con él. Erais tan perfectos como Big Paw y Holly; estabais destinados a estar juntos. Me gustaría tener lo que Ian y tú. ¿Es por la distancia? ¿Por las mujeres que rondan al grupo? Porque solo buscan notoriedad.

—No sé qué significa eso —comenté.

Se rio.

—Por supuesto que no, mi dulce, dulce Hazel. Lo que digo es que Ian jamás te traicionaría liándose con otra, si es lo que temes.

—Ojalá fuera eso, pero es mucho más complicado, Leah. Estar con Ian supone un riesgo mucho mayor que no estoy dispuesta a correr.

Entrecerró los ojos y me miró desconcertada.

—Suenas como una telenovela —bromeó, nerviosa—. ¿Qué riesgo hay en que Ian y tú seáis pareja?

Tragué con fuerza y negué con la cabeza, y se me inundaron los ojos. Solo pensar en las amenazas de Charlie me aceleraba el corazón. La forma en que había hablado de acabar con el rancho y, peor aún, de hacerle daño a Rosie, me aterrorizaba.

—Hazel —suspiró Leah, con los ojos llorosos al verme afectada—. ¿Qué pasa?

288

—No debería decírselo a nadie. Cuantas más personas lo sepan, mayor será el riesgo.

—Tienes mi palabra de que no diré nada, lo prometo. Además, lo que sea que te corroe no debería recaer solo sobre tus hombros. Hazel, has hecho mucho por ayudar a los demás. Tienes diecinueve años y estás criando a tu hermana recién nacida. Te mereces ayuda. Déjame ayudarte. Déjame quitarte un peso de encima.

Inhalé hondo y las lágrimas me rodaron por las mejillas.

—Es Charlie. Ha vuelto al pueblo.

Levantó una ceja.

—¿Charlie? ¿Quién es Charlie?

Eso desencadenó un mar de información para poner a Leah al corriente de la locura que era mi vida. Cuantos más detalles le daba, más abría la boca, horrorizada y sorprendida. Cuando terminé, se recostó en el sofá, incrédula.

—¡Joder! Sí que es una telenovela —exclamó, angustiada—. Por Dios, Hazel. ¿Has lidiado con esto tú sola?

—No tenía a nadie a quien contárselo. Tenía que hacerlo por mi cuenta; era la única opción.

—No —discrepó y negó con la cabeza—. Tal vez en el pasado tuvieras que encargarte de todo sola, pero ya no tienes que hacerlo. Ahora tienes una familia. Personas en las que apoyarte y a quienes pedirles ayuda, o al menos consuelo.

Le dediqué una sonrisa torcida mientras me limpiaba las lágrimas que me caían de los ojos.

—Gracias, Leah.

—De nada. Ahora todo tiene sentido. Por qué alejaste a Ian. Si te hace sentir mejor, yo habría hecho lo mismo, sobre todo si ese psicópata amenazó a Rosie. Tomaste la decisión correcta, aunque sé que te duele.

—Mucho, Leah. Solo me queda pensar en Ian y odiarme por haberle hecho daño. Sé que tenía problemas de abandono y que lo hiciera justo después de haberse cruzado con sus padres solo empeoró las cosas. Me gustaría explicárselo, pero es demasiado arriesgado. Solo espero que sea capaz de seguir adelante y encontrar la felicidad de nuevo.

—Seguro que los chicos se encargarán de cuidarlo. No tengo ninguna duda al respecto. En cuanto a ti, me tienes a mí para asegurarme de que vuelvas a encontrar la felicidad. Para eso están las amigas.

Le di las gracias mientras se inclinaba hacia mí para darme el abrazo más fuerte de la historia y me prometía que todo se arreglaría algún día.

Ojalá fuera cierto, pero Charlie había salido de la cárcel y eso bastaba para tenerme siempre en vilo. ¿Qué pasaría si se le iba la cabeza y decidía hacernos daño a Rosie y a mí? Era un loco cuyas acciones nunca tenían sentido. Al menos, Ian estaba fuera de su alcance. Saberlo me proporcionaba un mínimo consuelo.

Esa misma noche, me desperté de una pesadilla porque Rosie lloraba. La tomé en brazos para tranquilizarla para que se durmiera; luego, la saqué a la oscuridad de la noche y la acuné en la mecedora del porche. Miré las estrellas que brillaban en el cielo y pedí algunos deseos.

Primero deseé que mi hermana estuviera a salvo de cualquier daño. Si alguna vez le ocurría algo a esa niña, que había tenido la oportunidad de ser adoptada por una familia que jamás arriesgaría su vida, nunca me lo perdonaría.

Después deseé que Ian fuera feliz y recé porque, de alguna manera, diera con otra musa. Deseé que se alejara de mí y que su maltrecho corazón sanara con el tiempo. Deseé que no renunciara al amor y se cerrara en banda de nuevo. Se había esforzado mucho por conectar con lo que sentía y no me gustaría que volviera a perder esa conexión consigo mismo.

Por último, pedí un deseo para mí. Deseé ser capaz de mantenerme fuerte incluso en los momentos más oscuros y que mi corazón siguiera latiendo cada día, aunque doliera más y más a medida que pasaba el tiempo sin Ian a mi lado.

Si se cumplían, nunca pediría otro deseo a ninguna estrella.

Capítulo 37

Ian

—¿Estás de broma? —dijo Eric en la reunión con la discográfica. Todos lo miramos con total incredulidad mientras hablábamos con el equipo de personas encargadas del lanzamiento de nuestro primer álbum—. ¿Cómo ha podido ocurrir algo así? Joder, ¿no tenéis todo un equipo que se asegura de que estas cosas no pasen? Sois Mindset Records, por el amor de Dios. ¿Cómo ha ocurrido?

Eric estaba enfadado, algo que no ocurría a menudo, pero tenía toda la razón.

Maldición, todos la teníamos.

Nuestro primer álbum, en el que habíamos derramado sangre, sudor y lágrimas, se había filtrado en internet.

Max se sentó a la mesa y comprobó varias veces sus dos móviles mientras intentaba controlar los daños de la situación. Donnie Schmitz, el director de Mindset Records, estaba a la cabeza de la mesa, con las manos juntas.

—Seamos sinceros; ha sido un gran error por nuestra parte. Lo peor es que aún faltan dos meses para el lanzamiento del álbum. Lo que significa que tenemos que tomar algunas decisiones. No sacaremos un material que ya se ha filtrado, así que debemos cambiarlo. Necesitamos algo nuevo y tenemos que meterlo en el estudio de grabación lo antes posible.

—¿Qué? —resoplé—. ¿Me tomáis el pelo? Nos ha llevado meses grabar esas canciones. No podemos sacar un nuevo álbum de la nada.

—Sé que suena desalentador —comenzó Donnie.

—Creo que la palabra que buscas es «imposible» —corrigió Marcus con una mueca.

—Pero ya tenemos una lista de pistas terminadas —continuó—. Solo tenéis que meteros en el estudio y hacer vuestra magia.

—¿Qué quiere decir eso de pistas terminadas? —preguntó James.

—Hemos contactado con algunos de los mejores compositores de la industria —dijo Max y asintió con la cabeza—. Tenemos buenas noticias. Los temas son de Warren Lee.

Levanté una ceja.

—¿Warren Lee?

—Sí. —Max asintió. Warren era uno de los mejores compositores de la industria, si no el mejor. Trabajar con él implicaría ganar Grammys y mucho dinero. Todo lo que tocaba se convertía en un disco de platino. Pero ¿qué significaría para nosotros usar sus canciones?

No sería auténtico. No sería nuestro.

—Componemos nuestra música —dijo Marcus, con las manos juntas y una mirada decidida.

—Sí, pero no tenéis tiempo para hacerlo. Lo habéis dicho vosotros. Os costó una eternidad crear esos temas. Así que os quitaremos la parte más difícil del trabajo. Solo tenéis que ir al estudio y hacer lo que os digamos.

—No somos robots. —Eric suspiró, se quitó las gafas y se pellizcó la nariz—. No nos limitamos a producir en serie.

—Sí. ¿No te lo dijimos desde el primer día, Max? Queríamos ser nosotros, The Wreckage. No un grupo fabricado de mierda y sin voz propia —añadió James.

Me quedé en silencio, sin saber qué decir. Primero, porque estaba un poco borracho, y, segundo, porque no conseguía asimilar que todos aquellos meses de trabajo se hubieran ido al garete. Todo lo que habíamos sacrificado para crear el álbum no había significado nada.

Todo el tiempo que podría haber estado en Eres con Hazel, reforzando nuestra conexión…

¿Qué?

No.

El *whisky* debía ahogar los pensamientos sobre Hazel, no empeorarlos.

Aun así, me dolía que el tiempo que habíamos pasado creando música no hubiera servido para nada.

Mierda. ¿Qué sentido tenía todo?

—Eso era antes de la filtración. Mirad, chicos, yo también estoy enfadado. ¿Creéis que quería que esto pasara? Por supuesto que no, pero aquí estamos. Son las cartas que tenemos, y podemos quejarnos y lloriquear por ello todo el puñetero día, o ponernos a trabajar. Además, Warren Lee crea superestrellas, y vosotros lo seréis si dejáis de poneros la zancadilla.

El ambiente general era bastante descorazonador. Parecía que a mis compañeros los hubiera atropellado un camión. Eric no dejaba de repetir que no entendía cómo había ocurrido algo así con el sistema de seguridad de la discográfica.

¿Cómo se filtraba un álbum entero?

—¿Y si nos negamos a usar las canciones de Warren? —pregunté.

Donnie apretó los labios y me miró con dureza.

—Firmasteis un contrato con Mindset Records. Sabemos que este asunto no ha sido culpa vuestra, pero, sinceramente, nos debéis música. El tiempo corre y no quiero tener que implicar al departamento legal.

Por supuesto.

Nos habían arrinconado: nos obligarían a sacar algo que no sería auténtico, que no sería nuestro.

Era la peor pesadilla de un artista.

¿Por qué parecía que el mundo se estrellaba a nuestro alrededor? ¿Por qué sentía que nuestro sueño se estaba convirtiendo, lenta pero inexorablemente, en algo que ya no nos pertenecía?

Estábamos en manos de un sello discográfico que controlaba todos nuestros movimientos con amenazas de demandas, que sin duda perderíamos.

Me aclaré la garganta.

—¿Podemos hablar un minuto a solas?

—Claro. Pero no pierdas mucho tiempo buscando una manera de evitar esto —dijo Donnie mientras se levantaba; el resto de los directivos lo siguieron—. No tenemos tiempo para artistas que vayan de divas.

Divas.

No sabía que querer contar tus propias verdades te convirtiera en una diva.

Todos salieron de la habitación y los chicos y yo nos quedamos sentados alrededor de la mesa. Los chicos y Max.

Todos lo miramos con cara de confusión. Miró a su alrededor con una ceja arqueada.

—¿Qué?

—Queremos hablar a solas —dijo Marcus.

—Soy vuestro agente. Tengo que estar en estas reuniones.

James negó con la cabeza.

—Es más bien una conversación solo para el grupo. Te avisaremos cuando hayamos puesto en común nuestras ideas.

Max suspiró y se pasó la mano por la boca. Murmuró algo en voz baja y me alegré de no haberlo oído. Supuse que nos habría llamado mocosos malcriados o algo así.

Agarró una carpeta y la deslizó hacia nosotros.

—Estas son algunas de las canciones de Warren. Miradlas. Tienen un Grammy asegurado. No seáis idiotas, chicos. Escoged bien.

Con eso, se fue y cerró la puerta tras de sí. En el momento en que la cerradura chasqueó, Marcus se levantó.

—¿Están de broma? —exclamó y agitó las manos como un loco.

—No lo haremos, imposible —dijo Eric mientras ojeaba las canciones—. Estoy seguro de que los temas de Warren son geniales, pero no somos nosotros. Hemos construido toda nuestra identidad en torno a ser nosotros. La gente no quiere las canciones de Warren, quiere las nuestras.

—Es imposible componer un nuevo álbum en tan poco tiempo. No lo conseguiríamos —dijo Marcus, derrotado—. Además, seguro que nos hinchan a gastos legales y acabamos más pobres que antes de salir de Eres.

—Intentémoslo —ofreció James—. Intentemos crear nueva música durante los próximos meses. Sé que será muy difícil, pero nos dejaremos la piel para conseguirlo.

Los tres discutieron sobre lo que funcionaría y lo que no. Cuanto más lo hacían, más sentía que me ardía el pecho.

Agarré las páginas de la mesa y ojeé las canciones que Warren Lee había escrito.

Desconecté mientras leía unas letras que no significaban nada para mí. Letras fabricadas en serie y de lo más corrientes. Letras que pertenecían a otra persona.

Y me obligarían a cantarlas.

—Usaremos las canciones de Warren —dije y me levanté.

—¿Qué? No, tío, imposible. Eso sería venderse —protestó James.

—Tiene razón, Ian. Sé que la situación es difícil, pero no tiraremos por la borda todo por lo que hemos trabajado —concordó Marcus.

—Tenemos un tiempo limitado y no podemos perderlo en intentar sacar nuevos temas —expliqué.

—Pero… —Eric suspiró y no terminó la frase. Probablemente porque sabía que tenía razón.

—No permitiré que nos endeudemos y nos demanden por esto, chicos. No hay alternativa. Tenemos que seguir adelante.

—¿Incluso aunque signifique vender nuestras almas a la música convencional? —preguntó Marcus.

—Seamos sinceros, las vendimos en el momento en que firmamos los contratos. Si queríamos seguir siendo pequeños, deberíamos habernos marchado desde el principio. Firmamos un contrato y no hay manera de escapar de eso. Le diré a Max que nos llevamos las canciones de Warren y mañana iremos al estudio para ponernos en marcha.

Salí de la habitación y solo me detuve cuando James vino detrás de mí.

—Ian, espera. ¿Qué pasa, tío?

—¿Qué quieres decir?

Entrecerró los ojos como si mirara a un desconocido.

—¿Ni siquiera quieres pelear por tratar de crear nuestra propia música de nuevo? ¿No quieres intentarlo?

—Lo he intentado toda la vida, James. Lo intenté con mis padres, con Hazel y con la música. Querer no basta. Será mejor que nos dejemos llevar por lo que quieren que hagamos. Será más fácil así.

—Que sea fácil no significa que valga la pena. En realidad, no es lo que opinas. Solo te sientes derrotado, pero no dejes que el dolor te pese tanto.

—No siento dolor —dije y me encogí de hombros—. No siento nada.

—¿No crees que eso es un problema? —preguntó.

Tal vez lo fuera.

Pero estaba demasiado cansado para que me importara.

Estaba tumbado en medio de la oscuridad más profunda de la noche. Incluso cuando abrí los ojos, sentí que seguía mirando la negrura del interior de mis párpados. ¿Cuánto tiempo llevaba acostado entre las sombras? ¿Cuánto tiempo llevaba en mi estado actual? Me moví un poco y sentí un dolor en la parte baja de la espalda. Me dolía todo el cuerpo, de pies a cabeza, como si me hubiera atropellado un camión. ¿Qué narices había hecho el día anterior? ¿Correr una maratón? ¿Luchar contra un oso pardo?

Ah, sí, me había emborrachado muchísimo después de la reunión en Mindset Records.

Me froté los ojos con las palmas de las manos, desorientado y confundido, e intenté reconstruir las últimas horas de mi vida.

«Mierda, Ian. ¿Cómo has llegado hasta aquí?».

No lo decía en un sentido superprofundo y significativo. Era una pregunta literal. ¿Cómo narices había llegado allí? ¿Y dónde era allí, exactamente?

La cabeza me palpitaba a una velocidad digna de terminar en vómito mientras intentaba tragarme los recuerdos de la reunión en Mindset Records.

Me pellizqué el puente de la nariz y, cuando fui a incorporarme, dos pares de brazos me rodearon el cuerpo en la oscuridad.

Dos fornidos pares de brazos me levantaron de la cama. Cuando quise gritar, alguien me cubrió la boca con una mano y los ojos con la otra mientras me transportaban. Presa del pánico, pataleé e intenté gritar a la vez que unos hombres me llevaban hacia el pasillo.

¿Era una especie de secuestro de fans? ¿Iban a por mí por dinero?

Mordí la mano que me tapaba la boca y oí un grito de dolor.

—¡Tío! ¿Qué coño?

—Cierra la boca, ¿quieres? —siseó el otro.

—¡Me ha mordido, joder!

Esa voz… Era… ¿Eric?

—Me da igual que te haya mordido. Se supone que no debemos hablar.

—¡A ti no te han mordido!

—¡Te dije que le taparas la boca con cinta americana!

—¡No soy un maldito psicópata! ¡No iba a cubrirle la boca con cinta americana!

—¡Por eso te han mordido, idiota!

¿Eric y Marcus?

Reconocería esa manera de pincharse a kilómetros de distancia.

—¿Qué está pasando? —Aproveché que tenía la boca descubierta para gritar.

Las manos me dejaron caer al suelo del pasillo y, cuando me permitieron levantar la vista, vi a mis tres compañeros vestidos de negro como puñeteros *ninjas*. ¿Qué narices estaba pasando?

—¿Qué cojones? —solté, y me froté la nuca, que me había golpeado con fuerza contra el suelo.

—Lo siento, Ian, estábamos… Pensábamos… —empezó James, y sonaba culpable.

—Esto es un secuestro, amigo —exclamó Marcus, sin un ápice de culpa en el tono.

—¿Qué?

No dio más explicaciones. Señaló con la cabeza hacia mí.

—Vamos. Agarradlo.

Los demás obedecieron a Marcus y, antes de que me diera tiempo a gritar, Eric sacó un rollo de cinta americana y me puso un trozo en la boca.

—Lo siento, Ian. Pero es por tu propio bien.

¿Cómo? ¿Dónde estaban los de seguridad? ¿No habían visto por las cámaras que tres hombres de negro me habían arrastrado fuera de la habitación del hotel? Tenía que parecer muy sospechoso.

Cuando salimos, por la entrada trasera del hotel, había una furgoneta negra aparcada cerca. Me llevaron a toda prisa, me metieron dentro y entraron ellos también.

Marcus se puso al volante y empezó a conducir.

Me arranqué la cinta de la boca y grité:

—¿Qué coño os pasa, panda de psicópatas?

—Lo siento, tío —se disculpó James mientras se ponía el cinturón con toda la calma del mundo—. Creíamos que no vendrías por voluntad propia. Aunque para ser sincero, lo del secuestro *ninja* fue idea de Marcus.

—¡Una gran idea, si me lo preguntas! Siempre he querido organizar un secuestro clandestino. Por diversión, obviamente, no soy ningún loco. Todo iba bien hasta que a Bozo el payaso le dio por gritar.

—¡Me ha mordido, joder! —exclamó Eric de nuevo—. Creo que estoy sangrando. Me ha pillado una vena.

—No seas quejica o le diré a mamá que empiece a cambiarte los pañales otra vez.

—¡Vete a la mierda, Marcus!

—Acompáñame, hermanito.

—¡Idos a la mierda los dos! —grité, todavía aturdido, confundido y borracho como una cuba—. ¿De qué va esto?

James se inclinó sobre mi cintura y me abrochó el cinturón de seguridad como el cabrón atento que siempre había sido. También se lo habría agradecido si no me acabara de secuestrar.

—Escucha, Ian. He pasado la noche despierto indagando en los mundos informáticos —explicó Eric—. No estaba tranquilo sabiendo que nuestro álbum se había filtrado de alguna manera y la discográfica no tenía ni idea de cómo había pasado. Así que me puse a trabajar. No vas a creer lo que encontré. Fue...

—¡El puñetero Max Rider! —soltó Marcus, que conducía.

—Tío, ¿qué dices? —protestó Eric, que golpeó a su hermano en el brazo—. Era mi gran revelación.

—¿Quieres superarlo y continuar con la historia? —ordenó Marcus.

Eric suspiró y se pasó las manos por el pelo.

—Fue el puñetero Max Rider. Rastreé el hackeo hasta un servidor que nos condujo directamente hasta su portátil. Entonces, para asegurarme, porque si te pones, lo haces en serio, hackeé sus correos electrónicos y sus redes sociales, todo. Se escribía con Donnie desde hacía semanas. No paraban de hablar de que la música que habíamos creado no era lo bastante popular y que tenían que hacer un gran cambio antes del lanzamiento.

¿Qué?

—¡Nos tendieron una trampa, tío! —dijo Marcus—. Nos han fastidiado pero bien, y luego se sentaron delante de nosotros y nos llamaron divas para enfadarnos.

—Mierda —murmuré, y me recosté de nuevo en el asiento; dejé que el choque de cómo nos habían engañado sustituyera al del secuestro—. ¿Por qué lo harían?

—Seguramente, por dinero. Todo es cuestión de dinero para esta gente —dijo James—. ¿Sabes el revuelo que ha provocado que se filtraran los temas? Ahora, la gente nos presta más atención que nunca para ver qué hacemos después.

Tenía sentido.

Era una mierda, pero tenía sentido, desde un punto de vista retorcido.

—No cambia el hecho de que seguimos con las manos atadas por el contrato que firmamos. Seguimos jodidos —expliqué.

—Tal vez, pero no estaremos así en Los Ángeles. Sobre todo, contigo en este estado —dijo James.

—¿Qué se supone que significa eso? ¿A dónde vamos?

—Ian, sabemos que estos últimos meses han sido duros para ti. Primero tus padres, luego Hazel y ahora lo del disco, pero somos tus mejores amigos y no permitiremos que te apagues. No vas a renunciar a todo.

—No he renunciado a todo.

Todo había renunciado a mí.

Mierda. ¿Acaso me escuchaba? ¿Era posible sonar más deprimido?

—No te ofendas, tío, pero siempre estás borracho —añadió Marcus, en voz baja y mucho cuidado—. Y no te culpo; yo estaría igual si hubiera pasado por la mitad que tú, por eso lo hemos pasado por alto durante tanto tiempo. Lo que te pasó fue una mierda. Te tocaron malas cartas y las jugaste lo mejor que pudiste, pero es hora de que te des cuenta de que no tienes que jugar solo. Somos tus mejores amigos, así que te hemos secuestrado para desintoxicar tu cuerpo y tu alma.

—¿Desintoxicación? ¿Y dónde se supone que voy a desintoxicarme? —ladré, aún molesto porque me hubieran secuestrado mientras seguía borracho y me hubieran tirado al suelo de un puñetero pasillo.

—En Eres —agregó Eric, que me miró desde el asiento del copiloto—. Así que siéntate, relájate y disfruta de las veinte horas de viaje. Te llevamos a casa, Ian.

Capítulo 38

Ian

Los chicos me obligaron a viajar con ellos las veinte horas de trayecto. Cada vez que parábamos, ni siquiera se me ocurría una manera de escapar y volver a Los Ángeles. No me habían traído el teléfono ni la cartera. No tenía forma de huir del secuestro de mis amigos.

Qué situación más rara.

No dejaba de pensar en lo que Eric había descubierto sobre los malditos Max Rider y Donnie Schmitz. Ojalá me sorprendiera, pero resultaba que los sueños no se alcanzaban sin su propia tanda de problemas. Max había ondeado banderas rojas desde el principio, pero habíamos optado por ignorarlas porque queríamos cumplir nuestro sueño con tanta fuerza que nos dolía.

Así que habíamos terminado en una situación de mierda por confiar en la gente equivocada. Habíamos confiado en personas a las que no les importábamos nada. Solo les preocupaba el dinero que entraba en sus cuentas bancarias.

En cuanto llegamos a los viejos caminos de tierra de Eres, sentí un nudo en la garganta. Los chicos me llevaron a mi casa —corrección, la casa de Hazel— y antes de discutirlo, me echaron del coche y se marcharon.

Era plena noche y no tenía ningún deseo de verla.

Vale, era mentira. Me moría de ganas, pero no lo hice. En cambio, refunfuñé como una niña pequeña y me dirigí al cobertizo.

Dormiría allí hasta por la mañana, entonces iría a la casa de mis abuelos y le rogaría a Big Paw que me dejara una cama donde dormir unas horas antes de averiguar cómo volver a Los Ángeles y enfrentarme a la realidad.

Gruñí mientras daba vueltas en sueños. Volvía a tener la misma pesadilla. Caía cada vez más hondo en el pozo sin fondo de oscuridad mientras gritaba para que alguien me echara una mano. Para pedir ayuda. Mis padres se agachaban y, justo antes de que los agarrara, apartaban las manos y se reían con histeria mientras me miraban. Entonces, los demás también se reían. Big Paw, la abuela, los chicos. Todos me señalaban mientras se reían a carcajadas y yo seguía cayendo más y más profundo.

Todos menos Hazel.

Me miraba a los ojos y movía la boca para hablar. Sin embargo, no la oía.

—¿Qué? —grité.

Volvía a mover los labios.

—¿Qué? —grité.

—Despierta —susurró.

—¡No te oigo!

—Arriba —dijo—. ¡Despierta, despierta, despierta!

Salí de sopetón de la pesadilla, empapado en sudor y pánico. Miré alrededor con los ojos desorbitados mientras trataba de averiguar dónde estaba y, cuando miré a la izquierda, me quedé helado.

Unos ojos verdes me traspasaban.

Unos ojos que echaba mucho de menos.

Unos ojos de los que seguía enamorado como un tonto.

Sus malditos ojos verdes.

—¿Qué haces? —pregunté, nervioso y desconcertado. Sentía como si una mitad de mí siguiera dormida, mientras la otra estaba despierta y deseaba rodear a Hazel con los brazos y rogarle que me quisiera de nuevo.

No lo hice.

Me quedé quieto como un muro de ladrillos.

—He oído gritos y he venido a ver qué pasaba. —Ladeó la cabeza, confundida—. ¿Qué haces en el pueblo, Ian?

Me rocé la sien con la mano y gemí.

—No dejo de preguntarme lo mismo. No te preocupes; me quitaré de en medio.

Me levanté y se removió en sus zapatillas. Las Adidas negras.

Joder, odiaba que siguiera llevando mis Adidas negras, si odiar significaba que me encantaba; la había echado de menos.

—Espera, no. No estás en medio. Estás… Yo solo… Estás aquí… —Se le trabaron las palabras y se le enredaron en la lengua—. ¿Cómo estás? —preguntó.

Después de todos los meses de silencio, ¿eso era lo único que tenía que decirme?

¿Lo único que se le ocurría preguntar era «cómo estás»?

No me bastaba.

Me di la vuelta y salí del cobertizo mientras el sol de la mañana me iluminaba.

No estaba de humor para caminar hasta la casa de Big Paw, pero era el único lugar al que iría.

Me pasé la mano por la frente y me volví hacia Hazel.

—¿Me dejas el móvil?

Dudó como si hubiera dicho lo más perturbador del mundo.

—Eh… Yo…

—Palabras, Hazel —dije—. Usa palabras.

—No puedo dejarte el móvil.

—¿Y por qué no?

—Me han dado instrucciones de no hacerlo.

Arqueé una ceja.

—¿Quién?

—Tus amigos.

Bien.

Usaría el teléfono de las oficinas.

Eché a andar, más enfadado que nunca, cuando Hazel me llamó.

—¡Espera! Ian. Pierdes el tiempo si vas a las oficinas. Han desconectado los teléfonos.

¿Qué narices?

—¿Y eso por qué?

—Para que no llames y te vayas.

—¿Por qué desearía quedarme en este rancho de mierda? ¿Por qué querría estar aquí? —Sonaba como un capullo integral, pero no podía evitarlo, porque, aunque había tratado de apagar mi corazón de nuevo, no dejaba de latir y se me rompía cada día más desde que mis padres y Hazel lo habían pisoteado, y era doloroso. Me dolía mucho estar delante de ella y compartir el mismo espacio. Me dolía tanto que quería arrancarme el corazón del pecho para dejar de sentir.

Deseé no haber empezado a sentir de nuevo en un principio.

—Porque esta es tu casa —dijo y las palabras me desconcertaron. ¿Se refería a que ella era mi hogar o a que lo era el rancho?

No importaba.

Me marcharía.

—Iré a casa de Big Paw y llamaré —murmuré mientras echaba a andar de nuevo.

—No te servirá de nada, ya que Big Paw y Holly están esperando en casa, junto con el grupo.

—¿Por qué están ahí?

—Quieren hablar contigo. Para asegurarse de que estás bien.

—¿Como en una intervención? No me interesa.

—Ian, no estás bien…

—¡Estoy bien! —espeté.

—No lo estás —contestó, tan tranquila como siempre.

—¿Qué sabes tú de mí, Hazel Stone?

—Todo —dijo con una naturalidad que me dio ganas de arrastrarme y llorar como un imbécil. Me dedicó una media sonrisa y se encogió de hombros—. Lo sé todo, Ian. Eres mi mejor amigo.

—Entonces, ¿por qué me dejaste? —pregunté con tono desesperado.

Un destello de tristeza le bañó el rostro. Sacudí la cabeza y me volví hacia la casa.

—No respondas a eso.

No necesitaba que contestara porque no importaba el motivo.

Solo importaba que se había ido, así de sencillo.

Debería haber aprendido hacía mucho que, cuando la gente te dejaba atrás, era mejor no preguntar por qué. El motivo siempre te decepcionaba.

En cuanto puse un pie en la casa del rancho, sentí cómo se me disparaban los nervios. Todos estaban sentados en la sala de estar con expresiones abatidas, como si hubieran perdido a su mejor amigo, y no pude evitar sentirme ridículo por el dramatismo.

—¿Qué es esto? —pregunté—. ¿Por qué me tenéis como a un rehén?

—Baja ese tono, muchacho. No seas desagradable con la gente solo porque se preocupa por tu bienestar —dijo Big Paw—. Mueve el culo y siéntate.

Quería discutir con él, pero sabía que no llevaría a nada bueno.

Me senté en el sillón, nada contento.

—Y bien, ¿qué queréis?

—Queremos que dejes de comportarte como un niñato testarudo —gritó Big Paw.

—Harry, calla —ordenó la abuela, que le puso una mano en la rodilla.

—No. Lo fácil no funciona con este cabeza de chorlito. Tenemos que hacer que escuche. Ian, tus compañeros me han dicho que bebes todas las noches. ¿Es eso cierto?

Chivatos.

—He tomado algunas copas —murmuré, y me reacomodé en el sillón.

—Lleva más de un mes emborrachándose cada noche —añadió Marcus.

Cabrón.

—He hecho lo que tenía que hacer —dije—. Voy donde tengo que ir y nunca me he perdido un concierto. Qué importa si me tomo una copa o dos.

—O cinco —bromeó Eric, lo que me llenó de ira.

¿Quiénes se creían que eran para hablar así de mí? Se suponía que era su amigo, ¿así era como me demostraban su cariño?

A la mierda el amor y todos sus retorcidos cuentos de hadas.

—Este no eres tú, Ian —dijo la abuela con su tono suave.

La había echado de menos. Había dejado de llamarla todas las semanas para saber cómo estaba y verla me hizo sentir culpable al instante. No había sido un buen nieto, aunque no me sorprendía.

No había sido una buena persona en general.

—La gente cambia, abuela. Tal vez esto es lo que soy ahora.

—No. —Big Paw negó con la cabeza—. Este no eres tú, maldita sea. No eres un borracho.

Me encogí de hombros.

—Mis padres no siempre fueron adictos a la metanfetamina, pero también cambiaron. Tal vez solo me parezco a mis padres un poco más de lo habitual.

—¡Cállate, imbécil! —gritó Big Paw, y se levantó de la silla. Se paseó de un lado a otro y apretó las manos en un gesto de enfado. O quizá de decepción. ¿Tal vez tristeza?

Cuando me miró con los ojos anegados en lágrimas, el corazón ya destrozado se me rompió todavía más. Nunca había visto llorar a Big Paw, y, tras verlo allí ante mí con las mejillas empapadas, me entraron ganas de darme una paliza a mí mismo por haber sido un capullo.

—No sabes lo que se siente —susurró, con la voz quebrada—. No sabes cómo es perder todo lo que te rodea. No tienes ni idea de lo que hemos pasado, Ian, y te atreves a tirar tu vida como si no importara. Eres egoísta, igual que tus padres. Eres un egoísta de mierda que no es capaz de sacarse la cabeza del culo ni para ver cuánto daño hacen sus actos a los demás.

La abuela se levantó y se acercó a Big Paw.

—Harry, cálmate.

—No. He terminado. Si quiere ser un borracho, entonces, adelante. Que se muera en la misma miseria que mi padre. Pero que no lo haga aquí. Si quieres arruinarte la vida, vuelve a Los Ángeles y hazlo rodeado de gente a la que no le importas nada. Me niego a ver cómo otra persona a la que quiero se pierde. Ya fue demasiado duro la primera vez y estoy cansado.

Se limpió las lágrimas y salió furioso de la casa. La abuela lo siguió y me dejó con los chicos, que me miraban con expresión culpable.

Me pasé las manos por la cara y solté un suspiro muy pesado. James hizo una mueca.

—Nunca había visto llorar a Big Paw —murmuró.

—Yo tampoco —respondí.

Marcus se pasó las manos por el pelo.

—Mira, Ian. No queríamos confabularnos contra ti para traerte de vuelta a Eres. Sé que tienes muchas cosas encima y creía que volver al lugar donde nos habíamos enamorado de la música te ayudaría. Volver a nuestras raíces, pero si quieres regresar a Los Ángeles y grabar los temas de Warren Lee, entonces lo haremos. Porque cuando dijimos «para siempre», no queríamos decir «hasta que las cosas se pongan difíciles». Queríamos decir «para siempre». Siempre. Te cubrimos las espaldas a pesar de todo.

Me costaba creer lo capullo que había sido. Me costaba creer cómo me había perdido en el camino del éxito y cómo había permitido que mi dolor me tragara por completo. No quería ser así. No quería estar roto, pero no podía evitarlo. Me estaba ahogando, y mi familia y mis amigos se esforzaban por sacarme a flote.

Al contrario que en los sueños, me tendían la mano, pero yo era demasiado terco para aceptarla.

—Lo siento, chicos, por todo. No estoy muy bien después de todo lo que ha pasado. Mejoraré y me esforzaré por volver a la normalidad. Sé que tenemos que decidir qué hacer con la música y que necesitáis una respuesta de mi parte cuanto antes.

—Tómate unos días para centrarte en ti mismo. Sin alcohol, por supuesto —dijo Eric—. Luego, volveremos a reunirnos y votaremos.

—Aunque nosotros ya nos hemos decidido, así que, si somos realistas, vetaremos lo que decidas —bromeó Marcus—. Pero, en serio, tómate tu tiempo, Ian. Estaremos con nuestras familias y demás. Tú llámanos.

Los chicos se marcharon. Suspiré y me pasé las manos por la cara. Me sentía agotado en todos los sentidos: física, mental y emocionalmente.

Cuando alguien llamó a la puerta, me levanté y abrí para encontrarme a Hazel.

—¿Por qué llamas a tu propia puerta? —pregunté.

—Era tu puerta antes de ser la mía.

No sabía qué decir a continuación, aunque había un millón de cosas pendientes por decir.

Me rasqué la nuca.

—No te preocupes; esta noche volveré a quedarme en el cobertizo. No tienes que preocuparte porque te estorbe.

—No me preocupa. Yo… —Se le pusieron los ojos vidriosos y parecía que también tuviera un millón de cosas que decir.

«Dilo, Haze. Dímelo, joder, y te diré las mismas palabras».

Separó los labios sonrosados y casi me incliné para probarlos. Después los cerró con fuerza y me dedicó una patética sonrisa que no era real.

A pesar de que se le levantaron las comisuras, desprendía tristeza.

—Deberías visitar a tus abuelos —dijo y apartó la mirada. Como si mirarme a los ojos fuera demasiado difícil para ella—. Han pasado por algunas cosas y les vendría bien verte.

—¿Qué cosas?

—Te necesitan, Ian.

La forma en que lo dijo me retorció las tripas de los nervios.

—¿Me dejas la camioneta para ir? —pregunté.

Me dio las llaves.

—En realidad es tu camioneta, solo la he tomado prestada.

Asentí una vez antes de apartarme y dirigirme al coche.

Me pregunté cuándo llegaría el momento en que no quisiera volver a mirar a Hazel con la esperanza de que me correspondiera.

Cuando eché un vistazo por encima del hombro y vi que todavía me miraba, casi sonreí. Luego recordé que me había roto el corazón, así que me guardé la sonrisa.

❦

—Tu abuelo ha salido a despejarse un rato. Entra. Te haré un sándwich. Estás muy delgado.

—Es el efecto de las giras y los conciertos.

—Aun así, tienes que comer más. Ven a la cocina —indicó la abuela mientras me hacía señas para que entrara en casa. Se dirigió despacio hacia allí y la seguí.

Me senté en el taburete frente a la isla de la cocina y junté las manos.

—Nunca lo había visto tan alterado —dije, en referencia a Big Paw.

Asintió mientras sacaba cosas de la nevera.

—Lo está pasando mal y se preocupa por ti. Después de todo lo que pasó con tus padres y Hazel... Los dos nos angustiamos, cielo. Nos preocupa tu corazón.

Me encogí de hombros.

—Estoy bien.

—No eres feliz.

No respondí, porque no era capaz de mentir a la abuela. Vería una mentira a un kilómetro de distancia.

—Se supone que los sueños aportan felicidad —comentó.

—Creo que, en algún momento, eso cambió.

—¿Y cuáles son tus verdaderos sueños? ¿Qué quieres?

Hice una mueca.

—Creo que Hazel es mi sueño.

—De acuerdo. Entonces sal a buscarla.

—No es tan fácil, abuela. No puedo tener a alguien que no me quiere.

—Ian —dijo con lástima y sirvió dos rebanadas de pan en un plato—. Sabes muy bien que esa chica te quiere.

—No. No lo sé. Rompió conmigo, abuela, durante los días más duros de mi vida después de que hubiera visto a mis padres. Eso no es amor.

—Basado en todo lo que sabes de Hazel, ¿te parece que eso es típico de ella? ¿Hacer algo así?

Por supuesto que no era típico.

Me habían sorprendido sus acciones. Habíamos hecho el amor la mañana en que se fue, y me había parecido la experiencia más real y poderosa de mi vida; luego me había dado un latigazo cuando decidió que no quería seguir conmigo.

—Te quiere, Ian. Hay algo que le impide demostrarte ese amor. Lo sé. Así que, por favor, lucha por ella. Presiona. Rebusca. Haz que se abra a ti. Tengo la sensación de que te necesita del mismo modo que tú a ella. Tiene miedo de algo, así que asegúrate de que sepa que no debe temer sola. ¿Crees que tu abuelo y yo llegamos hasta aquí sin miedo? Por supuesto que no. He pasado tanto miedo que lo he alejado de mí, pero él ha sido demasiado terco para permitírmelo. ¿Sabes lo que he aprendido con el tiempo?

—¿Qué?

—Vale la pena luchar por las cosas más importantes de la vida. No importa lo que diga el miedo.

Me puso el sándwich delante y se sentó en el taburete de la barra a mi lado. Le agradecí la comida, pero no la acepté.

—¿Va todo bien por aquí? ¿Big Paw y tú estáis bien? Siento haberme olvidado de llamar todas las semanas.

—Ay, cielo, no pasa nada. Sé que estás ocupado.

—No. Solo soy egoísta. Debería haber llamado más. Pero ¿estáis bien?

Me dedicó una sonrisa tensa, puso la mano sobre la mía y la acarició.

—No importa lo que pase, todo irá bien.

¿Qué significaba eso?

—Abuela —dije, y apreté sus manos entre las mías. Entrecerré los ojos y ladeé la cabeza—. ¿Qué ocurre?

Capítulo 39

Hazel

Más tarde, esa noche, miré por la ventana de casa y vi a alguien de pie al final del camino que miraba al cielo bajo la lluvia torrencial. Al abrir la puerta, me di cuenta de que era Ian. Estaba de espaldas a mí, pero aun así lo reconocía.

—¿Ian? —lo llamé.

Se volvió. La camiseta blanca se le pegaba al pecho por el diluvio, pero el agua de su mirada no se debía a las gotas que caían del cielo. Parecía como si le hubieran arrancado hasta la última pizca de felicidad del alma.

—Ian, ¿qué pasa? —pregunté. Se me disparó una alarma en las entrañas cuando salí al porche.

—Está enferma. —Jadeó mientras su cuerpo temblaba por el frío y los nervios. Bajó la cabeza y se metió las manos en los bolsillos—. La abuela está enferma, Haze.

En el momento en que las palabras salieron de su boca, salí a la lluvia, me dirigí hacia él y lo rodeé con los brazos. Se fundió conmigo, como si nuestros cuerpos siempre hubieran estado destinados a ser uno solo, y se desmoronó mientras yo hacía todo lo posible por recoger los pedazos.

La lluvia nos golpeaba y la tristeza de Ian me asoló el corazón.

Lo llevé dentro cuando consiguió controlar las emociones.

—Aquí hay toallas para que te seques. Todavía tienes algo de ropa en tu habitación, si quieres cambiarte.

—Gracias —murmuró mientras se miraba las manos apretadas en puños.

—¿Dónde tienes la cabeza? —pregunté.

—Perdida. —Se pasó las manos por el pelo—. Es irónico, ¿sabes? La abuela tiene el corazón más grande del mundo. Se entrega a todos los que lo necesitan, no guarda rencores, ni juicios, ni resentimientos y, sin embargo, tiene el corazón roto. ¿Cómo es posible? ¿Cómo es que la mujer más bondadosa de la tierra tiene un corazón que no funciona bien?

—La vida es injusta.

—Tal vez ha querido demasiado.

—Imposible. El mundo debería querer como Holly Parker. Necesitamos más personas como ella.

—La necesitamos a ella. —Suspiró y se cubrió los ojos con las manos—. No sé qué haría sin ella.

—Por suerte, sigue aquí, y mientras lo haga, debemos dar las gracias.

—¿Lo sabías? ¿Sabías que estaba enferma?

Lo miré y la culpa me asoló.

—Sí.

—¿Y no pensaste en decírmelo?

—Quería hacerlo, Ian. De verdad, quería, pero tus abuelos me obligaron a prometer que no te lo diría hasta que estuvieran preparados. No querían hacerte sentir culpable ni que tuvieras que volver a casa para cuidarlos.

—Habría venido —murmuró y se envolvió con la toalla. Luego se llevó las manos a la cara y suspiró—. Ni siquiera he llamado suficiente para ver cómo estaban.

—No te culpan. Saben que estabas ocupado.

—Ocupado siendo un capullo.

—Ian, te quieren mucho y no te guardan rencor. Créeme, te quieren. No querían arruinar tu carrera justo cuando empezaba a despegar.

—Parece que todo el mundo está convencido de que me importa más mi puñetera carrera que las personas reales de mi vida —bufó—. ¿No rompiste conmigo por eso, después de todo? ¿Por mi trabajo?

Dudé en contestar. Vi la expresión de dolor en sus ojos y cómo se enfrentaba a tantas preguntas sin respuesta. Quería decirle la verdad, hablarle de Charlie y de sus amenazas. Quería contarle lo mal que lo había pasado por no haber podido estar con él y confesarle que le quería, que le echaba de menos y que me preocupaba por él todos los días desde que nos habíamos separado.

Pero nada había cambiado. Charlie seguía siendo una amenaza para mí, para Rosie y para el rancho de la familia de Ian, y no soportaría añadir más presión y dolor a las espaldas de los abuelos, pues ya estaban pasando por mucho. Lo último que necesitaban era que Charlie viniera y destruyera lo que habían construido a lo largo de toda una vida.

—No es tan fácil —dije.

Se acercó al sofá y se sentó.

—Lo parecía cuando me alejaste.

—Lo sé. —Bajé la cabeza y me senté a su lado—. Sé que no tiene ningún sentido y que todo parecía estar bien entre nosotros. Sé que te confundí y que la ruptura salió de la nada. Ojalá pudiera explicártelo.

Giró la cabeza y me lanzó la mirada más sincera.

—Pues explícamelo.

Separé los labios, pero se me secó la garganta. No sabía qué decir, ni qué hacer, ni cómo reaccionar. Debió de darse cuenta, porque me agarró las manos y las apretó ligeramente.

—¿Todavía me quieres? —susurró como una suave brisa que me atravesó el corazón.

—Sí —dije, consciente de que era incapaz de mentirle sobre ello.

—Entonces, ¿por qué no estamos juntos?

—Porque no podemos.

—¿Y eso por qué?

Tragué con fuerza y miré nuestras manos, enlazadas a la perfección.

—Porque te haré daño.

—Nada de lo que hagas podría herirme tanto, Haze.

Asentí.

—Sí, pero no solo te haría daño a ti, sino a tu familia y a la mía. Es… —Cerré los ojos e inhalé.

Me atrajo hacia él, acercó los labios a mi oído y habló con suavidad.

—¿De qué tienes tanto miedo?

—De perderlo todo.

—He pasado por eso. Conozco ese miedo. Estoy viviéndolo ahora mismo, y no te perderé a ti también, Hazel. Toda mi vida me he dedicado a levantar un muro para mantener a la gente alejada. Me he esforzado por apartar a todo el mundo de mí, pero tú lo derribaste. Me has enseñado lo que es el amor, así que, por favor —suplicó; su aliento cálido me acarició la piel y me provocó una oleada de energía en la boca del estómago—. Quédate conmigo.

Sentí sus lágrimas en la piel y estaba segura de que él sentía las mías. Lloré más fuerte y me aferré a su camisa.

—Lo siento, lo siento —repetía.

—¿Qué te hace daño, Haze? —preguntó en voz baja—. ¿Qué ocurre? —Me abrazó y apretó más—. No pasa nada. Te tengo. Te tengo.

Odiaba derrumbarme cuando era él quien debería hacerlo tras enterarse de la noticia de Holly. Sin embargo, allí estaba, abrazada a él y llorando como si no fuera más que un sueño que se me escaparía si lo dejaba ir.

Me agarró todo lo que pudo, hasta que la realidad me hizo comprender que no podía tenerlo cerca. Si Charlie se enteraba…

Me aparté. Sollocé y me llevé las manos a los ojos.

—Debería ir a ver a Rosie.

315

Parecía perplejo por mi forma de alejarme, pero se levantó y me hizo un gesto con la cabeza.

—Por supuesto.

—Lo siento mucho, Ian. Por lo de Holly.

Me dedicó una sonrisa rota.

—Todavía está aquí. Así que daré las gracias por eso. Bien.

—Vale, bueno, buenas noches. Dime si necesitas algo.

—A ti —respondió tan rápido que casi no estaba segura de haberlo oído.

—¿Qué?

—Te necesito —afirmó. Se metió las manos en los bolsillos mojados y se aclaró la garganta—. Lo entiendo. Ha pasado algo y estás asustada. Tienes miedo de compartir lo que sea que te haya pasado, y lo entiendo, pero eso no significa que no te quiera o que no te necesite, Hazel. Creo que tú también me necesitas. ¿Recuerdas que la abuela te obligó a prometer que no me contarías lo que ocurría? —preguntó.

—Sí.

—Bueno, a mí también me ha hecho prometerle algo. Me ha hecho prometer que lucharía por lo que quiero, así que, pase lo que pase, lucharé por ti. No huiré, Hazel. No levantaré un muro. Me quedo en el pueblo y no me centraré en mí mismo, sino en nosotros. Incluso si eso significa meterme demasiado en tus asuntos. Lucharé por ti, te guste o no, Hazel Stone. Nuestra canción de amor no ha terminado. Apenas hemos llegado al estribillo y cantaré por ti, por nosotros, para siempre.

Ian no bromeaba; se quedó en el pueblo y estuvo muy pendiente de mis asuntos.

El grupo y él no se subieron a un avión para volver a Los Ángeles a grabar su precipitado álbum. En vez de eso, volvieron a lo básico, a grabar sus propios temas en la casa del granero, mientras elaboraban un plan para enfrentarse al sello discográfico.

No tenía ni idea de cómo iban a sacar un álbum completo en tan poco tiempo, pero también sabía que, si alguien era capaz de hacerlo, era The Wreckage. Estaban decididos a demostrarle al cabronazo de Max Rider que no podía controlarlos.

Cuando Ian no estaba con sus abuelos o grabando con el grupo, me perseguía por el rancho.

Big Paw me puso a cargo de asignarle a Ian sus tareas; fue como cerrar el círculo.

Mientras limpiaba las pocilgas, me acerqué para comprobar si estaba trabajando. Además, me gustaba pasar a verlo. No podía evitar querer estar cerca de él.

—¿Cómo va todo? —pregunté.

—La verdad es que no está tan mal. Echaba de menos toda esta mierda. Literalmente —dijo y soltó el rastrillo—. Soy un poco más lento que antes.

—Sí, lo eres —bromeé antes de dar una palmada—. Ponte las pilas o estarás aquí toda la noche.

—Si tuviera a alguien que me ayudara… —Sonrió. Joder, me encantaba esa sonrisa.

—Ojalá.

—Vamos, Haze. —Señaló el otro rastrillo y una de las pocilgas que seguía sucia—. ¿Una más por los viejos tiempos?

Entrecerré los ojos.

—¿Intentas librarte del trabajo?

—No. Solo me gusta estar cerca de ti.

Mariposas.

Muchas mariposas.

Inhalé y solté el aire por los labios. Aunque Charlie nos viera a Ian y a mí, no estábamos haciendo nada fuera de lo normal. Trabajábamos; eso era todo.

Al menos, eso era lo que yo creía.

Cuando empecé a palear el heno sucio, Ian habló.

—¿Confesiones?

Negué con la cabeza.

—No me apetece.

—¿Por qué? —Entrecerró los ojos—. ¿Tienes miedo a lo que se pueda decir?

—Exactamente.

Sin embargo, no se detuvo.

—Confesión. Te echo de menos.

—Ian…

—Confesión. Eres mi mejor amiga.

—Por favor, para.

—Confesión. Si me dieras la oportunidad, te querría para siempre.

Tragué mientras caminaba hacia mí. Estaba justo en medio del estiércol de cerdo, haciendo el trabajo más asqueroso, con pinta de no haber dormido en días, e Ian Parker me estaba diciendo que quería estar conmigo para siempre.

Continuó.

—Confesión. Eres mi sol, mi luna y mis estrellas. Confesión. No importa qué te esté haciendo daño, lo arreglaremos juntos. Confesión. Nunca renunciaré a esto.

No sabía cómo había pasado. No sabía cómo mis manos habían encontrado las suyas o cómo nuestros cuerpos se habían acercado. No sabía cómo había apoyado la frente en la mía ni cómo los latidos de mi corazón se habían acelerado de forma errática.

No sabía cómo sus labios se habían aproximado tanto a los míos ni cómo sus exhalaciones se habían fundido con las mías.

Sin embargo, allí estábamos, a segundos de que nuestros labios se unieran, de caer en una embriaguez de la que nunca me recuperaría. Si besaba a Ian, sabía que no sería capaz de parar.

Lo era todo para mí.

Era la estrofa, el puente y la melodía.

—Lo siento en cómo te tiembla el cuerpo. —Jadeó—. Lo siento mientras te abrazo. Siento el amor, así que dímelo, Hazel. Dime qué nos impide ser nosotros. Cuéntame tu confesión y lo solucionaré.

—Charlie —susurré, con la voz temblorosa e insegura de si hacía lo correcto—. Es Charlie.

Se apartó de mí y levantó una ceja.

—¿Qué quieres decir?

El temor me inundó el pecho de forma abrumadora, pero derramé todo lo que llevaba dentro. Le conté que Charlie había salido de la cárcel, que me había amenazado y obligado a romper con él. Que había amenazado con acabar con el rancho y con hacerle daño a mi hermana pequeña.

—Dijo que le haría daño a Rosie. ¿Lo entiendes? No tenía elección. Tenía que romper contigo, Ian. Me arrinconó y no me dejó opción.

La cara de Ian se puso muy roja y cerró los puños.

—¿Dijo que le haría daño a Rosie?

—Sí.

Asentí y odié los recuerdos que me vinieron a la mente de Charlie con Rosie en brazos.

—Morirá por eso. Lo mataré, joder.

—No. —Negué con la cabeza—. No lo harás. No puedes. No puedes. La gente no sabe cómo pillar a Charlie, pero él sabe atrapar a los demás. Créeme, he intentado encerrarlo y todo ha salido mal. Además, eres un personaje público. Max tenía razón en eso, no puedes involucrarte en este lío cuando estás a punto de alcanzar el éxito mundial.

—¿Max también te dijo algo? —siseó y se le hinchó la nariz—. ¿Qué cojones?

—No pasa nada, de verdad. Le preocupaba tu imagen y cómo sería que estuvieras con alguien con un pasado tan turbio. Lo entendí un poco.

—No. A la mierda eso y a la mierda Max. Y a la mierda Charlie. ¡Y a la mierda! —gritó mientras se movía por el granero—. No dejaremos que Charlie se salga con la suya. No pasarás el resto de tu vida bajo su yugo.

—No tengo elección.

—Siempre hay elección. Siempre hay una manera.

Ojalá fuera cierto, pero sabía cómo era Charlie. Sabía las veces que había arrastrado a mi madre a su mundo de desesperación. Era consciente de que tenía los medios para arruinar mi vida y la de Rosie con un chasquido de dedos. Nunca había temido a nadie más que a ese loco. Charlie era un monstruo y no temía herir a nadie que se interpusiera en su destructivo camino.

—Lo siento, Ian. Yo… Nosotros… —Suspiré—. No podemos estar juntos.

—No lo acepto.

—Deberías. No hay forma de hacer que esto funcione.

—Solo tienes que esperar —prometió antes de agarrarme las manos y besarme las palmas—. Conseguiremos nuestro final feliz. Pero antes permíteme arruinarle la vida a un cabrón.

Capítulo 40

Ian

Había pasado toda la noche pensando en cómo ayudar a Hazel y, cuando se volvió demasiado complicado y sentí que iba en círculos, acudí a la única persona que sabría ayudarme. La persona a la que recurría en los momentos más difíciles.

Big Paw estaba en la silla de su despacho con el ceño fruncido mientras le contaba todo lo que Hazel me había revelado la noche anterior.

—Siempre he odiado a Charlie Riley. Es una criatura tóxica para el pueblo y ya es hora de que nos deshagamos de él.

—¿Cómo? Hazel dice que no hay manera. Su presencia es enorme. Cuando alguien da un paso adelante, él lo empuja dos pasos atrás.

—Esta vez no. No dejaré que acorrale a mis seres queridos.

—Pero es justo lo que ha hecho y no tenemos forma de contraatacar.

—Sí, la tenemos. Cuando te arrinconan, te pones los guantes de boxeo y te defiendes, Ian. ¿Crees que nunca me he enfrentado a situaciones difíciles? Por supuesto que sí, pero ¿sabes cómo las he superado?

—¿Cómo?

—No me rendí, seguí luchando y, cuando más lo necesité, busqué ayuda. No tenemos que afrontar todas las batallas solos. A veces… Siempre somos más fuertes juntos. —Se acercó a mí y tomó mi mano—. Me alegro de que hayas acudido a mí.

Ahora vete a trabajar. Mañana levántate temprano. Tenemos un largo viaje por delante.

—¿Un viaje a dónde?

—A ver a la única persona que es el punto débil de Charlie. La madre de Hazel.

—¿Qué? ¿Cómo? Está en la cárcel y ni siquiera quiere ver a Hazel. No la ha visto en meses.

—No tiene que ver a Hazel. Tiene que verme a mí, y como ya estoy en su lista de visitas, no nos supondrá un problema. De todos modos, iba a ir allí mañana. La única diferencia es que esta vez te llevaré conmigo.

Tenía muchas preguntas. Sobre por qué visitaba a la madre de Hazel. Por qué íbamos a verla, para empezar, y cómo ayudaría con la situación de Charlie. Preguntas sobre… Todo.

Sin embargo, la forma en que Big Paw me sonrió me transmitió confianza.

Así que lo hice.

De camino a la cárcel, se me formó un nudo en el estómago por la idea de ver a la madre de Hazel, Jean. Cuando pensabas en conocer a la madre de tu novia, no suponías que sería en una cárcel. Era muy poco ortodoxo.

—Déjame hablar un poco antes para que la conversación avance —ordenó Big Paw—. No quiero que causes problemas por decir algo fuera de lugar.

Entramos y pasamos por todos los controles de seguridad antes de que nos llevaran a una mesa para esperar a que Jean saliera.

Cuando lo hizo, se sorprendió al verme con Big Paw.

—Has traído un invitado —dijo, y lo miró a los ojos mientras se sentaba—. ¿Dónde está Holly?

«Espera, ¿qué?».

¿Jean conocía a Big Paw y a la abuela? ¿Cómo era posible?

—Hoy no se encontraba muy bien. No podía viajar —le contó él.

Me removí en la silla e intenté acomodarme, aunque me resultaba imposible. Jean exudaba tristeza por todos los poros. Era difícil de presenciar. Se notaba que había pasado por muchas situaciones difíciles en la vida solo con mirarla a los ojos. Me dedicó una sonrisa de medio lado, que desapareció un instante antes de que bajara la mirada a sus manos entrelazadas.

—Te he traído algunas fotos —dijo Big Paw, que sacó una pila de fotografías. Las sostuvo de una en una para que Jean las viera y las lágrimas le rodaron por las mejillas al ver a Rosie en ellas.

—Crece deprisa —comentó.

—Sí —coincidí—. Se parece mucho a ti.

—Se parece a Hazel —me corrigió ella mientras jugueteaba con las manos—. Cuando Hazel era un bebé, también tenía los ojos grandes.

—Bueno, ¿y de qué os conocéis Big Paw y tú? —pregunté, desconcertado.

—Holly y yo la hemos visitado bastante los últimos meses —explicó él.

—Sí, son un grano en el culo —bromeó Jean.

—El sentimiento es mutuo. Lo ha sido desde hace años.

—¿Años? —pregunté.

Jean asintió.

—Nos cruzamos hace muchas lunas, cuando no era más que una adolescente. Estaba embarazada de Hazel y sola cuando llegué a Eres. Huía de una infancia problemática y, cuando llegué aquí, Holly y Big Paw me acogieron con los brazos abiertos.

—Es lo que hacen —dije.

—Sí, pero no se lo puse fácil. Empecé a juntarme con tus padres y tomé algunas decisiones que no debía tras el nacimiento de Hazel. Salía con Sarah y Ray, y ellos me presentaron a Charlie. Todos sabemos cómo terminó eso.

323

Señaló a su alrededor y frunció el ceño.

Siempre había culpado a la madre de Hazel por la bestia que era Charlie, pero, al parecer, mis padres habían sido los responsables de la relación entre Charlie y Jean.

—Desde aquí, solo puedes ir hacia arriba —dije para darle una pizca de esperanza.

Se frotó el brazo con nerviosismo.

—Quiero hacer lo correcto; eso es todo.

—Por eso hemos venido —dijo Big Paw—. Necesitamos tu ayuda.

Jean se rio.

—No te ofendas, Big Paw, pero no seré de mucha ayuda desde aquí.

Volvió a señalar a su alrededor.

—Puedes hacer lo que te sea posible desde donde estás —dijo y juntó las manos—. Ha amenazado a tus hijas.

Jean abrió los ojos de par en par y lanzó una mirada de pánico a Big Paw.

—¿Cómo?

—Ha obligado a Hazel a darle todos sus ingresos y controla sus relaciones. Le ha dicho que quemará el rancho y ha amenazado con hacerles daño a Rosie y a ella si no obedece. También le ha dado una paliza a Garrett.

Se le humedecieron los ojos y negó con la cabeza.

—La he metido en una situación terrible. Nunca debí acercarme a Charlie. No debería hacerle daño a mi chica, pero así es él. —Se limpió las lágrimas de los ojos y tragó con fuerza—. Sin embargo, no entiendo cómo puedo ayudar.

—Es fácil —contestó Big Paw—. No hay nadie que conozca a Charlie mejor que tú. Sabes cómo funciona su cerebro retorcido. Conoces sus planes, sus entregas, todo. Así que necesito que nos cuentes algunas cosas que nos sirvan para atraparlo. Tenemos que encerrarlo y, esta vez, no habrá nadie que cargue con la culpa por él. Esta vez, estará solo y nos aseguraremos de que se quede así.

Tras un momento de silencio, Jean bajó las cejas, juntó las manos y asintió una vez.

—Te diré todo lo que necesites.

Y eso hizo.

Nos dio toda la información que se le ocurrió hasta que llegó el momento de irnos. Cuando se levantó de la silla, me miró.

—¿Quieres a mi hija?

—Sí, señora, la quiero.

—¿Me harás un favor? ¿La tratarás bien? Se merece a alguien que la trate bien.

—Lo prometo —dije—. Gracias por tu ayuda. No tienes ni idea de lo que significa para nosotros.

—He sido una madre terrible. He pasado más tiempo colocada que limpia, pero dejar las drogas aquí me ha ayudado a aclararme la mente. Quiero hacer lo correcto. Si puedo ayudar, haré todo lo que esté en mi mano. Si mantiene a mis hijas a salvo, haré lo que sea. Dile a Hazel que lo siento, por todo, por favor.

—Las quieres mucho, ¿no?

—Así es. Nunca he sido una buena madre, pero tengo a la hija más increíble del mundo. Sin embargo, no me daba cuenta cuando tenía la cabeza nublada. Por favor, dile que lo siento.

—Deberías decírselo tú misma.

—Dudo que quiera nada conmigo después de cómo la traté hace unos meses.

—Lo desea —aseguré—. Es Hazel, después de todo. Quiere de forma incondicional.

Jean asintió una vez antes de dirigirse a Big Paw.

—Por favor, mándale a Holly mis mejores deseos. Siento por lo que está pasando y siento que tú tampoco estés bien.

Mientras Big Paw y yo salíamos, le hice la única pregunta que me había rondado la cabeza todo el tiempo.

—¿Te culpas por lo que le pasó? ¿Crees que el hecho de que viviera contigo hizo que conociera a Charlie?

—Todos los días.

—¿Por eso querías darle el trabajo a Hazel hace meses?

Asintió.

—Buscaba un poco de redención.

—Confía en mí, Big Paw. Te has redimido.

En cuanto llegamos a Eres, le conté el plan a Hazel. Aunque se mostró indecisa, tenía un brillo de esperanza en los ojos.

Me gustaría decir que tenderle la trampa a Charlie fue un momento digno de una superproducción de Hollywood, pero no fue así. Lo pillaron en uno de sus puntos de entrega y lo arrestaron otra vez. Pero ahora permanecería encerrado porque ya no tenía a Jean para cargar con la culpa por él. Además, había entrado y salido tantas veces de la cárcel que era imposible que se librara.

En cuanto Big Paw me dio la noticia de que habían arrestado a Charlie, fui a casa para ver a Hazel. Cuando llegué, ya estaba en la cama y la desperté del sueño.

—Hola —susurró y se frotó los ojos—. ¿Qué pasa?

—Se acabó.

Fueron las únicas palabras que dije y bastaron para que se incorporara.

—¿Se acabó? ¿De verdad? ¿Tienen a Charlie?

—Sí, y no saldrá pronto. Incluso Garrett ha dicho que testificaría contra él. Se acabó de verdad, Haze. Se acabó.

Soltó un inmenso suspiro de alivio y se desplomó entre mis brazos.

—Se acabó —susurró.

Esa noche, hice el amor con el amor de mi vida y sentí que todo iría bien.

Capítulo 41

Ian

—¡Es perfecto! ¡Perfecto! ¡Perfecto! —Hazel aplaudió sentada en la casa del granero con el grupo y conmigo mientras nos ayudaba con las letras de algunos de los temas que habíamos estado componiendo.

Habíamos trabajado día y noche para sacarnos un álbum de la manga y, a medida que pasaban los días, parecía cada vez más improbable.

Nuestros teléfonos no dejaban de sonar por los mensajes de Max, que nos ordenaba que volviéramos lo antes posible para poner en marcha el disco con los temas de Warren Lee.

—Ignóralo —dijo Eric—. El maldito Max Rider se las arreglará solito durante un tiempo. Nuestra mayor preocupación ahora mismo es la música, no él.

Le agradecí que me recordara lo que era importante.

—Me parecen preciosas —dijo Hazel, con una gran sonrisa.

Nos había ayudado mucho con las canciones. Había tomado mi visión y la había mejorado. Trabajábamos juntos sin esfuerzo y me alegraba haber vuelto a los orígenes de nuestra música. Era divertido de nuevo.

Leah venía a los ensayos con Hazel y me sentía agradecido porque se hubiera convertido en una parte importante de su vida. Necesitaba una amiga en el pueblo y sabía que Leah era una amiga leal. Verlas juntas todos los días era la mejor visión posible.

—No quiero hincharos el ego más de lo necesario, pero ha sido una pasada —dijo Leah—. Creedme que me mata hacerle un cumplido a mi hermano, pero ha sido mágico.

—Estoy de acuerdo con Hazel. Ha sido increíble —exclamó la abuela, que estaba sentada en una silla junto a Big Paw. Como no podíamos actuar ni publicar nada de la nueva música, las únicas personas con las que compartíamos los temas eran aquellas en las que confiábamos de verdad.

—Habéis sabido aprovechar… —Las palabras de la abuela se perdieron en cuanto se levantó de la silla. Se llevó la mano al pecho y respiró entre jadeos. A partir de ese momento, todo se movió a cámara lenta. Dejé caer el micrófono cuando las piernas le flaquearon. Big Paw se levantó, Hazel se lanzó a por ella y el resto del grupo también.

Pero fue demasiado tarde. La abuela cayó al suelo con un fuerte golpe y, en un instante, olvidé cómo respirar.

Fuimos directos al hospital desde la casa del granero. Una ambulancia se llevó a Big Paw y a la abuela, y todos los demás los seguimos de cerca. La mayor parte del viaje la hicimos en completo silencio. Por fin, Marcus tomó el control y encendió la radio. Después de dos canciones, la nuestra empezó a sonar por los altavoces.

—Guau. —James suspiró y negó con la cabeza—. Nunca me acostumbraré a eso. Nunca me haré a la idea de que salimos en la radio.

—La vida es una locura —murmuré, y me mordí la uña del pulgar sin dejar de mirar los caminos de tierra por los que avanzábamos.

Llegamos al hospital, salí del coche y corrí al interior. Me acerqué al mostrador de la recepcionista para preguntar por la abuela, pero me interrumpieron.

—Ian.

Me di la vuelta hacia Big Paw, que estaba detrás de nosotros.

—¿Qué pasa?

—Creen que necesita un marcapasos. Pero, antes, tienen que llevarla a quirófano y reparar un vaso —explicó—. La están preparando para la cirugía.

¿Cirugía?

Mierda.

—¿Te lo puedes creer? —Big Paw puso una mueca—. Estos cabrones quieren rajarle el corazón a mi Holly. —Se le quebró la voz y las lágrimas le rodaron por las mejillas—. ¿Cómo de mal pinta eso?

Me acerqué a Big Paw y le di una palmadita en la espalda.

—No te preocupes. Todo irá bien.

—¿Cómo puedes decir eso? No lo sabes con seguridad —argumentó.

—Sí, lo sé, es lo que diría la abuela, ¿no? Diría que siempre sale todo bien. Si no, no es el fin de la historia.

Resopló y se frotó la cara con las manos marcadas por el trabajo.

—No es más que una patraña. Esa mujer acabará conmigo. No me creo que haya hecho esto. —Las lágrimas corrían cada vez más rápido—. ¿Cómo se atreve a entrar ahí y dejar que la abran en canal?

—No creo que tenga elección, Big Paw, pero estoy seguro de que los médicos lo harán bien. Son muy buenos en su trabajo. Cuidarán de la abuela, lo sé. Solo debes tener un poco de fe.

—No puedo. Holly es la que tiene fe. Yo soy el viejo gruñón que no cree en nada. Tiene gracia, en realidad —dijo con tono sombrío—. A ella van a cortarle el corazón, pero siento que el mío es el que está roto.

Lo atraje en un abrazo y me aferré a él con fuerza para intentar sostener su atribulado corazón, aunque sabía que nada lo ayudaría hasta que el amor de su vida saliera de la cirugía.

Todos permanecimos en la sala de espera mientras la abuela estaba en el quirófano. Mis compañeros y yo apagamos los teléfonos, porque los incesantes mensajes de Max comenzaban a ponernos los pelos de punta. La vida de mi abuela estaba en juego y a él solo le preocupaban los números y las cifras en dólares que estaba perdiendo. Como si no fuéramos más que robots en su máquina de hacer dinero.

Me senté con las manos juntas y di puntapiés en el suelo enmoquetado, pues era incapaz de estarme quieto. La idea de que la abuela no fuera a salir de la operación y de que no estuviera bien me sacudía hasta la médula. No dejaba de pensar en el tiempo que había pasado lejos de casa para perseguir un sueño, mientras su salud empeoraba.

¿Quién sabía cuánto tiempo me quedaba con ellos? Debería haber estado en casa. Debería haberlos ayudado en el rancho. Mierda, Big Paw no debería seguir trabajando.

Rosie estaba en su sillita, dormida, y yo sentía celos de lo tranquila que estaba. Ojalá la vida fuera tan fácil y pacífica. Una mano se deslizó sobre la mía y levanté la vista hacia Hazel, que estaba de pie junto a mí. Me dedicó la pequeña sonrisa que tanto me gustaba y se sentó conmigo. Me sostuvo la mano, aunque no se lo había pedido. La apretó con fuerza y se lo agradecí. Necesitaba una mano a la que agarrarme. Necesitaba algo que impidiera que los nervios se apoderaran de todo mi ser, y una simple caricia de aquella chica calmaba hasta las partes más salvajes de mi alma.

—Gracias —murmuré en voz tan baja que ni siquiera estaba seguro de que me hubiera oído.

En ese momento, me agarró más fuerte.

Cuando el médico salió, no parecía tan extasiado por la operación como nos hubiera gustado. Todos nos levantamos, Big Paw más rápido que nadie, y nos acercamos a él.

—¿Qué ocurre? —ladró al médico, más gruñón y enfadado que nunca—. ¡No entiendo por qué nadie nos ha informado de qué pasa con mi Holly! ¿Qué clase de lugar es este? ¿Lo dirigen monos? Es inaudito.

Me acerqué al médico, que parecía sorprendido por la violenta reacción de Big Paw. Le dediqué una media sonrisa.

—Disculpe por eso. Mi abuelo está preocupado por su mujer.

El médico trató de mantener la compostura, aunque estaba seguro de que querría decirle unas cuantas palabras a Big Paw.

—No pasa nada. Ha habido algunas complicaciones durante la cirugía y no hemos avanzado como esperábamos. Había mucho líquido alrededor de los pulmones y hemos parado la cirugía para drenar una parte.

—¿Me toma el pelo? —bufó Big Paw—. ¿Dice que han pasado ahí dentro todo este tiempo sin hacer nada?

—Lo siento, señor Parker, pero teníamos que determinar la mejor ruta para garantizar la seguridad de su esposa. No queríamos causar más daño al abrirla cuando no estaba lo bastante fuerte físicamente para soportarlo. Durante los próximos días trabajaremos para estabilizarla y luego reconsideraremos la opción de la cirugía.

—Gracias —dije antes de que Big Paw mordiera al médico. A juzgar por el fuego que le destellaba en los ojos, quería decirle unas cuantas cosas—. ¿Podemos verla?

—La llevarán a su habitación. Una enfermera los avisará cuando puedan entrar.

Volví a darle las gracias y se quedó parado, casi parecía mudo. Enarqué una ceja.

—¿Algo más?

—Eh, bueno, sí y no. No sobre su abuela, pero… —Se rascó un lado de la cabeza—. Es Ian Parker, ¿verdad? ¿Son The Wreckage? Mi hija es su mayor fan. ¿Sería muy inapropiado pedirle una foto?

—Sí. —Hazel lo interrumpió y se colocó delante de mí para impedirle el acceso al médico como si fuera mi guardaespaldas—. Sería muy inapropiado y muy poco profesional.

El hombre hizo una mueca y se alejó.

—Menuda pieza —masculló Big Paw, que negaba con la cabeza—. Me vuelve loco pensar en lo que estarán haciéndole a Holly —dijo, y se sentó de nuevo—. Solo quiero llevarla a casa.

Me destrozó el corazón verlo así. Era como si no tuviera ni idea de cómo existir sin la abuela a su lado. Sin ella, Big Paw se ahogaría.

—Todo irá bien, Big Paw —repetí una vez más, y recé por estar en lo cierto. Aunque sabía que era lo que la abuela querría que dijera.

«Todo irá bien».

Capítulo 42

Ian

—¿Te traigo alguna cosa? —preguntó Hazel, que sostenía a Rosie en brazos. Era increíble lo mucho que había crecido la niña en los últimos meses—. Iba a la cafetería a por un café o algo.

Hice una mueca.

—Estoy bien.

James se aclaró la garganta.

—Deberías acompañarla, Ian, y traernos algo de comer. Estoy hambriento. Hazel, nos ocupamos de Rosie, si quieres.

James enarcó una ceja hacia mí para indicarme que fuera con ella si quería dejar de ser un completo idiota.

—¿Estás seguro? —preguntó ella—. A veces resulta difícil de manejar.

—Por suerte para mí, tengo las manos grandes.

Se levantó para agarrar a la niña y Hazel se lo agradeció.

Me levanté y metí las manos en los bolsillos mientras echaba a andar por el largo pasillo con Hazel. Maldición, incluso después de todo el tiempo que había pasado, todavía me volvía loco cuando la tenía cerca. Hacía que el corazón me latiera de forma errática cada vez que me dedicaba una mirada furtiva, y notaba que me miraba porque era incapaz de quitarle los ojos de encima.

Los dos íbamos callados, pero sentí que sus nervios llenaban el espacio. O quizá fuera mi propia ansiedad. Ya no sabía distinguir a quién pertenecían los sentimientos. Ella se frotó el brazo y me dedicó una pequeña sonrisa.

—Sé que estás preocupado por tu abuela, pero no tienes por qué estarlo. Es una luchadora. Tenías razón cuando le dijiste a Big Paw que, cuando las cosas no van bien, no es el final. Necesitaba escucharlo. Yo también creo que es verdad.

Abrí y cerré las manos de repente sin dejar de caminar por el pasillo. ¿Dónde estaba la cafetería? ¿En el otro lado del planeta?

—¿Te importa que hablemos de cualquier otra cosa? Es demasiado duro.

Asintió.

—¿De qué quieres hablar?

—De nosotros. Hablemos de nosotros. ¿Qué ha sido para ti lo más difícil de estar separados?

—Lo peor del mundo era no tenerte cerca cuando tenía un mal día. Ni hablar contigo cuando las cosas iban bien. Te he echado mucho de menos, Ian, y durante mucho tiempo traté de convencerme de que añorarte era algo unilateral. Me convencí a mí misma de que eras feliz y disfrutabas de tus sueños. Necesitaba hacerlo para no contactar contigo. Sin embargo, te he escrito un millón de mensajes en la aplicación de notas en los que te ponía al día de cómo iba todo. Te contaba lo que pasaba en mi mundo.

—Todavía quiero saberlo todo y, esta vez, no te dejaré ir. Tendremos nuestra historia de amor eterna. El tipo de amor que comparten Big Paw y la abuela. Pienso envejecer contigo, Hazel Stone.

Se quedó completamente quieta, con los labios entreabiertos, aturdida por mis palabras. Sabía que le llevaría algún tiempo asimilarlo todo, pero no me importaba.

Iba a ser mi final feliz y yo sería el suyo.

No me iría a ninguna parte.

—Hola, chicos. —Una voz nos sacó de la conversación. Miramos atrás y vimos a James con Rosie dormida en sus brazos—. Holly está despierta, por si queréis verla.

—Vale. —Asentí y, antes de volver a la habitación de la abuela, posé la mano en el antebrazo de Hazel—. Solo para que quede claro, Hazel, eres preciosa. Eres tan preciosa que me duele el pecho. Te quiero. Sin remedio, plena y apasionadamente.

Separó los labios y se le escapó un sonido agudo.

—Yo también te quiero.

—Estoy bien —repitió la abuela mientras todos nos apelotonábamos alrededor de la cama de hospital. Parecía muy cansada y débil. Se me rompió el corazón por verla en ese estado, pero las enfermeras nos habían informado de que era bueno que hablara. Aunque entraba y salía del sueño.

—No nos mientas. Si no estás bien, dilo, y me aseguraré de que los médicos hagan su puñetero trabajo —refunfuñó Big Paw, que estaba sentado junto a la cama y le sostenía la mano.

La abuela sonrió y me miró.

—Por favor, no me digas que este viejo ha gruñido a toda esta gente tan amable.

—Ya conoces a Big Paw. Ladra mucho y muerde poco —bromeé.

—La enfermera me ha dicho que lleváis aquí todo el día. Id a casa a comer y a descansar. Estaréis agotados.

—Me quedaré a tu lado, Holly Renee —afirmó Big Paw.

—Claro que sí. Ve a casa y duerme un poco. Sé por esas ojeras que llevas días sin dormir. Y date una ducha. Te he olido desde el pasillo —bromeó; luego le dio un ataque de tos y todos nos alarmamos—. De verdad, chicos. Estoy en buenas manos. Id a descansar un poco, por favor. Así me sentiré mejor. No mejoraré si estoy preocupada por la salud de Harry.

Él frunció el ceño y acercó los labios a la mano de la abuela.

—Eres demasiado buena para este mundo, Holly. Demasiado buena para mí.

—Lo sé. —Sonrió—. Ahora, vete a casa y haz caso a tu mujer.

—Eric y yo nos quedaremos con ella mientras descansáis —ofreció Marcus.

—Yo también me quedaré —añadió James. Los tres eran como nietos de la abuela. Por supuesto que se ofrecerían a cuidarla.

—¿Lo ves, Harry? Tengo un montón de gente que me cuida. Descansa y vuelve por la mañana.

—Te... —Se inclinó y frotó la nariz con la suya.

—Quiero —terminó la abuela, que le devolvió el gesto.

Hazel y Rosie vinieron con Big Paw y conmigo a la casa de los abuelos. Cuando llegamos, Hazel tomó el control y se aseguró de que todos estuviéramos bien alimentados y atendidos, y de que Big Paw se metiera en la ducha y luego en la cama. Se le daba muy bien el papel de madre. Le salía natural, igual que a la abuela.

Esa noche dormimos en la habitación de invitados, porque no queríamos que Big Paw se quedara solo. Había colocado una cuna para Rosie, que ya se había dormido.

Después de darme una ducha, me dirigí a la habitación y me encontré a Hazel en el escritorio, estudiando.

—¿Cuándo te tomas un descanso? —pregunté.

Se rio y bostezó.

—¿De los estudios o de la vida? Porque la respuesta a ambas preguntas es nunca.

—¿Qué tal ahora?

Me miró y se mordió el labio inferior.

—De acuerdo.

—¿Vamos a mi antiguo cuarto para hablar sin despertar a Rosie?

—Está bien. Enciendo el vigilabebés y voy.

—Perfecto. Ah, ¿Hazel?

—¿Sí?

—Mira Instagram.

Capítulo 43

Hazel

En cuanto Ian salió de la habitación, saqué el móvil para meterme en Instagram. El corazón me latía a un millón de kilómetros por hora, mientras me preguntaba qué tendría que mirar. Entonces lo vi. La última publicación de Ian.

Una publicación sobre mí.

Nunca había visto la foto. Me la habría sacado cuando Rosie estaba en la UCI neonatal sin que me diera cuenta. Miraba a la niña con una gran sonrisa en los labios. Era una foto sencilla. Nada del otro mundo, pero transmitía puro amor, que resplandecía mientras vigilaba los latidos del corazón de mi hermanita.

Los «me gusta» subían a una velocidad de vértigo. Cientos. Luego miles. Cientos de miles. Oficialmente, me había hecho viral en el perfil de Instagram de Ian.

Me llevé las manos al pecho cuando leí el texto que acompañaba la foto:

Esta mujer es dueña de los latidos de mi corazón. Todas las canciones de amor que canto en los conciertos son para ella. Todas las melodías van al ritmo de sus latidos, todos los estribillos suplican su amor. Me he enterado de que algunas personas de mi equipo de gestión han decidido acercarse al amor de mi vida y decirle que no era buena para mi imagen. Debido a su apariencia y a un pasado sobre el que no tuvo ningún control, le dijeron que no era lo bastante buena. Es cierto que crecimos en el mismo pueblo, pero eso no significaba que nuestras vidas se construyeran sobre los mismos cimientos firmes. Yo tuve la suerte de no saber lo que era vivir momentos difíciles, pero esta chica se ha visto obligada a luchar con uñas y dientes por todo lo que ha tenido. Ha sacrificado su propia juventud, porque no quería que su hermana pequeña entrara en el sistema de acogida. Renunció al amor para que yo persiguiera mis sueños. Siempre cuida de los demás y los hace felices.

Es el ser humano más bello que existe y que alguien que se supone que está de mi lado diga lo contrario me repugna hasta la médula. No soy un robot. Siento, sufro, amo y lloro. Me destroza vivir en un mundo en el que solo importa ganar seguidores.

Así que, si no te gusta que no esté soltero y que esté locamente enamorado, me da igual. Si es un motivo para perder seguidores, adelante. Haré todos los sacrificios del mundo para entregarme en cuerpo y alma a la mujer que ha dado más de lo que debería. Te quiero, Haze. Desde la luna nueva hasta la más llena. Desde ahora y para siempre.

Era una declaración pública de amor y un corte de mangas delante de todo internet a su representante. Las manos me temblaban mientras releía las palabras una y otra vez. Entonces me llamó.

—¿Haze? ¿Vienes?

Inhalé y le di «me gusta» a la publicación antes de dejar el teléfono en el tocador.

—Sí, voy.

Entré en la habitación sin mediar palabra. Estrellé los labios sobre los suyos y me abrazó. El beso fue mucho más intenso que nunca. Como si quisiéramos recuperar todos los besos perdidos por culpa de Charlie.

Su lengua bailó con la mía al tiempo que le chupaba el labio inferior con fuerza. Esa noche, hicimos el amor y nuestros cuerpos se mecieron juntos, con cada pieza acomodada en el lugar que le correspondía. Era dueño de cada centímetro de mi cuerpo y de cada pedazo de mi alma. Cada vez que se deslizaba dentro de mí, yo gemía y pedía más. Cada vez que empujaba más profundo, le clavaba las uñas en la espalda.

—Para siempre —susurró en mi cuello antes de recorrerme la piel con la lengua.

—Para siempre —exhalé y empujé las caderas hacia él.

Esa noche, hicimos el amor tres veces más, cada vez con más pasión que la anterior. Y, cuando me dormí en sus brazos, supe que estaba en casa.

Me desperté con un fuerte ruido de golpes. Me incorporé en la cama y miré alrededor, confusa.

¡Pum, pum, pum!

¿Qué narices?

Miré hacia el lado izquierdo de la cama, donde antes había estado Ian, pero había desaparecido. Recorrí el lugar con la mano y un escalofrío me azotó al echar de menos su calor.

¡Pum, pum, pum!

Me levanté de golpe y me puse la bata a toda prisa. Eché un vistazo a Rosie para asegurarme de que estaba bien, pero, por suerte, seguía plácidamente dormida.

Bajé los escalones a toda prisa y me detuve cuando casi había llegado al final. Toda la sala de estar estaba hecha un desastre, porque habían arrancado los paneles de madera del suelo. Big Paw los aporreaba con un martillo, mientras a su lado Ian se ocupaba de sus propias piezas.

Fuera seguía oscuro, y me resultó imposible averiguar si seguía soñando o no.

—¿Qué pasa aquí?

Big Paw no levantó la vista. Siguió martillando el suelo sin parar.

Ian me miró y me dedicó una sonrisa descuidada y rota.

—Lleva veinticinco años prometiéndole a la abuela que arreglará el suelo. Bajé y lo encontré dando golpes con el martillo, así que me puse a ayudar.

—No debería volver a casa y encontrarse este desastre chirriante —murmuró Big Paw, que se frotó las lágrimas que le brotaban de los ojos—. La culpa es mía por no haberlo hecho cuando me lo pidió.

Se machacaba porque temía por su mujer. Su mente debía de estar aterrorizada por no ser capaz de solucionarlo. Así que hizo lo que había hecho durante los últimos ochenta años de su vida, demostrarle su amor mediante trabajos manuales. Golpeó el suelo con el martillo e Ian permaneció junto a él como si fuera la roca que lo mantenía a flote. Se esforzaba al máximo para ayudarlo a destrozar el suelo. No estaba segura de si lo que hacían tenía el más mínimo sentido. Tal vez fuera una manera de liberarse de las preocupaciones que les pesaban en el alma.

La verdad, no importaba el motivo. Lo único relevante era que lo hacían juntos.

Agarré un martillo y me uní a ellos, porque eso era lo que hacía la familia. Mantenerse unida.

Una semana después, los pulmones de Holly estaban mejor y se llevó a cabo la operación para colocarle el marcapasos. Por suerte, la cirugía fue rápida y sin complicaciones. El proceso de recuperación requeriría muchos cuidados y atención, pero tenía un buen ejército a su lado que se aseguraría de que todo fuera lo mejor posible.

Los chicos colaboraron para ayudar a terminar el suelo de la casa de Big Paw antes de que Holly volviera.

—Lo más importante ahora es asegurarnos de que Holly esté bien —dijo Eric una noche cuando nos reunimos en la casa del granero—. La música no se irá a ninguna parte.

—Todavía me siento mal por todo, chicos. Max se ha ensañado con nosotros desde que colgué la publicación sobre Hazel y me siento mal por no haberos consultado primero —dijo Ian.

—¿Estás de broma? ¡El maldito Max Rider cruzó todas las líneas al amenazar a Haze! Tuvo mucho descaro y, si lo hubiera sabido, habría hecho algo. Me alegro de que hayas hecho la publicación. Ya era hora de que alguien dijera la verdad —exclamó Marcus—. Y otra cosa: ¡también nos fastidió con el álbum! Que le den por culo al maldito Max Rider.

James estaba sentado en el escenario donde el grupo daba todos sus conciertos. Recorría con los dedos la plataforma de madera con una sonrisa torcida en los labios.

—Echo de menos este lugar. Jamás pensé que lo diría, pero es así. Extraño nuestro amor por la música. No me malinterpretéis, sé que hemos tenido mucha suerte y no renunciaría a este mundo por nada, pero a veces siento que está descontrolado y que si no frenamos algunas locuras, nos perderemos a nosotros mismos en el camino.

—Yo digo que votemos —comentó Eric mientras hacía bailar los dedos sobre el teclado—. Quien esté a favor de sentarse con Max y Donnie para hablar en serio sobre quiénes somos y qué queremos hacer con nuestra carrera, que diga sí.

—Sí —dijeron todos sin pensarlo. Sonreí. Los cuatro chicos con sueños volvían a recuperar el control de estos.

Ian extendió la mano.

—Para siempre.

Todos se acercaron y pusieron una mano sobre la suya.

—Para siempre.

Me miraron con las cejas arqueadas, perplejos.

—Perdón. No quería interrumpir el momento. Puedo dejaros para que...

—Hazel, si no pones la mano aquí ahora mismo, te obligaré a venir —amenazó Marcus.

Me reí y me acerqué para poner la mano sobre la suya.

—Para siempre —recité.

—Hablando de Max y Donnie. —Eric sonrió de oreja a oreja mientras se tocaba la nariz con el pulgar—. Creo que sé cuál es la mejor manera de abordar el asunto.

—¿Y cuál es? —preguntó Ian.

—Dejad que os lo enseñe. —Se acercó a su mochila, cerca del teclado, y sacó el portátil. Mientras lo encendía, nos apiñamos a su alrededor—. Todos sabéis que soy un profesional a la hora de grabar vídeos, incluso cuando la gente no se da cuenta.

—Sí, acelera —apremió Marcus a su hermano.

Eric abrió un vídeo y le dio al *play.*

—He grabado un bonito vídeo casero sobre Max y Donnie desde que los conocimos. De las veces que hemos ido a fiestas y Max ha tomado pastillas o se ha metido rayas de coca. De las veces en las que ambos, muy casados, han aparecido con mujeres bajo el brazo. De las veces que han tenido conversaciones agresivas. Todo. Tenemos suficiente información para acorralarlos.

—Pero no podemos. Este material nunca se sostendría en un tribunal —argumentó James—. Se ha grabado de manera ilegal.

—Esa no es la cuestión. Ni siquiera tenemos que llevarlo a los tribunales. La cosa es amenazarlos con enseñárselo a sus esposas a menos que nos permitan librarnos del contrato fraudulento.

—¿Crees que les importará que lo vean? Son unos capullos, Eric. No les importan los sentimientos de sus esposas.

—Sí, tienes razón, pero estoy seguro de que a ellas les interesará ver lo que sus maridos han estado haciendo. Además, están juntos desde antes de alcanzar la fama. ¿Sabéis lo que eso significa?

—¿Qué? —preguntó Ian.

—Nada de acuerdos prematrimoniales. Es decir, si sus esposas los dejaran, se llevarían la mitad de lo que tienen.

Una sonrisita asomó en la cara de todos cuando lo comprendieron. El plan era brillante y podría funcionar de verdad. Estaba segura de que los chicos lo perfeccionarían antes de enfrentarse a Max y Donnie, pero por fin había algo de luz al final de un túnel muy largo y oscuro para The Wreckage.

El resto de la noche nos quedamos en la casa del granero. Rosie nos acompañó cuando se despertó de la siesta, y los chicos tocaron con todo el corazón y le pusieron hasta el último gramo de pasión. Volvieron a sus raíces y sonaron mejor que nunca. Me encantó que no tuvieran miedo de hablar de sus deseos y de sus necesidades como músicos. Era difícil enfrentarse a hombres como Donnie y Max, pero no lo harían solos. Entrarían en esa reunión con la cabeza alta, como una unidad.

Independientemente de lo que ocurriera cuando se reunieran con la discográfica, sabía que todo saldría como debía. The Wreckage acabaría donde tenía que estar, porque se apoyaban los unos a los otros en lo bueno y en lo malo. No había duda de que, cuando decían «para siempre», lo decían de corazón.

Oí las letras que se deslizaban de la lengua de Ian mientras cantaba, y su voz se fundió con cada centímetro de mi alma.

Esa noche supe que las cantaba solo para mí.

Capítulo 44

Ian

—Por favor, decidme que estáis de broma, porque todas esas exigencias son imposibles. Por no hablar de que habéis desaparecido durante todo este tiempo y no os habéis puesto en contacto con nosotros ni una sola vez, lo que ha sido muy poco profesional. Habéis perdido mucho tiempo de estudio y no tenéis un puñetero álbum que sacar. ¿Y tenéis el valor de entrar en la sala de conferencias del mayor sello discográfico de la historia, con Donnie Schmitz, el puñetero director general de Mindset Records, para decirnos que os debemos una disculpa de mierda? —escupió Max en completo estado de *shock*.

Tenía gracia lo mucho que había cambiado desde la primera vez que nos habíamos sentado frente a él. Entonces, éramos ingenuos y estábamos felices de que nos hubieran dado una oportunidad; tan extasiados porque alguien como Max se fijara en nosotros que ni siquiera consideramos lo que significaba en realidad que alguien como él se fijara en nosotros.

—Os espera un pleito infernal —gruñó Donnie, que juntó las manos con expresión amenazante.

Imité el gesto y me senté más erguido.

—Dudo que tengamos que involucrar a los abogados. Solo queremos unas cuantas cosas y os dejaremos tranquilos.

Donnie resopló.

—¿Queréis algo de nosotros? Os lo hemos dado todo.

—Sí, incluso tuvisteis la amabilidad de filtrar nuestro álbum para obligarnos a grabar vuestra música *mainstream* —expliqué.

344

Donnie y Max se miraron antes de que Max negara con la cabeza.

—¿De qué hablas?

—Tenemos nuestro propio escuadrón de empollones —dijo James, y señaló con la cabeza a Eric—. Ha averiguado de dónde procedían los registros filtrados. No te hagas el tonto; no te queda bien.

Donnie puso una mueca y se pasó las manos por el pelo canoso.

—Ya, bueno, hackear nuestros correos electrónicos tampoco quedará muy bien. Es ilegal.

—Sí, y por eso no hemos llevado los mensajes a los federales. En vez de eso, enviaremos estos vídeos a vuestras esposas —dijo Marcus con naturalidad. Sacó el teléfono y envió un correo electrónico a Donnie—. Señor Schmitz, por favor, revise su correo.

Donnie abrió el correo que contenía un vídeo muy inapropiado. Después de que Eric nos revelara el plan, habíamos contactado con algunas de las chicas que aparecían en los vídeos con ellos y que eran fans de nuestra música. Se mostraron deseosas de enviarnos vídeos de sus aventuras privadas con Donnie y Max, y digamos que habían ocurrido muchas cosas raras con pomelos y pollas. Max corrió junto a Donnie para ver el vídeo que se estaba reproduciendo y presencié el momento exacto en que el color se le fue de la cara.

Donnie se puso rígido en la silla.

—¿De dónde habéis sacado esto?

—No importa, pero, si fuerais más inteligentes, habríais hecho que esas mujeres firmaran acuerdos de confidencialidad. Dado que no lo hicisteis, ahora me pregunto si vuestras esposas estarían interesadas en ver los vídeos. Además, si fuerais aún más listos, habríais firmado un acuerdo prematrimonial antes de casaros. Sin embargo, en lugar de eso, tal vez saquen una buena tajada.

—Es un farol —espetó Max—. Conozco a estos tíos. No tienen cojones para...

—Cierra la boca, Max —ladró Donnie, que lo calló en cuestión de segundos. Frunció el ceño y bajó la mirada mientras seguía reproduciendo el vídeo. Apretaba tanto los labios que la vena del cuello le palpitaba.

Cuando terminó de mirar, dejó el teléfono y nos miró fijamente.

—¿Qué queréis?

—¿Estás de broma? —Max suspiró—. No irás de verdad a…

Donnie levantó una mano para callarlo y cerró la boca al instante.

Buen perrito.

—Queremos tres meses más para preparar un nuevo álbum. Aplazaréis la fecha del lanzamiento. Sacaremos nuestra música, nuestra música de verdad y, una vez hecho esto, quedaremos liberados del contrato con vosotros. No os deberemos ningún otro álbum y todo lo acordado será nulo y sin efecto. Seremos libres de irnos con las manos limpias después de la publicación de este álbum.

El aire se espesó mientras Donnie contemplaba las opciones. Se aclaró la garganta.

—Tendré un nuevo contrato redactado en los próximos días.

—¿Me tomas el pelo? —gritó Max—. ¿De verdad vas a permitir que estos paletos te arrinconen?

Donnie se inclinó hacia el teléfono para conferencias y pulsó un botón.

—Laura, por favor, que los de seguridad saquen a Max Rider del edificio.

—¿Qué? ¿Cómo? Estás de broma, ¿verdad? —dijo con cara de pánico—. No puedes echarme.

—Sí, puedo y lo haré. Nunca debí dejar que me convencieras de filtrar el álbum y es algo con lo que tendré que vivir. Pero, por el momento, ya no eres bienvenido en Mindset Records.

—¡Todo esto es vuestra culpa, hijos de puta! —gritó Max y nos señaló—. Seréis cabrones, os habéis cargado vuestra única oportunidad de alcanzar la fama. ¡Yo os descubrí! Os convertí en lo que sois. Os estáis disparando en el pie. Sois idiotas y la habéis cagado. Que te quedes con esa chica es un escándalo. Vuestra mierda de musiquita *indie* es un tren sin frenos. No despegaréis sin mí. ¿No sabéis quién soy? ¡Soy el puñetero Max Rider! ¡Me dedico a crear estrellas!

Gritó las últimas líneas en bucle mientras los de seguridad lo sacaban del edificio.

Mientras recogíamos nuestras cosas, Donnie nos miró con el ceño fruncido.

—En cuanto a ese vídeo. ¿Podríais deshaceros de él?

—Donnie. —Negué con la cabeza—. Creo que ambos sabemos que no podemos borrarlo hasta que los nuevos contratos entren en vigor.

—Me parece justo. —Asintió en señal de comprensión—. Max dijo que los chicos de pueblo no erais los más brillantes, pero habéis demostrado que se equivocaba. Sabéis cómo defenderos. Contactaré con vosotros en breve.

Todos estuvimos de acuerdo y, mientras nos alejábamos, Donnie dijo:

—Lo del pomelo valió la pena. Fue increíble sentirlo en el miembro mientras las chicas me la chupaban.

Marcus gimió mientras salíamos de la sala.

—Y así, sin más, no volveré a comer un pomelo.

Sentía un cierto malestar por la decisión que habíamos tomado en la sala de conferencias aquella tarde, pero sabía que era la correcta. Sacaríamos nuestro álbum y nuestra música con nuestras condiciones. Aunque tal vez nunca conseguiríamos la vida de superestrellas que habíamos soñado sin el respaldo de una gran discográfica, al menos tendríamos nuestra música, que era lo que siempre había importado.

Eric me dio una palmadita en la espalda.

—Buen trabajo, líder.

—Sí, ha sido genial y tal, pero ¿por qué siento que se me acaban de caer las pelotas y quiero vomitar? —dijo Marcus medio en broma—. ¿Acabamos de mandar a la mierda al puñetero Max Rider y al director de Mindset Records? ¿Es el fin de nuestras carreras?

—No, creo que estaremos bien. Ya sabes lo que dicen, si las cosas no van bien, no es el final de la historia. Creo que The Wreckage vivirá para ver otro día —dijo James—. Y, si no, seguro que recuperamos el trabajo en el rancho.

De vuelta a las pocilgas y a Hazel Stone. No me pareció tan terrible.

Por otra parte, sabía que no renunciaríamos a la música. Lo arreglaríamos de una manera u otra. Solo que esa vez, lo haríamos a nuestra manera.

—Así que amenazasteis al maldito Max Rider y al director de Mindset Records, y estáis vivos para contarlo —dijo Hazel cuando nos sentamos dentro del cobertizo mientras se ponía el sol.

Los chicos y yo habíamos llegado a Eres hacía unos treinta minutos y ya había encontrado el camino hasta el cobertizo para sentarme junto a Hazel a mirar el cielo.

—Creo que hemos vivido para contarlo. Ya veremos qué tal cuando se me pasen las náuseas —bromeé—. No sé qué pasará ahora con nosotros, pero supongo que lo primero será encontrar un nuevo representante. Tenemos una reunión en la discográfica la semana que viene para firmar el nuevo contrato. Haremos que nuestros abogados lo revisen hasta la saciedad para asegurarnos de que Donnie no pretenda fastidiarnos de alguna manera.

Se rio.

—Vuestros abogados. Qué locura decir eso. Tenéis vuestro propio grupo de abogados. ¿Quién iba a pensar que la vida acabaría así?

—Una locura, ¿verdad?

—En el mejor sentido. Por mi parte, creo que habéis tomado la decisión correcta al buscar un nuevo representante. No solo porque odie con todo mi ser a Max, sino también porque necesitáis a alguien a vuestro lado que crea en las mismas cosas que vosotros. Alguien que crea en vuestros sueños y os ayude a alcanzarlos. Alguien que dé la cara por vosotros. Estoy segura de que esa persona está ahí fuera. Solo tenéis que darle tiempo. La encontraréis.

—¿Eso crees?

—Lo sé.

Apoyó la cabeza en mi hombro y miramos cómo el cielo se oscurecía. La luna estaba llena y una parte de mí pensó en aullarle. Me incliné y besé a Haze en la frente.

—¿Sabes en qué he estado pensando? —pregunté.

—¿En qué?

—En que deberías casarte conmigo algún día. Pronto.

Levantó la cabeza y me miró.

—¿Qué?

Me reí.

—No te preocupes, no te lo pediré ahora, pero sí que lo haré algún día y, cuando lo haga, espero que digas que sí. Porque la idea de que seas mía para siempre significa para mí más de lo que nunca imaginarás.

Se inclinó con una sonrisa y me besó en los labios.

—Diría que sí, lo sabes. Una y otra vez, diría que sí.

Se me encogió el pecho al procesarlo. Estaba enamorado de una chica que me correspondía. ¿Había algo mejor que eso? Ni fama ni fortuna, nada. Teníamos la suerte de habernos encontrado, la suerte de no habernos rendido cuando las cosas se habían puesto difíciles.

Hazel Stone me había cambiado. Me había mostrado cómo era la verdadera fuerza. Me había enseñado cómo era el amor incondicional y esperaba hacer lo mismo por ella durante el resto de nuestras vidas.

Mientras estábamos tumbados en el cobertizo mirando al cielo, me invadió una sensación de plenitud.

Hazel Stone era mi mejor amiga, mi amor, mi melodía, mi canción.

Joder.

Qué bien sonaba.

Epílogo

Hazel

Un año después

La casa del granero estaba llena y la gente bailó en círculos durante toda la noche. Rosie estaba en la pista de baile con Marcus y los dos saltaban como locos mientras una canción de Bruno Mars sonaba por los altavoces. Había mesas dispuestas con unos impresionantes ramos de rosas como centros de mesa y la gente se sentaba a comer la tarta más deliciosa conocida por la humanidad.

Me mantuve al margen de toda la acción y observé desde lejos cómo la felicidad brillaba en Eres.

Una mano me rodeó la cintura e Ian me acercó a su cuerpo. Me rozó el lóbulo de la oreja con la boca y susurró:

—¿Cómo está la señora Parker?

Me besó el cuello con suavidad.

Solté una risita.

—Te he dicho que no me llames así hasta que nos casemos de verdad. —La celebración que presenciábamos no era la nuestra, aunque Ian me había propuesto matrimonio hacía más de un año en el cobertizo mientras mirábamos la luna.

Estábamos inmersos en la planificación de la boda, pero todavía nos quedaban unos años antes de pasar oficialmente por el altar. The Wreckage acababa de sacar su segundo álbum, que se había disparado en las listas y había conseguido su primer número uno. Tras la ruptura con Max, habían encontrado a un representante llamado Andrew Still que comprendía sus sueños

350

y estaba dispuesto a hacer lo que fuera necesario para que se hicieran realidad. En una semana, realizarían la primera etapa de su nueva gira. Lo echaría mucho de menos, pero Rosie y yo ya teníamos planes para ir a verlos en unos cuantos conciertos en Europa durante el verano, una vez terminaran las clases.

Llevaba dos años en la carrera de empresariales y me sentía muy orgullosa de mí misma. Sabía que no lo habría conseguido sin la ayuda de la familia de Ian.

—¿Estás segura de que no quieres que nos fuguemos a Las Vegas? He oído que Elvis está vivito y coleando por allí y que está más que dispuesto a casarnos —ofreció Ian por enésima vez.

Me reí ante la petición y me volví hacia él.

—No hay prisa. Tenemos el resto de nuestras vidas para estar juntos.

—Lo sé, pero quiero eso —dijo y señaló con la cabeza hacia la pista de baile. El motivo de celebración era el sesenta y cinco aniversario de Big Paw y Holly. Los dos se balanceaban de un lado a otro mientras se reían como si fueran dos adolescentes enamorados.

—Lo conseguiremos —juré—. Bailaremos en todas las bodas y seremos la última pareja en pie.

—Hablando de bailar —dijo Ian y me tendió la mano. La acepté y nos condujo hasta la pista de baile. Nos movimos de un lado al otro; él con la mano apoyada en la parte baja de mi espalda y yo con la cabeza en su hombro.

Me sorprendía lo lejos que habíamos llegado. Cómo habíamos construido un amor tan fuerte. Tenía diecinueve años cuando supe que mi corazón latía por Ian Parker y, cuando llegara a los noventa, seguiría latiendo por él.

Aunque éramos jóvenes, sabía que el futuro que nos esperaba sería brillante. Traeríamos bebés al mundo, usaríamos nuestros dones para el bien y ayudaríamos a los necesitados. Nos querríamos y alimentaríamos ese amor año tras año.

Y no importaba qué ocurriera, pasaríamos el resto de nuestras vidas bailando bajo la luz de la luna.

Tres años después

—¿Estás segura de que no quieres trabajar en el restaurante? —pregunté, sentada a mi escritorio.

Frente a mí se encontraba mi madre con su mejor ropa. Tenía mucho mejor aspecto que años atrás y verla sonreír me hacía la hija más feliz del mundo.

Hubo un largo tiempo en el que pensé que la había perdido para siempre. Una parte de mi vida en la que había pensado que los demonios de mi madre eran demasiado poderosos. Después de que saliera de la cárcel, había temido que volviera a caer en sus viejos hábitos, así que, cuando Ian le ofreció la oportunidad de ir a un increíble centro de rehabilitación, lo había aceptado. Había trabajado duro para darle un giro a su vida y, mientras tanto, Ian y yo siempre habíamos dejado la luz del porche encendida, por si alguna vez quería volver con nosotros.

Cuando estuvo lista, volvió, y ahora buscaba trabajo en el rancho.

—No, no. Ya sabes que la cocina no es lo mío. Creo que se me dará bien trabajar aquí, aunque solo sirva para limpiar. Es decir, si crees que hay espacio… —Jugueteó con los dedos y me dedicó una media sonrisa—. Haré cualquier cosa para mantenerme ocupada. Además, Rosie ha dicho que quiere que trabaje con ella y los caballos.

—No me sorprende. —Mi hermana pequeña quería a Dottie tanto como yo. Si alguna vez desaparecía, la solución segura era buscarla en los establos—. Puedes empezar el lunes. Pero no te lo pondré fácil por ser mi madre —afirmé con severidad.

Asintió.

—No espero que lo hagas. Trabajaré duro, Hazel. Te prometo que no te decepcionaré.

—Hay una condición más para el trabajo, mamá.

—¿Cuál?

—Irás a la universidad.

Le palideció el rostro y negó con la cabeza.

—No, no. No puedo, Hazel. Ni siquiera tengo el bachillerato. La universidad está fuera de mi alcance.

—Hace mucho tiempo, Big Paw me dijo que soñabas con ir a la universidad. ¿No es cierto?

Jugueteó con las manos y la vergüenza se le reflejó en el rostro.

—Sí, pero eso fue hace mucho tiempo. No soy lo bastante inteligente para nada de eso, y estoy vieja y desgastada…

—Eres inteligente, mamá. Siempre lo has sido y no aceptaré un no por respuesta. Acabarás el instituto y luego buscaremos la manera de que vayas a la universidad. Nunca se es demasiado mayor para alcanzar tus objetivos. Puedes hacerlo.

Cuando levantó la vista hacia mí, le brillaban los ojos.

—¿De verdad lo crees?

—Lo sé. Ya resolveremos los detalles más adelante, pero basta de hablar de estas cosas —dije y sonreí mientras me levantaba—. Tenemos que llegar a la cena de Acción de Gracias antes de que Big Paw nos regañe a las dos. Empiezas el lunes.

Se le llenaron los ojos de lágrimas y la abracé.

—Gracias, Hazel.

—Te quiero, mamá, y estoy muy orgullosa de lo mucho que te has esforzado para cambiar de vida.

—Serás una gran madre —dijo, y puso las manos en mi creciente vientre. Estaba a pocas semanas de dar a luz a mi primer hijo, y no hacía falta decir que estaba aterrada.

Se suponía que no debía trabajar, pues los médicos me habían mandado reposo, pero no pensaba dejar que nadie más entrevistara a mi madre. Aunque le había dicho que no le daría un trato especial, sabía que lo haría.

Beneficios para la familia y todo eso.

Desde que Rosie había nacido, había vivido con Ian y conmigo, pero, cuando mi madre se recompuso, también se mudó con nosotros. Sabía que era importante para Rosie y para ella establecer una conexión lo antes posible. Tal vez no hubiera estado a su lado en sus primeros años de vida, pero tenía la esperanza de estar con ella hasta el final. Incluso Garrett venía de vez en cuando a visitar a Rosie. Nunca se había visto a sí mismo como una figura paterna y creía que era mejor que la niña no lo viera como tal, pero a la pequeña le encantaba subírsele en brazos y llamarlo amigo.

Caminamos hasta la casa del granero, o más bien mi madre caminó y yo me bamboleé, donde se celebraba la cena de Acción de Gracias, y sonreí al ver la sala llena de gente. Era el segundo año que me encargaba de la fiesta y me sentía muy agradecida por la ayuda de la gente del pueblo para crear un evento mágico. Esperaba que la abuela estuviera viéndonos desde el cielo con una gran sonrisa en el rostro por cómo había salido todo.

Había fallecido hacía poco más de un año, pero los últimos años de su vida los había vivido al máximo. Big Paw y ella por fin se habían alejado del trabajo para pasar los últimos días de la abuela amándose locamente.

Big Paw lo había pasado mal durante bastante tiempo, pero tenía a su estrella de la suerte, Rosie, para mantenerlo sereno. Estaba segura de que solo sonreía gracias a mi hermana y decía que era su razón para seguir en pie.

—No permitiré que se meta en líos sola. Me necesita a su lado —decía.

Aunque la abuela había fallecido, Big Paw dejaba la luz del porche encendida para que su espíritu encontrara el camino a casa cada mañana y cada noche.

—¡Mamá! ¡Mamá! —gritó Rosie, y corrió a nuestro lado. Tiró del brazo de mi madre—. Mamá, nuestros sitios están aquí. Vamos. Antes de que Big Paw se coma toda la tarta.

—¡No me comeré toda la tarta, chivatilla! —ladró Big Paw y le lanzó a la niña una mirada aguda.

Rosie le sacó la lengua y él hizo lo mismo. Entonces se abalanzó a sus brazos y lo abrazó, y él le besó la frente. Eso resumía a la perfección su conexión.

Mi madre se reunió con ellos. Verla con Rosie era un regalo para todos. Por fin estaba lo bastante limpia y lúcida como para ser la madre que mi hermana merecía, y yo estaba más que feliz de asumir mi papel.

Además, tenía mi propio bollo de alegría en camino, y llegaría más pronto que tarde.

—¿Lista para una dosis de acidez?

Dos brazos me rodearon por la espalda y me acurruqué al sentir el cuerpo de Ian junto al mío.

—Por supuesto. Vengan a mí las comidas insanas y el antiácido —bromeé.

Me dio la vuelta para que lo mirara, me besó la frente y luego la barriga. Si había alguien más emocionado que yo por mi embarazo, ese era Ian. Ya era el padre del siglo a tenor de cómo nos cuidaba a mí y a nuestro bebé.

Cada noche, incluso cuando estaba de viaje, me obligaba a ponerme el teléfono en la barriga para cantarle nanas al bebé.

No sabía que era posible quererlo más cada día.

—Todo cambiará cuando llegue, ¿verdad? —pregunté y me acurruqué contra él.

—En cierto modo, pero siempre tendremos esto —respondió, y señaló a nuestro alrededor—. Tendremos nuestros caminos de tierra, nuestro rancho y nuestra felicidad para siempre. Y nos tendremos el uno al otro. Solo añadiremos un poco más de amor a nuestra canción, y no hay nada que desee más.

Me moría de ganas de que el bollito de alegría se uniera a nosotros.

Holly Renee Parker, se llamaría como nuestro ángel favorito.

Ian rozó sus labios con los míos y me besó con suavidad.

—Te quiero, cariño.

—Yo también te quiero, mejor amigo. Para siempre.

Para siempre.

Agradecimientos

Ante todo, gracias a todas y cada una de las lectoras y los lectores que os habéis tomado la molestia de leer la historia de Ian y Hazel. Espero que os haya hecho sonreír tanto como a mí me ha henchido el corazón. Sin vuestro apoyo, solo soy una chica que escribe palabras en un papel. Sois la razón por la que esas palabras levantan el vuelo.

A continuación, quiero dar las gracias al increíble equipo de la editorial estadounidense Montlake Publishing. Sin el maravilloso apoyo de mis editoras norteamericanas, Alison y Holly, este libro no tendría la magia que tiene hoy. Gracias por el trabajo duro y el compromiso que le habéis dedicado al proyecto. Al magnífico equipo que ayudó a darle forma a la historia, desde los diseñadores hasta los correctores, ¡GRACIAS! A los publicistas y a los equipos de las redes sociales. ¡GRACIAS! El equipo de Montlake hace todo lo posible por hacer realidad nuestros sueños de autores, y no tengo suficientes palabras para expresar mi gratitud.

A mi extraordinaria agente, Flavia, de Bookcase Agency; gracias por estar siempre a mi lado y esforzarte para que mis sueños se hagan realidad. Eres un ángel caído del cielo. Es un honor trabajar contigo y con tu mente lúcida.

A mi madre, gracias por empujarnos siempre a perseguir nuestros sueños y por tener fe en mí cuando perdía el rumbo. Eres mi mejor amiga y, sin tu amor, me moriría.

A mi padre, gracias por inculcarnos la importancia del trabajo duro y la dedicación a nuestras profesiones. Eres la definición del hombre trabajador.

A mis hermanos, porque sois mi inspiración. Estoy muy orgullosa de lo que mostráis al mundo y siempre seré vuestra fan número uno.

A mi amor, gracias por sostenerme la mano durante los altibajos de este loco viaje. Tu apoyo, tu amor y tus ánimos me ayudan a seguir cada día.

Una vez más, gracias a todas las personas que me leen y que nos apoyan a mí y a mis palabras día tras día. Es un honor tener la oportunidad de compartir mis historias con esta comunidad tan especial.

Hasta siempre,

B. Cherry

Chic Editorial te agradece la atención dedicada a
Luz en la oscuridad, de Brittainy Cherry.
Esperamos que hayas disfrutado de la lectura
y te invitamos a visitarnos
en www.chiceditorial.com,
donde encontrarás más información
sobre nuestras publicaciones.

Si lo deseas, también puedes seguirnos
a través de Facebook, Twitter o Instagram
utilizando tu teléfono móvil
para leer los siguientes códigos QR: